中國歷史의 人間像

당대 전기소설의 여인상

唐代 傳奇小說의 女人像

張基槿 編譯

明文堂

▲당(唐)의 인물화가로 여인을 묘사하여 명성을 날렸던 장훤(張萱)의 그림을 북송(北宋)의 마지막 황제 휘종(徽宗)이 모방하여 그린 것이라고 전해지고 있다.

▲**인물화조문**(人物花鳥紋) **나전경**(螺鈿鏡)
월금(月琴)을 타는 사람과 술잔을 들고 있는 사람, 또 시중드는 아이가 새겨져 있다. 위쪽에 둥근 달과 꽃나무, 아래쪽에는 원앙·학 등을 배열했다. 1955년 낙양(洛陽)의 당묘(唐墓)에서 출토. 북경 중국역사박물관 소장.

▲**당나라의 미인용**(美人俑)
도톰한 볼에 풍만한 몸매로 긴 옷을 걸치고 있는 궁녀들. 섬서성(陝西省) 출토.

▼**야연도**(夜宴圖) 고굉중(顧閎中)이 그린〈한희재야연도권(韓熙載夜宴圖卷)〉의 처음 부분. 한희재는 남당(南唐)의 대신(大臣)으로 이 그림은 그가 침상에 앉아 첩기(妾妓)가 뜯는 비파(琵琶) 가락을 듣고 있는 모습을 그린 것이다. 북경 고궁박물원 소장.

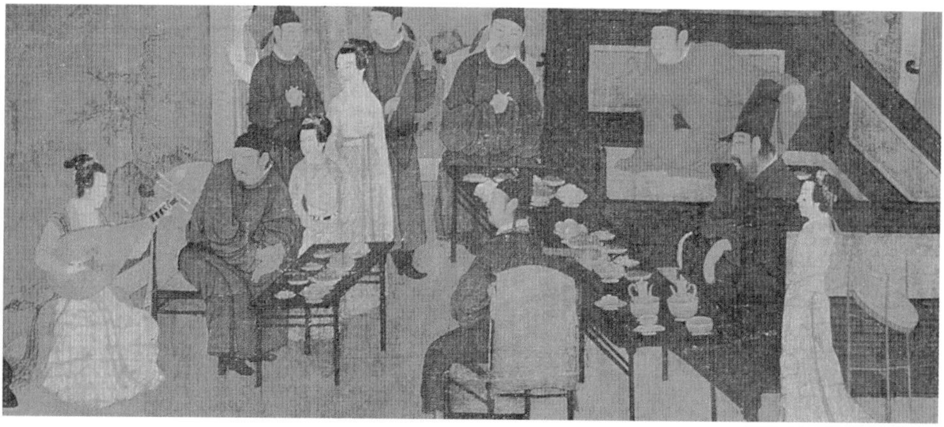

▲**귀비효장도**(貴妃曉妝圖) 양귀비는 현종(玄宗)의 총애를 받았으나 '안사(安史)의 난'을 맞아 비참한 최후를 맞이했다. 백거이(白居易)의 〈장한가(長恨歌)〉는 양귀비에 대한 현종의 애절한 사랑을 노래한 시이다. 이 시에 이어 〈장한가전〉이 나왔다.

전기소설

중국 역사의 인간상

당대 전기소설의 여인상

唐代 傳奇小說의 女人像

장기근 張基槿 / 편역

唐

明文堂

당대 전기소설(唐代傳奇小說) 저술 요령

당대 전기 소설의 대표작 18편을 엄선하고 한글로 풀이했다.

작품 선정은 현대적 문학 가치를 기준으로 했다. 즉 인간의 본성을 바탕으로 한 사회생활과 시대상을 엿볼 수 있는 작품을 엄선했다. 아울러 소설이 지니고 있는 흥미와 사상성도 작품 선정의 기준으로 삼았다.

저자의 의도는 오늘의 독자에게 전기소설의 인간상을 알게 하는 동시에 독자 자신들의 인간과 인격 형성에 도움이 되도록 했다.

당대 전기소설은 어려운 한문으로 씌어졌다. 그러므로 저자는 직역을 피하고 의역을 했으며, 필요에 따라서는 상황 설명을 곁들여 일반 독자의 이해에 도움이 되도록 했다. 그러므로 이 책은 한문 원문을 소재로 저술된 「한글판 당대 전기소설」이라 할 수 있다.

이 책 역시 저자가 편찬한 「중국 역사의 인간상」의 하나이다.

머리말

(1) 고대의 인간상

산골짜기의 샘물이 졸졸 흘러 내가 되고 냇물이 모여 큰 강물이 되고 모든 강물이 한곳으로 흘러들어 망망대해를 이룬다.

그와 마찬가지로 태고 적부터 수없이 많은 사람들이 태어나 살다가 갔으며, 그 모든 사람들의 노력과 업적이 오늘의 인류역사와 문화를 형성하고 있다.

수억 년에 걸쳐 형성되고 굳어진 바다의 혜택을 오늘의 지구가 향유하고 있듯이, 수만 년에 걸쳐 점진적으로 쌓이고 발전한 인류의 역사와 문화도 오늘의 모든 나라 및 모든 사람들이 공유하고 있는 문화재이다.

뿐만 아니라 인류의 역사와 문화는 우리 모든 사람들의 창조적인 노력과 공헌에 의해 더욱 새롭게 발전하기 마련이다.

동서고금을 막론하고 인간은 태어나 살다가 반드시 사멸한다. 이왕 태어났으면 오랜 동안 살고 싶은 것이 인지상정(人之常情)이다. 그러나 인간의 수명은 길어야 백 년이다. 대부분의 사람들은 팔십을 전후해서 이승을 하직하고 저세상으로 간다. 참으로 아쉽고 허무하기 이를 데 없다. 그래서 인생무상(人生無常)이라고 한다.

그러나 우주적 안목으로 보면 생멸(生滅)하는 개개인은 총체적인 인류의 역사와 문화 발전에 나름대로 무엇인가를 기여하기 위하여 태어나 살다가 죽어 스러지는 것이리라. 물방울이 모여 큰 바다를 이루듯 개개인의 삶의 문화적 공헌이 모인 것이 인류문화의 총체이다.

그러므로 개개인의 존재와 생활은 결과적으로 인류의 역사와 문화를 계승 발전시키기 위한 것이다. 그것이 하늘의 뜻이고 하늘의 도리다.

인류문화를 크게 정신문화와 물질문화로 대별할 수 있다. 전자는 주로 동양에서 발달했고 후자는 주로 서양에서 발달했다.

이 두 문화가 조화를 이룸으로써 개인이나 인류가 건전한 삶을 누릴 수 있다. 근래에는 사람들이 서양의 물질문명과 문화를 지나치게 중시하고 반대로 동양의 정신문화의 빛과 가치를 지나치게 망각함으로써 그 결과 인류가 위기에 직면하기에 이르렀다.

그러나 21세기에 접어들면서 세계의 운세가 바르고 착한 방향으로 전환하고 있다고 낙관할 수 있다. 즉 동물적 · 이기적 탐욕을 채우기 위하여 무력을 행사하던 악덕(惡德)이 점차로 시들해지고, 반대로 인간의 숭고한 정신가치를 높이고, 이울러 모든 사람이 어울려 함께 잘 사는 윤리와 도덕을 중시하기에 이르렀다.

그러므로 이와 같은 대전환기에 처한 모든 사람에게 새삼 동양의 정신문화의 전통과 윤리 도덕을 실천한 동양인들의 인간상을 부각하여 보이고 아울러 모든 개개인의 우주적 · 역사적 삶의 보람과 바른 길을 알리고자 한다.

동양의 정신문화의 특색은 공자에 의해서 강조된 「유교적 덕치 사상(儒教的德治思想)」과 「윤리 도덕 효도(倫理道德孝道)」의 실천이다. 비록 역사적 · 현실적으로 만전(萬全)하게 실천되고 구현되지는 못했으나, 많은 선량한 사람들의 생활상을 통해서 우리는 「나 자신의 삶의 바른 도리」를 터득할 수 있을 것이다.

(2) 당대 전기소설의 여인상

당(唐 : A.D 618~907) 왕조는 제6대 현종(玄宗 : 712~756 재위)을 정점으로 국운이 융성했고 태평성세(太平盛世)를 구가했다. 그러므로 문화 및 사회면에서도 낭만적 기운이 넘쳤다. 우리가 잘 아는 두보(杜甫) · 이태백(李太白) · 백낙천(白樂天) 등의 당시(唐詩)가 이 때에 피어난 찬란한 꽃송이였다.

한편 당나라는 그 무력적 판도가 사방으로 팽창했으며, 동시에 상업 면에서도 외국과의 교역이 활발했다. 그러므로 한족(漢族)과 주변의 이민족과의 접촉이나 혼합이 활발했으며, 동시에 외래의 문화와 종교사상이 지대한 영향을 끼치게 했다.

아울러 세계의 공업과 공예기술이 수입되고 발달함에 따라 상업거래가 왕성해졌고, 이에 따라 도시를 중심으로 상인과 서민계층이 대두했다. 당시의 대부호(大富豪)는 고관대작과 대등하게 교유하고 서로 흥정했다. 한편 도시를 중심으로 서민계층이 형성되었고 동시에 오락 유흥문화가 흥성해짐에 따라 상인, 연예인 및 창기(娼妓)들의 존재가 돋보이게 되었다.

이들 서민계층에는 뜻을 이루지 못하고 낙백(落魄)한 선비, 떠돌이 거지와 방사(方士)와 술사(術士)도 있었다. 한편 악덕한 진번(鎭藩)을 응징하는 의협한 검객과 특히 무술을 익힌 여자 무사(武士)도 있었다. 한편 자아의식을 가지고 자유분방하게 사랑을 추구하는 규수와 청상과부 및 창기와 여자 노예들도 있었다. 이렇듯이 당대 전기소설의 주인공들은 다양하다. 아울러 그들은 의식적으로 재래의 봉건적 문벌주의의 틀에서 벗어나려는 자아(自我)의 소유자였다.

그러나 당시 사회의 중심은 역시 집권층에 속하는 귀족 및 사대부(士大夫)들이었다. 이에 천민에 속하는 창기와 선비와의 사랑은 대부분 비극으로 끝나야 했다. 뿐만이 아니라 이러한 로맨스들은 당시의 전통적 윤리도덕과 엄격한 문벌주의(門閥主義) 및 사회규범을 기준으로 보면 무척 기이한 이야기에 속했다. 그래서 「기이한 이야기를 전한다는 뜻」으로 「전기(傳奇)」 혹은 「전기소설(傳奇小說)」이라고 일컬었던 것이다.

이 책은 총 18편의 작품을 4편으로 나누어 다음과 같이 수록했다.

제1편 애절한 사랑 이야기 — 1. 앵앵전, 2. 곽소옥전, 3. 이와전, 4. 양창전, 5. 장한가전.

제2편 신괴(神怪)와의 어울림 — 1. 고경기, 2. 백원전, 3. 임씨전, 4. 유의전.

제3편 환상과 영혼의 세계 — 1. 두자춘전, 2. 침중기, 3. 남가태수전, 4. 이혼기.

제4편 여협객(女俠客) — 1. 규염객전, 2. 무쌍전, 3. 유씨전, 4. 곤륜노, 5. 홍선전.

전기소설의 원문은 어려운 한문으로 씌어졌다. 그러므로 필자는 직역을 피하고 의역을 했으며, 상황설명을 덧붙여 일반 독자들의 이해를 도왔다.

2004년 3월

현옥련재(玄玉蓮齋)에서 장기근 씀

해 설

1. 전기소설의 정의와 전반적 특성

(1) 전기소설의 명칭

당대(唐代)의 문인들이 창작의식(創作意識)을 가지고 쓴 문언체(文言體)의 소설을 「전기(傳奇)」 혹은 「전기소설(傳奇小說)」 이라고 일컫는다. 「전기」는 일반적으로 「기이한 이야기를 전한다」는 뜻이다. 이 책에서는 우리나라의 독자들이 잘 알 수 있게 「전기소설」이라고 호칭했다.

옛날의 중국에서 일컫는 소설(小說)이란 용어는 오늘의 문학에서 말하는 소설(novel)의 뜻이 아니다. 다만 「잡스런 토막 이야기」의 뜻이었다. 즉 사서오경(四書五經) 같은 경학(經學), 또는 《노자(老子)》 나 《장자(莊子)》 같은 무게 있는 철학적 저술이나 혹은 박학다식한 학자나 문인들이 지은 격조 높은 시문(詩文) 등에 비해서 「자질구레하고 잡스런 토막 이야기」라는 뜻으로 소설이라고 낮춰 일컬었던 것이다.

그러므로 한대(漢代)나 육조(六朝)시대의 황당무계한 도깨비나 귀신 혹은 환상적인 신선 등에 대한 이야기를 통틀어 「신선(神仙) 지괴(志怪) 소설(小說)」이라고 호칭했다.

그러나 당대의 전기소설은 한이나 육조시대의 「신선지괴소설」과는 본질적으로 다르다. 외형적으로는 단편이고 또 귀신이나 요괴가 등장하므로 역시 육조의 지괴소설의 흐름을 탄 것이라고 말할 수 있다. 그러나 내면적 · 의식면에서는 크게 다르다. 즉 전기의 작가들은 인간의 상념이나 정감 혹은 갈등이 교차하는 다양한 인간의 생활상을 그리려는 목적의식을 가지고 소설을 썼던 것이다. 그러므로 비록 비현실적 · 비인간적 귀신이나 요괴 등을 작품 속에 등장시킨 경우에도 전기소설의 작가들은 귀신의 이야기를 전하기 위한 목적에서가 아니고 인간이 지니고 있는 도깨비적 성격을 알리기 위한 수단으로 도깨비나 요괴를 소재로 활용했던 것이다.

문학의 한 장르로서 소설이라고 하면 「작가에 의해서 의도적으로 꾸며진 인간의 상념이나 정감 혹은 생활상을 새로운 시각과 가치관을 바탕으로 조명하고 해석한 재미있는 이야기」라고 정의할 수 있다.

그런 의미에서 당대의 전기소설도 오늘의 문학에서 말하는 소설에 해당한다. 그러므로 당대의 문인들은 자기들이 목적의식을 가지고 창작한 소설을 「잡된 토막 이야기, 즉 소설」이라고 부르지 않고 「새롭고 신기하고 재미있게 꾸민 기이한 이야기」라는 뜻으로 「전기」라는 새 이름으로 불렀던 것이다. 전기라는 호칭은 만당(晩唐)의 작가 배형(裵鉶)이 편찬한 「전기(傳奇) 3권」에 처음 쓰인 명칭이다.

이 책의 서명에 「전기소설(傳奇小說)」이라는 이름을 붙인 이유도 「비록 원시적이기는 하지만 오늘의 문학에서 말하는 소설적 요소를 많이 갖추고 있으며 동시에 당시에는 새롭고 진기한 이야기」였기 때문이다.

「전기」에 「소설」이란 말을 덧붙인 또 하나의 이유는 중국문학에서 쓰는 전기라는 용어는 당대 전기 외에 명대(明代)의 연극도 전기라고 부르기 때문에 혼동을 피하기 위해 「당대 전기소설」이라고 호칭했다.

(2) 당대 전기소설의 기본 특성

당대의 전기소설은 그 존재 의의가 매우 크다. 그것은 중국문학사상 처음으로 나타난 「목적의식적 소설(目的意識的小說)」이다. 이것이 당대 전기소설의 첫째 특성이다.

두 번째 특성은 「작가의 사실주의적 비판의식과 가치관」이다. 앞에서도 말했듯이, 전기소설의 소재나 이야기는 비현실적 괴이(怪異)한 것들이 퍽 많다. 그러나 작가의 정신이나 의식면에서는 「현실적으로 삶을 누리고 있는 인간의 상념이나 정감 및 생활상을 있는 그대로 그리려는 사실주의(realism) 정신과 아울러 무언중에 작가의 사회에 대한 비판의식과 가치관이 숨어 있음」을 간과해서는 안 된다.

전기소설의 작가들의 정신이나 의도 속에는 서민이나 천민 및 여자들의 「자아의식과 자유연애(自由戀愛)」를 높이려는 낭만주의가 넘치고 있다. 이것이 세 번째의 특성이다. 즉 전기소설에는 낡은 예교주의(禮敎主義)의 질곡과 구속에서 벗어나 자유분방한 사랑을 추구하는 여자들이 많이 등장한다. 동시에 냉혹하고 비인간적인 도덕률(道德律)이나 문벌주의(門閥主義) 등의 사회규범을 과감히 타파하고 자아를 높이려는 서민 천민들도 많이 등장하고 다양하게 활약한다.

이상의 큰 특성을 묶어 당대 전기소설의 특성을 「낭만주의적 사실주의 문학」이라고 요약할 수 있다. 기타의 다음과 같은 것을 들 수 있다.

문학 특히 문체(文體) 면에서는 당대의 전기소설은 중국문학의 절정을 차지하는 당시(唐詩) 및 고문운동(古文運動)의 영향을 크게 받았고 또 그들의 성과를 잘 활용한 새로운 형태의 작품이다. 초기의 전기소설은 육조(六朝)시대의 기려(綺麗)한 병려체(騈儷體)의 시문을 많이 모방했다. 그러나 뒤로 갈수록 고문운동의 영향을 받아 평이하고 사실적 문장 속에 실질적 내용을 담게 되었다.

사상이나 종교 면에서는 외래 종교 및 도교의 영향이 컸다. 특히 불교를 위시하여 중동지방에서 전래한 다양하고 기이한 종교의 사상, 의식 및 고사(故事)들이 재래의 민간 종교의 주축을 이룬 도교와 혼합하여 지대한 영향을 주었다. 그러므로 전기소설에 그들의 흔적이 곳곳에서 선명하게 나타나 보인다.

외래와의 교역이 활발해지자 이민족과의 접촉이 증가했고 또 외래의 상품이나 공예품이 대량으로 유입되었다. 아울러 상업이 발달하고 도시를 중심으로 상업문화가 흥성하게 되었다. 즉 상점, 음식점, 주점 및 기루(妓樓)가 번성했으며, 이에 따라 새로운 상인 및 서민계층이 형성되었으며, 이들과 사대부(士大夫) 계층과의 교류 접촉이 활발하게 되었다. 그러므로 전기소설에는 선비와 창기와의 사랑이야기가 특히 많다.

당대에는 군인들이 크게 득세하고 활약했다. 초기에는 국력신장에 따른 영토 확장에 많은 군인들이 등장했다. 후반기 안녹산(安祿山)의 난 이후에는 각지의 군벌들이 부당하게 무력을 행사하고 백성들을 괴롭혔다. 이에 전기소설에는 악덕한 군벌들과 싸우는 의로운 무명의 호걸들이나 무술에 뛰어난 여자 협객들이 많이 등장한다. 결국 이들은 악독한 무력을 제압하고 나약한 백성들을 옹호한 정의의 투사들이었다.

이상과 같은 당대의 전기소설의 특성을 바탕으로 필자는 당대 전기소설의 정의를 다음과 같이 정리하겠다.

「당대(唐代)의 전기소설은 외형적으로는 고대의 신화 전설, 한대(漢代)의 신선 고사 및 육조시대의 지괴(志怪) 등의 소설을 계승한 대중적 설화문학에 속한다. 그러나 내면적 정신면에서는 외래의 사상 및 문화를 통합한 높은 가치관을 바탕으로 서민 대중의 자아(自我)를 선양하고, 나아가 자유로운 인간상을 긍정적으로 묘사함으로써 동시에 낡은 예교주의(禮敎主義)를 비판하려는 목적소설이다. 아울러 문학적 표현이나 기교면에서는 찬란한 당대 문학의 성과를 십분 활용한 격조 높은 소설 문학이다.」

2. 전기소설의 발생 및 발전의 배경

(1) 당 왕조의 통합적 기운

서기 618년 수(隋)의 뒤를 이은 당(唐)은 강력한 중앙집권제와 성공적인 외정(外征)에 의해 강대한 통일국가가 되었다. 진시황의 중국 통일, 한무제(漢武帝)의 주변 이민족 제압에 이어, 당나라는 이른바 당세계제국(唐世界帝國)을 형성했다. 무력적 통합만이 아니라 실크로드를 통한 서역과의 교역으로 이민족과의 접촉이 빈번해져 진기한 문물 공예품들이 들어왔고, 특히 종교나 사상 면에서도 불교 이외의 다른 많은 종교 및 사상이 들어왔다.

이러한 통합적 기운은 국내적으로 한족(漢族)을 중심으로 민족 통합을 촉진했다. 즉 삼국(三國)에서 남북조(南北朝)에 이르는 약

3백 년간의 혼란기를 걸치면서 한족은 주변의 이민족과의 혼류(混流) 통합을 이루었고, 따라서 정신문화 면에서도 신민족적(新民族的) 창조력을 배양했다.

양계초(梁啓超)는 다음과 같이 말했다.

「한말(漢末)에서 수(隋)에 이르는 오호십육국(五胡十六國) 및 남북조에 걸친 혼란기에 중국의 서북쪽에서는 여러 이민족들이 혼합하기 시작했고, 이에 점차로 중화민족의 새로운 분자가 형성되었다. 그들 이민족의 특색은 자연히 새로운 중화민족 속에 스며들었고 부지불식간에 우리들 중국문학에도 활기를 돋워 주었다.

이러한 사실은 문학사 상으로도 중요한 관건이 되므로 잘 알아두어야 한다. 이와 같은 새로운 민족적 특성은 종래의 온유돈후(溫柔敦厚)한 특성과 상반되는 것으로, 강하고 의협심이 넘치고 또 진솔한 장점을 지니고 있다.」[1)]

그는 다시 문학에 끼친 영향에 대해서 다음과 같이 말했다.

「남북조 수백 년간의 민족적 화학작용이 당대에 와서 일단락되었다. 당대의 문학은 온유돈후한 바탕에 다분히 비분강개하는 새로운 성분을 가미했고 부지불식간에 이채로운 작품을 생산해 냈다.」[2)]

이렇게 민족적 통합은 문화적 통일과 아울러 새로운 문화적 창조

---

1) 五胡亂華的時候 西北有好幾個民族加進來 漸漸成了中華民族的新份子. 他們民族的特色 自然也有一部分溶化在夏民族的裏面 不知不覺間便令我們的文學頓增活氣 這是文學史上的關鍵 不可不知. 這種新民族的特性 恰恰和我們的溫柔敦厚相反 他們的好處 全在伉俠直率. <中國韻文裏所表現的情感>

2) 經過南北朝幾百年民族的化學作用 到唐朝算是一段落. 唐朝的文學溫柔敦厚的底子 加入許多慷慨悲歌的新成分 不知不覺便產出一種異彩來.<仝>

력을 이끌어 냈다. 동시에 당대의 유교·도교·불교의 3교가 합류함으로써 사상적 혼합이 이루어졌다. 당대에는 이상의 3교 이외에 요교(祆教)·회교(回教)·마니교(摩尼教)·경교(景教) 등 외국의 종교나 사상 및 의식이 다양하게 들어왔다. 이러한 당대의 통합적 풍조에 의해 문화면에서도 새롭고 다양한 꽃이 피어나게 되었던 것이다.

(2) 초기의 태평성세(太平盛世)

당 고조(高祖 : 618~626 재위)를 도와서 천하통일을 이룩한 그의 아들 태종(太宗 : 627~654 재위)은 「정관의 치(貞觀之治)」를 펴서 당나라의 국기를 확고하게 굳혔고, 다시 제6대 현종(玄宗 : 712~756 재위)이 초반기에 「개원의 치(開元之治)」를 펴서 이른바 태평성세를 구현했다.

국운이 융성하고 경제가 윤택해지자 도시가 번성했다. 특히 인구가 백만을 넘었던 수도 장안(長安)은 국제도시로 번성했고 서역의 이민족 및 동쪽의 한국 일본 및 동남아 여러 민족들의 내왕이 빈번했다. 상점에는 진기한 고가품이 넘쳤으며 거리에는 화사한 옷차림의 왕후 귀족들의 거마(車馬)가 폭주했다.

한편 도시의 번성에 따라 시민 및 서민계층이 대두했고, 아울러 유흥가에는 음식점·주루(酒樓)·기방(妓坊) 들이 줄줄이 들어섰다. 도시만이 아니라 전국적으로 농업·수공업 및 상업과 교역이 대대적으로 발전하여 모든 백성이 경제적 부를 누릴 수가 있었다.

그 결과 전에는 무시되었던 평민 및 천민, 심지어 창기들도 사회적 존재인물로 주목을 받게 되고, 또 그들 서민층의 생활이 각광을 받고 문인들의 붓끝에 오르내리게 되었던 것이다. 뿐만 아니라 먹고 마시고 놀며 노래하고 춤을 추는 유흥에 귀천의 구별이 없어지게 되었다.

이에 전기의 작가들은 왕후 귀족이나 고관대작들이 노복이나 창기 같은 천민들과 접촉하고 어울려 함께 마시고 서로 사랑하는 로맨스를 그렸던 것이다. 즉 작가들은 전기소설을 통해 은근히 문벌의식을 타파하고 예교주의(禮敎主義)의 굴레를 벗어나려는 혁신적 낭만정신을 선양했던 것이다.

(3) 신흥 지식계층의 형성과 낭만정신의 앙양

당 고조의 뒤를 계승한 제2대 태종은 여러 면에서 장애가 되는 귀족세력을 억제하고 배제하기 위하여 과거(科擧)제도를 제정하고 학문과 시문에 뛰어난 지식인들을 선발해서 관료에 임명했다.

이에 많은 사람들이 학문과 시문에 몰두했고, 따라서 당대 문학이 흥성하기도 했다. 그러나 과거에 합격하고 높이 등용되는 사람은 극소수에 불과했다. 즉 가문이나 연줄을 배경으로 하는 세도의 힘으로 벼슬에 올랐고, 대부분의 선비들은 불우한 야인의 처지에서 속으로 울분을 터뜨리거나 산천에 묻혀 풍월을 읊으며 스스로를 달래야 했다.

이들 뜻을 이루지 못한 문인들 중에서 전기소설 작가가 많이 배출되었다. 과거에 응시하기 위해서는 지방장관의 추천을 받은 사람, 즉 향공(鄕貢)이 되어야 했다. 그러므로 진사시험을 치르려는 수험생, 즉 거인(擧人)들은 먼저 「새롭고 기이한 이야기나 내용을 재치있는 문장이나 시에 적은 글」을 고관대작에게 보내 자신의 존재를 알리고 자신의 문재(文才)를 과시하고 인정받으려고 했던 것이다.

그러한 글을 온권(溫卷)이라 불렀으며 대개 온권에는 전기소설이 적혀 있었던 것이다. 즉 기발하고 흥미로운 전기소설을 써서 지방장관이나 유력자에게 보내어 그들의 호기심을 자극하고 아울러 자신의 존재와 글재주를 알리고 추천을 받아내려고 했던 것이다.

그러므로 전기소설의 작가들은 진기한 소재를 새로운 관점에서 가치적으로 해석했으며, 아울러 잘 짜여지고 아름다운 문장을 구사해야 했다. 그러므로 전기소설 속에는 작가의 높은 사상이나 가치관 및 문장의 표현력과 학식 등이 잘 나타나 있다.

온권의 글, 즉 전기소설의 「새롭고 진기한 내용」은 곧 재래의 도덕률이나 통념을 뛰어넘은 생활상이나 가치관이 포함되게 마련이다. 따라서 전기소설에는 재자(才子)와 가인(佳人), 혹은 창기(娼妓) 혹은 요괴(妖怪)와의 사랑 이야기가 제법 많이 그려져 있기도 하다.

(4) 전란 후의 사회 혼란과 절도사의 발호

당 현종이 종반에 가서 양귀비(楊貴妃)에 빠져 정치를 소홀히 하자 안녹산(安祿山)과 사사명(史思明)의 반란이 일어났다. 이를 계기로 당 황실의 권위가 무너지고 변경지방의 절도사(節度使)들이 발호하게 되었다. 절도사는 본래 변경 이민족들의 침공을 막고 그 일대의 치안 유지를 위해 조정에서 파견되었으며, 군사적 지휘권과 행정권을 겸하고 있었다. 그러나 당 황실의 세력이 쇠퇴하고 통제력이 약화되자 변경의 실력자인 절도사들이 전횡(專橫)하고 또 서로 세력다툼까지 벌이게 되었다.

이에 사회 계층간의 모순과 혼란이 격화되었으며, 그 통에 세습의 귀족들과 정치권력자 및 과거를 통해 진출한 선비계층 및 벼슬에 오르지 못한 방대한 수의 독서계층이 무력통치자인 절도사와 대립했으며, 이에 따라 사회적으로도 온갖 모순과 갈등이 속출하게 되었던 것이다.

이러한 틈바구니에서 불우한 지식계층에 속하는 전기소설의 작가들은 그들의 불평과 울분 및 사회의 여러 모순과 악덕을 소설을 통해 나타내고 또 고발했던 것이다.

이런 의미에서 전기소설 속에는 작가의 사회비판과 모순에 대한 고발정신이 강하게 숨쉬고 있다. 이와 같은 지식인의 비판과 고발정신은 공자의 춘추필법의 정신 및 사마천(司馬遷)의 역사의식을 이어받은 것이기도 하고 또 소박한 권선징악(勸善懲惡)의 도덕관의 발로이기도 하다.

한편 악덕한 군벌이나 타락한 권력과 마주 싸운 무명의 용사들이 대부분 평민이나 천민 출신의 협객들이었다는 것도 전기소설의 특색이다.

(5) 고문운동(古文運動)과 전기소설

당대의 국가나 사회는 이민족(異民族)과의 교류 및 외래문화를 섭취함으로써 종교·사상·풍속 면에서 큰 변화가 일어났다. 이와 같은 사상 학문 및 문화의 다양성은 필연적으로 유교 일변도의 좁은 틀에서 벗어나 사고의 자유와 다양한 생활양식으로 이어졌으며, 이러한 변혁의 기운이나 정신을 가장 잘 반영한 것이 학술 사상 면에서는 고문운동이고 문학 면에서는 전기소설이라 하겠다.

한편 지식인 및 서민계층의 양적 팽창은 필연적으로 그들의 자아의식(自我意識)과 자유정신을 앙양케 했고 점차로 기성의 문벌주의 및 낡고 구속적인 사회규범에 대한 반항의식을 고취하게 했다.

이에 전기소설의 작가들은 작품을 써서 자신들의 학식이나 실력을 과시하는 동시에 자기네들의 불만을 토로하고 또 사회적 역사적 고발도 겸했던 것이다.

당시에는 개인적으로는 역사를 쓸 수가 없었다. 그러므로 전기소설의 작가들은 민간의 설화 속에 현실을 비판하는 역사의식을 가미한 전기를 써서 역사적 현실을 비판했던 것이다. 그러므로 전기소설 속에는 악덕한 권력자를 지탄하고 사회악을 고발하는 내용을 테마로 한 작품들이 많다.

이상과 같이 전기의 작가들은 민간설화의 형식을 활용하여 서민생활과 대중의식을 형상화했으며 동시에 새로운 인간상을 가치적으로 그려냈던 것이다.

단 문학적인 표현에 있어서는 정통(正統)의 높은 경지를 잘 활용했다. 즉 중국문학의 최고봉을 차지하는 당시(唐詩)의 찬란한 작품들과 아울러 사상과 기골을 겸비한 당대의 고문운동의 산문정신도 십분 활용했던 것이다.

3. 전기소설의 두드러진 두 가지 특성

이상에서 언급한 전기소설의 일반적 특성 외에 독자들이 유념해야 할 특출한 특성을 두 개만 들고 간단히 설명을 가하겠다.

그 하나는 중국문학사상 처음으로 여성들이 소설의 어엿한 주인공으로 등장했다는 사실이다. 특히 그들 여주인공들은 자아의식을 갖춘 인격적 존재로서 작품 속에서 생활하고 활동하고 있다. 그들은 평민이나 천민 계층의 출신들이면서도 강한 자아의식을 지니고 기성도덕의 규범이나 문벌주의 및 봉건적 예절의 굴레를 타파하고 사회의 정의와 연애의 자유를 위해 행동하는 새로운 타입의 여성상들이었다.

그녀들은 지능과 예능 및 무술의 소유자이기도 했다. 즉 학식을 지닌 총명한 여성으로서 혹은 때로는 비범한 무술을 구사하여 악덕을 물리치고 불의를 응징하는 여협객(女俠客)으로서 눈부신 활약을 하기도 했다.

두 번째의 두드러진 특성은 「정신적 승리(精神的勝利)」를 고취하고 있는 점이다. 현실적으로는 악덕을 물리치고 자유로운 사랑을 성취시키지 못하고 또 대부분의 경우에는 패배한다.

그러나 전기소설의 작가들은 현실적으로는 패배의 고배를 마셔도 전기소설에서는 그들의 이상이나 욕구 및 사랑과 꿈을 영혼의 세계에서 성취시키고 있다. 이것을 정신적 승리라고 일컫는다. 전기소설에는 이러한 승리의 기록이 많다. 이와 같은 정신승리는 중국의 전통사상의 이상적 흐름이기도 하다.

중국의 역사적 현실은 대부분 악덕의 힘에 시달리고 무력적 횡포에 유린되었다. 그러나 전통적 사상과 정신은 언제나 천도(天道)를 기준으로 한 절대선(絶對善)을 지향하고 있으며 동시에 종국적으로는 「선의 승리」를 낙관하고 또 고취했던 것이다. 이와 같은 중국의 사상적 낙관론과 승리감이 전기소설에도 잘 나타나 있다.

전기소설의 정신적 승리의 다른 측면은 새롭게 대두하는 평민사회의 자아(自我)와 인간성을 긍정하고 높이기도 했다. 즉 현실적으로 짓눌리고 억압된 그들의 심성이나 상념을 비현실적 몽환적(夢幻的)으로라도 달성 성취하려는 잠재의식이 잘 나타나 있다. 동시에 천민들 속에서 선한 인간성과 뛰어난 지능을 발굴하고 극명하게 그려냈던 것이다. 그러므로 기술된 사건이나 내용 속에 「비 실재적이고 몽환적 요소」가 많이 섞여 있는 것이다.

그와 같은 소재는 수단으로 엮어 넣은 것이지 결코 그와 같은 몽환 자체의 기술을 목적으로 하고 있지 않다는 점은 앞에서 말한 바 있다. 이 점이 이전의 지괴소설과는 근본적으로 다르다. 그러므로 전기소설을 읽을 때에는 「지괴(志怪)」에 중점을 두어서는 안된다. 어디까지나 전기소설을 쓴 작가나 혹은 소설의 주인공들의 목적의식 및 이상을 읽어야 한다.

이상과 같이 전기소설 속에는 평민을 대변하고 정신적으로 그들의 승리를 다짐하려는 의도가 넘치고 있다. 그러므로 전기소설은 후세의 평민문학 즉 통속소설이나 연극에 지대한 영향을 끼쳤던 것이다.

4. 전기소설의 내용상의 분류

전기소설을 일반적으로 다음과 같이 분류한다. 염정소설(艶情小說)·창기소설(娼妓小說)·영혼신괴소설(靈魂神怪小說)·도가적 몽환소설(道家的夢幻神怪類)·무술협객소설(武術俠客小說)·역사별전소설(歷史別傳小說) 등이다. 그러나 필자는 다시 정리하여 다음과 같이 네 편으로 추렸다. (머리말 참조)

제1편. 애절한 사랑 이야기

제2편. 인간과 신괴(神怪)와의 교감
제3편. 환상과 영혼의 세계
제4편. 여협객
항목 별로 간략하게 설명을 가하겠다.

제1편 애절한 사랑 이야기 : 이들 작품들은 주로 사랑과 연애의 자유를 구가한 염정소설(艶情小說), 창기소설(娼妓小說) 및 몽환소설(夢幻小說)이 혼잡한 것들이다.

바탕은 남녀의 애정을 주로 한 작품들이다. 남녀의 진솔하고 자유로운 사랑과 결혼을 대담하게 긍정적으로 그리고 있다. 반면 자유로운 사랑을 구속하고 억압하는 사회규범이나 도덕률에 대하여 무언의 비판이나 항변을 던지고 또 은근히 반대하는 저의가 숨어 있다.

특히 이 부류에 속하는 대부분의 여주인공들은 자기네의 자유로운 연애나 결혼을 유린하는 문벌이나 신분계층의 장벽을 타파하고 대담하게 행동하고 있다. 즉 부모나 남편 몰래 밀회(密會)를 하거나 가출하고 도망하는 경우도 있다. 이들 여주인공 중에는 천민 출신의 노비(奴婢) 창기(娼妓) 및 가기(家妓)들이 많이 등장한다.

그들은 강한 자아의식을 지닌 인격적 존재로 행동하고 있으며 지식과 기능 및 무술을 발휘하고 활약하여 남을 도와주기도 한다. 전기소설의 작가들은 그들 즉 천민계층에 속하는 여성들 속에 있는 사랑의 성정(性情)과 총명한 능력 및 인간선(人間善)을 높이고 있다.

물론 그들의 사랑은 현실적으로는 대부분 실패하고 좌절한다. 그러나 주인공들은 자기네들을 유린하고 억압하는 현실과 숙명에 항거한다. 그러므로 전기소설은 비극으로 끝나는 경우가 많다. 이러한 전기소설의 처절함이 또한 독자의 동정과 공감을 자아내게 하는 요인이기도 하다. 이에 속하는 작품은 다음과 같다.

특히 <장한가전>은 당(唐)나라의 선비가 같은 당나라의 황제 현종(玄宗)과 양귀비(楊貴妃)의 사랑과 그 비극적인 사랑을 인간적인 시각으로 그리고 더욱 그들의 못 다한 사랑을 영혼의 세계로 연장한 것이 특이하다.

제2편 신괴(神怪)와의 어울림 : 이들 소설들은 육조(六朝)시대의 신괴소설(神怪小說)을 계승하고 발달시킨 작품들이다. 작품 속에 신선(神仙) · 요괴(妖怪) · 몽환(夢幻) · 영혼(靈魂) 등이 등장한다. 그러나 육조시대의 소설에서는 귀신이나 요물 자체, 혹은 그들의 조화 자체를 기술하고 독자에게 알리는 것을 목적으로 삼고 있었다. 그러나 당대의 전기소설에서는 신괴나 그 신통력을 가탁(假託)해서 인간을 그리려고 한 것이 다르다. 작품의 모티브는 어디까지나 인간과 인간의 생활이다. 그러므로 양자간에는 같은 신괴를 취급하고 있으나 목적의식 면에서는 근본적으로 다르다.

전기소설에서는 귀신이나 영혼의 신통력을 활용하여 현실적으로는 불가능한 일을 달성하는 방편으로 삼고 있다. 즉 정신적 승리를 얻기 위한 수단으로 신통력을 동원하고 있다. 이러한 태도는 현실적 절망을 하늘의 힘으로 구제 받으려는 종교적 잠재의식과 통한다.

당시에는 여러 종교 사상이 보급되고 있었다. 도교의 불로장생의 신선사상, 우화등선(羽化登仙)하는 도사의 방술(方術), 현실적 부귀영화를 해탈하려는 허무주의, 불교의 인과응보와 윤회설, 민간의 무속 신앙과 연결된 신인감응(神人感應)·영혼이합(靈魂離合)·귀신보답(鬼神報答) 등의 신앙과 사상이 활용되었던 것이다. 이에 속하는 작품으로는 다음과 같은 것이 있다.

<고경기(古鏡記)>, <백원전(白猿傳)>, <침중기(枕中記)>, <남가태수전(南柯太守傳)>, <유의전(柳毅傳)>, <두자춘전(杜子春傳)> 등이다. 기타 <장한가전(長恨歌傳)>, <이혼기(離魂記)>도 몽환으로 사랑을 이루려는 뜻에서 이 부류에 넣을 수도 있다.

제2부에는 <고경기(古鏡記)>, <백원전(白猿傳)>, <임씨전(任氏傳)>, <유의전(柳毅傳)>만을 수록하고 나머지는 다른 편에 수록했다.

제3편 환상과 영혼의 세계 : 이 작품들은 불교나 도교사상을 바탕으로 인간의 정욕(情欲)과 현세적 부귀영화의 허무함을 강조하는 소설들이다. <두자춘전(杜子春傳)>은 인간의 칠정(七情) 즉 「희(喜)·노(怒)·우(憂)·구(懼)·애(愛)·증(憎)·욕(欲)」 등의 감정 극복의 어려움을 그렸다. 특히 「자식에 대한 사랑」이 절대적이므로 특이한 상황으로 증거하고 있다. <침중기>와 <남가태수전>은 꿈 이야기를 바탕으로 인간의 출세·명성·부귀·영화의 허무함을 그렸다. <이혼기(離魂記)>는 인간의 육신과 영혼의 이합(離合)을 교묘한 이야기로 엮었다.

제4편 여협객(女俠客) : 주로 악을 응징하는 데 대담하게 행동한 의협한 여자 무사들을 주인공으로 한 소설이다.

중국에는 옛날부터 많은 협객들이 있었으며 사마천(司馬遷)의 《사기(史記)》에도 협객열전(俠客列傳)이 있다. 이들은 무력과 권력을 악덕하게 행사하고 무고하고 무력한 백성들을 무자비하게 억압하고 부당하게 유린하는 악인들을 때려눕히고 민초들을 구제하고 그들의 한을 풀어준 의로운 협객들이었다.

특히 안녹산의 난 이후에는 절도사나 군벌(軍閥)들의 횡포가 심했고 또 세력 확장을 위한 전쟁으로 천하 만민을 불안에 떨게 했다. 그럼에도 불구하고 조정이 무력하여 그들은 제압하지 못했으므로 백성들은 하소연할 데가 없었다. 그와 같은 절망적 극한상황에서 민간에 파고드는 것이 미신적인 종교다. 각양각색의 종교가 저마다 불쌍한 민초들을 구제하고 영혼을 안위해 준다고 주장한다. 그러나 대중은 그러한 우회적인 구제보다 당장 갈증을 풀어줄 청량제를 한 모금이라도 마시고 싶어 한다. 이러한 갈증을 풀어줄 청량제의 역할을 하는 것이 협객들의 이야기였다.

우선 협객들은 초인간적 능력을 가지고 악인들을 후련하게 물리치거나 응징한다. 그들은 축지법(縮地法)·은신술(隱身術)·비행술(飛行術), 기타 뛰어난 무술을 자유자재로 구사하여 일거에 적을 격파한다.

그들은 단독으로 아무도 모르게 거사하고 흔적을 남기지 않음으로써 남을 연루시키거나 피해를 주지도 않는다. 또 그들은 하등의 보수도 바라지 않고 오직 약한 사람 혹은 착한 사람을 돕기 위해 위험을 무릅쓴다.

전기소설에는 여자 협객이 많이 등장한다. 이에 속하는 작품으로는 <규염객전(虯髥客傳)>, <무쌍전(無雙傳)>, <유씨전(柳氏傳)>,

<홍선전(紅線傳)>, <곤륜노(崑崙奴)>, <섭은낭(聶隱娘)>이 있다. 제1편에 있는 <곽소옥전(霍小玉傳)>, <양찬전(楊娼傳)>에도 협객들이 나타나 사랑하는 사람들을 도와준다.

기타 유선굴(游仙窟) 등이 있으나 표현이 한시(漢詩) 위주로 되어, 한글로 옮기기 부적당하여 생략했다.

차 례

당/대/전/기/소/설/의/여/인/상

제1편 애절한 사랑이야기

당(唐 : AD. 618~907) 왕조는 제6대 현종(玄宗 : 712~756 재위)을 정점으로 국운이 융성했고 태평성세(太平盛世)를 구가했다. 그러므로 문화 및 사회면에서도 낭만적 기운이 넘쳤다. 우리가 잘 아는 두보(杜甫)·이태백(李太白)·백낙천(白樂天) 등의 당시(唐詩)가 이 때에 피어난 찬란한 꽃송이였다.

한편 당대에는 한족(漢族)과 주변의 이민족과의 접촉이 활발했다. 무력에 의한 국토 확장은 주변 이민족과의 분쟁을 촉발했으며 동시에 외국과의 교역을 촉진했다.

그 결과 당나라는 문화면에서나 사회면에서나 외래문화와 상업경제가 막대한 영향을 끼치게 되었다. 아울러 도시를 중심으로 서민계층이 대두했으며 특히 오락 유흥 문화의 흥성에 따라 마침내 창기(娼妓) 및 기타 여인들의 존재가 돋보이게 되었다.

이에 집권층에 속하는 귀족 및 사대부(士大夫)들과 평민층에 속하는 창기나 비녀 등과의 접촉이 촉진되었으며, 그 사이에서 각양각색의 로맨스가 발생하게 되었다. 이러한 로맨스들은 당시의 정통적 윤리 도덕과 엄격한 사대부(士大夫)의 문벌주의(門閥主義) 및 사회규범(社會規範)을 기준으로 보면 기이한 이야기에 속했으며 또 원칙적으로 용납되거나 성취될 수 없는 것이었다. 그러므로 대부분의 경우는 비극으로 끝나야 했다. 그래서 편명을 「애절한 사랑 이야기」라고 했다.

전기소설은 원문이 어려운 한문으로 씌어졌으므로 필자는 직역을 피하고 의역을 했으며 아울러 상황설명을 덧붙여 일반 독자들로 하여금 이해에 도움이 되도록 애를 썼다. 이 책을 통해 당대의 여인상과 그들의 애환에 찬 로맨스의 일단을 엿보기 바란다.

1. 앵앵전(鶯鶯傳)

— 원진(元稹)

1

당나라 정원(貞元) 연대에 장생(張生)이라는 젊은이가 있었다. 용모가 수려하고 몸가짐이 단정한 정인군자(正人君子)로 예절을 잘 지켜 언제 어디에서나 법도에 어긋나는 일이 없었다.

그는 23세가 되도록 여색을 가까이 한 일이 없었다. 혹시 술자리에서 친구들이 숙맥이라고 놀리기라도 하면 그는 이렇게 변명하고 나섰다.

"왜 난들 음양의 조화를 모르겠나. 또 사내대장부로서 여자를 마다하겠는가. 다만 아직 내 마음이 혹할 만한 절세가인을 만나지 못했을 뿐이라네. 말하자면 천하일품을 얻기 위하여 뜸을 들이고 있는 것일세."

지방에서 거생(擧生)으로 천거된 장생은 과거를 보기 위하여 상경하는 길에 포성(蒲城) 보국사(普國寺)에 들러 잠시 두류하고 있었다.

보국사는 50년 전에 측천무후(則天武后)가 창건한 사찰로 그 규모가 광대했다. 특히 황색 유리기와를 얹고 또 순금으로 만든 큰 불상이 안치되어 많은 사림들이 찾아와서 불공을 드리는 명찰이었다.

장생은 주지 스님의 호의로 서북쪽에 한적한 방을 빌려 들었다. 방 앞에는 반듯한 돌담이 높이 쌓였고 그 너머 널찍한 정원에는 복숭아와 자두가 눈부시게 만발했다.

마당을 쓸고 있는 동자에게 물으니, 그 곳은 서상(西廂) 별장 채로 지금은 최상서(崔尙書)의 미망인 정씨(鄭氏) 모녀가 재를 올리기 위해서 잠시 기거하고 있다고 했다. 원래 최상서 생존시에 별장으로 지은 것이었으나 보국사의 대 시주였던 그가 임종 직전에 절에 기증을 했으므로 오직 유족들만이 와서 유숙한다고 했다.

그 무렵 포성을 다스리던 총사령관 혼감(渾瑊)이 죽자, 일부 군인들이 민가를 약탈하는 소동이 일어났다. 정씨 모녀는 반란군들이 미구에 보국사로 몰려올 것이라는 풍문을 듣고 안절부절 못했다. 재물 털리는 것도 겁이 났지만, 더욱 몸을 더럽힐까 걱정이 컸다.

이에 장생이 그들 모녀를 도와주고자 나섰다. 마침 그 곳 주둔군의 장교가 전부터 장생과 친교가 두터운 사이였으므로 장생의 말 한마디로 정씨 모녀는 무사할 수 있었다. 그리고 얼마 후에는 중앙에서 관군이 내려와 난동하는 군인들을 진압했음으로 포성 일대가 다시 전과 같이 평온해졌다.

며칠 후 정씨는 장생의 은혜에 보답하기 위한 큰 잔치를 벌였다. 중당(中堂)에 푸짐하게 잔칫상을 차리고 장생을 초대했다. 초대를 받은 장생은 사전에 정씨 모녀의 신상을 조사하고 정씨가 바로 자기 모친과 한 집안임을 알게 되었다. 말하자면 정씨가 자기의 먼

이모뻘이 됨을 알았다. 잔칫날 장생이 정씨에게 그러한 사실을 알리고,

"앞으로는 이모님으로 모시겠습니다."

하고 깍듯이 예를 갖추고 엎드려 절을 했다. 그러자 정씨는 만면에 희색을 띠고 상냥하게 인사치레를 했다.

"이제껏 이질간인 줄도 모르고 지냈군요. 이제부터는 친근하게 지내야 합니다. 이 몸은 어린 아들딸을 데리고 외롭게 사는 홀어미입니다. 그러니 앞으로도 조카의 도움을 청할 일이 많을 겁니다. 특히 이번 난리에는 조카의 덕택으로 연약한 우리들이 생명을 부지할 수 있었지요. 그 태산 같은 은혜를 무엇으로 갚을 수가 있겠습니까. 우선 아이들의 초인사부터 받으세요."

먼저 열 살 된 아들 환랑(歡郞)을 불러 절을 올리게 했다. 그리고 이어 몸종을 시켜 큰딸 앵앵(鶯鶯)을 나오게 했다. 그러나 몸종이 나와서 아뢰었다.

"아씨는 몸이 불편해서 뵙지 못하겠다고 하십니다."

이에 정씨는 엄하게 꾸짖듯이 말했다.

"분별없는 소리 말고 썩 나와서 뵈라고 일러라. 장생 도령님은 생명의 은인이자 또 외척간의 오라버니가 되신다. 미양을 핑계하고 내외할 처지가 못된다."

잠시 후에 평상복 차림의 앵앵이 나타났다. 정말로 앓다가 일어난 듯 화장기 없는 얼굴이 핼쑥했다. 그러나 천품의 우아한 아름다움이 전신에 넘쳤다. 첫눈에 크게 충격을 받은 장생은 저도 모르게 자리에서 일어나 허리를 굽혔다.

정씨가 나서서 상견례를 시키며 말했다.

"앵앵아, 오라버님께 인사 여쭈어라. 오라버님 덕택에 전자에 우리 일가가 화를 모면하고 이렇게 살아남을 수가 있었다. 그 큰 은혜를 어찌 다 감당하고 보답하겠느냐."

앵앵은 말없이 정중하게 격식을 갖추어 절을 했다. 어머니 정씨가 다시 입을 열었다.

"미거한 여식은 금년에 열여섯이고 어린 아들은 간신히 열 살이 되었습니다. 둘 다 홀어미 밑에서 버릇없이 자라 철부지로 부족함이 많습니다. 앞으로는 도련님이 친 오라비 대신하여 잘 가르치고 바르게 이끌어 주십시오."

장생은 잔칫상 너머로 마주앉은 앵앵에게 여러 말을 물었다. 그러나 그녀는 수줍은 듯 고개를 숙인 채 별로 대꾸하지 않았다. 대신 곁에 앉은 정씨가 말을 받아 수다스럽게 떠들었다.

2

장생은 앵앵을 본 순간부터 넋을 잃고 짝사랑에 빠졌다. 오매불망 그녀를 그리며 밤잠을 못 이루고 뒤척였다.

장생은 마침내 앵앵의 몸종 홍낭(紅娘)에게 여러 가지 값진 선물을 쥐어주고 어려운 부탁을 했다.

"한번 만날 수 있도록 기회를 만들어 주시오."

홍낭은 흠칫 놀라는 시늉을 하고 가타부타 말도 없이 도망치듯이 가버렸다. 무안을 당한 장생이 속으로 '공연한 말을 했구나.' 하고 뉘우치고 있자니, 이튿날 홍낭이 다시 찾아왔다. 이에 장생은 다시 체면불구하고 조급하게 물었다.

"내 뜻을 아씨에게 전했소?"

그러나 홍낭은 냉정하게 나무라는 투로 말했다.

"그렇듯이 법도에 어긋나는 말을 어떻게 전합니까. 도련님도 다시는 그런 망측한 부탁을 하지 마세요. 쇤네도 지난번의 말씀을 듣지 않은 걸로 하겠습니다."

"미안하오. 너무 조급한 마음에 창피를 무릅쓰고 낭자에게 무례한 소리를 했소. 그러니 너그럽게 양해해 주시오. 그러나 아가씨는 꼭 만나보고 싶소. 어찌하면 좋겠는지 방도를 일러주시오."

"도련님은 우리 마님의 조카뻘 되시는 먼 친척이 아니십니까. 그러니 후일 댁에 돌아가셔서 자당 어른을 통해 정식으로 청혼을 하세요. 우리 아가씨는 줄곧 규방 깊이 묻혀 글공부하시며 예의범절을 익힌 요조숙녀입니다. 말 한 마디라도 법도에서 벗어나면 아예 상대를 하지 않으실 것입니다. 그러니 각별히 유의하세요."

그러나 장생은 자기의 다급한 심정을 홍낭에게 호소했다.

"하기야 나도 정인군자로 자처하고 있소. 어려서부터 이날까지 그 어느 여인에게도 마음을 준 일이 없었소. 그러나 지난번에 앵앵 아씨를 본 수간 나는 혼백을 송두리째 빼앗기고 지금은 헛껍데기로 살고 있소. 그러니 하루빨리 아씨를 만나서 내 혼백을 도로 찾아야 내가 죽지 않고 연명할 수가 있소. 어느 겨를에 낭자의 말대로 부모님을 통해 허락받고 사주단자 주고받고 육례 갖추어 혼례를 올리고 아가씨를 만나겠소. 그러다가는 나는 죽고 건어물전에 널브러질 것이오. 더욱 얼빠지고 넋 잃은 나는 수삼 일을 계속 먹고 마시지도 못하고 있으며, 따라서 나의 명이 경각에 걸려 있소. 그러니 한시도 지체할 수가 없소. 이렇듯 절박하고 가긍한 나의 처지를 우선 홍낭 낭자가 먼저 이해하고 사람 하나 구해주는 셈 치고 서둘러 아가씨를 만나게 다리를 놔주시오. 그래야 내가 죽지 않고 살아서 보답도 할 게 아니오."

생판 공갈 조였다. 홍낭은 어이없다는 표정을 짓고 응수했다.

"아무리 그러셔도 예절 바르신 우리 아가씨를 부도덕하게 꼬여낼 수 없습니다. 그러나 도련님의 처지가 너무 딱하게 보이니 쇤네가 한 가지 계책을 귀띔해 올리지요."

"무엇이오? 어서 말하시오."

"다름이 아니라 우리 아가씨는 문학에 능통하고 특히 시 짓기를 좋아하십니다. 그러니 도련님께서 시를 한 수 지어 주시면 쇤네가 전해 올리겠습니다."

"그거 참 좋은 생각이오. 당장에 시를 한 수 지어 올리리다."

장생이 사랑의 정이 듬뿍 담긴 장편의 시 「춘사(春詞)」를 지어 홍낭을 통해 앵앵에게 전했다.

그날 밤, 홍낭이 와서 연분홍 색종이에 쓴 시 한 수를 내밀었다. 앵앵의 답시(答詩)로 「명월삼오야(明月三五夜)」라는 제목이 붙어 있는 오언절구(五言絶句)였다.

서상 어름에서 달을 기다리며
문을 열고 바람을 맞이할 새
꽃 그림자 울바자에 술렁이니
아마도 정든 임이 오시려는가?

待月西廂下 迎風戶半開　　대월서상하 영풍호반개
拂墻花影動 疑是玉人來　　불장화영동 의시옥인래

장생은 빙그레 미소를 지었다. 달 밝은 보름날 밤에 찾아오라는 뜻이 담겨져 있었다.

3

장생은 기망(旣望) 16일 밤에 돌담 곁에 자란 살구나무를 타고 담을 넘어 앵앵이 기거하고 있는 서상으로 접근했다. 시에 적힌 대로 중문이 반쯤 열려 있었다. 살며시 문을 밀치고 안으로 들어가니 문간방 침상에 홍낭이 엎드려 잠들어 있었다.

장생은 떨리는 손으로 조심조심 흔들어 깨웠다. 그러자 흠칫 놀라 깨어난 그녀는 눈을 휘둥그렇게 뜨고 꾸짖듯이 말했다.

"참으로 무엄하십니다. 어찌 야밤에 월장을 하셨습니까?"

"아무 소리 말고 어서 아가씨에게 내가 왔다고 전하시오."

"아니 되옵니다. 돌아가십시오."

"돌아가다니, 시에 오라고 적혀 있더란 말이오."

"우리 아씨가 답장에 오라고 하셨어요?"

"그렇소. 어서 가 아뢰시오."

고개를 갸우뚱하고 안으로 들어갔던 홍낭이 이내 되돌아 나오며 싱긋싱긋 웃으며 말했다.

"됐어요. 아씨께서 곧 나오십니다."

장생은 설레는 가슴을 진정시키는 한편, 속으로 '이제야 소원을 이루나 보다.' 하고 소리 없는 쾌재를 불렀다.

잠시 후에 단정하게 옷을 차려입은 앵앵이 나타났다. 그러나 그녀는 반기는 기색이 전혀 없었다. 반대로 지극히 엄숙한 표정을 짓고 침착하고 나직한 음성으로 책망하듯이 말했다.

"오라버님께서 저희 일가 식구를 구해주신 은혜는 백골난망이옵니다. 그러므로 자모께서도 미거한 우리 자매를 오라버님께 돌봐달라고 의탁을 하셨을 것입니다. 그런데 미천한 시비(侍婢)를 통해 난잡한 말투의 시를 보내셨으니 참으로 해괴망측하옵니다. 지난날에 난적들로부터 구출해 주신 이 몸을 이제는 난한 언사로 어지럽히시니 도리가 아닌 줄 아옵니다. 당초에는 오라버님의 음란한 시를 혼자만 알고 묵살하려고도 했으나, 그렇게 하면 소녀가 은근히 승복하는 것으로 오해하실 것이고, 또 어머님에게 알리면 피차의 체통을 잃을 뿐더러 노모의 마음을 상하게 할 것이고, 또 홍낭을 통하면 소녀의 본심을 소상하게 아뢸 수가 없을 것이라, 소녀가 직접 뵙고 말씀드리려고 일부러 「명월십오야」의 시를 써 보냈습니다. 이제 소녀는 드릴 말씀 다 아뢰었습니다. 오라버님께서도 다른 마음 품지 마시고 오직 불쌍한 누이로 대해 주십시오."

할 말을 다 한 앵앵은 홱 돌아서 찬바람을 날리며 총총히 사라졌다. 장생은 어안이 벙벙했다. 홍낭의 부축을 받으며 간신히 담을 넘어 자기 처소로 돌아온 그는 억장이 무너져 내리는 심정으로 침상에 쓰러졌다. 어둠과 절망이 육중하게 덮쳤다.

너무나 큰 충격을 받은 장생이 식음을 전폐하고 몸져누운 지 만 사흘째 되던 날 밤, 자정이 넘은 시각이었다. 어리마리 누워 있는 장생 앞에 난데없이 홍낭이 들어오며 수선을 떨었다.

"어서 일어나세요. 우리 아씨가 오세요."

"아니, 이 밤중에 아씨가 오다니?"

홍낭은 장생의 손을 잡고 반강제로 일으키며 조잘댔다.

"우리 아씨가 도련님과 신방을 차리려고 오세요."

"무어 신방?……"

홍낭은 장생을 밀쳐내고 손에 들고 온 앵앵의 베개를 침상 위에 나란히 놓고 원앙새를 수놓은 이불을 반듯하게 폈다. 그러자 화사한 비단옷을 걸치고 짙게 분 치장을 한 앵앵이 수줍은 듯 고개를 숙이고 방안으로 들어섰다.

장생은 얼떨결에 그녀의 손을 잡아 의자에 앉히고 자기도 그 곁에 걸터앉았다. 그러나 무어라 말을 해야 좋을지 또 어떻게 처신해야 좋을지 통 알 수가 없어 그저 멍하니 그녀의 옆얼굴만을 바라보고 있었다.

그러자 홍낭이 미리 마련한 듯 주안상을 들고 들어오면서 수다스럽게 떠들었다.

"자, 백년가약의 합환주를 드십시오."

흡사 꿈속에서 선녀와 어울려 놀고 있는 듯했다. 꿈이라 목이 막혀 소리를 낼 수가 없었다. 두 사람은 묵묵히 술잔을 주거니 받거니 몇 순배를 돌려 마셨다. 마침내 답답하게 막혔던 목도 뚫리고 가슴도 트였다. 장생의 굳었던 얼굴에 긴장이 풀어지고 앵앵의 토실한 볼에 발그레 술기운이 오르면서 앵두 같은 입가에 미소가 떠올랐다.

홍낭이 눈치를 채고 주안상을 거두어 들고 나갔다. 그리고 새로 작은 다담상을 차려들고 들어오며 말했다.

"봄날 밤 한 시각은 천금을 주고 살 만한 가치가 있다고 했습니다(春宵一刻値千金). 서로 애타게 고대하시던 만남의 밤을 말없이 앉아서 지새우시렵니까? 쇤네도 그만 물러가겠으니 두 분께서도 자리에 드십시오."

나가면서 홍낭이 사방의 불을 껐다. 오직 침상 머리맡의 촛불만이 은은하게 번졌다.

장생이 일어나 두 팔을 활짝 벌리고 그녀를 품에 안으려 하자 앵앵도 기다렸다는 듯이 몸에 걸쳤던 윗도리를 벗어 던지고 달려가서 안겼다. 두 남녀는 말없이 이불 속에 알몸뚱이를 묻고 운우의 정을 나누었다.

밤새껏 젊음을 불태운 그들은 닭이 여러 차례 회를 치고 동창이 어스름 밝아오자 마지못해 자리에서 일어났다. 앵앵은 노곤히 늘어진 몸을 홍낭에게 실린 채, 끌려가면서 자꾸 뒤돌아보며 이별을 아쉬워했다.

그녀를 떠나보낸 장생도 허전하긴 마찬가지였다. 빈 방안에 혼자 남은 장생은 애달픔에 가슴이 쓰리고 아팠다. 이불자락에는 아직도 그녀의 체취와 분 냄새가 풍겼고 허공에는 그녀의 염려(艶麗)한 교태가 어른거렸다. 장생은 그 자리에서 「회진기(會眞記)」라는 한 편의 시를 썼다. 꿈속에서나 환상이 아닌 현실로 참사랑을 만나고 기쁨을 나누었다는 감격을 생생하게 남기기 위해서였다.

그로부터 사흘간 앵앵으로부터 통 소식이 없었다. 장생은 걱정스러운 중에도 장편시를 완성하고 정성들여 단정하게 청서를 해서 앵앵에게 보냈다.

바로 그날 밤 늦게 앵앵이 다시 홍낭을 앞세우고 찾아왔다. 두 남녀는 또 다시 날이 새도록 젊음을 불태웠고 또 다시 새벽녘에 헤어졌다. 특히 앵앵은 밤늦게 사람의 눈을 피해 숨어 왔다가 새벽 일찍 숨어 나갔다. 이러한 그들의 대담한 밀회가 한 달 넘게 계속되자 장생은 그녀에게 말했다.

"어머님에게 우리 사이를 알리고 결혼 허락을 받고 성례를 치릅시다.”

그러나 앵앵은 고개를 저으며,

“아직은 시기상조입니다. 더욱이 우리들의 관계를 알릴 수 없어요. 섣불리 말씀드렸다가는 어머님의 역정을 살 것이며, 자칫 우리들이 다시는 만나지도 못하게 될 거예요. 그러니 차라리 아무 일도 없었던 걸로 하고 도련님이 먼저 고향에 계신 자당어른을 통해서 우리 어머님의 허락을 받도록 해보세요.”

과거를 보겠다고 상경한 장생으로서도 과거 전에 불쑥 장가들겠다고 기별할 수도 없었다. 차일피일 하는 동안에 세월은 사정없이 흘렀고 과거를 볼 날짜가 임박하여 불원간에 장안으로 떠나야 했다.

두 사람의 풋사랑은 바야흐로 꿀이 오르고 단 맛이 온몸에 배기 시작할 무렵이라 잠시라도 떨어진다는 것은 상상할 수도 없었다. 그러나 헤어지지 않을 수도 없었다. 떠나기에 앞서 장생은 그녀에게 자신의 진정을 누누이 알리고 조속한 시일 내에 장원급제하고 금의환향하여 맞이하겠으니 마음을 굳게 다지고 참고 기다려 달라고 신신당부했다.

자존심이 강하고 사리에 밝은 그녀는 모든 것을 잘 납득했고 괜스레 울고불고 하지 않았다. 그러나 막상 출발을 이틀 앞두고는 몹시 서글퍼했으며 마침내는 원망스런 얼굴을 짓고 눈물을 흘렸다.

장생도 아픈 가슴을 달래며 장안으로 떠났다. 난생 처음으로 본 첫사랑이자 밀회의 꿀맛을 버리고 또 절세가인의 황홀한 사랑과 행복을 뒤로 하고 험난한 길을 걷는 그의 발걸음은 무겁기만 했다.

장안을 향해 한 발짝 한 발짝 다가갈수록 사랑스런 앵앵과의 거리는 멀어지기만 했다. 그러나 장생의 가슴속에 떠오르는 그녀는 더욱 가깝게 그를 사로잡았다. 길 가의 풀꽃에도 그녀의 화사하고 아리따운 얼굴이 피어났고, 밤하늘에 반짝이는 별과 더불어 그녀의 초롱초롱한 눈동자가 살아났다. 한편 후미진 골짜기를 흐르는 샘물소리는 그녀의 흐느낌이요, 잎에 스치는 바람소리는 그녀가 타는 거문고소리로 귓전에 가깝게 들렸다.

그러나 장생은 모질게 눈을 감고 귀를 막고 길을 재촉했다. 눈앞에 어른대는 그녀의 환상을 쫓아내며 혼잣말로 중얼거렸다.

"뜻을 세우고 집을 나선 사나이 대장부는 정에 연연해선 안된다. 공명을 앞세워야 한다."

4

장생은 첫 번째 응시에 낙방했다. 이에 그는 그대로 장안에 주저앉아 다음번 과시에 도전하기로 굳게 결심을 했다. 그러한 사연을 적은 서찰과 함께 장안에서 구입한 값진 화잠(花簪)과 화장품 일습을 앵앵에게 보내주었다.

즉시 다음과 같은 내용의 회신이 앵앵으로부터 송달되었다.

「옥찰 반갑게 받아 보았습니다. 분에 넘치는 배려에 송구한 마음 금할 길이 없습니다. 보내주신 화잠과 화장품도 소중히 간직하고 있습니다. 그러나 도련님 떠나신 후로 독수공방하는 이 몸이 누구를 위하여 치장을 하고 몸을 가꾸겠습니까. 오직 화장대 앞에 놓고 바라보며 눈물지을 뿐이옵니다. 도련님께서 굳게 결심하신 뜻 소녀 잘 이해하고 잘 참겠습니다. 그러니 아무 염려 마시고 학업에 전념하시어 명년에는 기필코 소원성취하시고 금의환향하십시오. 소녀 조석으로 신불께 기원하겠습니다.」

옛 글에 「멀리 떠난 사람은 날로 소원해지고, 곁에 온 사람은 날로 친해진다.(去者日以疎 來者日以親)」는 말이 있다.

날이 가고 계절이 바뀜에 따라 차츰 장안으로부터 오는 서신의 횟수도 줄고 또 내용의 글발도 공허해졌다. 앵앵은 말수는 적었으나 행동은 민첩했고, 겉으로는 시무룩했으나 속으로는 정염이 뜨겁게 탔다. 만사를 덤덤하고 대범하게 넘기는 듯하면서도 긴요한 대목에서는 세밀하게 살피고 꼼꼼히 챙겼다. 또 남달리 눈치 빠르고 자존심이 강한 그녀는 앞질러 다음과 같은 서한을 장생에게 보냈다.

「휘영청 달 밝은 밤에 휘날리는 낙엽을 밟으며 서성대는 소녀의 가슴은 소슬하기만 합니다. 장안으로부터 음신이 두절된 지도 오래되오니 임에 대한 그리움도 향방을 잃고 방황할 따름입니다. 애당초 촌수가 멀다고는 하나 오누이 사이에 맺은 불의로운 인연이라 도련님께서 뒤늦게 뉘우치시고 끊는다 하셔도 소녀는 원망하지 않겠습니다. 그러나 어리석고 연약한 여자인지라 소녀 미련쩍은 말씀을 사뢰어 올리겠습니다. 소녀는 전과 다름없이 첫사랑을 바친 임과 백년해로하기를 소망하고 있습니다. 다행히 도련님께서 자비를 베푸신다면 그런 소망이 이루어질 것이나, 아니라면 소녀 고난의 멍에를 쓰고 숙명을 감내할 각오입니다. 그러니 도련님께서는 조금도 구애받지 마시고 대장부의 기상을 마냥 펴십시오. 드릴 말씀 많사오나 이만 줄이겠습니다. 부디 옥체 강녕하시고 빛나는 공업을 이룩하십시오. 소녀도 앞으로는 자중자애하고 노모에게 효도하겠습니다.」

어차피 헤어질 바에는 구차하게 미련을 가지고 눈물을 짜며 미적거리지 않고 산뜻하게 해어지자는 태도의 표시였다. 또한 지난 잘못의 죗값을 상대에게 씌우거나 상대에게 부담을 주지 않고 혼자서 감내하겠다는 의사 표시이기도 했다.

장생은 착잡한 심정으로 서신을 읽고 또 읽었다. 그토록 달콤했던 사랑을 스스로 단절하고 물러나려니 참으로 애석하고 애통했다. 아울러 그토록 아름답고 우아하고 더욱 희생적으로 자기에게 몸과 정열을 바친 그녀를 멀리해야 하는 자신의 처지가 가증했다. 그러나 그는 어금니를 악 물고 마음을 모질게 다지며 눈을 딱 감고 공부에 열중했다. 이로써 두 사람은 일시적인 불장난, 꿈속의 황홀한 사랑놀이에서 깨어나 다시 냉철하고 평범한 현실적 삶으로 돌아올 수가 있었다.

장생은 회신을 보내지 않았다. 그는 과거에 급제하고 벼슬자리에 오른 다음에도 앵앵을 찾지 않았다. 공무에 분주하기도 했으나 그보다도 의식적으로 단절했던 것이다. 장생과 앵앵의 내력을 아는 친구가 이따금 술자리에서,

"어찌하여 그렇듯이 아름답고 총명하고 정열적인 그녀를 버리려 하는가? 또한 사나이가 그렇게 무정해서 되겠는가?"

하고 은근히 나무라기도 했다. 그러나 장생은 엄숙한 표정으로 이렇게 말했다.

"아닌 게 아니라 지금 생각해도 그녀는 천하의 절색이고 또 정열적인 여인이었네. 아마 평생에 두 번 다시 그러한 염복(艷福)을 누리지 못할 것일세. 하지만 바로 그렇기 때문에 내가 스스로 마음을 모질게 먹고 또 아픔을 참고 그녀를 멀리하고 있는 것일세."

그리고 역사적 고사를 들어 말했다.

"자고로 특출하게 요염한 미색은 천하를 어지럽히는 요물이라고 하지 않던가? 하(夏)의 걸왕(桀王)은 말희(末姬) 때문에 망했고, 은

(殷)의 주왕(紂王)은 달기(妲己) 때문에 망했고, 또 주(周)의 유왕(幽王)은 포사(褒姒) 때문에 저마다 나라를 망치지 않았던가? 천하를 다스리던 군왕들도 요염한 여인들의 재앙으로부터 벗어나지 못하고 패가망신했거늘 일개의 졸장부인 내가 어찌 천하의 절색을 휘어잡고 아무 탈 없이 무사할 수가 있겠는가? 그러므로 철부지의 불장난을 청산하고 평범한 지아비로 살고자 해서일세."

그의 말을 듣고 여러 친구들은 고개를 끄덕이며 수긍했다. 당시 선비사회의 풍조나 기강은 엄했다. 등과(登科) 전에는 혹 기루(妓樓)에서 유흥할 수도 있었다. 그러나 등과 후에는 근신해야 했기 때문이다.

5

그로부터 6, 7년의 세월이 흘렀다. 그 사이에 장생은 부모님이 간택한 규수에게 장가를 들었다. 한편 앵앵도 어머님이 정해 준 참한 데릴사위를 맞아 한집에서 행복하게 살고 있었다.

그 무렵 장생은 우연하게 그녀가 살고 있는 지방으로 출장을 가게 되었다. 그 곳에 당도한 장생은 그녀를 보고 싶은 생각이 들었다. 그래서 장생은 그녀의 외사촌 오라비의 신분으로 그녀의 집을 찾았다.

어머니 정씨는 장생을 반갑게 맞이해 주었다. 사랑채로 안내를 해서 즉시 앵앵의 남편과 초대면의 수인사를 나누게 하고는 이어 그와 겸상으로 점심 대접을 했다. 점심을 마치자 장생이 앵앵의 남편에게 '오래간만에 그녀를 한번이라도 보게 해 달라'고 부탁을 했다.

그러나 앵앵은 나오지 않고 다음과 같은 시를 남편을 통해 전했다.

날로 야위고 시들어 용색도 바랬으며
몸져누워 뒤척일 뿐 일어날 기력도 없노라.
남이 아니고 바로 임 때문에 몰골이 쇠잔했으니
초췌한 모습으로 임 앞에 나서기조차 부끄럽구려.

自從消瘦減容光 萬轉千廻懶下牀 자종소수감용광 만전천회라하상
不爲旁人羞不起 爲郎焦悴却羞郎 불위방인수불기 위랑초췌각수랑

그로부터 수삼일 간, 공무를 보느라고 동분서주했던 장생은 일을 다 마치고 집으로 돌아가는 길에 다시 그녀의 집에 들러 어머니에게 인사를 차리고 앵앵을 만나게 해달라고 간청을 했다. 그러나 이번에도 그녀는 모습을 보이지 않고 또 시 한 수를 적어 내보였다.

이제껏 버려 놓고 무슨 말씀 하시려오
전에는 한 때나마 사랑의 은총을 입었나니
그 때의 다정했던 정의를 잘 거두시어
댁에 계신 안전 부인에게 베푸사이다.

棄置今何道 當時且自親 기치금하도 당시차자친
還將舊時意 憐取眼前人 환장구시의 연취안전인

【저자 평론】 사춘기의 남녀가 물불 가리지 않고 사랑에 빠질 수 있다. 그 사랑이 행복한 가정의 바탕이 되면 더욱 좋다. 그러나 일시적인 정애(情愛) 때문의 소중한 삶의 가치를 망각해서는 안된다.

2. 곽소옥전(霍小玉傳)

— 장방(蔣防)

1

당나라 대종(代宗) 대력(大歷 : 766~779) 연간에 이익(李益)이라는 선비가 있었다. 그는 약관 20세에 진사에 올랐고, 이듬해에 있을 이부(吏部)에서 시행하는 관리 임용시험에 응시하기 위하여 장안(長安) 신창리(新昌里)에 기거하고 있었다.

명문가의 귀공자로 태어난 그는 천성이 총명하여 어려서부터 신동으로 칭송되었다. 풍채도 남달리 준수했고 또 재치가 넘쳤으며 즉석에서 주옥같은 시문을 엮어낼 수가 있었다. 그는 풍류객이기도 했으므로 주변에는 항상 많은 시인 묵객들이 모였고 먼 지방의 선비들까지도 그와 사귀기를 바랐다.

그런 그에게도 소슬한 구석이 없지 않았다. 그것은 다름이 아니라 자기에게 어울리고 짝이 될 만한 재색(才色) 겸비한 여인을 아직도 발견하지 못했기 때문이었다.

그 즈음 장안에 포씨(鮑氏)라는 유명짜한 중매쟁이가 있었다. 본래는 지체 높은 어느 왕가의 노비였으나 십여 년 전에 속량하고 지금은 넉살 좋은 중매쟁이로 권문세가를 드나들며 귀공자와 도장방에 깊이 묻힌 규수를 짝지어 주기도 하고 때로는 바람기 있는 양반들의 조방도 들었다. 그래서 그녀는 제법 많은 재물을 모아 지니고 있었다.

이익도 포씨에게 행하를 듬뿍 쥐어주고 자색이 뛰어나고 가무에 능통한 명기를 주선해 달라고 당부했다. 어느 날 오후, 이익이 뜰 안을 배회하며 무료를 달래고 있는데 난데없이 포씨가 대문을 박차고 뛰어 들어오면서 수다를 떨었다.

"진사 나리, 간밤에 길몽을 꾸셨지요. 드디어 천하절색의 배필이 나타났습니다. 월궁에서 하강한 적선녀가 나리를 흠모하고 기꺼이 곁에서 시중을 들겠답니다. 그녀는 돈도 재물도 필요 없고 다만 진실되게 사랑받고 함께 풍류를 즐길 수만 있으면 족하다고 합니다. 이게 바로 천생연분이지요."

이익은 허리를 굽혀 감사를 표하고는 포씨를 객실로 안내해서 좌정한 다음 차를 권하면서 말했다.

"포씨 아주머니, 감사하오. 그와 같은 가인이라면 내가 종이 되어 평생을 정성껏 모시겠소."

포씨는 찻잔에는 손도 대지 않고 계속 입방아를 찌었다.

"이름은 소옥(小玉)이며 바로 곽왕(霍王)의 공주로 태어난 아가씨입니다. 그러나 친어머니 정지(淨持)가 원래 몸종이었으므로 곽왕이 작고하자 본댁 큰 마님이 그들 모녀에게 재산을 듬뿍 안겨주고 나가서 살게 했습니다. 그래서 변성명하고 숨어살고 있으므로 남들은 그녀가 공주인지를 모르지요. 그러나 왕족의 핏줄을 타고난 소옥 아씨는 인품이 고귀하고 빼어난 어머니를 닮아 문자 그대로 화용월태의 천하절색입니다."

"고맙소. 그래 언제쯤 상면할 수 있겠소?"

이익이 조바심을 내자, 포씨는 너스레를 떨며 말을 이었다.

"좀더, 제 말을 들으세요. 소옥 아씨는 어려서부터 왕가에서 엄하게 자라고 글을 배우고 익힌지라 예의범절이 바르고 시서(詩書)에도 능통하고 또 음률에도 밝고 가무에도 뛰어납니다. 이른바 무불해입니다. 제가 엊그제 찾아가서 나리의 함자를 대자 소옥 아씨가 반색을 하고 오래 전부터 흠모했노라고 하며 조속히 뵙게 해달라고 애걸복걸 하더군요."

"그래 날짜를 정했소?"

"정했지요. 바로 내일 정오에 나리께서 친히 찾아가시도록 안배를 했습니다. 가시겠지요?"

"암, 가고말고! 여부가 있겠소. 그 댁이 어디쯤이요?"

"승업방(承業坊) 고사곡(古寺曲) 첫 번째 저택입니다. 제가 먼저 가서 미리 기별하고 대기하고 있을 터이니 나리께서는 정오 정각에 오셔서 몸종 계자(桂子)의 인도를 받으십시오."

이튿날 이익은 경조참군(京兆參軍)의 벼슬을 사는 종형으로부터 황금륵(黃金勒) 안장마를 잠시 빌려 타고 격식을 갖추어 소옥의 집으로 행차했다. 포씨가 일러준 대로 문을 두들겨 기별을 하자 안에서 기다리고 있던 쌍가닥 머리를 한 몸종이 대문을 활짝 열고 정중히 절하며 아뢰었다.

"오래도록 기다리고 있었습니다. 쇤네가 안내하겠습니다."

중문에 당도하자 포씨 아줌마가 반갑게 손을 흔들며 총총걸음으로 다가왔다. 그리고 농조로 핀잔하듯 말을 던졌다.

"함부로 남의 규정(閨庭) 깊이 들어오시다니 무엄하십니다. 이제부터는 제가 모시겠으니 저를 따르십시오."

이익이 뒤따라 내당 안뜰에 들어서자 소옥의 모친 정지가 섬돌을 딛고 내려와 정중하게 허리를 굽히고 맞이했다. 40 전후의 우아한 중년부인이었다. 그녀는 수려한 얼굴에 미소를 풍기며 초 인사말을 건넸다.

"어서 오십시오. 소옥의 어미입니다. 이토록 누추한 곳을 찾아주셔서 감사합니다. 어서 안채로 드십시오. 포씨를 통해 왕림하실 거라는 기별을 받은지라 소찬이나마 미리 장만을 하였사옵니다."

이익은 안채 대청에 오르자 정색을 하고 소옥 모친에게 엎드려 절하고 수인사를 차렸다.

"소생 이익 인사드립니다. 용렬한 소생을 초청해 주시니 그 은혜 백골난망이옵니다."

정지는 놀란 듯이 손사래를 하며 말했다.

"이러시면 아니 되옵니다. 제가 어찌 감히 진사 나리의 복배를 받을 수가 있겠습니까. 어서 일어나 안방으로 드십시오."

정지는 서둘러 이익을 부축하듯 일으키고 방으로 인도했다. 방안에는 푸짐한 주안상이 차려져 있었다. 이익이 권하는 대로 아랫목에 좌정하자 정지가 몸종에게 흘금 눈짓을 하고,

"아씨 모시고 오너라."

하고 일렀다. 그리고 이익을 보고 말했다.

"저의 여식 소옥으로 말하면, 미천하고 배운 것이 없어 부족한 점이 많습니다. 그러나 타고난 성품이 선량하고 또 자색도 그만하면 추하지 않으니 나리께서 총애를 내려 주십시오."

그러자 건넌방으로부터 사각사각 마룻장을 스치며 다가오는 비단 치마폭 소리가 차츰 크게 들려왔다. 가랑머리 몸종이 양쪽에서 들춰 올린 구슬발 사이로 화사한 옷차림의 소옥이 방안으로 들어섰다. 흡사 고대하던 보름달이 동산을 넘어 화사한 얼굴을 내민 듯 그녀는 찬란한 빛을 눈부시도록 방안에 발산했다.

어안이 벙벙하여 넋을 잃고 그녀를 쳐다보던 이익은 귀를 스치는 소옥의 모친 정지의 말소리에 새삼 정신을 차리고 자세를 가다듬었다.

"아가야, 진사 나리께 인사드려라."

소옥이 다소곳이 고개를 숙인 채 공수하고 절을 올리자 이익도 벌떡 일어나서 맞절을 했다. 상견례를 마친 두 사람이 주안상을 사이에 두고 대좌하자 정지가 입가에 미소를 띠고 소옥에게 넌지시 말했다.

"네가 항상 애송하던 시의 구절, 「바람에 구슬발 술렁이고 대숲이 흔들거리니 아마도 그리는 사람이 오시려나(開簾風動竹 疑是故人來)」를 지으신 분을 이렇게 한자리에 모시니 감회가 어떠하냐?"

"송구할 뿐이옵니다. 오랜 세월을 두고 사모해 왔습니다만, 이렇게 지천에서 뵈오니 황공하여 몸 둘 바를 모르겠습니다."

그러자 수다쟁이 포씨가 끼어들었다.

"인사치레는 그만 하시고 술을 드십시오. 그래야 스스럼도 가십니다. 우선 이 자리를 초례청으로 삼고 즉석에서 초례를 올리지요. 중매를 한 쇤네가 먼저 두 분께 합환주를 따라 올리겠으니, 두 분께서 반잔씩 나누어 마시세요."

포씨는 반짝이는 금잔에 붉은 포도주를 철철 넘치게 채웠다. 그리고 먼저 신랑 이익에게 반을 마시게 하고 나머지 반을 신부 소옥에게 마시게 했다. 이어 술 넉 잔을 따라서 네 사람이 함께 축배를 들었다. 그리고 포씨는 자기의 소임을 다했다는 듯이 말했다.

"약식이나마 초례까지 마쳤으니, 이제부터 만사는 진사 나리 하시기에 달려 있습니다."

이익이 술잔을 정지에게 권하며 말했다.

"장모님, 미천한 소생을 사위로 받아주시니 감사합니다. 소생이 잔을 올리겠습니다."

정지는 받은 술잔을 단숨에 마시고 감개어린 어조로 말했다.

"무남독녀라 애지중지 키운 여식입니다. 또 이 늙은 어미의 유일한 소망이기도 합니다. 부디 오래오래 아끼고 돌봐 주십시오. 승낙하시는 증표로 이 잔을 드십시오."

술을 따르는 그녀의 손목이 가늘게 떨렸다. 이익은 술잔을 훌쩍 마시고 장모에게 굳게 맹세를 했다.

"일월 천지신명께 맹세하고 서로 아끼고 사랑하며 해로하겠습니다."

다시 중매쟁이 포씨가 끼어들어 부산하게 술잔을 돌리며 수다를 떨었다.

"염려들 마세요. 두 분은 천생연분이라 백년해로는 물론이고 내세에서도 짝지을 것입니다. 하늘에서는 비익조(比翼鳥)가 되겠고 땅에서는 연리지(連理枝)가 될 것입니다. 봄밤의 일각은 그 값이 천금이라 했으니 허송하지 말고 어서 축하주를 들고 가무로 흥을 돋우세요."

술이 몇 순배 돌자 좌석의 분위기가 한층 부드러워졌다. 이에 그들은 파탈하고 술잔을 주거니 받거니 마냥 마시고 마냥 취했다. 이익이 술잔을 소옥에게 권하며 노래와 춤 솜씨를 보여 달라고 청하자 그녀는 앞에 놓였던 술잔을 훌쩍 비우고 벌떡 일어나 스스럼없이 비파를 타면서 청량한 음성으로 노래를 불렀다.

노래를 마치자 그녀는 비파를 어머니 정지에게 넘기고는 곧바로 건넌방으로 가서 속살이 내비치는 엷은 보라색의 갑사로 지은 춤옷을 걸치고 나타났다.

정지가 익숙한 솜씨로 그윽하게 비파를 타자 소옥은 사뿐히 춤사위를 폈다. 무곡은 「예상우의곡(霓裳羽衣曲)」이었다. 흡사 월궁에서 선녀가 달무리를 타고 둥실둥실 나래를 펴고 하강하는 듯했다. 그러자 비파소리가 격한 듯이 짧게 토막 쳐 울리니 소옥도 세차게 휘몰아치는 회오리바람을 탄 듯이 어지럽게 선회를 했다.

한바탕 어지럽게 돌아가다가 이윽고 쿵 하고 비파소리가 대단원을 고하자 소옥은 훌쩍 몸을 솟구쳤다가 펄썩 바닥에 쓰러져 엎드린 채 꼼짝을 하지 않았다.

그러나 사람들 망막에는 아직도 소옥이 월영(月影)을 타고 너울대고 있는 듯이 보였다.

어느덧 밖은 어둠에 잠겼고 방안에는 촛불이 은은하게 번졌다. 넋을 잃고 황홀경에 도취되어 있던 이익이 얼마 후 정신을 가다듬고 쓰러져 있는 소옥 곁으로 가서 한 손으로는 그녀를 부축해 일으키고 다른 한 손으로 술잔을 권했다.

그제야 소옥은 고개를 치켜들고 초롱초롱 샛별 같은 눈초리로 이익을 쳐다보며 더없이 행복하다는 듯이 만면에 미소를 짓고 앵두같은 붉은 입술로 이익이 내민 술잔을 물었다.

이렇듯이 두 남녀가 다정하게 어울리자 정지와 포씨는 서로 눈짓을 하며 슬며시 지리를 비켰다.

잠시 후에 가랑머리 몸종이 와서 아뢰었다.

“아씨, 서상(西廂) 사랑채가 안돈되었으니 그리 드십시오.”

소옥은 이익의 손을 잡고 복도를 따라 서상으로 갔다. 외따로 떨어진 한적한 사랑채에는 침방이 아담하게 꾸며져 있었으며, 한 구석에 놓인 황금촛대에는 붉은 밀초가 외로운 듯이 어슴푸레 타고 있었다.

아무도 엿볼 사람이 없는 호젓한 방에 들어서자 소옥은 술에 취해 비틀거리는 이익을 힘겹게 자리에 눕혔다. 이익은 이내 눈을 감고 잠들었으며 가볍게 코까지 골았다. 소옥은 어깨에 거치적거리는 춤옷의 윗도리를 벗어 횃대에 걸고 상체를 굽히고 이익의 의대를 벗기기 시작했다.

바스락 소리와 오지랖 서늘함을 느낀 이익이 비시시 눈을 뜨고 몽롱하니 치켜보았다. 바로 코앞에서 반라의 미인이 미끈한 두 팔을 뻗어 부산하게 자기의 옷을 벗기고 있었다. 흠칫 놀라 상반신을 일으키고 보니 다름 아닌 소옥이었다.

이익은 왈칵 그녀를 으스러지게 껴안았다. 소옥은 안긴 채로 손을 뻗어 침상의 방장을 내려뜨리고 이어 아랫도리를 벗어던지자 뜨겁게 열기를 뿜는 앞가슴으로 이익을 밀어 눕히고 말없이 풍만한 자신의 알몸으로 이익을 내리 덮쳤다.

야릇한 체취를 풍기며 엉겨 붙은 남녀의 두 몸은 뜨겁게 달아올랐고, 그들의 젊은 피는 뜨겁게 끓었다. 바야흐로 무산(巫山) 협곡에서 맺는 운우의 정풀이에 뇌성과 벽력이 천지를 진동했다.

밤새 질탕하게 연거푸 정염의 불을 사르는 철부지를 탓하는 듯 닭이 연거푸 회를 치니 마침내 동창이 희부옇게 밝았다. 소옥은 그 이상 더 미적거리지 못하고 이익의 품에서 몸을 뽑았다. 그리고 흐트러진 머리를 가다듬고 옷을 챙겨 입으면서 저도 모르게 눈물을 흘리면서 혼잣말하듯 중얼거렸다.

"소첩을 버리지 마세요."

뜻밖의 소리에 놀란 이익이 반사적으로 되물었다.

"아니, 왜 그런 말을 하시오?"

"소첩은 기루의 몸, 지금은 이렇듯이 분에 넘치는 사랑을 받고 있사오나, 세월 따라 꽃이 시들면 서방님의 정애도 시들어질까 걱정이 앞서고, 까닭 없이 불안하고 눈물이 솟구치는군요."

"어찌 그런 상서롭지 못한 생각을 하시오. 나는 지금 환희의 절정에서 넘치는 기쁨과 흥분에 들떠 있거늘 낭자는 반대로 꽃이 만발한 양춘 삼월에 초목이 시드는 조락의 가을을 연상하시오. 이 자리에서 나의 철석같은 사랑의 맹세를 글로 적어 낭자에게 주리다. 지필묵을 마련하시오."

소옥이 펼친 흰 명주 비단 폭에 이익은 먹으로 한자 한자 정성껏 써내려갔다.

「천지신명 앞에 맹서하나이다. 해와 달이 빛을 잃을지언정, 산이 무너지고 강물이 마를지언정 나의 사랑 영원히 변치 않으리.」

소옥은 맹세의 신표를 차곡차곡 접어 보물함에 넣고 다시 그 함을 머릿장 속에 깊이 숨겼다. 그 후 약 2년 간 그들은 한 쌍의 원앙새 모양 자나 깨나 뜨거운 사랑을 주고받았다.

2

고생스럽고 고달픈 삶을 사는 사람에게는 세월은 지루하게 흐른다. 그러나 사랑에 도취한 연인들에게는 세월이 쏜살처럼 훌쩍 지나가기 마련이다.

이익은 3년째가 되는 봄에 전시(殿試)에 장원으로 급제하고 즉시 정현(鄭縣) 주부(主簿)로 임명되었다.

그는 부임에 앞서 고향에 계신 부모님을 뵙고자 잠시 소옥과 헤어져야 했다. 출발 하루 전날에는 많은 빈객들을 초청하여 성대한 주연을 베풀었다. 진종일 마시고 노래와 춤으로 법석이던 잔치도 어둠이 덮이면서 파장이 되었고, 모든 손들도 흩어져 돌아갔다. 밤이 깊어지자 더욱 허전하고 고적함을 느낀 소옥이 핼쑥한 낯으로 이익 곁에 다가와서 고즈넉하게 고개를 숙인 채 조용히 입을 열었다.

"소첩은 불안합니다. 내일 떠나시면 영 이별이 될까 두렵기만 합니다."

"그 무슨 불길한 말을 하시오."

소옥은 애처로운 소리로 읍소하듯이 말했다.

"나리께서 장원급제하시고 또 높은 벼슬에 올라 금의환향하시니 필경 양친께서는 지체 높은 가문의 규수를 간택하여 혼례를 치르게 하실 것입니다. 그리고 나리께서도 필경 부모님 영에 따르셔야 하실 것입니다. 그러니 전에 소첩에게 써 주신 맹세의 신표는 오늘로써 폐지가 될 것이 아니옵니까?"

"그럴 리가 있겠소. 내가 부모님에게 잘 말씀을 올려서 꼭 당신을 맞이하겠소."

그러나 소옥은 그의 말을 귓전에 흘리면서 자기의 말을 이었다.

"소첩으로 말하면 비록 왕가의 혈통을 받았다고는 하나 서출이고, 또한 일시라도 기적(妓籍)에 올랐던 천더기가 아닙니까. 어찌 감히 서방님의 정실이 되고 댁에 들어가 맏며느리 노릇을 할 수가 있겠습니까. 소첩으로서는 감히 그런 것을 바랄 수 없음을 잘 알고 있사옵니다. 그러므로 서방님께서는 어엿한 명문대가의 규수를 정실로 취하셔야 합니다. 그 일에 대해서 어찌 소첩이 용훼할 수가 있겠습니까. 가문의 체통을 위해서도 양친의 분부를 따르셔야 할 것이옵니다. 그 점에 대해서는 소첩도 이미 잘 이해하고 있습니다."

목이 메여 말을 잇지 못한 그녀는 상머리에 놓인 식은 술잔을 한 모금에 훌쩍 마시고 잠시 숨을 가다듬은 후에 말을 이었다.

"소첩, 서방님께 아뢸 작은 소원이 있습니다."

"무엇이오. 어서 말해 보시오."

그녀는 눈가에 흥건하게 넘친 수정보다 더 맑은 눈물을 손등으로 훔치며 목이 메는 듯 애절한 청탁의 말을 속삭였다.

"올해 소첩은 나이 열 여덟이고 서방님은 스물 둘이십니다. 그러니 서방님께서 이립(而立 : 30세)이 되시어 장실(壯室)을 굳히실 때까지 앞으로 8년의 세월이 남아 있습니다. 그러니 그때까지만이라도 소첩을 멀리하지 마시고 총애를 베풀어 주시기를 애걸해 올립니다. 그 8년간에 소첩은 일생의 사랑과 기쁨을 다 누리겠으며, 그 후로는 삭발하고 입산하여 치의(緇衣)에 몸을 묻겠습니다. 이 소원만은 꼭 들어주십시오."

이익은 대꾸할 말을 찾지 못하고 눈을 감은 채 가슴속으로 눈물을 흘리고 있었다. 얼마 후 그는 자기의 이마를 그녀의 이마에 맞대고 비비며 울먹이는 소리로 맹세를 거듭했다.

"이미 전에 천지신명께 굳게 맹세를 했고 또 이렇게 당신을 사랑하고 있거늘 내가 어찌 당신을 잊거나 모른 척하겠소. 나도 당신 없이는 살 수가 없소. 앞으로 8년이 아니라 평생을 두고 함께 살고 함께 흙에 묻힐 것이오. 내가 고향에 가서 성친하고 임지에 가서 자리 잡히는 대로 즉시 사람을 보내어 당신을 맞이할 것이니, 마음 턱 놓고 한 두서너 달만 참고 기다려 주시오."

3

이익의 모친 태부인(太夫人)은 벌써부터 외질녀 노씨(盧氏)를 맏며느리로 내정하고 있었다. 어려서부터 태부인의 성품이 남달리 엄격한 것을 잘 알고 있는 이익은 쓰다달다 아무 말을 못하고 벙어리 냉가슴 앓듯 고민만 했다. 그러니 소옥과의 관계를 고하거나 더욱이 그녀와 결혼하겠다는 소리는 입 뻥긋도 할 수가 없었다.

그러나 다행히 시간적으로는 여유가 있었다. 그 까닭은 지체가 높고 갑부인 노씨 집에서 요구한 빙례금(聘禮金)의 액수가 백만의 대금이었다. 한편 대대로 청렴결백한 선비 집안이었던 이익의 집에서 그만한 큰 돈을 마련하려면 빨라야 1년 이상을 기다려야 했기 때문이었다. 이에 이익으로서는 노씨와의 결혼을 1년 간 늦출 수가 있었다.

고향에서 성친을 마치고 임지에 도임한 이익은 공무 틈틈이 태부인의 명에 따라 각지의 친척을 찾아다니며 빙례금을 마련하느라고 분주하게 지내야 했다. 그러므로 소옥에게 신통한 기별을 전하지도 못하고 또 언약한 대로 사람을 보내서 불러오지도 못한 채 어느덧 해를 넘기게 되었다.

날이 갈수록 죄책감에 몰린 이익은 본의 아니게 소옥에게 자신의 행적을 감추기 시작했고 또 주변 사람들에게도 소옥에게 알리지 말라고 함구령을 내렸다.

한편, 긴 세월 이제나 저제나 애타게 이익으로부터의 음신을 고대하던 소옥은 사방으로 수소문하고 그의 행방이나 소식을 알려고 갖은 애를 다 썼다.

그러나 들리는 말, 전하는 기별이 모두가 흰소리뿐이었다. 그녀는 사방으로 용하다는 점쟁이를 찾아 묻기도 하고 또 무당을 불러 굿판을 벌이기도 했다. 그러나 날이 갈수록 이익의 소식은 오리무중에 묻혀 묘연했고, 심지어 생사조차 가늠할 수가 없었다.

소옥은 날로 야위고 초췌해졌으며 끝내는 몸져눕고 싸늘한 빈방에서 외롭게 신음할 뿐이었다. 병석에 누워 있으면서도 사방으로 사람을 풀어 탐문을 하고 푸닥거리도 했다. 그러므로 많은 돈을 썼으며 차츰 탕약 값을 마련하기에도 힘겨웠다. 별수 없이 보물함에서 금은보석이나 장신구를 하나 둘 끄집어내서 몸종을 시켜 내다 팔게 했다.

서문 시장 안에 있는 금은방의 늙은 주인은 몸종이 내미는 자옥(紫玉)을 박은 황금비녀를 손에 들고 깜짝 놀란 표정으로 물었다.

"이렇듯이 귀중한 황금 자옥 비녀를 어디서 입수하였소?"

"우리 집 소옥 아씨의 물품입니다."

"소옥 아씨라니! 이 비녀는 10여 년 전에 내가 곽왕에게 만금을 받고 공주님을 위해 정성들여 만든 것이오. 어찌하여 이 귀한 물품이 댁의 소옥 아씨 손에 들어갔단 말이오?"

“우리 집 소옥 아씨가 바로 곽왕 전하의 공주이셨어요. 지금은 왕부에서 나와 노마님하고 단출하게 숨어살고 계셔요.”

금은방의 노주인은 허망하다는 듯 감개무량한 어조로 혼잣말처럼 중얼거렸다.

“참으로 인생은 무상하니라. 그렇듯이 고귀하시던 분이 이렇듯이 난감한 지경에 이르시다니.”

노주인은 연선공주(延先公主)를 찾아가 소옥의 딱한 사정 이야기를 하고 보물을 넘겨받으라고 간청했다. 이에 연선공주는 선뜻 대금 12만 전을 내고 귀중한 비녀를 넘겨받았다.

그 무렵 이익의 모친 태부인은 신부 집에서 요구한 막대한 빈례금의 액수를 다 채워 바치고 마침내 성대하게 혼례를 올리고 노씨를 맏며느리로 맞아들였다.

한편 이익은 벼슬이 높아지고 조정의 중앙관서로 옮겨가게 되었으며, 이에 별수 없이 장안으로 이사를 가서 살아야 했다. 바로 그 장안에는 한 맺힌 소옥이 살고 있지 않은가? 그러나 피할 도리가 없었다.

그러므로 이익은 모든 것을 비밀에 부치고 암암리에 이사를 하고 또 조석 출입에도 세인들의 이목을 피하며 숨어 살아야 했다. 흡사 대역죄인처럼 숨도 크게 쉬지 못하고 기도 펴지 못했다.

그러나 대명천지 그 어디에서 끝내 숨어 살 수가 있으랴. 더욱이 한 여인의 가슴속에 피멍을 들게 하고 사무치는 원한을 골수 깊이 심었으니 밤 귀신들조차 그를 감싸주지 않았으리라.

장안에는 이익의 외사촌이자 동문수학한 최윤명(崔允明)이란 선비가 살고 있었다. 그는 경학(經學)으로 과거에 합격한 정인군자(正

人君子)로 남달리 의협심이 강했으며, 전에는 이익과 같이 소옥의 집에서 술도 여러 차례 마셨다. 그러므로 소옥을 잘 알고 있었고 더욱 낙백한 그녀의 처지를 심히 동정하고 있었다. 이익이 강압에 못 이겨 어쩔 수 없이 정실을 맞이한 것까지는 이해가 갔다.

그러나 끝내 소옥에게 소식조차 알리지 않고 또 찾아보지도 않으려는 배은망덕한 이익의 옹졸하고 파렴치한 태도를 보고 의분을 느꼈으며 이익을 괘씸하게 여겼다. 그래서 그는 마침내 소옥에게 이익에 대한 정보를 흘렸다.

최윤명은 소옥에게 심한 충격과 상처를 주지 않으려고 조심스럽게 이익이 장안에서 벼슬을 산다는 말을 흘렸다. 그러나 신경이 칼날처럼 곤두선 소옥은 몇 마디 듣지도 않고 창백한 입술을 떨며,

"어찌 그럴 수가 있습니까?"

간신히 한마디 원성을 토하고 그 자리에 민절(悶絶)하고 쓰러졌다. 다급히 의원을 청해 침을 놓고 탕약을 흘려 넣어 간신히 절명은 모면했다. 얼마 후에 소옥은 비시시 눈을 뜨고 초점 흐린 시선으로 최윤명을 보고 목 메인 소리로 애걸했다.

"나리, 죽기 전에 한 번만이라도 서방님을 뵙게 해주세요."

혼신의 여력을 모아 간신히 한마디 한 그녀는 다시 기진하고 베개 위에 고개를 떨어뜨리고 눈을 감았다. 그녀의 눈시울에는 눈물이 스며 나왔다. 그녀는 가슴속으로 오열하고 있었다.

그 후 최윤명은 직접 혹은 다른 친구를 통해 기회 있을 때마다 이익에게 소옥을 찾아보라고 간곡히 권했다. 그러나 이익은 더욱 겁에 질려 위축되었으며, 이리저리 핑계를 대면서 기피했다. 이러한 소문이 장안에 퍼지자, 그를 아는 모든 선비들과 특히 풍류객들이

이익을 비난했고 그의 냉혹한 배신을 매도했다.

4

인간은 자신의 죄책감에 얽매이면 겨울에도 땀을 흘리고 여름에도 몸서리를 치게 마련이다. 그러나 자연은 인간의 사정을 외면한 채 어김없이 철바꿈을 했다.

금년에도 봄은 만인을 찾아왔다. 버림을 받고 신음하고 있는 소옥의 머리맡에도 봄바람이 스며들었고, 한편 그녀를 버리고 신방을 꾸민 이익에게도 찾아왔다.

새봄 들어 꽃이 피어나고 새가 지저귀니 소옥은 더욱 서글프고 야속했다. 그러나 반대로 이익에게는 즐거운 흥취를 돋워 주었고 저도 모르게 그의 자책감과 가슴속의 어두운 그늘을 밀어내고 있었다.

양춘 3월, 울긋불긋 봄꽃이 만발하자, 관아에서는 새로 부임한 이익을 위해 봄놀이 겸 시회(詩會)를 장안 외곽 숭경사(崇敬寺)에서 개최했다. 자기를 위한 모임이라 이익은 빠질 수가 없었다.

잔치판 주변에는 소담하고 향기로운 모란꽃이 만발했고, 잔칫상 곁에는 화사하게 차려입은 아리따운 관기들이 술시중을 들고 악기에 맞춰 노래도 하고 춤도 추었다. 참으로 눈부시고 황홀하기 그지없었다.

시회에 참석한 선비들은 처음에는 의젓한 자세로 술잔을 돌려가며 마시고 즉흥시를 읊었다. 그러나 차츰 술에 취하고 흥이 돋자 몸과 마음이 허물어지기 시작했다.

그 중에 동문수학하고 지금은 같은 벼슬자리에 있는 위하경(韋

夏卿)이란 선비가 있었다. 그도 의협심이 강한 풍류객으로 오래 전부터 소옥의 처지를 민망히 여기고 크게 동정하고 있었다. 그가 잔을 들고 이익 곁으로 가서 술을 권하면서 고의로 언성을 높여 주변 사람들에게 들으라는 듯이 말했다.

"이렇듯이 화창한 봄날을 등지고 음지에서 비탄에 젖어 나날이 시들어지는 소옥이 불쌍하지 않은가? 늦기 전에 찾아가서 한을 풀어주게나. 대장부의 마음씨가 그렇게 박정하고 옹졸해서야 되겠나."

가장 아픈 데를 찔린 이익은 상을 찡그린 채 말없이 연거푸 술잔을 들이켰다. 바로 그 때였다. 홀연히 서역(西域) 사람 차림의 엄장 호걸이 다가왔다. 미황색의 홑겹 삼베옷을 걸치고 겨드랑이에는 탄궁(彈弓)을 끼고 있었으며 뒤에는 까까머리 동자가 서 있었다.

그가 성큼성큼 이익 앞에 다가와서 허리를 정중히 굽히고 말을 건넸다.

"귀공은 이십랑(李十郎)이 아니십니까? 소생은 산동 태생으로 귀공과는 외척간이 됩니다. 오래 전부터 존함을 듣고 한번 뵙고자 했습니다. 뜻밖에 오늘 이곳에서 배알케 되어 감개무량합니다. 소생의 누추한 초막이 멀지 않은 곳에 있으며 바야흐로 정원에는 봄꽃이 만발했습니다. 뿐만 아니라, 가무(歌舞)에 능통하고 자색 수려한 영인(伶人)들도 대령하고 있습니다. 여러 분들을 모실 말도 여러 필 준비되어 있습니다. 그러니 사양하지 마시고 왕림하셔서 한바탕 춘흥을 돋우시지요. 소인이 선도하겠습니다."

그의 말이 미처 끝나기도 전에 위하경을 위시하여 여러 선비들이 사전에 약속이나 한 듯이 일제히 찬동하며,

"그거 참 좋군! 자리를 옮기는 게 좋겠군!"

외치고 자리를 털고 일어나 제각기 말을 탔다. 이익도 얼떨결에 말에 올라탔다. 선두에 선 호걸이 속력을 높이자 뒤따르던 말들도 뛰기 시작했고, 눈 깜짝할 사이에 장안대로(長安大路)를 가로질러 승업방(勝業坊) 어귀에 이르렀다. 이익은 바로 앞이 소옥의 거처라 겁이 덜컥 났다. '혹시나 나를 그녀의 집으로 유인하려는 계략이 아닐까?' 의심이 들고 께름칙하여 말머리를 돌려 샛길로 빠지려 했다. 그러나 어느 결에 다가왔는지 호걸이 이익의 말고삐를 억세게 낚아채며 곱지 않은 눈초리로 노려보며 나무라는 듯이 말했다.

"다 왔습니다. 그냥 돌아가시면 안됩니다."

그는 이익을 반 강제로 소옥의 집 문전으로 끌고 갔다. 이익은 말에서 내리는 순간 또 다시 옆 샛길로 도망치려고 했다. 그러나 사방에서 억세게 생긴 장한들이 달려들어 그를 끌어안고 대문 안으로 밀어 넣으며 큰 소리로 연통을 했다.

"이십랑 나리 듭시오."

뜻밖의 기병(騎兵)에 화들짝 놀란 집안사람들의 법석대는 소리가 문 밖에까지 들려왔다.

한편 소옥은 전날 밤에 꿈을 꾸었다. 누런 도포를 걸친 한 사나이가 이익을 잡아끌고 와 강제로 자리에 앉게 했다. 그리고 소옥으로 하여금 그의 신을 벗기라고 호통을 치는 것이었다.

소스라쳐 깨어난 소옥이 어머니에게 꿈 이야기를 하고 점쟁이를 불러 해몽케 하자 점쟁이는 말했다.

"좋고도 나쁜 꿈이오. 필시 헤어졌던 낭군과 다시 상봉을 하고 그간에 쌓이고 맺혔던 한을 풀게 될 것이오. 그러나 동시에 두 사람은 유명을 달리할 것이오."

아침에 본 점괘가 딱 맞아떨어졌다. 바로 그날 저녁에 수삼 년을 애타게 찾고 기다리던 이익이 졸지에 나타났던 것이다. 밖에서 외치는,

"이십랑 나리 듭시오."

하는 소리를 듣자, 놀란 소옥은 즉시 자리에서 몸을 일으키고 어머니의 도움으로 초췌한 얼굴에 분을 바르고 헝클어진 머리를 가다듬고 연분홍 비단옷을 걸치고 비틀걸음으로 대청으로 나갔다.

이익은 대청 한가운데 우두커니 앉아서 판결나기를 기다리는 죄인 모양 고개를 깊이 숙이고 있었다. 둘레에는 함께 온 여러 선비들이 괴이쩍은 표정으로 말없이 눈을 끔뻑이고 있었다.

늙은 어머니 정지의 부축을 받고 비틀거리며 간신히 의자 앞에 도달한 소옥은 분노에 찬 무서운 눈초리로 이익을 쏘아보며 목이 메여 인사말도 못하고 힘없이 의자에 폭삭 허물어지듯이 주저앉았다. 그녀의 메마른 눈시울에 뜨거운 눈물이 스르르 스며 나왔다. 오래도록 아프고 저렸던 가슴에서 솟구치는 원한의 눈물이었다.

이익은 여전히 고개를 들지 못한 채 고뇌로 일그러진 표정을 짓고 있었다. 주위의 사람들도 숨죽인 채 멍하니 서 있을 뿐이었다. 대청에는 육중한 정적이 내리덮여 시간조차 멈춘 듯했다.

그 순간 대청 뒷문을 와락 열어젖히고 호걸이 앞장서서 진수성찬을 괸 교자상을 들고 들어왔다. 그리고 그는 짐짓 큰 소리를 쳤다.

"어렵사리 해우한 판이 이렇듯 침울해서야 되겠소. 비록 소생은 불학무식하고 정처 없이 강호에 떠도는 방랑객이지만 인정과 의리가 어떠하다는 것은 알고 있소. 그래서 박주나마 두 분께 드리고자

하니 흔쾌히 드시고 매원을 깨끗이 풀고 흘리시오."

그는 큼직한 잔에 술을 가득 채워 두 사람에게 내밀었다. 소옥은 받은 즉시 단숨에 마셨다. 그러나 이익은 마시는 시늉만을 할 뿐, 술잔을 곁에 있는 작은 탁자 위에 놓으려 했다. 이에 호걸이 성큼 다가가서 이익의 손목을 잡아 우격다짐으로 술을 마시게 하고 연거푸 잔에 술을 채우며 말했다.

"우주에는 하늘과 땅이 어울리고 천지간에는 음양의 조화가 있으니 술잔도 짝을 채워 두 잔을 드셔야 합니다. 그리고 이 자리에 참석하신 선비님들도 각자 해우와 화해의 술잔을 당사자에게 권하십시오."

이에 모든 사람들이 저마다 소옥과 이익에게 다가와 술을 권하고 각자 술상 앞에 자리를 잡고 앉아서 서로 술잔을 주거니 받거니 돌려 마셨다. 몇 순배 술이 돌자 무겁고 차가웠던 분위기도 한결 포근하게 누그러졌다. 그러나 소옥은 한 맺힌 시선으로 이익을 날카롭게 쏘아보며 한풀이의 말을 던졌다.

"아무리 소첩이 박복하고 운수가 기구한들 남정네가 그렇듯이 박정하고 의리 없이 무고한 계집을 내팽개칠 수가 있습니까? 기진맥진한 소첩 이제는 욕할 기력조차 없으며 또 더 이상 생명을 지탱할 여력도 없습니다. 오직 남은 길은 이승을 하직하고 저승으로 갈 뿐이옵니다. 그러나 골수에 사무친 원한이 육중하니 저승에서도 풀리지 않을 것으로 아마도 원귀가 되어 나리의 주변을 맴돌며 나리를 저주하고 괴롭힐까 두렵습니다. 설혹 그러해도 소첩만을 탓하지 마십시오. 나리와 소첩 사이에 엮이어진 인연에 의해서 모든 응보가 이루어지는 것이옵니다. 이제는 할 말 다했으니 죽어도 여한이 없습니다. 단지 노모에게 효성 다하지 못하고 먼저 하직하는 불효의 죄가 크고 두려울 따름입니다."

혼신의 힘을 돋워 살기 서린 한마디를 던진 소옥은 술잔을 바닥에 던져 박살내고 그 자리에 엎어져 통곡을 하다가 그대로 절명하고 말았다.

모든 사람들이 흠칫 놀랐다. 어머니 정지가 불쌍한 딸을 품에 안고 오열하며 이름을 부르고 볼을 부비며 몸을 흔들었다. 그러나 소옥은 종내 깨어나지 않고 싸늘하게 굳어지기만 했다.

이익도 상복을 입고 장지에 가서 무덤에 흙을 뿌렸다. 그도 진정으로 자기의 잘못을 뉘우쳤으며, 소옥의 죽음을 애도하고 그녀의 명복을 빌었다. 그러나 이미 때가 늦었다.

인간은 육신을 쓰고 살아 있을 때에 잘해야 한다. 살아생전에 맺힌 원한을 안고 떠도는 원귀를 다시 이승에 되불러 그 원한을 풀어줄 수가 없다. 영겁을 두고 그에 대한 업보에서 벗어날 수가 없을 것이며, 그의 업보를 영원히 받고 시달려야 할 것이다.

이익은 영악하고 재주가 있어 이승의 처세에는 무난했을 것이다. 그러나 영악한 재치만으로는 인과응보의 틀에서 모면할 수가 없었다. 그로부터 이익의 결혼생활은 불행하고 처참했다. 심한 의처증에 시달려 첫 부인을 구박하고 심지어 칼을 들이대고 위협까지 했으므로 그녀는 친정으로 돌아갔다. 그 후, 이익은 세 여자와 관계를 맺었으나 끝내 행복하게 살지 못하고 홀로 각지를 떠도는 신세가 되었다.

【저자 평론】 남녀의 사랑도 의리(義理)와 인덕(仁德)을 바탕으로 해야 한다. 얄팍한 꾀로 여자를 농락하면 천벌을 받는다.

3. 이와전(李娃傳)

— 백행간(白行簡)

1

당(唐) 현종(玄宗) 천보(天寶 : 742~755) 연간에 있었던 실화이다. 주인공의 명예를 위해 이름을 밝히지 않고 다만 공자라고 부르겠다.

그의 부친은 상주(常州)의 원님 형양공(滎陽公)으로 인품이 인자하고 학문이나 덕행이 높았다. 또 청렴결백한 지방의 수령으로 선정을 베풀어 백성들을 잘 다스리고 구휼했으므로 원근으로 칭송이 자자했다.

선조로부터 막대한 가산을 물려받아 그의 집안 살림은 풍족했으며 또 일가친척도 저마다 지방의 호족으로 행세를 했으며, 특히 대소가가 서로 화목했으므로 아무런 걱정도 없었다. 다만 손 귀한 것이 한 가지 흠이었다. 그러나 요행히 하늘의 점지로 늦게나마 슬하에 외아들 하나를 둘 수가 있었다. 금년으로 형양공은 지명(知命)인 50세에 접어들었고, 아들은 약관(弱冠)인 스물을 막 넘었다.

타고날 때부터 생김새가 준수하고 성품이 총명한 공자(公子)는 일찍이 신동으로 꼽혔고 동년배들의 추종을 허락지 않았다. 경서는 물론 제자백가를 두루 섭렵한 그의 학식과 문장은 일찍부터 넓게 알려졌으며 형양공은 노상 자랑삼아 말했다.

"이 아이가 바로 우리 가문을 빛낼 천리마다."

향시에서 으뜸으로 뽑힌 공자는 수일 내로 과거를 보기 위하여 장안(長安)으로 떠날 예정이었다. 부친 형양공은 아들에게 환고자제(紈袴子弟)답게 만반의 채비를 갖추어 주었다. 옷가지와 일용품들도 고가품으로 구색을 갖추었고, 타고 갈 수레도 화려하게 꾸몄다. 곁에서 시종을 들 방자와 두 명의 노비까지 딸려 보내게 했다.

출발에 앞서 형양공은 아들에게 타일렀다.

"나의 계량으로는 네 재능이면 초장에 급제할 것이다. 허나 넉넉히 2년간 쓸 비용을 마련했으니 씀씀이에 구애받지 말고 여유를 가지고 마냥 뜻을 펴고 장원급제를 하도록 해라."

아들 공자도 장원급제를 따기는 여반장이라고 자신만만했다.

비릉(毗陵)을 출발한 지 한 달이 지나 장안에 도달한 공자는 거처를 포정리(布政里)에 정했다. 어느 날, 그는 거리에 갔다가 돌아오는 길에 근처에 사는 친구를 보고자 평강리(平康里)의 동문을 빠져 명가곡(鳴珂曲)으로 길을 접어들었다. 골목을 꺾어 들자 한 집이 마주 보였다. 규모는 별반 크지는 않으나 정갈하고 우아하게 꾸민 저택이다.

공자는 무심코 그 집 대문을 바라보았다. 그 순간 빠끔하게 열린 대문 뒤로 힐끔 어여쁜 여자의 모습이 눈에 스쳤다. 그는 타고 있던 말을 뒷걸음질시켜 문틈으로 자세히 살폈다. 쌍가닥 총각머리 몸종아이 어깨에 비스듬히 몸을 실리고 선 애티의 낭자는 흡사 요대(瑤臺)에서 하강한 선녀 같았다. 그녀도 슬며시 이쪽을 보고 있었다.

그 맑고 초롱초롱한 눈초리에 공자는 넋을 잃고 그 자리에 박힌 장승처럼 우뚝 섰다. 그리고는 일부러 말채찍을 땅에 떨어뜨리고 경마잡이 방자로 하여금 채찍을 집어오게 했다.

그런 꼴로 속 보이는 수작을 떨면서 공자는 지체하면서 체면도 창피도 안 가리는 듯이 노골적으로 낭자의 몸 매무새를 아래위로 뚫어지도록 살펴보았다. 이에 낭자는 너무나 민망했든지 정이 어리고 넘치는 시선을 살짝 보내면서 몸을 돌이켜 몸종의 손을 잡아당기듯이 안으로 발걸음을 돌렸다. 정원에는 울긋불긋 꽃이 피었고 꽃향기가 대문 밖까지 풍겼다.

친구 집에 당도한 공자는 망연자실한 얼굴로 물었다.

"명가곡에 접어들면서 마주 보이는 붉은 대문의 저택이 누구의 집인지, 자네 아는가?"

장안 태생으로 풍류객으로 알려진 친구는 빙그레 미소를 짓고는 대꾸를 했다.

"자네 참 눈도 밝군! 장안에 온 지 며칠도 안되어 맨 먼저 찾는 집이 상화방(賞花坊) 기생집이렷다."

"아니 그 집이 기생집이란 말인가?"

"장안에서도 유명 짜한 이씨네 상화방일세."

"마침 잘됐네. 그 집에 어린 절색이 있는 것을 아는가?"

"내가 어찌 알겠는가? 그 집은 장안에서도 최고의 권문세도가나 돈 많은 호족거상들만 드나들 수 있네. 우리네 같은 가난뱅이 서생들이야 얼씬인들 하겠는가?"

"돈만 있으면 되지 않겠는가?"

"그야 돈 마다할 기생집이 있겠는가? 허나 그 돈이 만량 안짝으로는 어림도 없을 것일세."

"돈 걱정은 말게. 그 낭자와 정을 통할 수만 있다면 백만 아니라 천만이라도 아끼지 않으리. 그 낭자의 이름이 무엇인가?"

"이와라고들 부르네."

"자네가 다리를 놓고, 길을 터주게나."

"그야 어렵지 않네. 내가 잘 아는 매파를 통해 미리 기별을 해놓을 테니 사나흘 후에 날을 잡아 함께 가보세."

공자는 마침내 번지르르 의복을 치장하고 친구를 앞세워 이씨네 붉은 대문 앞에 당도했다.

"이리 오너라. 주인마님 뵙고자 왔다 아뢰어라."

즉시 빠끔히 대문이 열리고 가랑머리 몸종이 고개를 불쑥 내밀더니 아무런 대꾸도 없이 후딱 정원 안으로 뛰어가며 큰 소리로 외쳤다.

"오셨습니다. 일전에 일부러 말채찍을 떨어뜨렸던 공자님께서 오셨어요!"

그러자 이와의 조용한 음성이 들려왔다.

"수다 떨지 말고 어서 나가서 정중히 사랑으로 모시어라."

공자가 뒤따라 정원에 들어서자 사랑채로 통하는 중문이 열리며 머리가 희고 허리가 구부정한 노파가 넙죽 절을 하며 아뢴다.

"어서들 오십시오. 미리 기별을 받은지라 존함은 우러러 익히고 있습니다. 천한 몸으로 귀한 손님을 모시게 되어 영광입니다."

노파가 바로 이와의 기생어멈이었다. 자리에 앉자 공자는 의젓이 딴청을 부리며 물었다.

"실은 댁의 사랑채가 비어 있다고 하기에 당분간 빌려 쓰려고 찾아왔소이다. 집세는 후하게 셈을 하리다."

"바로 이 사랑채입니다. 집세는 괘념치 마십시오. 협소하고 누추하오나 공자께서 소용되신다면 의향대로 하세요."

"고맙소. 그럼 이만 돌아가 이사 올 준비를 하겠소."

"공자님, 아무리 바쁘시기로 초인사도 안 받으시고 돌아가시렵니까. 박주라도 한잔 대접해 올리게 말미를 주십시오."

노파의 말이 끝나기를 기다렸다는 듯이 가랑머리 둘이 주안상을 들고 들어왔고 뒤따라 이와가 모습을 나타냈다.

가까이 대하니 한층 더 눈부신 미인이었다. 가을 물처럼 맑은 눈동자, 앵두입술 사이로 비치는 옥처럼 흰 치아, 교태가 넘치는 몸매, 비단옷에서 풍기는 야릇한 향기, 모든 것에 공자는 홀리고 미혹되어 넋을 잃고 저도 모르게 자리에서 벌떡 일어섰다.

"인사드립니다. 이와라 불러주십시오."

바스락 치마폭 소리를 내며 바싹 곁에 와서 납작 엎드려 수인사를 올린다. 공자도 얼떨결에 허리를 꺾고 맞절을 했다. 좌정하자 이와가 야광배 술잔에 붉은 포도주를 철철 넘치게 쳐서 섬섬옥수로 쳐들고 권했다. 흡사 달나라 서왕모의 궁중에서 선녀 항아와 짝이 된 듯 황홀하기만 했다..

어느덧 밤이 깊어 인정의 북소리가 울렸다. 배석한 친구가 짐짓 걱정하는 시늉으로 말했다.

"여보게, 더 늦기 전에 돌아가세."

그러자 노파가 물었다.

"거처 정하신 곳이 여기서 머십니까?"

"예, 약간 멀지요. 연평문 밖 5리쯤입니다."

친구가 능청을 떨자, 즉시 이와가 미소를 풍기고 말을 받았다.

"이왕지사 돌아가시기 어려우실 테니, 이곳에서 일숙하실 요량으로 눌러앉아 느긋이 술이나 드십시오."

"낭자 의향에 따르리다. 늦게 돌아가야 반겨 줄 사람도 없는 나그네 신세이니, 낭자 말대로 눌러앉아 술을 마시지요. 이보다 더한 영광이 있겠소. 어머님께서도 허락해 주시겠지요?"

"여부가 있습니까. 하도 지체 높으신 분이라 감히 권해 올리지를 못했습니다."

공자는 방자를 시켜 은전 한 꾸러미와 비단 열 필을 내놓으며 노파에게 말했다.

"잠시 들러 문의만 하려던 것이 본의 아니게 폐를 끼치게 되어 송구스럽게 되었습니다. 약소하나마 오늘의 숙식비로 거두어 주시오. 후일에 다시 사례를 하겠소."

"너무 과분하십니다. 술대접해 올린 처지에 어찌 숙식비를 받을 수가 있겠습니까. 거두시지요."

"아니오. 내가 실언을 했소. 숙식비가 아니라 인사 예물이니, 물리치지 마시오."

"정 그러시면 염치 불구하고 거두어 간수하겠습니다."

그리고 노파는 이와에게 눈짓을 하며 말한다.

"아가야, 너 먼저 침실로 건너가 모실 채비 갖추어라."

이화가 나간 지 잠시 후에 가랑머리가 들어와 아뢰었다.

"공자님, 소녀가 서당(西堂)으로 안내하겠습니다."

뒤따라 서당으로 가니 아늑한 침실에는 와룡촛대의 불빛이 은은하게 비치고 방안의 가구나 기물들이 눈부시게 화려했다. 윗목으로 금수비단 금침이 포근하게 깔렸고 곁에는 조촐한 주안상이 놓여 있었다. 속살이 희게 내비치는 엷은 비단옷을 걸친 이와가 내미는 술잔을 받으며 공자는 스스럼없이 말했다.

"지난번 대문 앞에서 한눈을 판 이후로 나는 오매불망 낭자를 그리워하였으며, 제대로 먹지도 자지도 못했소이다. 이렇게 단 둘이서 마주 앉으니 꿈만 같소이다."

"소녀도 공자님 생각뿐이었습니다."

마침 노파가 밤과 대추 등을 쟁반에 고여 들고 들어오며 수다를 떨었다.

"인연을 맺는 것이나 사랑의 정분을 푸는 것이나 다 하늘의 조화이고 천명이랍니다. 그러니 당사자들이 좋다면 부모도 말리지 못하지요. 신방에는 밤 대추가 놓여야 격입니다. 마냥 운우(雲雨)의 정을 푸십시오. 앞으로도 미욱한 딸년아이 물리치지 마시고 수발들게 하십시오. 늙은 저는 그만 물러가겠습니다."

할멈은 문턱에서 다시 고개를 돌리고 말한다.

"이와야, 공자님을 정성껏 모셔라."

"잠깐 기다리시오. 변변치 못한 사위 놈이 장모에게 술 한 잔 쳐 올릴 테니 받으시오."

"아이고 고마워라. 늙고 추하기 짝이 없는 이 몸을 장모로 존대해 주시다니 더욱 몸 둘 바를 모르겠군요."

노파가 나가자 공자는 이와를 끌어당겨 품속에 안았다. 그리고 다시 한 잔의 술을 반씩 나누어 마시고 그녀의 윗도리를 벗겼다. 은은한 촛불에 그녀의 포동포동하고 탄력 있는 젖무덤이 크게 떠올랐다. 그러자 이와는 수줍은 듯이 훌쩍 촛불을 입김으로 불어 끄고 자신의 풍만한 육체를 던지듯 덥석 안겼다. 이에 두 젊은 남녀는 영창으로 번지는 달빛을 받으며 마냥 사랑의 불길을 살렸다.

2

이튿날, 새벽 일찍 방자로 하여금 옷가지와 짐을 이와의 집으로 옮기게 하고 공자는 붙박이로 이와의 치마폭에 몸을 묻었다. 나날이 사랑채에 술친구들을 불러 기생들과 짝을 맞추어 주연을 베풀고 질탕하게 마시고 놀았다. 어느덧 공자의 염낭이 바닥이 났다.

이에 공자는 말과 마차를 처분했고 마침내는 노복들도 팔아 썼다. 그리고 다시 1년 뒤에는 팔아먹을 것조차 없는 빈털터리가 되었다. 상화방 인정은 돈과 더불어 피고 지는 법이다. 날로 노파의 눈초리가 차고 말씨가 거칠어졌다. 그러나 마음씨 고운 이와는 더욱 측은하게 정을 주었다.

그러던 어느 날, 이와가 공자에게 나직한 말씨로 의논을 걸어왔다.

"공자님을 모신 지 벌써 한 해가 넘었거늘 아직도 회태할 기미가 없으니, 저와 함께 절이나 산에 가서 신령님께 축원을 올려요. 죽림사(竹林寺)의 신령이 영험하다니 함께 가서 치성을 올리지요."

공자는 그 속에 계략이 숨어 있는 줄 알 까닭이 없었다.

"그거 참 좋은 생각이요. 어머니 곁을 떠나 바람도 쏘일 겸 아들도 얻을 겸, 당장 내일이라도 출발합시다."

즉시 옷가지를 전당 잡히고 절에 드릴 제물을 장만하여 난생 처음으로 홀가분하게 단 둘이서 문밖으로 나섰다.

죽림사 사당에 가서 '옥동자를 점지해 주시오!' 하고 조석으로 치성을 드리며 사흘 밤을 넘기고 산에서 내려왔다. 나귀가 끄는 수레를 타고 산 비탈길을 벗어날 무렵에 이와가 말했다.

"여기서 동쪽으로 한 마장 못 가서 이모님 댁이 있습니다. 오래 뵙지 못하였으니 잠시 들러 인사라도 올리지요. 이모님 댁은 한적하고 정갈하니 하루나 이틀쯤 쉬어가도 좋지요."

"그럽시다. 당신 좋을 대로 하시오. 허긴 일찍 돌아가 어머니 짜증 듣기보다는 나을 거요."

길을 우회하여 솔밭을 지나치자 한적한 마을이 나타났다. 어구에서 수레를 내려 샛길을 따라 몇 발짝 걸으니 제법 번듯한 별장 같은 기와집이 나타났다.

"저 집이에요. 제가 먼저 가서 연통할 테니 뒤따라오세요."

이와가 총총걸음으로 달려가 서쪽 사랑채의 대문을 흔들자 안에서 기다렸다는 듯이 문이 활짝 열리고 나이 40쯤 되어 보이는 곱게 생긴 부인이 갈지자걸음으로 걸어 나오며 활짝 웃는 낯으로 맞이했다.

"이와야, 참 오래간만에 보는구나. 그 동안 별고 없었느냐? 어머님도 안녕하시고?"

"네, 무고하세요. 이모님도 안녕하셨어요? 참, 인사 받으세요. 제 신랑이에요."

"공자님, 잘 오셨습니다. 이렇듯 준수하신 귀공자님을 가까이 모시게 되니 참으로 영광입니다. 촌구석의 누옥이지만 잠시 쉬어 가세요."

수인사를 마치고 뒤따라 들어서니 규모 있는 사랑채의 넓은 뜰에는 고목들이 울창하게 자랐다.

"영감님도 안 계시고 식솔도 없이 단출하게 사느라 안채는 비워 두고 사랑채만 쓰고 있습니다."

졸지에 차린 밥상 치고는 푸짐한 성찬이었다. 공자는 함께 중화를 들고 홀로 곁마루로 나왔다. 이모를 오래간만에 보니 할 말이 많을 이와에게 틈을 주기 위해서다. 공자가 양지바른 마루 모퉁이에 앉아 잠시나마 눈을 붙일까 하는데 멀리서 다급하게 달려오는 말발굽 소리가 가까워지더니 바로 대문 앞에서 멈추었다. 이어 검은 옷차림을 한 육 척 거구의 장한이 뛰어 들어오면서 큰 소리로 외쳤다.

"이와 아씨, 큰 변이 났습니다. 어머님이 중풍으로 쓰러져 위독하십니다. 제가 모실 테니 아씨 먼저 회정하세요."

화들짝 놀란 이와가 창백한 얼굴을 한 채 공자에게 말을 건넸다.

"제가 먼저 말을 타고 돌아가 어머님 용태를 살피고 곧 기별을 올릴 테니, 뒤처져 행리 챙기고 돌아오세요."

이와는 흐트러진 옷도 미처 수습하지 못하고 허둥대며 뛰어 나가 장한이 타고 온 철총마(鐵驄馬) 뒤에 올라타자 쏜살같이 달려갔다.

"여보!"

하고 뒤를 쫓으려는 정공의 앞을 가로막으며 이모가 점잖게 타이르듯이 말했다.

"급할 때일수록 침착하게 거동하셔야지요. 아마 언니는 가망이 없을 겁니다. 그러니 저하고 장례 치를 절차를 의논하고 기별이 오면 함께 가서 뒤처리를 하십시다."

그 자리에 눌러앉아서 장례비용을 위시하여 초종부터 졸곡까지의 절차를 논의하고 지필묵에 적기까지 했다. 그러는 동안에 해가 기울고 사위가 어둑어둑해졌다. 그러나 이와로부터 아무런 기별도 오지 않았다. 이모가 걱정스런 얼굴을 하고 말했다.

“왜 기별이 없지요? 필경 언니가 운명을 했으므로 손이 모자라 기별도 못하고 허둥대고들 있을 겁니다. 그러니 공자께서는 수레를 몰고 즉시 돌아가 이와를 돕고 또 어린 가솔들을 지휘하세요. 저는 가재도구를 수습한 다음에 사랑채 걸어 잠그고 즉시 뒤따라가겠습니다.”

공자는 이모의 말대로 즉시 나귀가 끄는 수레를 몰고 회정했다. 어둑어둑한 자갈길에 덜컹덜컹 수레를 몰면서도 순진하기 짝이 없는 그는 오직 장례비용에 대한 걱정뿐이었다.

어둠이 짙은 새벽녘에 간신히 집에 당도했다. 그러나 이게 어찌 된 영문일까. 대문은 굳게 닫혔고, 집안에서는 불빛도 인기척도 없었다. 수레에서 뛰어내려 허둥대며 문 앞으로 달려가 보니 대문은 투박한 진흙으로 봉함되어 있었다.

크게 당황하고 초조해진 공자는 밤늦게 실례되는 줄도 모르고 이웃집 대문을 두드렸다. 얼마 후 문지기 노인이 하품을 늘어지게 하며 나타났다. 공자는 얼떨결에 아무 죄도 없는 그를 힐난하듯 물었다.

“우리 집 대문이 왜 봉인되었지요? 어떻게 된 영문입니까?”

문지기 영감은 의아한 눈초리로 공자를 마주보며 대꾸했다.

“아니 공자가 모르시면 누가 압니까? 바로 나흘 전에 공자께서 이와 아씨하고 먼저 새집으로 이사 가지 않으셨습니까?”

“제가 먼저 새집으로 이사를 가다니요? 아닙니다. 저는 죽림사에 불공드리러 갔다 오는 길입니다.”

“이상하다. 그런데 왜 할머니가 두 분이 먼저 이사를 갔다고 했을까요? 할머니는 두 분이 떠난 이틀 후인 그저께 이사를 했습니다.”

“어디로 이사를 갔습니까?”

“나는 모릅니다. 원래 이 집은 할머니가 세 들어 살던 집이며, 기한이 차서 이사를 갔으므로 원주인이 와서 대문을 봉인했습니다.”

공자는 너무나 어이가 없어 고맙다는 인사도 못하고 즉시 발을 돌렸다. 이미 밤이 깊었으므로 이모 집으로 돌아갈 수도 없었다. 게다가 사람도 나귀도 지쳤으므로 싸구려 객사에 들어가 한숨 돌리고 또 굶주리고 허기진 배도 달래야 했다.

그러나 공자는 분통이 터지고 울화기 치밀어 음식을 넘길 수가 없었다. 그의 가슴속은 터질 듯이 아리고 아팠다. 그는 눈물조차 나오지 않는 메마른 눈을 부릅뜬 채 밤을 꼬박 지새웠다.

첫닭이 회치기를 기다려 안장도 없는 나귀등에 올라타고 황급히 채찍질하여 이모 집으로 달려갔다. 새벽녘에 별당 서쪽 문을 다급하게 두들기며 불렀으나 아무런 대꾸가 없었다. 공자가 발광하듯이 문짝을 발로 차고 고함을 치자, 정문 쪽에서 전복(戰服) 차림의 수직 보는 군졸이 달려오며 수하를 했다.

“어느 놈이 새벽부터 무엄하게 소란을 피우느냐!”

“이모님, 안 계세요?”

“이모라니, 이 집은 최상서의 별장이다. 함부로 얼씬거리면 치도곤을 맞을 테니 멀리 물렀거라.”

“여보시오, 바로 어제 이 별당에서 내가 이모와 함께 중화를 든 사람이요.”

공자가 설명을 하자, 군졸이 알겠다는 듯이 빙그레 웃으며 말했다.

“그 유명 짜한 퇴기 말이구려. 죽림사에 치성 드린다고 별당채를 사흘 약정하고 빌려 쓰고 어제 돌아갔소이다.”

그제야 앞뒤로 쫓겨났음을 안 공자는 치를 떨었다. 넋을 잃고 맥이 빠진 그는 성문 밖에 있는 말 시장에 가서 나귀를 팔아 몇 푼의 돈을 거머쥐고 전에 거처했던 포정리 옛집 주인을 찾았다.

그간에 있었던 전후의 딱한 사정을 익히 들은 주인은 공자의 처지를 심히 민망히 여기고 또 깊이 동정하여 행랑방 하나를 내주고 며칠 쉬며 기신을 차리라 하고 곁들여 의논을 하듯이 물었다.

"내가 상주 형양공에게 연락하여 도움을 청하리다."

그러나 공자는 고개를 절레절레 흔들며 눈을 부릅뜨고 비장한 표정으로 애걸하듯이 말했다.

"절대로 아니 됩니다. 가문을 더럽히고 가친의 기대를 저버린 불효막심한 이 자식이 어찌 이렇듯 처참한 상황을 알릴 수가 있으며, 더욱이 후안무치하게 도움을 청할 수가 있겠습니까. 가친께서도 절대로 용서하시지 않으실 것입니다. 제가 혼자 저지른 잘못이니 죽으나 사나 제가 마무리를 해야지요."

울화가 치밀고 한이 골수에 사무친 공자는 그날로 몸져누웠다. 집주인이 내다 주는 쌀죽이나 미움도 입에 대지 않고, 식음을 전폐한 그는 냉방에 누운 채 혼절하고 말았다. 인사불성으로 신음을 하며 대엿새가 넘도록 회복할 기미가 보이지 않자, 주인은 덜컥 겁을 먹고 또 초조해졌다. 이러다가 날송장 치울까 겁에 질린 주인은 마침내 그를 거적에 말아 어둠을 타고 아무도 모르게 상두도가 근처에 내다 버렸다.

3

공자는 절명 직전에 상두꾼에게 발각이 되어 구원을 받고 다시 소생할 수가 있었다.

백정들끼리의 인정은 뜨겁다. 처참하게 버림받은 공자를 친동기처럼 보살펴 주었다. 천행으로 구출된 공자는 달포쯤 지나서 지팡이를 짚고 간신히 일어서게 되었다. 죽은 사람의 뒤치다꺼리를 하는 부락민들은 항상 바쁘고 손이 모자랐다. 공자도 만장을 들고 북망산으로 행하는 상여 뒤를 따라다니면서 애절한 상여 노래를 들으며 자신의 기구한 신세를 한탄하면서 덩달아 눈물을 쏟았다.

본래 총명하고 다정다감한 공자는 어느덧 만가의 가락을 익히고 자신도 목청 돋워 구성지게 창을 할 수 있게 되었다. 게다가 경서와 시문에 능통한 그는 만가의 사설을 새로 꾸며 부르기도 했다. 원통하고 억울하게 죽은 망자의 심정을 누구보다도 잘 알 수 있는 그는 오장육부에 사무친 원한과 슬픔을 만가에 실어 애절하게 토해냈다. 이에 듣는 사람들의 가슴속은 물론 뼛속까지 처절하게 스며들었다.

장안에는 전부터 동쪽과 서쪽 두 패의 상두 도가가 서로 세력을 다투고 있었다. 이들은 합동으로 매년 가을에 막대한 판돈을 걸고 상례 의식에 관한 경연대회를 개최했다. 그곳에는 새로 고안하고 꾸민 상여나 장례의 도구나 집기들을 전시하고 또 명창을 내세워 만가의 노래솜씨를 다투기도 했다.

장안 북쪽 넓은 절터에서 거행되는 이 행사에는 수천을 헤아리는 군중들이 운집했다. 한낮에 벌어진 상여 전시회에서는 공자가 속해 있는 동전(東廛)의 패가 꿀렸다. 그래서 저녁에 열리는 경창(競唱) 대회에서 상대방을 크게 누르지 못하면 막대한 판돈을 날려야 했고 또 명성이 실추되어 일년 내내 영업상으로도 손해를 감수해야 했다.

동전의 패두는 긴장한 표정으로 공자의 어깨를 치고 신신당부했다.

"자네만 믿네. 서쪽 패를 납작하게 눌러 놓게."

한편 작년에 우승한 서전(西廛)의 패두는 자신만만했다. 그들은 작년의 경창대회에서 우승한 능숙한 창꾼을 내세워 「백마(白馬)」라는 만가를 부르게 했다. 이곳저곳에서 청중들이 눈물을 흘리며 오열했다. 그는 창을 마치자 의기양양한 듯 거드름을 피우며 단에서 내려갔다.

이번에는 동전 패에서 출전할 차례였다. 구름같이 모인 군중들은 누가 등단할까 단상에 시선을 모았다. 온 몸을 치의로 감고 검은 두건을 깊이 내려쓴 잔망한 젊은이가 등단했다. 방금 내려간 서전 패의 당당한 창꾼과는 반대로 외양부터 너무나 열등해 보이는 무명의 창꾼을 보자 모든 사람들은 속으로 가엽게 느꼈다.

이윽고 그가 가라앉은 목소리로 「해로가(瀣露歌)」를 부르기 시작했다. 흡사 그 창 소리는 영겁의 나락에서 원귀들이 숨죽여 하소연하는 듯했다. 차츰 모든 사람들의 폐부 속 깊이 스며들고 마침내는 오장육부를 후벼 파기 시작했다.

넓은 마당에 모인 수천의 청중들은 숨을 죽이고, 저도 모르게 어깨를 술렁이며 가슴속으로 오열하고 있었다. 공자가 목청 돋워 부르는 만가는 사람의 창 소리가 아닌 귀신의 곡성이었다. 서전의 패두는 자기네가 패한 줄 알고 내기에 걸었던 막대한 판돈을 고스란히 포기한 채 묵묵히 자기 패의 상두꾼들을 영솔하고 도망치듯이 퇴장했다. 이에 동전의 패는 만가뿐만이 아니라 그 해의 경연대회에서 압도적인 승리를 거두고 막대한 판돈을 땄다.

그런데 바로 그 청중 속에 공자의 부친 형양공이 끼여 있었다.

당시 지방장관은 매년 한 차례 상경하여 황제에게 배알하고 또 대궐 안에서 수직하는 법이 있었다. 때마침 상경했던 형양공이 평복차림으로 늙은 집사를 대동하고 먼발치에서 눈물을 흘리고 있었다. 그 집사는 바로 어린 공자의 젖어미의 남편이었다. 그러므로 그는 당장에 무대에서 창을 부르는 젊은이가 바로 행방을 감춘 도련님이라는 것을 한눈에 알 수가 있었다.

늙은 집사는 상전의 기색을 살피며 어렵사리 입을 열고 겁먹은 듯이 아뢰었다.

"창을 부르는 사람이 흡사 도련님 닮았습니다."

그러자 형양공은 눈을 부라리고 큰 소리로 꾸짖었다.

"무슨 소리냐, 그놈은 죽었다. 많은 재물을 지니고 상경하는 도중에 화적떼에게 털리고 노상에서 죽었다. 두 번 다시 요망한 흰소리를 하면 네놈을 참하리라!"

형양공은 노발대발하고 즉시 말머리를 돌리고 회정했다. 그러나 가슴속으로는 피눈물을 쏟고 있었다.

밤이 깊자 집사는 상전 몰래 나와 동쪽 상두 도가로 와서 공자를 찾았다. 오늘의 대승리의 주인공으로 술자리에 앉아 있던 공자는 집사를 보자 변색하고 몸을 숨기려 했다.

"도련님!"

하고 집사가 외치며 달려가 소매를 잡자, 공자도,

"영감!"

하고 엉겨 붙어 흐느꼈다.

그러나 형양공은 아들을 용서하지 않았다. 막대한 가산을 탕진하고 상두꾼으로 떨어진 백정을 양반의 자식으로 인정할 수가 없었다.

그런 망나니를 그냥 두었다가 세상에 알려지면 가문의 욕이 될 뿐만 아니라 자신도 집안도 파탄이 나고 말 것이었다.

옛날의 양반은 명예와 체통을 위해서는 피붙이 외아들일지라도 냉정하게 내치고 희생시킬 수가 있었다. 그렇듯이 명예와 체통을 지키기 위해 옛 선비는 냉혹하고 잔인했던 것이다. 그러므로 형양공은 자식 놈을 화적떼에게 살해된 것으로 치부했던 것이다. 그러므로 지금에 와서 망나니 아들놈을 내 자식이라고 인정하고 함께 욕을 보고 망신할 수 없었던 것이다.

비정한 삶의 논리에 얽매인 양반 형양공은 비장한 각오를 하고 왈패들을 풀어 아들을 거적에 말아 곡강(曲江) 후미진 곳으로 가서 인정사정 두지 않고 죽도록 매질을 가했다.

백정으로 떨어진 아들이 양반 아버지에게 발각되어 끌려가자, 이를 걱정한 상두도가의 패두가 몰래 뒤를 밟았다. 장례를 전업으로 하는 그들이라, 불쌍한 동료의 시신이라도 거두어 흙에 묻어주려고 했던 것이다. 거적데기를 펴서 보니 아직도 완전히 숨과 맥이 끊어지지 않았다. 이에 다급히 응급조치를 해서 그를 명부(冥府)에 넘기지 않고 다시 소생시킬 수가 있었다.

그러나 워낙 심하게 구타를 당한 공자는 온몸이 찢기고 갈라지고 살점이 뜯기고 곪아터졌다. 이에 악취가 심해서 도저히 집안에 들여놓고 치료할 수가 없었으므로 별수 없이 산기슭에 움막을 쳐 그를 들려 놓고 뒤를 보고 치료를 해주었다.

그로부터 약 서너 달이 지나, 어느덧 겨울이 오고 눈발이 휘날렸다. 아직도 완쾌되지 못한 그는 지팡이를 짚고 비틀걸음으로 구걸에 나섰다. 남루한 옷을 걸친 그는 부들부들 떨리는 몸을 간신히 지탱

하면서 새벽길을 비틀비틀 걸으며 애절하게 외쳤다.

4

"적선하십시오. 굶주려 허기지고 추위에 떠는 불쌍한 이 몸에게 적선의 손길을 뻗어 주십시오."

마을에는 밤새 눈보라가 휘몰아쳤고 또 이른 새벽이라 집집마다 대문이 굳게 잠겨 있었다. 그런데도 하늘이 도왔는지 한 집의 대문이 빠끔하니 열려 있었다. 그는 너무나 반가워 다가가서 처연한 소리로 구걸했다.

"적선하십시오. 춥고 배고픕니다. 적선을 베푸십시오."

하늘이 공자를 도왔는지, 바로 그 집이 이와의 집일 줄 어찌 꿈엔들 공자가 알았으랴? 이와도 밖의 거지가 왕년의 공자라고는 꿈에도 생각하지 못했을 것이다. 그러나 서로 모르는 사이에 하늘은 두 사람을 다시 해후상봉하게 이끌어 준 것이었다.

오늘따라 밖에서 구걸하는 목소리가 생소하지 않고 유난히 폐부에 깊이 스며들었다. 이와는 몸종을 앞세우고 뛰쳐나가 대문 뒤에 몸을 숨기고 밖을 살폈다.

"아니, 저럴 수가! 저 분이 바로 공자가 아니냐? 어찌 저렇게 처참한 몰골을 하고 있단 말이냐?"

애절한 동정심과 돌이킬 수 없는 죄책감에 가슴속이 메어지고 눈앞이 캄캄해졌다. 이와는 사리를 분간하고 창피를 가릴 틈도 없었다. 그녀는 왈칵 울음을 터뜨리면서,

"여보, 당신!"

하고 외치면서 뛰어나가 자신의 몸을 내던지듯이 공자를 부둥켜

안았다.

난데없이 엉겨 붙은 비단옷차림의 여인이 바로 이와인 줄 안 공자는 그간에 누적된 분노가 일시에 폭발하고 가슴속에 사무쳤던 증오와 포한이 뚝 터진 강물처럼 왈칵 넘쳤다. 그는 붉게 충혈된 두 눈을 험악하게 뜨고 바라볼 뿐 한마디 말도 못하고 사시나무 떨 듯 경련을 일으키면서 그 자리에서 혼절하고 말았다.

이와는 졸도해 땅바닥에 널브러진 공자의 목덜미를 자기 팔로 고이고 구급약을 목안으로 흘려 넘겼다. 그리고 자기의 비단옷으로 흙먼지와 고름이 범벅이 된 공자의 몸을 덮어씌우고 방안으로 들어왔다.

그러자 이를 보고 달려온 기생어미 노파가 매몰차고 앙칼진 소리로 나무랐다.

“송장이 다 된 애물단지를 왜 끌어들여 화를 자초하느냐? 그 자를 살리면 우리가 평생을 원귀에게 시달리게 된다. 스스로 죽게 내버려두어라.”

“안됩니다. 애당초 공자가 이 지경이 된 것이 우리 때문입니다. 이제부터는 제가 속죄를 해야지요. 안 그러면 천벌을 받습니다. 어머님도 이상 더 죄를 짓지 마세요. 앞으로 더 하늘을 기만하고 사람을 배반하면 저승의 아귀들도 도와주지 않을 것입니다. 제가 평생 모은 재물을 어머님에게 다 드릴 터이니 저를 놓아주세요. 이제부터는 공자에게 저지른 죄를 속죄하는 뜻에서 공자의 뒤를 돌보겠습니다.”

얼마 후 이와는 기생 생활을 청산했다. 그리고 공자를 위해 집 한 채를 샀으며 그 곳에서 공자의 뒤를 보살폈다. 우선 의원을 청해 정성껏 치료하고 보약과 영양식으로 공자를 돌보아주었다. 공자는 급속도로 몸과 건강을 회복했다. 그리고 값진 비단옷과 품위 있는 장식을 곁들여 양반의 의복 관대를 다 갖추게 했다. 이에 공자는 옛날의 귀공자의 준수한 모습을 되찾게 되었다. 한편 정결하고 조용한 서재를 꾸며 많은 서적을 구입하여 공자로 하여금 공부에만 전념케 했다.

곡절 많고 오욕에 얼룩진 과거를 청산하고 재생한 공자는 비장한 각오로 발분망식, 불철주야로 학업에 정진했다. 그리하여 마침내 3년 만에 장원급제의 영광을 따냈던 것이다. 이에 이와는 많은 사람들을 초청하여 성대한 잔치를 베풀었다.

밤이 깊어 법석대던 잔치도 파하고 축하객들도 흩어져 돌아갔다. 침방에 돌아와 은은한 등불을 사이에 두고 마주앉자, 이와가 조용한 음성으로 그러나 의연한 말투로 애걸하듯이 말했다.

"이것으로 만족하시면 안됩니다. 앞으로 1년 뒤에 있을 전시에 장원을 하시고 직접 천자로부터 높은 벼슬을 내려 받으셔야 합니다. 그래야 부친의 노여움도 풀고 또 가문의 명예도 되찾을 수가 있을 것입니다."

이튿날부터 공자는 다시 글공부에 정진했고 마침내 이듬해 봄에는 전시 갑과에서 또 다시 장원으로 올랐다. 이에 천자가 친히 어사화를 관모에 달아주는 영광까지 누리게 되었다. 그리고 얼마 후에는 성도부(成都府)의 참군으로 제수되었다.

참으로 공자는 기구하고 파란곡절이 많은 인생길, 험난한 벼슬길을 더듬었던 것이다. 귀공자가 몰인정한 기생집에서 털리고 상두꾼이 되고 또 걸인으로 배회하다가 마침내 다시 귀공자로 돌아온 것이다.

5

벼슬길에 오르기 바로 전날 밤이었다. 이와가 새삼스럽게 단정한 몸차림을 하고 다가와 무릎을 맞대고 고즈넉이 앉으며 신중한 표정으로 말문을 열었다.

"그간 저 때문에 고생도 많이 하셨고 또 욕도 크게 보셨습니다. 그러나 다행히 하늘의 도움으로 그간의 오욕을 씻고 늦게나마 명예를 회복하셨습니다. 따라서 소첩도 다소나마 죄책감을 면한 듯합니다. 그러므로 천한 출신인 소첩은 그만 공자님의 곁에서 물러나 다시 늙은 양모를 돌볼까 하오니 허락하여 주십시오. 공자님께서는 명문대가의 영광된 가문을 이으시고 또 입신출세하시어 천하에 명성을 높이 떨치실 존귀하신 분입니다. 그러므로 문벌 있고 지체 높은 양가의 규수를 맞이하시어 후사를 두시고 또 조상의 제사를 떳떳하게 모셔야 할 것입니다. 모든 면에서 소첩은 감당할 수가 없사오니 물러나게 허락하여 주십시오."

이와의 입에서 나오는 이야기에 놀란 공자는 어안이 벙벙했다. 그는 말없이 이와를 왈칵 품에 안고 두 팔로 옥조이며 뜨거운 눈물을 흘릴 뿐이었다. 얼마 후에 정신을 가다듬은 공자는 울먹이는 소리로 말했다.

"어찌 그런 박정한 말을 하시오. 내가 어찌 당신과 떨어질 수가 있으며 더욱이 다른 여인을 맞이할 수가 있겠소. 내가 당신 아닌 그 누구를 의지하고 살 수 있겠소."

공자는 이와를 부둥켜안고 애걸하듯 말했다.

"그와 같은 분별없는 소리 다시는 마시오."

그들은 밤새 뜬눈으로 울며불며 새벽을 맞이했다. 이와는 눈가의 눈물을 훔치며 공자를 안위하듯이 말했다.

"신임 행차의 길이 멀고 또 도임하시려면 족히 한 달 이상은 행로하셔야 합니다. 그간만이라도 소첩이 곁에서 시중을 들고 검문(劍門)까지 배행하겠습니다."

그들은 출발한 지 달포 만에 장강의 상류 검문에 당도했다. 이튿날, 공자가 관아에 들어가 공문 통첩을 받아 보았다. 바로 공자의 친아버지 형양공이 성도의 지사 겸 검남채방사(劍南採訪使)로 발령을 받고 수일 후에 당도할 것이라는 사실을 알았다.

뜻밖의 낭보에 접한 공자는 만면에 웃음을 띠고 이와에게 이 소식을 전했다.

"여보, 열흘 후에는 아버님이 이 곳 원님으로 부임해 오신다 하오. 그 때에 뵙고 우리의 혼인 허락을 받읍시다."

이와는 겁이 났다. 공자를 타락시키고 알거지로 만들어 백정 되게 한 죄인이 어찌 지체 높은 어른 앞에 나설 수가 있으며, 더욱이 결혼 허락을 받을 수가 있으랴?

전에 그 어른은 가문을 욕되게 한 공자를 인정사정 안 두고 혹독하게 매질하여 내버림으로써 죽은 자식으로 치부하셨던 무서운 어른이 아니신가. 그러니 잘못하다가는 형틀에 묶여 곤장 형을 당할 것이 아닌가. 이와는 창백한 얼굴로 말했다.

"저는 두렵습니다. 아버님을 뵈올 면목이 없어요. 지엄하신 어른께서는 절대로 소첩을 용서해 주지 않으실 것입니다. 저는 이만 돌아가야 합니다."

"그런 상서롭지 못한 말을 거두시오. 어쨌든 한 번은 크게 꾸지람을 받겠다는 각오로, 이 기회를 놓치지 말고 석고대죄 합시다. 전에는 내가 너무나 타락하여 큰 죄를 짓고 큰 매를 맞았소. 그러나 지금은 당신 덕택으로 명예도 회복하고 벼슬에도 올랐으니 아버님도 용서해 주실 거요."

한편 형양공은 이미 장안에서 자식에 관한 전후 사정을 소상하게 조사해서 알고 있었다. 즉 금년 봄 전시에서 장원을 따고 천자로부터 친히 벼슬을 제수받은 영예의 주인공이 바로 낭일에 사매질하여 내다 버리고 죽은 자식으로 치부했던 아들놈임을 알고 있었다. 그러므로 그는 조정에 상주하여 자기의 벼슬자리를 성도로 정하고 부임하게 되었던 것이다.

형양공은 검문에 당도하자 관아에 딸린 별관으로 아들 내외를 불렀다. 약조한 시각이 다가오자 형양공은 자기도 모르게 초조하고 가슴이 뛰었다. 겉으로는 태연한 양 꾸몄으나 어느덧 뜰에 내려가 서성대면서 연성 대문을 흘긋거렸다. 마침내 대문 밖에서 군졸이 큰 소리로 고했다.

"신임 참군 나리 듭시오."

이어 대문이 활짝 열리고 아들 내외가 대역 죄인처럼 고개를 떨어뜨린 채 조심스럽게 문안으로 들어섰다. 그 순간 형양공은 이내 앞으로 다가가서 아들을 덥석 품어 안고 말없이 눈물을 흘렸다. 그리고 얼마 후에 아들의 등을 토닥거리며 목멘 소리로 일렀다.

"너나 나나 말할 필요가 없다. 너는 다시 자랑스러운 내 아들이 되었으니, 앞으로는 우리 가문을 이어가고 또 가문의 빛을 내야 한다."

공자도 뜨거운 눈물을 흘릴 뿐 아무 말도 못했다. 형양공은 아들의 손을 잡아끌 듯이 대청으로 올라와 좌정했다. 그리고 이번에는 이와를 향해 부드러운 음성으로 말을 건넸다.

"아가야, 너도 그간의 어려움을 잘 참고 슬기롭게 처신하였다. 그것으로 너는 자랑스러운 현부의 도리를 다했느니라. 따라서 너를 자부로 맞이할 것이니라."

대청 한구석에 몸을 옴츠리고 엉거주춤 서 있던 이와가 고개를 조아린 채 들릴까말까 한 작은 소리로 아뢰었다.

"죄 많고 미천한 계집은 이만 하직하고 공자님 곁에서 물러남이 마땅한 줄 아옵니다."

"아니다. 그런 겸사는 거두어라. 참으로 너의 공이 크다. 이 아비가 제대로 훈도하지 못했던 아들을 네가 거두어 대성케 했으니 너야말로 하늘이 점지해 준 배필이 아니더냐. 내가 이미 작정하고 또 안배해 놓은 바가 있다. 가까운 시일에 육례 갖추어 혼례를 치르게 하마."

이와는 비록 미천한 기생 출신이었으나 총명하고 의리를 잘 지키고 또 내조의 공을 세웠다. 이에 형양공은 이와를 며느리로 흠잡을 데가 없다고 인정했던 것이다.

그 후 이와는 시부모에게 극진하게 효도했고 때맞추어 선조의 제사 모시고 또 일가친척을 화목케 했다. 그리고 이듬해에는 첫아들을 출산하고 뒤이어 옥동자 셋을 줄줄이 출산하여 손이 적은 형양공의 집안을 번성케 했다. 수년 후 형양공과 대부인이 천수를 다누리고 서거하자 공자와 이와는 여막(廬幕)에서 3년의 거상을 지켰다. 하도 그들의 효성이 지극했으므로 여막 곁에 영지가 돋아났고

한 줄기에 세 송이의 꽃이 피어나기도 했다.

그들의 효성이 주문(奏聞)되자 조정에서 공자의 관작을 높였고 또 이와에게는 견국부인(汧國婦人)의 칭호를 내렸다. 그들의 네 아들들도 장성하여 높은 벼슬에 올랐으며 왕족들과 인척이 되어 일가가 더없이 번성했다.

【저자 평론】 이 소설의 주인공 이와(李娃)는 의기(義妓)다. 설사 팔자가 사나워 일시적으로 주루(酒樓)에서 웃음을 파는 창기(娼妓)로 떨어진다 해도 끝까지 도리와 의리를 지켜야 한다. 돈 때문에 남을 속이거나 남을 홀리는 여자를 여우라고 한다. 사람은 사람답게 행동해야 한다. 그래야 인간적 구제를 받을 수 있다.

4. 양창전(楊娼傳)

— 방천리(房千里)

1

양씨(楊氏)는 한때 장안 일대에 한동안 이름을 날리던 상화방의 창기였다. 빼어난 얼굴에 요염한 자태가 서리었으므로 웬만한 바람둥이 한량들은 한눈에 넋을 잃고는 재물을 쏟아 부어 그녀를 손아귀에 넣고자 치근대기가 일쑤였다. 그러나 남달리 총명하고 약삭빠른 그녀는 야들야들한 미소와 손사래로 천덕꾸러기들을 뒤탈 없이 잘 물리쳤다.

그럴수록 그녀의 명성이 높아지니 왕공 귀인(王公貴人)들이 저마다의 세도를 빙자하여 그녀를 술자리에 불러 시중을 들게 했다. 그녀는 노래와 춤을 잘했을 뿐만 아니라 관현(管絃) 악기도 잘 다루었다. 게다가 어려서 글을 배운 그녀는 시서(詩書)에도 능통했고 붓을 들고 사군자도 잘 쳤다.

이에 지체 높은 고관대작들이 그녀를 첩실이나 가기(家妓)로 독점하고자 서리들을 시켜 많은 예물을 전달하고 온갖 감언이설로 유혹을 했다. 꾀어내려는 자들이 많다 보니 저희들끼리 시기하고 간계를 꾸미는 추잡한 아귀다툼까지 벌이게 되었다. 그러나 그녀는 흙탕물 속에 우뚝 피어난 한 떨기 맑은 연꽃처럼 초연하기만 했다.

흔히 남녀의 짝은 하늘이 맺어 준다는 뜻으로 천생연분이니 천정배필이니 한다. 양씨에게도 바로 그와 같은 상대가 나타났다.

영남(嶺南 : 현 광동성)의 군대를 통솔하는 총사령관이었다. 귀족가문에서 자라난 그는 어려서부터 풍류를 즐겼고 여러 미인들과의 낭만적 교유도 가졌었다. 그러나 장가를 든 후로는 억센 본부인에 눌려 좀처럼 바람을 피우지 못하고 울적하게 살고 있었다. 왕족 출신인 그의 마누라는 특별나게 기가 세고 병적일 만큼 투기심이 강했다. 그리하여 결혼 초기에 이미 남편을 휘어잡고 '절대로 바람을 피우지 않겠다'는 맹세를 받아 낸 여장부였다.

그러나 눌릴수록 고개를 치켜들고 일어나는 것이 사나이의 바람기이기도 했다. 더욱이 마누라가 억세고 사나울수록 유순하고 착한 여성에게 끌리는 것이 또한 인지상정이었다.

당시 지방 군대의 총사령관은 수년에 한 번씩 장안으로 올라와서 반 년 동안 조근(朝覲)을 들여야 했다. 호랑이 마누라를 시골에 떨어뜨려 놓은 채 홀가분하게 홀몸으로 상경한 총사령관은 술좌석에서 만난 나긋나긋한 창기 양씨에게 한눈에 흠뻑 빠졌다. 양씨도 그를 첫눈에 좋아했다. 호걸 장군이면서 귀공자 티가 풍기고 말수가 적으면서도 속에서 풍기는 인자하고 자애로운 품이 마음에 끌렸다.

잘난 놈 못난 놈 뭇 사내들이 수청을 들라고 야단법석을 떨어도 꺾이지 않던 양씨가 자진해서 무뚝뚝하고 덤덤하기 짝이 없는 총사령관에게 몸을 바쳤다. 그러므로 사람들은 닭 쫓던 개 지붕 쳐다보기로 혀를 차며 중얼거렸다.

"꽃 임자 따로 있고 떡 먹을 자 따로 있다."

총사령관은 큰 돈을 지불하고 양씨를 기적에서 뽑아 한적한 곳에 처소를 마련하고 함께 살림을 차렸다. 그는 난생 처음 여인의 부드럽고 포근한 사랑을 맛보았다. 툭하면 까탈 부리고 심술 피우는 본처와는 정반대로 양씨는 항상 따뜻하게 감싸고 싹싹하게 시중을 들었다. 그러므로 조석으로 드는 음식이 꿀맛이요, 밤의 잠자리는 더욱 감칠맛이 났다.

그러나 양춘 3월의 달콤한 꿈에 언제까지나 도취할 수는 없었다. 조근의 시한이 끝나는 즉시 그는 하루도 더 지체하지 못하고 옛집으로 돌아가야 했다. 얼혼과 정념은 장안에 두고 겉껍데기 육신만이 비실비실 고향에 돌아온 것이다.

본시 인간의 생명은 사랑을 받아야 자라고 꽃도 피게 마련이다. 사랑의 불길이 흐리거나 꺼지면 생명도 시들고 멸하게 마련이다. 동시에 인간의 육신은 속에 얼혼이 알차게 차 있어야 활발하게 움직이고 활동한다. 그리고 그 얼혼도 사랑의 불길이 닿아야 살아서 활기차게 육신을 움직이고 활동케 한다. 생명이 없는 씨에서는 싹이 돋아나지 못하듯이 사랑의 불길이 닿지 않는 얼혼은 시들고 따라서 겉껍데기 육신도 병들고 시들게 마련이다.

마침내 총사령관은 병들고 자리보전하기에 이르렀다. 천하의 명의들이 와서 진맥하고 자고로 전하는 비방대로 탕약을 달여 올렸으나 아무런 효험이 없었다. 한마디로 백약이 무효라, 그는 날로 시들고 초췌해지기만 했다.

총사령관은 병문안을 온 환관에게 은밀히 의논을 했다. 당시에는 지방의 군대를 총괄하는 총사령관 곁에는 반드시 조정에서 파견된 환관이 붙어 있었다. 그들은 황제의 칙명을 받고 지방의 군관부를 감찰하는 직무를 수행하고 있었다. 말하자면 총사령관의 감찰관이었다. 따라서 공적인 의미에서는 서로 대립적 관계에 있었다. 그러나 인간적으로는 가장 가깝고 또 서로 상통할 수 있었다.

전부터 총사령관의 선량한 인품을 잘 알고 있고 또 장안에 두고 온 양씨와의 관계를 알고 있는 환관이 먼저 입을 열었다.

"귀관의 병환은 약석으로 치유될 병이 아니오."

"태사, 소관도 그리 생각하고 있습니다."

"장안에서 양씨를 불러 와 곁에서 시중들게 하면 당장 귀관은 쾌유할 것이오."

"소관이 소망하는 바이옵니다."

"그러니 어찌한다? 어떻게 귀관의 안부인을 설득하고, 허락을 받아 내겠소."

"설득하고 허락을 얻는다는 일은 절대로 불가능합니다."

"그러니 말이오. 결국 귀관의 생명을 구하기 위해서는 부인을 속일 수밖에 다른 도리가 없겠구려. 내 어디 한번 방책을 강구해 보리다."

며칠 후에 환관이 다시 찾아와서 비단보에 싼 서찰을 총사령관에게 건네주며 말했다.

"이 서찰은 본관이 장안의 병부상서(兵部尙書)로부터 내려받은 사신(私信)이오. 내용인즉 상서가 귀공의 신병을 각별히 염려하여 특별히 이름난 전의(典醫)를 차출하고 그에게 탕약 달일 노비를 딸려 보낼 테니 그들을 신변 가까이 거두어들이고 병구완을 시키라는 취지의 글이 적혀 있소. 그러니 이 서찰을 부인에게 보이시오."

그들은 즉시 집사를 시켜 서찰을 내당 마님에게 전하고 하회를 기다렸다. 얼마 후에 집사가 싱글벙글 웃는 낯으로 아뢰었다.

"내당 마님께서 승낙하셨습니다."

환관이 빙그레 미소를 짓고 말했다.

"됐소이다. 내 즉시 파발을 보내어 영한 의사와 유씨를 모셔 오리다. 넉넉잡고 한 달이면 당도할 것이니 심기를 굳게 갖고 스스로 기력을 되찾도록 노력하시오."

"태사의 고마우신 배려에 몸 둘 바를 모르겠습니다."

한편 태사는 경사(京司)에 있는 병부상서에게 부탁을 하였다. 즉 남해의 총관과 양씨와의 애절한 사연을 자세히 알리고 서울에서 전의 한 사림을 차출해서 보내되 그에게 양씨를 딸려 이곳으로 내려 보내도록 하라는 것이었다. 그렇게 되면 총관 곁에서 양씨가 병구완을 핑계로 조석으로 함께 있을 수가 있다.

2

그러나 총사령관의 부인은 호락호락 넘어갈 얼뜨기가 아니었다. 조정에서 칙명을 받고 파견된 환관의 체면을 보아 표면으로는 싹싹한 척 집사를 시켜 그러라고 승낙의 말을 전했으나 본바탕이 시험(猜險)한지라 은밀히 사람을 풀어 뒤를 캐기 시작했다. 시기의 집념은 무서웠다. 마침내 총관이 장안에서 양씨를 측실로 삼았고 또 이번에는 병시중을 핑계로 그녀를 불러오려고 획책하고 있다는 모든 비밀과 계략을 탐지했다.

그녀는 아무 일도 없는 듯이 일체 내색하지 않고, 남편 총관에게도 말 한마디 언짢은 소리를 내지 않았다. 그러나 그녀의 속은 야차였다. 은밀히 복수를 획책하고 있었다. 뒤뜰에 형틀을 설치하고 또 한복판에는 큰 가마솥을 걸고 기름을 가득 채웠다. 양씨가 오면 잡아서 끓는 기름 가마솥에 넣고 튀겨 죽이려는 심산이었다. 그리고 10여 명의 억센 여복들에게 곤장을 내려치고 형틀에 묶어 고문하고 주리를 틀고 기름 가마솥에 처넣는 절차를 사전에 여러 차례 익히게 했다.

이렇듯 천인공노할 패악질을 하늘이 모른 척 넘길 리가 없었다. 마침내 한 충직한 노복이 총관에게 너무나 끔찍하고 다급한 저간의 정황을 상세히 고해 올렸다. 소스라치게 놀란 총관은 그 자리에서 두 통의 서찰을 써서 노복을 시켜 환관에게 전했다.

한 통은 태사 환관에게 보내는 서찰이었다. 그 속에는 거두절미하고 황급하면서도 애절한 간청의 글귀가 짤막하게 적혀 있었다.

『소관의 내자가 양씨를 음해하려고 망측한 흉계를 꾸미고 기다리고 있으니, 병구완을 빙자하고 양씨를 불러오려던 계획을 즉시 취소하고, 그녀를 멀리 도피케 해주십시오.』

그리고 또 한 통은 양씨에게 보내는 서찰이었다. 그 속에는 절망에 처한 총관의 피를 토하는 듯한 최후의 절규가 선명하게 적혀 있었다.

『내가 숨을 거두기 전에 한 번만이라도 당신을 만나보려 했으나 그것도 안되게 되었구려. 이 곳에 당도하면 당신의 생명이 위태로우니 즉시 발을 돌려 먼 곳으로 도피하시오. 이렇게 위급한 정황을 전하고 알릴 수 있는 것도 천우신조라 믿소. 우리의 사랑이 변치 않고 또 항상 하늘에 치성 드리면 반드시 하늘이 도와 후일에 우리가 다시 상봉하리라 믿소. 서찰과 함께 금은보화를 보내니 일용 살림에 보태 쓰고 다시 만날 날을 기하며 옥체 보전하시오.』

남해(南海 : 광동성)에 도달하여 2, 3일 후에는 총관을 만날 거라고 기대에 부풀어 길을 재촉하던 양씨는 노복으로부터 서찰을 받고 자세한 정황을 귀로 듣고는 대경실색하고 그 자리에서 까무러쳤다. 함께 온 전의의 금침으로 소생한 그녀는 별수 없이 배를 되돌렸다.

한편 총관은 일보 직전에서 간신히 양씨의 생명을 구하기는 했으나 절망과 분노에 병세가 급속히 악화되었으며 마침내 그는 눈을 감고 불귀의 객이 되고 말았다.

홍주(洪州 : 강서성)에서 총관의 부보에 접한 양씨는 그 자리에서 행차를 멈추고 가까운 절을 찾았다. 절에 들어가 총관으로부터 받은 재물을 모두 주지에게 희사했다. 그리고 상청을 차려 총관의 위패를 모시고 목욕재계하고 조석으로 대성통곡하며 재를 올리고 망령의 극락왕생을 빌었다.

양씨는 닷새 후에 서찰을 써서 동행하고 있는 전의에게 두둑이 노자를 주고 그 서찰을 남해에 있는 환관에게 전해달라고 부탁을 하고 절 뒷산에 올라가 남향하고 스스로 자결했다. 그녀의 서찰에는 짤막한 글귀가 적혀 있었다.

『총관 나리는 소녀 때문에 돌아가셨습니다. 소녀도 뒤를 따라 저승에 가서 이승에서 이루지 못한 사랑을 마냥 누리겠습니다.』

소설의 작자 방천리는 말미에 적었다.

『대저 창기는 미색과 애정으로 객을 섬기고 재물을 챙기는 게 상례다. 그러나 양씨는 뛰어난 미모와 탁월한 재능과 뜨거운 정열을 총관 한 사람에게 바쳤다. 그 정절은 의(義)의 극치요, 미련 없이 재물을 절에 바친 것은 염(廉)의 극치요, 뒤따라 순사(殉死)한 것은 열(烈)의 극치다. 비록 출신은 천한 창기였으되 그녀의 「의염열(義廉烈)」은 만고에 빛나리라.』

【저자 평론】 남녀가 다 「의염열(義廉烈)」을 따르고 지켜야 진정한 도덕세계를 기대할 수 있다.

5. 장한가전(長恨歌傳)

— 진홍(陳鴻)

1

이 전기는 당현종(唐玄宗)과 양귀비(楊貴妃)의 사랑을 평범한 인간적인 시선으로 보고 그들의 다하지 못한 사랑의 파경을 애달프게 그린 비련의 이야기다.

「장한가(長恨歌)」는 당대의 유명한 시인 백낙천(白樂天)이 역사적 사실이었던 당현종과 양귀비의 비극적인 사랑을 테마로 지은 유명한 장편의 한시다.

장한가는 옛날 중국은 물론 한국 및 일본에서도 오랜 동안 많은 사람에게 애송(愛誦)되었던 걸작이다.

그 시를 바탕으로 쓴 전기소설이 바로 「장한가전(長恨歌傳)」이다. 작가 진홍(陳鴻)은 백낙천의 친구로 당나라 정원(貞元) 21년(806)에 진사에 등과한 역사학자이며 《대통기(大統記)》 30권을 저술했다. 그러나 기타 자세한 연대나 경력에 대해서는 잘 알려져 있지 않다.

노경에 접어든 현종이 젊은 양귀비에게 흠뻑 빠져 정사를 소홀히 한 결과, 안녹산(安祿山)의 난에 휘말려 마침내 장안(長安)을 뒤로 하고 피난길에 올랐다. 그러나 도중에 임금의 호위병들이 양귀비의 처단을 강하게 요구했다. 이에 현종도 어쩔 수 없이 그녀를 자결케 했던 것이다.

난이 평정되고 자리를 물려준 현종은 환도했으나 양귀비 없는 궁전에서 외롭고 쓸쓸한 나날을 보내며 자나 깨나 불쌍하게 죽은 양귀비를 그리워했다.

현종은 죽은 사람의 혼령을 부릴 수 있는 도사로 하여금 영계(靈界)에 가서 혼령으로 살아 있는 양귀비를 보고 자신의 간절한 사랑을 전한다. 한편 그녀도 현종에게 은밀한 사랑의 정표를 전했다는 이야기를 적은 소설이다.

당시의 실존했던 임금을 테마로 한 역사소설에 속한다. 그러나 임금을 한 범부로 등장시키고 특히 인간적이면서 또 생사를 초월한 사랑을 중심 테마로 했다는 점에서 백낙천의 「장한가」 및 진홍의 소설 「장한가전」은 특이한 문학작품에 속한다. 이렇듯이 당대의 전기소설에는 사랑의 정열이 상하귀천에 넘쳤던 것이다. 이 한글판에서는 필자가 백낙천의 시 구절을 중간에 인용하고 대의를 적었다.

2

백낙천은 그의 시, 장한가 서두에서 다음과 같이 읊었다.

한 나라 황제가 사랑을 높이고 경국의 미녀를 얻고자 오래도록 천하를 뒤졌으되 끝내 찾지를 못할 제

양씨 집에 태어난 딸이 깊은 규방에서 남모르게 성장했노라.

천생의 자색은 버림받지 않나니 일조에 간택되어 임금 곁에 올랐노라.

漢皇重色思傾國　御宇多年求不得　한황중색사경국 어우다년구부득
楊家有女初長成　養在深閨人未識　양가유녀초장성 양재심규인미식
天生麗質難自棄　一朝選在君王側　천생려질난자기 일조선재군왕측

백낙천은 35세(806년)에 이 시를 썼다. 그 때는 양귀비가 마외파(馬嵬坡)에서 죽음을 당한 후 50년, 현종이 붕어한 지 32년이 되는 때였다. 그러나 아직도 당 왕조 시대였으므로 백낙천은 완곡하게 「한나라 황제」라고 「당(唐)」을 「한(漢)」이라고 표현했던 것이다. 그러나 역사학자인 진홍은 「장한가전」에서 사실대로 「당 개원(開元) 연대에는 천하가 무사태평했으며 또 현종이 등극한 지 오래되어 정치에 염증을 느끼고 대소사를 재상에게 위임하고 내전에서 밤낮으로 풍악 잡히고 술잔치만을 일삼았다」고 서술했다.

현종은 712년부터 756년까지 약 45년간 당나라를 통치했으며 초기인 개원 연대에는 많은 공적을 올려 당나라의 전성시대를 실현한 현명한 임금이었다. 그러나 말년, 즉 현종이 노년기에 접어들자 해이해졌다.

설상가상으로 사랑하던 원헌황후(元獻皇后)가 죽고 또 뒤따라 무혜비(武惠妃)마저 죽으니 현종은 적막하고 소슬하기 그지없었다.

이에 그의 허전한 공간을 채워 줄 여인을 오래 두고 찾았으나 발견하지 못했다. 이를 두고 백낙천은 「오래도록 천하를 뒤졌으되 끝내 찾지를 못할 제」라고 읊었던 것이다.

현종은 대당제국(大唐帝國)의 황제였다. 물론 후궁에는 수백 명

의 미녀들이 시중을 들고 또 궁중 전속의 가무음곡(歌舞音曲)의 교습소 이원(梨園)에는 젊고 예쁜 영인(伶人)들이 수두룩 있었다.

그러나 현종의 눈에 들고 그의 마음을 사로잡을 여인은 아무도 없었다. 그래서 술잔치를 벌여도 쓸쓸하기만 했다. 현종은 탄식하며 혼잣말을 했다.

"이 넓은 천지, 그 많은 여자들 중에 짐의 허전한 구석을 채워줄 여자가 없단 말인가?"

현종은 매년 10월이면 여산(驪山)에 있는 화청궁(華清宮)으로 행차하여 온천욕을 즐겼다. 이 때에는 수많은 시종 명부(侍從命婦)들이 따랐고 황제가 몸을 담갔던 온천물에 들어갈 영광을 누릴 수가 있었다. 바로 그 때에 황제의 눈에 들면 침전에서 임금의 수발을 들게 된다.

그러므로 명부들은 화사한 옷차림을 했을 뿐만 아니라 알몸으로 욕탕에 들어갈 때에도 전신에 화장을 하고 온갖 교태를 꾸며 황제의 이목을 끌고 마음에 들려고 필사의 노력을 했던 것이다.

한편 황제는 아무도 모르게 욕탕을 엿볼 수 있게 꾸민 밀실에서 그녀들을 관찰하고 마음에 드는 여자가 있으면 낙점을 하고 후에 은밀히 불러 사랑의 은총을 내렸다.

그러나 무혜비를 잃고 난 후로 현종은 누구에게도 낙점을 하지 않았다. 현종의 눈에는 그녀들이 발랄하게 뛰는 잉어로 보이지 않고 다만 둔탁한 흙인형으로 보였던 것이다.

"참으로 소슬한지고!"

밀실에서 나오면서 현종은 탄식했다. 한 발짝 뒤에는 환관 고력사(高力士)가 그림자처럼 따랐다.

중국 역사에는 많은 환관이 등장한다. 그들은 오직 황제 한 사람을 모시기 위해 이 세상에 태어난 영물(靈物) 같은 존재였다. 그 많은 중국의 환관들 중에서도 고력사는 환관 중의 환관으로 최고의 연기를 연출한 시종(侍從)이었다.

고력사의 눈과 귀 심지어 느낌이나 생각까지도 오직 현종을 위해서만 작동을 하는 듯했다. 현종이 적막하면 그도 적막했고 현종이 아프면 그도 아픔을 느껴야 했다. 그러므로 현종이 어떠한 미인을 찾는지 그는 잘 알고 있었다. 뒤집어 말하면 고력사가 예쁘다고 느끼는 여인이면 현종도 좋아할 것이었다.

현종이 온천탕 안에서 발랄하게 생동하는 수많은 나체의 젊은 여인들을 보고도 전연 동하지 않고 땅이 꺼질듯이 길게,

「참으로 소슬한지고!」

하고 한탄하자, 고력사는 가슴이 뜨끔했다.

고력사는 속으로 걱정했다. 황제의 욕구불만이 우울증을 넘어 바야흐로 발작증세로 번질까 겁났다.

"이대로는 안되겠다. 천명을 받은 존귀하신 천자이시고 만민의 어버이 되시는 황제를 위해서는 별수 없이 마지막 패를 내다가 쓸 수밖에 없구나."

그는 굳게 결심하는 바가 있었다.

그가 내다가 쓰려는 마지막 패는 다름이 아니었다. 양옥환(楊玉環)을 현종에게 시종 들게 하는 일이었다. 그녀는 홍농(弘農)에서 벼슬을 사는 양현염(楊玄琰)의 여식이다. 약 1년 전에 고력사는 우연한 기회에 그녀를 보았으며, 그 순간,

「아, 이 여자가 바로 황제가 찾는 여자다!」

라고 직감했고, 동시에,

「이 여자라면 현종의 빈자리를 메우고도 남음이 있고 또 현종의 사랑을 독차지할 수 있을 것이다.」

라고 자신했다.

고력사의 눈은 바로 현종의 눈이다. 그가 예쁘다고 느낀 여자라면 현종도 반드시 총애할 것이다.

그러나 충성스런 최고의 시종인 고력사가 지금까지 황제에게 아뢰지 못하고 미적거린 중대한 까닭이 있었다.

그것은 양옥환이 바로 현종의 18번째의 아들 수왕(壽王)의 왕비 즉 현종의 자부이기 때문이다. 그러므로 고력사는 모른 체하고 줄곧 묻어 놓고 있었던 것이다.

그러나 지금은 현종의 심질(心疾)이 발작 직전에 이르렀다. 더 이상 주저할 수가 없었다. 황제의 며느리이고 왕자의 부인일망정 자기가 충성해야 할 당 제국의 통치자 현종을 위해서는 모든 것을 올려야 했다.

환관은 정치적 계산이 빠르고 또 저울질을 잘했다. 현종에 비하면 수왕의 존재나 무게는 미미하기 짝이 없다. 마침내 고력사는 현종 앞에서 입을 열었다.

"양옥환이란 절세미인이 있습니다."

"양옥환? 어디서 들은 듯한 이름인데……"

"바로 수왕의 왕비이옵니다."

"옳거니…… 그 애가 절세미인이라? 전에 그 애를 멀리서 보았을 때는 별스럽게 보지 않았는데……"

"그 때는 거리가 너무 멀었고, 또 치장이 번거로웠던 탓인 줄로 아뢰옵니다.”

“그러면 화청궁에 불러 온천에 들게 하라.”

도덕 윤리에서 벗어난 파렴치한 분부를 내렸다. 일반 민가에서도 시아비가 며느리의 나신을 엿보는 법이 없다. 하물며 황제가 왕자의 비를 가로챌 심산으로 그녀의 나체를 은밀히 보겠다는 생의를 품었으니, 천벌을 받을 패악(悖惡)이다.

그러나 이상하게도 중국의 역대 왕실에서는 이와 같은 불륜의 혼취(婚娶)가 종종 있었다.

춘추시대 위(衛)나라 선공(宣公)은 부왕 서거 후 즉위하자 아버지의 측실(側室)이던 이강(夷姜)을 취하여 세자 급(汲)을 낳았다. 뿐만 아니라 선공은 세자 급의 왕비로 간택된 선강(宣姜)이 제(齊)나라에서 당도하여 인사를 드리는 자리에서 첫눈에 그녀의 미색에 매혹되어 그 자리에서 가로채 자기의 측실로 삼고, 후궁으로 보냈으며, 세자에게는 다른 여자를 취하게 했다.

또 같은 춘추시대 진(晋)나라 헌공(獻公)은 부왕 무공(武公) 생존시에 늙은 부왕의 측실 제강(齊姜)과 통정하여 신생(申生)을 낳았으며 무공이 서거하자 제강을 왕비로 삼고 신생을 세자에 책립했다. 그 후 헌공은 다시 오랑캐 나라 여융(驪戎)이 바친 여희(驪姬)에 홀려 제강과 신생을 죽게 하고 마침내는 나라를 망치기도 했다.

가까이는 당나라 건국 초에도 전례가 있었다. 당 태종(太宗)이 죽자 그의 측실이던 무씨(武氏)를 아들 고종(高宗)이 후궁에 넣고 사랑하다가 마침내 일시나마 그녀에게 통치권을 탈취당하는 일도 있었다. 그녀가 곧 측천무후(則天武后)였다. 그 때에 고종은 무씨를 일시 여승암에 넣었다가 환속시키고 제 것으로 취했다. 일단 속세의 낡은 인연을 청산시킨다는 뜻이었을 것이다.

현종은 밀실에서 온천욕을 하고 있는 양옥환을 엿보고 있었다. 그는 비로소 팔팔하게 생동하는 여자를 발견했다. 포동포동 풍만한 그녀의 알몸은 눈부시게 빛이 나고 또 희멀끔했다. 현종을 한눈에 사로잡았다. 백낙천은 그 때의 광경을 다음과 같이 묘사했다.

싸늘한 봄, 은총 내리니, 화청궁 온천에서 기름진 몸을 씻노라,
시녀의 부축으로 일어난 나른한 몸이 새삼 은총을 받노라.

春寒賜浴華淸池 溫泉水滑洗凝脂 춘한사욕화청지 온천수활세응지
侍兒扶起嬌無力 始是新承恩澤時 시아부기교무력 시시신승은택시

그 즉시 현종은 고력사를 시켜 양옥환을 위해 큰 잔치를 벌이게 했다. 원래 가무를 좋아하는 현종은 궁중에 음악·노래·춤을 전담하는 이원(梨園)을 설립했다. 그 자리에 모든 악공·명창·무희들을 배석시키고 「예상우의곡(霓裳羽衣曲)」을 연주케 했다.

그 악곡은 현종이 직접 작곡한 무곡(舞曲)으로 이전에 잠자다가 본 꿈을 재현한 무용곡이었다. 즉 자신이 달나라 궁전에 올라가 무지개 날개옷을 휘날리며 춤을 추는 선녀와 어울려 놀던 꿈을 재현한 무곡이었다.

한편 양옥환은 천생으로 춤에 대한 자질이 탁월했고 또 어려서부터 이름난 스승 밑에서 엄하게 훈련을 받았으므로 그녀의 춤사위는 비범했다. 악공이 연주하는 예상우의곡이 은은하게 울려 퍼지자 양옥환은 봄에 꽃봉오리가 스스로 피어나듯 몸을 일으켜 산들산들 춤을 추기 시작했다.

악공의 가락과 그녀의 율동이 어울리니 황홀하기 그지없었다. 현종은 이승이 아닌 달나라에서 선녀와 놀고 있었다. 가락이 높게 오르면 그녀도 하늘로 치솟았고, 가락이 낮게 잦으면 그녀도 천길 만길 깊은 골자기로 빠지는 듯했다. 마침내 가락이 광풍에 휘몰아치듯 격렬하게 격앙하자, 그녀도 회오리바람에 휘날리는 눈송이처럼 허공을 어지럽게 선회하며 춤을 추었다.

이윽고 음악과 춤이 대단원을 고하자 꿈에서 깨어난 듯 현종은 덥석 그녀를 품에 안았다. 그리고 자기의 술잔을 들어 그녀에게 마시게 했다. 현종 앞에는 왕자비가 아닌 재색겸비(才色兼備)한 여인, 오래두고 찾았던 경국(傾國)의 미녀. 매혹적인 여자가 있을 뿐이었다.

눈길 돌리고 방긋 웃는 모습에 온갖 교태가 넘치니
대궐의 모든 미녀들, 그녀 앞에 무색하게 보이노라.

迴眸一笑百媚生 六宮粉黛無顔色　　회모일소백미생 육궁분대무안색

백낙천은 그녀의 매혹적 용모를 두 줄로 묘사했다. 양옥환은 완전히 현종을 사로잡았고 황제의 사랑을 독차지하게 되었다. 당나라 제도로 황제는 수백 명의 부인들을 거느릴 수가 있었다.

황후(皇后)나 왕비(王妃) 이외로 3부인(夫人), 9빈(嬪), 27세부(世婦), 81어처(御妻) 그리고 무수한 후궁(後宮), 재인(才人) 및 악부(樂府)에 속하는 기녀(妓女)들이 시중을 들게 되어 있었다.

그러나 현종은 이들 모든 여인들을 가까이 시중들게 하지 않고 다만 양귀비만을 곁에 있게 했던 것이다. 이를 두고 백낙천은 시에

서「대궐의 모든 미녀들이 그녀 앞에 무색하게 되었다」고 읊었던 것이다.

그러나 당장 입궁(入宮)하고 시중을 들 처지가 아니었다. 이에 현종은 그녀를 우선 도관(道觀 : 도교의 절)에 보내기로 작정했다. 즉 일단 속세의 인연을 끊고 몸을 맑게 한 다음에 다시 환속시켜 대궐 안으로 불러들이려는 심산이었다.

이 때의 현종의 나이는 58세이고 양옥환의 나이는 22세였다. 어느 모로 보나 억지였다. 그러나 그녀의 본남편인 수왕도 어쩔 수 없었다. 황제의 명을 따라 자기의 젊고 사랑하는 처를 도관에 보내야 했다. 그래야 죽지 않고 살 수 있었다. 반대하고 죽어도 자기의 처는 빼앗긴다. 황제가 낙점한 이상 모면할 수가 없는 것이다.

도관에 보내진 그녀는 태진(太眞)으로 개명했다. 이러한 절차를 거쳐 현종은 자식의 처 즉 며느리가 아닌 양태진이란 미인을 도관에서 발견해서 데려왔던 것이다.

며느리를 빼앗는 황제나 빼앗기는 아들이나 결국은 다 인간이었다. 예나 지금이나 인간들은 너절한 구석이 있게 마련이다. 그래서 이렇게 오늘의 인간들이 옛날의 너절한 이야기를 하고 있는 것이다. 동양만이 아니다. 서양에도 이러한 이야깃거리는 얼마든지 있다.

3

대궐에 들어온 그녀는 귀비(貴妃)에 책봉되었다. 귀비는 황후 다음 3부인의 으뜸에 위치한다. 당시 현종 곁에는 황후가 없었으므로 양귀비는 실질적으로 황후나 다름없었다.

현종은 그녀에게 유별난 정표를 하사했다. 황금의 금비녀와 금귀

거리 나전칠기의 향합(香盒) 및 금은보석으로 세공한 보요(步搖) 등이었다.

현종은 그녀만을 총애했다. 제사를 비롯한 모든 행사나 혹은 연회 주석에도 그녀만이 배석했고 유람 행차에도 그녀만이 배행했다. 물론 잠자리 시중도 오직 그녀만이 독차지했다. 그래서 백낙천은 「육궁의 모든 미녀들이 무색하게 되었다」고 읊고 이어서 다음과 같은 시구를 곁들였다.

꽃다운 얼굴 뭉게구름 검은머리에는 황금의 보요가 흔들리고
연꽃을 수놓은 방장 드리운 포근한 침실에서 밤을 지새우니
봄밤 짧음이 야속한 듯 중천에 해 뜨고서 일어나니
그 때부터 임금은 아침 조례에도 나가지 않더라.

雲鬢花顔金步搖 芙蓉帳暖度春宵 운빈화안금보요 부용장난도춘소
春宵苦短日高起 從此君王不早朝 춘소고단일고기 종차군왕불조조

밤낮 없는 잔치로 임금을 환락으로 사로잡고서
봄 따라 봄놀이하며 밤마다 임금을 독차지하니
후궁에 예쁜 궁녀가 삼천 명이 있으되
삼천 명에게 베풀 사랑을 한 몸이 받더라.

承歡侍宴無閒暇 春從春遊夜專夜 승환시연무한가 춘종춘유야전야
後宮佳麗三千人 三千寵愛在一身 후궁가려삼천인 삼천총애재일신

양귀비가 현종을 사로잡은 근저에는 물론 젊은 미색과 잠자리에서의 교태가 깔려 있었다. 그러나 결코 그것만으로는 황제를 치마폭

속에 넣고 맴돌게 만들 수는 없다. 역시 그녀에게는 약삭빠른 눈치와 비위 잘 맞추는 영변(佞辯)이 있었다. 말하자면 그녀는 뛰어나게 예쁘고 똑똑한 여인이었다.

허나 만사에 도가 넘으면 허물이 따르게 마련이다. 사랑으로 황제를 사로잡은 그녀는 차츰 욕심을 채우기 위해 미색과 영변을 활용하기 시작했다. 한편 그녀의 치마폭에서 헤어나지 못한 현종은 그녀의 말만 듣고 그녀의 일가 친족들을 등용해서 나라의 요직에 앉혔다.

양귀비의 큰누이는 한국부인(韓國夫人), 셋째는 괵국부인(虢國夫人), 여덟째는 진국부인(秦國夫人), 종형 섬(銛)은 홍노경(鴻臚卿), 기(錡)는 부마도위(駙馬都衛) 그리고 종조형 교(釗 즉 國忠)는 나중에 재상에까지 올랐다.

기타의 친척들도 황실과 인척관계를 맺고 하늘 높이 올랐다. 따라서 천하의 권세와 재물 및 토지는 모두 양씨 일가가 차지하게 되었던 것이다. 이를 가리켜 백낙천은 다음과 같이 읊었다.

양귀비의 형제자매가 천하의 땅을 다 쪼개서 차지했고
그들 일가의 위세가 눈부시게 빛났으니 통탄할 일이다.
마침내 천하의 모든 어버이로 하여금 마음속에
아들보다 딸 낳아 키우기를 높이 여기게 했노라.

姉妹弟兄皆裂土 可憐光彩生門戶　자매제형개렬토 가련광채생문호
遂令天下父母心 不重生男重生女　수령천하부모심 불중생남중생녀

또 당시에는 다음과 같은 동요가 유행했다.

『딸을 낳았다고 슬퍼하지 말고 아들 낳았다고 좋아하지 마라(生女勿悲酸 生男勿喜歡)』

『아들은 귀족이 못되어도 딸은 왕비가 된다(男不封侯女作妃)』

4

천하를 통치하고 만민을 돌봐야 할 황제가 주색에 빠져 정치를 소홀히 하면 그 나라는 기울고 결국에는 망하게 마련이다. 궁중에서는 요염한 양귀비가 늙은 현종을 사로잡아 밤낮으로 주연을 펴고 하늘 높이 풍악소리를 울렸으니 하늘이 노하지 않겠는가?

한편 정청(政廳)에서는 우매하고 탐욕스럽기 짝이 없는 양국충(楊國忠)이 재상에 올라 청렴결백한 선비들을 멀리하고 간악한 탐관오리들과 한패가 되어 뇌물을 받고 매관매직하고 사복 채우기에 여념이 없었다.

이에 나라의 기강이 해이해지고 나라살림이 파탄 나고 백성들이 가렴주구(苛斂誅求)에 시달리니 마침내 민생이 도탄에 빠지고 하늘 땅에 원성이 충만했다.

이러한 틈을 타고 호족(胡族) 출신의 무장이며 측근 중의 측근이었던 안녹산(安祿山)이 반란을 일으켰다.

절도사 안녹산은 천보(天寶) 14년(755년)에 「포악무도한 역적 양국충을 타도한다」는 명분을 내세워 대군을 동원하여 일거에 동관(潼關)을 격파하고 장안에 육박했다. 문자 그대로 청천벽력(靑天霹靂)의 반란이었다.

구중궁궐 깊은 침전에서 달콤한 꿈길을 헤매다가 화들짝 놀라 깨어난 현종은 허둥대고, 그 즉시 양귀비와 같이 몸을 피했다. 즉

비 내리는 새벽에 연추문(延秋門)을 빠져나와, 서쪽 촉(蜀 : 사천성)을 바라고 피난길에 올랐다.

만승(萬乘)의 천자의 행차가 아니었다. 지방 작은 나라의 임금보다도 더 초라하고 단출한 피난행렬이었다. 끼니도 제대로 채우지 못하고 밤잠도 느긋하게 자지 못하는 도피행이었다. 풀 죽고 기진맥진한 행차가 장안 서쪽 백여 리 떨어진 마외파(馬嵬坡)에 도달했다. 그러나 수행하던 군졸들이 홀연히 걸음을 멈추고 요지부동이다.

"왜 멈추었느냐?"

현종이 하문하자, 호위대장 진현례(陳玄禮)가 어가 앞에 머리를 조아리고 아뢰었다.

"모든 장졸들이 국적 양국충의 처단을 요구하고 있습니다."

현종은 어쩔 수 없이 양국충의 사형을 승낙했다. 이에 양국충은 소털로 엮은 갓끈의 흰 관을 쓰고, 물 담긴 쟁반을 손에 들고 노상에서 처형되었다. 소털 갓끈을 이영(氂纓)이라 하고 물 담은 쟁반은 반수(盤水)라고 한다. 지체 있는 사람이 처형을 받을 때의 격식이다.

이상의 전후 사정을 진홍은 소설 <장한가전>에서 점잖게 묘사했다. 한편 백낙천은 다음과 같이 시로 읊었다.

구중궁궐 안에 적이 쳐들어 불타고 흙먼지가 났으니
천자가 초라한 행차로 서남쪽을 향해 피난길에 나섰노라.
비취색 깃털 달린 천자의 정기가 머뭇머뭇 가다가 멈추고
장안 서쪽 백여 리 마외파에서 양씨의 처단을 요구하고
모든 군사들이 행군을 멈추고 버티고 섰으니
어찌하랴, 아름다운 양귀비 말 앞에서 죽었노라.

九重城闕煙塵生 千乘萬騎西南行 구중성궐연진생 천승만기서남행
翠華搖搖行復止 西出都門百餘里 취화요요행복지 서출도문백여리
六軍不發無奈何 宛轉蛾眉馬前死 육군불발무내하 완전아미마전사

그러나 역사적 사실로는 「병사들이 일제히 활을 쏘아 말 위의 양국충을 죽이고 이어 양귀비의 누이 한국부인과 진국부인도 즉석에서 사살했다」고 기록되었다.

그러자 군졸들은 더욱 흥분하여 어가를 둘러싸고 한발 한발 조여들었다. 그들은 황제를 호위하는 근위병이 아니라 양씨 일가의 전횡에 분노한 군중들이었다. 현종은 창백한 용안으로 다시 호위대장에게 물었다.

"또 무엇을 바라느냐?"

진현례가 땅바닥에 엎드려 송구한 듯 아뢰었다.

"아뢰옵기 황공하오나, 귀비마마의 처단을 바라고 있사옵니다."

현종은 침통한 표정을 짓고 말을 잃은 채 손짓으로 고력사를 불렀다. 얼마 후에 고력사는 불당 앞의 배나무 가지에 흰 명주를 걸고 양귀비로 하여금 스스로 목을 매게 했다.

그녀를 현종에게 올린 자도 고력사였고 그녀를 하직케 한 자도 고력사였다. 그녀의 머리에서 금잠(金簪)·화전(花鈿)·보요(步搖)·금작(金雀)·옥소두(玉搔頭) 등의 머리 장신구들이 땅바닥에 떨어졌다. 그러나 아무도 거두어 챙기는 사람이 없었다.

현종은 고개를 돌리고 얼굴을 옷소매에 묻었다. 백낙천은 다음 같이 읊었다.

임금도 그녀를 살리지 못하고 낯을 가리고 외면했노라

다시 되돌아보는 그의 눈에는 피눈물이 흘렀노라.

君王掩面救不得 廻看血淚相和流　군왕엄면구부득 회간혈루상화류

그때 양귀비의 나이 38세였다. 22세에 대궐에 들어와 16년 간 현종을 모신 절세미인은 현종의 뜻이 아닌 민중의 원한의 대상이 되어 현종의 눈앞에서 처참하게 자결해야 했다. 그 때에 현종의 나이는 71세였다.

5

양귀비를 제물로 삼은 군졸들은 다시 어가를 호위하고 무사히 촉나라 성도에 도달했다.

이듬해에 숙종(肅宗)이 영무(靈武)에서 등극했으며, 이에 피난지 촉에 있던 현종은 스스로 퇴위했다.

그리고 얼마 후에는 반군들이 내분에 의해 스스로 와해되었으므로 현종도 장안으로 환궁했다. 그리고 이름뿐인 태상황제(太上皇帝)로 추대되어 대궐 안 서쪽 별궁에 기거하며 적막한 세월을 무료하게 보내야 했다.

세월은 가고, 세상만사 스러지고,
즐거움 다하니 슬픔만 닥쳐오네.

時移事去 樂盡悲來　시이사거 낙진비래

장한가전의 작자 진홍이 요약한 이 말은 곧 옛날의 한무제(漢武帝)가 추풍사(秋風辭)에서 읊은 다음의 시구와 같다.

환락이 극하니 애달픔만이 많구나.

歡樂極兮 哀情多　환락극혜 애정다

서쪽 별궁(別宮)에 은거하고 있는 현종은 사시사철 소슬하고 적적했다. 꽃이 피어나고 새들이 우짖는 봄철에도, 푸른 호수에 연꽃송이가 소담하게 피어나는 여름철에도, 소슬바람에 떨어지는 오동잎을 바라보는 달 밝은 가을밤에도, 저 멀리 이원(梨園)에서 들려오는 예상우의곡(霓裳羽衣曲)에 눈물짓는 기나긴 겨울밤에도, 보거니 듣거니 느끼거니 생각나거니 오직 양귀비뿐이었다.

어느덧 별궁에 은거한 지 3년이 되었다. 실의에 빠진 현종도 현저하게 노쇠했다. 그러나 양귀비를 그리는 애절한 정의는 날이 갈수록 더욱 깊고 넓게 번졌다. 지금은 한평생 그림자처럼 따르던 고력사도 죽어 곁에 없었다.

오직 늙은 궁녀들이 곁에서 수발을 들 뿐이었다. 그녀들도 옛날에는 팔팔하니 젊디젊던 명창 명기가 아니었던가? 애처롭고 허무한지고. 현종은 한탄하며 눈물을 흘렸다.

밤낮으로 쉬지 않고 흘러가는 시간과 같이 무(無)의 세계로 돌아가는 덧없는 이승의 삶이로구나.

"꿈에라도 한 번 보고 싶구나."

한숨짓는 현종 곁에서 늙은 궁녀들도 숨죽여 흐느끼며 눈물을 흘렸다.

그 무렵 사천성 임공(臨邛) 출신의 한 도사가 있었다. 그는 특히 망자의 혼령을 이승으로 불러오는 도술에 능통했다. 현종은 그에게 양귀비를 초혼해 달라고 분부를 내렸다.

도사는 모든 영통인(靈通人)들을 소집하여 현종의 부탁을 알리고 두루 「삼계(三界)」로 사람을 풀어 양귀비의 혼령을 찾게 했다. 그러나 끝내 그녀의 혼령을 찾지 못했다.

「삼계」란 천상세계 · 지하세계 · 인간세계를 말한다. 사람은 인간세계 즉 이승에서 살 때에 자비 공덕을 쌓으면 천상세계, 즉 극락에 왕생한다. 그러나 생전에 포악무도한 악업(惡業)을 쌓은 자들은 지하세계, 즉 지옥에 떨어진다.

양귀비를 「삼계」에서 찾지 못했으니 그녀는 극락에도, 지옥에도 가지 못했고 아직 영계를 떠돌고 있음이 분명했다. 이에 도사는 자신이 손수 그녀의 떠도는 넋을 찾아 나섰다. 도사는 지구를 벗어난 하늘 땅 사이의 영계를 찾았다.

마침내 그는 동해 가에 있는 봉호도(蓬壺島)에 도달했다. 그 곳은 아직도 이승에 대한 미련을 해탈하고 훌쩍 천상으로 갈 수 없는 착한 신선들이 모여 사는 영계였다. 그 섬 중앙에는 산이 높이 서 있고 산자락에는 여러 채의 화려한 누각이 울긋불긋 보였다.

그 중에서도 가장 장엄한 누각 대문에 「옥비태진원(玉妃太眞院)」이라고 쓴 문패가 걸렸다. 도사는 '옳거니 바로 찾았구나!' 생각하고 예를 갖추어 정중한 소리로 안에 연통했다.

잠시 후에 가랑머리 몸종이 나와서 문을 열고 물었다.

"어디서 오신 뉘시며, 누구를 찾으세요?"

"당나라 천자의 사신으로 귀빈마마를 뵙고자 왔다고 여쭈어라."

도사가 말하자, 가랑머리는 쪼르르 달려 안으로 들어갔다. 그리고 잠시 후 푸른 날개옷을 걸친 나이 찬 시녀가 나오면서 「안으로 드십시오.」 하고 허리를 굽혀 안내했다.

도사가 대청에 좌정하자, 이내 안채로부터 가랑머리 몸종을 앞세우고 「태진 옥비(太眞玉妃)」가 나타났다.

머리에는 연꽃 모양의 황금 연관(黃金蓮冠)을 쓰고 연보라색의 갑사 옷을 걸치고 홍옥대(紅玉帶)를 띠고 봉황새 모양의 신을 신었다. 뒤로는 7, 8명의 미녀들이 시종하고 있었다.

태진 옥비는 현종의 몸을 받은 도사에게 절하며 아뢰었다.

"폐하께 절을 올립니다. 옥체 만강하시옵니까?"

그리고 도사에게 천보(天寶) 14년 후의 세상사를 물었다. 즉 그녀가 죽은 다음의 당나라와 황제에 대한 여러 가지 사정을 소상히 물었다.

도사가, 폐하께서는 지금은 서쪽 별궁에 은퇴하시고 태상황제로 칭송되고 있으며 특히 밤낮으로 귀빈마마를 사모하고 꿈에라도 자주 상봉하기를 애타게 갈망하고 있다고 전하자, 그녀는 처연한 표정을 짓고 눈시울을 흐렸다.

그리고 몸종을 시켜 황금의 비녀와 나전칠기 향합(香盒)을 내오게 했다. 그녀는 금채(金釵)와 향합을 반씩 잘라 각각 한쪽을 도사에게 넘겨주며 말했다.

"이 보물들은 소첩이 생존시에 황제로부터 하사받은 사랑의 정표입니다. 이것을 전해 올리시고 소첩도 한결같이 황제 폐하를 흠모하고 있다고 아뢰어 올리세요."

도사는 다시 입을 열고 말했다.

"한 가지 더 어려운 청을 올리겠습니다. 이들 귀중한 정표만으로도 제가 영계에 와서 태진 마마를 알현했다는 증거가 될 것입니다. 그러나 보다 더 깊은 심증이 가는 말씀을 하교해 주십시오. 즉 생존시에 두 분께서 은밀히 나누신 두 분께서만 알고 계신 말씀을 하교해 주시면 더욱 확실한 신표로 삼겠습니다."

태진 옥비는 잠시 옛 추억을 더듬고 나서 입가에 미소를 띠고 조용히 말했다.

"천보 10년 칠월칠석 날 밤 여산의 화청궁에서 폐하를 모시고 있을 때가 생각납니다. 단 둘이서 밤하늘을 쳐다보고 있었습니다. 그 때에 폐하께서 견우와 직녀의 고사를 일러주시고 소첩을 품안에 안으시고 맹세를 하셨습니다.

죽어 하늘에 오르면 날개를 포개 짝지어 나는 비익조가 되고,
땅 속에 들어가면 가지를 이어대고 자라는 연리지가 되자

在天願作比翼鳥 在地願爲連理枝 재천원작비익조 재지원위연리지

깊은 밤 아무도 모르게 주고받은 이 맹세의 말을 아뢰면 폐하께서 분명히 저를 보신 줄 믿으실 것입니다."

목이 메여 말을 더 잇지 못하고 잠시 멈추고 숨을 가다듬은 그녀는「이 말도 전해 올리세요.」하고 말했다.

"소첩은 폐하의 총애와 정의에 매여 곁을 떠날 수가 없어 이렇듯이 인간세계와 천국 사이에 있는 영계에 머물러 다시 만나 뵈올 날을 기다리고 있습니다."

장안에 돌아온 도사를 통해 양귀비의 소식을 들은 현종은 눈물을 흘렸다. 유명을 달리한 지 어언 20년의 세월이 흘렀다. 무정하고 냉혹한 정치적 변란 때문에 사랑하고 아끼던 그녀를 면전에서 자결하게 한 참혹한 운명이 저주스럽기만 했다.

또 그간 그녀는 영계에서 외로운 고혼(孤魂)으로 떠돌았고 한편 자기는 이승에서 아리고 아픈 마음을 부둥켜안고 외롭게 지내고 있지 않은가? 생각하면 참으로 원통하기 그지없었다.

그러나 지금에 와서 어찌하랴? 현종의 나이 79세로 자신도 영계로 가야 한다. 이승으로 그녀를 다시 환생시키지 못할 바에는 자신이 영계로 가서 재회해야 할 것이다. 도사를 통해 그녀와 영적으로 상봉한 이듬해 봄 4월에 현종도 이승을 하직했다. 참으로 그들의 사랑은 끝이 없었다. 백낙천은 <장한가> 말미에서 다음과 같이 읊었다.

높고 넓은 하늘과 땅도 언젠가는 끝날 때가 있겠거늘,
그들의 원한은 면면이 이어지고 끝날 때가 없으리라.

天長地久有時盡 此恨綿綿無絶期　천장지구유시진 차한면면무절기

【저자 평론】 우리는 이 소설은 놓고 많은 것을 생각해야 한다. ① 남녀의 사랑은 고금동서(古今東西), 상하귀천(上下貴賤)을 가리지 않고 절대적이다. ② 사랑은 정신을 바탕으로 사후(死後)에도 이어진다. ③ 황제라도 사랑에 빠져 본분을 망각하면 패가망신(敗家亡身)한다.

제2편 신괴(神怪)와의 어울림

고대 신화나 전설에는 인간과 신령 혹은 괴물과의 교감(交感)이나 교혼(交婚)을 그린 이야기가 많다. 특히 태고 때의 나라를 세운 시조들이나 성왕(聖王)들의 출생이나 그들의 모습이 대부분 신령하고 기이하게 기술되었다.

인류의 시조 복희(伏羲)와 여와(女媧)는 「인면사신(人面蛇身)」이다. 머리는 사람이고 몸은 뱀이다. 이는 분명히 파충류와 어울려 살던 때의 이야기일 것이다. 사람에게 농사와 목축의 기술을 전수한 농업의 신인 신농씨(神農氏)는 「인신우수(人身牛首)」다. 농업에 소를 부려 쓰기 시작할 때의 발상일 것이다.

황제(黃帝)는 「어머니가 큰 번갯불이 북두칠성을 둘러싸고 빛나는 것을 보고 감동해서 잉태했다」고 전한다. 은나라의 시조 설(契)의 어머니 간적(簡狄)은 현조(玄鳥 : 제비)의 알을 삼키고 잉태했다고 전한다.

주(周)나라의 먼 시조 후직(后稷)은 그의 어머니 강원(姜嫄)이 들에서 거인의 발자국을 보고 기쁜 마음으로 밟았다가 잉태하고 그를 출생했다. 강원은 이를 불길하게 여기고 아들을 밖에다 내버렸다. 그러나 우마(牛馬)나 새들이 보호해서 도로 거두어 키웠다고 전한다.

위진남북조(魏晉南北朝)시대는 전란과 혼돈의 시대였다. 많은 학자나 선비들이 정치를 피해서 산 속으로 들어가 숨어살았다. 그

대표가 죽림칠현(竹林七賢)이다. 그들만이 아니라 대부분의 문인이나 지식인들이 도가사상(道家思想)에 물들어 방탕호음(放蕩豪飮)하고 귀신 혹은 신령에 대해 즐겨 이야기했다. 그래서 육조(六朝)시대에는 「신괴지기(神怪志記)」가 많았다.

당(唐)의 전기작가(傳奇作家)들은 고대의 「신화전설」이나 육조대의 「신괴소설」을 잘 활용했다. 그런 가운데서도 인간을 주인공으로 하고 또 인간의 삶을 그리려는 목적의식이 잘 나타나 있다.

1. 고경기(古鏡記)

— 왕도(王度)

1

수(隋)나라 분음(汾陰) 출신으로 후(侯)선생이라는 사람이 있었다. 이 사람은 좀처럼 보기 힘든 별난 기인이며 나도 한때는 그 사람 문하에서 글을 배운 일이 있었다.

마침 내가 어사직(御使職)에서 물러나 고향에 돌아와 있을 때였다. 와병 중이던 선생님이 위독하다는 전갈이 왔으므로 즉시 달려가 선생님의 임종을 지켜볼 수가 있었다. 그 때 후선생이 나에게 옛 거울 하나를 주면서 말하셨다.

"이 거울은 신경(神鏡)이다. 이것을 지니고 있으면 온갖 요물들이 접근하지 못하므로 몸을 바르게 지킬 수 있다."

즉 낡은 거울이 벽사위신(辟邪衛身) 한다는 것이었다. 그것은 청동으로 만든 손잡이가 달린 옛 거울이었다. 둥글납작한 거울 손잡이에는 기린(麒麟)이 조각되어 있었으며 경면(鏡面) 둘레 사방에는 거북(龜) · 용(龍) · 봉황(鳳) · 호랑이가(虎) 등이 지키고 있었다. 이 네 마리의 동물은 현무(玄武) · 청룡(靑龍) · 주작(朱雀) · 백호(白

虎)를 상징했다. 다시 밖에는 십이지(十二支)의 동물과 팔괘(八卦) 및 예서체(隸書體)의 난해한 글자들이 양각(陽刻)되어 있었다. 읽기 어려운 예서는 이십사기(二十四氣)를 적은 글자였다.

거울을 햇빛에 마주 대면 흡사 작은 태양처럼 눈부시게 사방으로 빛을 발산했으며 손잡이를 잡고 거울 바닥을 두들기면 산사(山寺)의 종소리처럼 청명하고 은은한 소리가 울려 퍼졌다. 그래서 나는 예사로운 것이 아님을 알고 가보(家寶)로 삼고 소중히 간직했다.

그러나 지금 그 신경은 내 곁에 없으며 행방이 묘연하다. 전하는 바 그 신경은 아득한 태고 때 황제(黃帝)가 만든 15개 중 남아 있는 마지막 거울이라고 했다.

그 신경이 홀연히 없어진 까닭이 참으로 기이하다.

대저 신비로운 보물은 그것을 간직할 만한 사람과 더불어 있기도 하고 스러지기도 한다는 것이다.

옛날 후한(後漢) 대의 양보(楊寶)가 상처를 입은 참새를 치유해서 날려 보냈더니 그 참새가 옥환(玉環)을 물어다 주었으며 그 후로 양보 일가는 대대로 흥성했던 것이다.

한편 서진(西晉)의 유명한 학자 장화(張華)가 모함을 받고 피살되자 그의 보검이 제물로 공중에 솟구쳐 올랐다가 강물 속으로 떨어져 없어졌다고 전한다.

나의 경우도 같았다. 즉 세상이 흐트러지고 정치가 포악무도해졌으므로 노쇠한 내가 은퇴하고 실의에 빠지자 그 신경이 홀연 없어지고 보이지 않게 되었던 것이다.

이에 나는 처연한 마음으로 생각을 했다. 그러다가 다시 좋은 세상이 오면 그 신경이 또 나타날 수도 있으리라. 물론 그 때에 나는 이미 이승에는 없을 것이며, 다른 현명한 사람이 그 신경의 불가사의한 조화를 보고, 전에 내가 그러했듯이 심히 경악할 것이리라.

지금 돌이켜 생각하니 내가 신경을 소유한 이래, 나의 신변을 중심으로 발생했던 기이한 일들이 한 둘이 아니었다. 그 중에 가장 기억에 남는 한 둘을 골라 적어 보겠다.

2

가장 먼저 떠오르는 이야기의 주인공은 앵무(鸚鵡)라는 여인이다. 지금도 회상하면 처연한 생각이 든다. 결론부터 말하면, 앵무라는 여인은 요물이었다. 천년 묵은 너구리가 미인으로 둔갑했던 것이다. 그러나 나는 끝까지 천하에 둘도 없이 뛰어난 아름다운 그녀의 모습만을 보았지 그녀의 정체인 너구리의 추악한 모습은 목도한 일이 없었다. 그러므로 지금도 나는 애달프게 죽은 그녀를 처연하게 생각하고 또 안쓰럽게 여기고 있는 것이다.

인생은 참으로 짧다. 반짝하는 사이에 태어나 살다가 또 홀연히 죽는다. 태어나 살면 반드시 죽어 스러지고, 서로 만나면 반드시 헤어지기 마련이다. 또 기쁨을 나누면 반드시 함께 슬퍼하게 마련이다.

그러니까 순간일지언정 혹은 한눈일지언정 왜 추한 꼴을 남에게 보이고 혹은 역겨운 느낌을 남에게 주면서 살아야 하겠는가? 순간적인 만남을 서로 아름답고 또 즐겁게 꾸미는 것이 좋으리라. 그러한 슬기로운 지혜와 부드러운 심정을 나는 앵무라는 여인에게서 발견했던 것이다.

나는 지금도 그녀를 요물로 생각하지 않는다. 앵무는 참으로 영특하고 또 아리따운 여인이었다. 그러나 반드시 죽어야 하는 숙명의 여인이었다. 그러므로 그녀에 대한 나의 회상 속에는 애처로운 동정심이 서려 있는 것이다.

처음부터 그녀에 대한 이야기를 더듬어 보겠다. 한 동안 고향에서 한가하고 무료한 나날을 보내고 있던 나는 다시 벼슬을 살기 위해서 장안(長安)으로 향해 먼 길을 가고 있었다. 그러던 어느 날 장락파(長樂坡)에 이르러 날이 저물었으므로 근처에 있는 단골 객사에 들어갔다.

내가 들어서자 전부터 친숙하게 지냈던 객사 주인 정웅(程雄)이 반색을 하고 달려나와 나를 귀빈 대접하고 안채 깊숙이 위치한 아늑한 특실로 나를 안내했다.

내가 행장을 풀고 목욕을 다 마칠 때를 기다려 주인장이 싱글벙글 미소를 지으며 방안으로 들어왔다. 뒤에는 예쁘장하게 생긴 비녀가 술상을 들고 따랐다.

"어사 나리, 때 맞춰 잘 오셨습니다. 얼마 전에 새로 참한 아이를 하나 들여 놓았습니다. 생김새가 반반하고 또 예절도 제법 가릴 줄 아는 아이입니다. 아직껏 한번도 손님 시중을 들지 않았습니다. 그러니 나리께 첫 시중을 들게 해 주십시오. 이름을 앵무(鸚鵡)라고 부릅니다."

그러고 나서 주인장은 앵무를 보고 일렀다.

"지체 높으신 어사 나리시다. 정중히 인사 올려라."

주인장의 말이 떨어지기 무섭게 비녀가 납작 엎드려 절을 하며 아뢰었다.

"소녀 앵무라 불러주십시오. 어사 나리를 모시게 되어 영광이옵니다."

내가 보기에도 진정 미색이었다. 나는 말없이 술잔을 들어 그녀 앞에다 내밀었다. 그러자 앵무는 섬섬옥수로 술 주전자를 받쳐 들고 잔에 술을 따랐다. 그만하면 나무랄 데 없는 미색이다.

주인은 내가 흡족하게 여기는 눈치를 채고 슬며시 자리를 떴다. 이에 나는 앵무와 단 둘이 앉아 대작하며 즐겁게 술을 마셨다. 술도 거나하고 또 밤도 깊었으므로 나는 앵무로 하여금 술상을 물리고 잠자리를 펴게 했다.

앵무가 이부자리를 반듯하게 펴고 다시 흩어진 나의 행리를 챙기려 했다. 그러다가 나의 행리 속에 거울이 있는 것을 보고 그녀는 화들짝 놀라 기겁을 하고 뒤로 물러섰다. 그리고 창백하게 질린 낯으로 연거푸 이마를 방바닥에 찧으며 애걸복걸하는 것이었다.

"나리, 용서해 주십시오. 소녀는 나리를 시중들지 못하겠습니다. 그냥 물러나게 자비를 베풀어 주십시오!"

이번에는 내가 덜컥 놀랐다. 그리고 그 순간에 나는 의아하게 여겼다. 그녀가 거울을 보고 기겁을 했으니 필시 무슨 사연이 있을 거라고 생각했다. 그래서 나는 즉시 주인장을 불러 그녀의 내력을 캐물었다.

주인장은 어리둥절 의아한 낯을 하고 다음과 같이 그녀가 자기 집에 들어오게 된 자초지종을 이야기했다.

"약 달포 전에 한 낯선 나그네가 저 아이를 데리고 와서 투숙했습니다. 그런데 그 날로 저 아이가 병들어 자리에 눕게 되었습니다. 그러자 나그네는 몇 푼 안되는 돈을 맡기고 자기는 갈 길이 바빠서 더 지체할 수 없으니 혼자 먼저 떠나야 하겠다, 며칠 후 급한 일을 다 보고 돌아오는 길로 충분히 보상하고 저 아이를 되찾아 가겠다고 했습니다. 그러나 아직까지 종무소식이라 별수 없이 손님 시중이나 들게 하려고 집에 두었던 것입니다."

나는 크게 그녀를 나무라거나 꾸짖을 생각은 없었다. 더욱이 나의 잠자리 시중을 들겠다고 자청하고 나섰던 예쁜 그녀를 다치거나 해칠 생각은 더더욱 없었다.

다만 호기심으로 그녀의 정체를 밝혀 보려고 했던 것이다. 이에 나는 행낭에서 신비스런 거울을 끄집어내려는 시늉을 짓고 자못 위협적인 말투로 한마디 했다.

"네가 필시 요물이fut다. 이 신경으로 비춰 보면 너의 정체가 밝혀질 것이다. 허나 그 전에 네가 스스로 이실직고하면 생명만은 살려주마."

그러자 앵무는 이마를 바닥에 찧으면서 애원했다.

"제발 신경을 꺼내지 마십시오. 직접 거울을 대하지 않고도 이미 저는 이 이상 정체를 숨길 수 없게 되었습니다."

"도대체 네 정체가 무엇이기에 더 숨길 수 없다고 하느냐?"

"자초지종을 솔직히 아뢰어 올리겠습니다."

앵무는 결의를 한 듯 비장하면서도 의연한 표정을 짓고 말했다.

"본시 저는 화산부(華山府) 부군묘(府君廟)의 송림(松林) 속에 숨어살던 천 년 묵은 너구리였습니다."

"무슨 소리냐, 네가 천 년 묵은 너구리라고? 믿을 수 없구나!"

나는 놀라면서도 동정과 아쉬움이 엉킨 한숨을 토하며 다시 물었다.

"그런 네가 어찌 그렇게도 아름다운 여자로 둔갑을 했단 말이냐?"

"미물인 동물로 태어난 주제에 분수없이 영특한 인간이 되고 싶은 욕심으로 조화를 부렸던 것입니다."

"영특한 인간이 되고 싶어서 조화를 부렸다고……?"

"예, 애당초에는 그렇게 생각을 했습니다. 너구리로 긴 세월을 살면서 그 몽매한 동물의 눈으로 본 인간세상은 너무나도 화려하고 또 마냥 즐겁게만 보였습니다. 그래서 천명을 어기고 당돌하게 도술을 부려서 인간으로 둔갑을 했던 것입니다. 그러나 실상은 그것이 아니었습니다."

"실상이 그것이 아니었다니……? 지금 너는 사람으로 둔갑한 것을 뉘우치고 있다는 것이냐?"

"예, 죽도록 뉘우치고 있습니다. 우선 천명을 어긴 죄로 항상 양심의 가책을 받고 또 어디에서나 불안에 떨어야 했습니다. 그러므로 단 하루도 편한 마음으로 즐겁게 살지를 못했습니다."

"네 말뜻을 알아듣겠다. 그러나 천명을 어기고 하늘 앞에 죄짓고 벌벌 떠는 자가 어디 너뿐이냐? 자고로 인간 세상에 사는 악덕하고 무도한 자들이 다 그러하니라. 그러나 어찌했건 네 소망대로 인간으로 둔갑했으니, 그 점에서는 뉘우칠 까닭이 없을 것이 아니냐?"

나는 비아냥거리는 투로 반문했다. 그러자 앵무도 긴장을 풀고 부드러운 표정으로 입가에 쓴웃음을 떠올리면서 말했다.

"그것이 아니었습니다. 겉으로는 인간세상이 화려하고 즐거워 보였습니다. 그러나 막상 안에 들어와서 직접 겪어보니 참으로 겁나고 무섭고 추악한 구석이 많았습니다. 그래서 저 자신이 사람으로 탈바꿈한 것을 스스로 뉘우치고 있었던 것입니다."

“뉘우쳤으면 즉시 조화를 부려 전신으로 환생할 것이지 왜 아직까지 미적이고 있었단 말이냐?”

“그것도 다 천명이고, 또 조화도 모든 사람이나 동물이 아무 때, 어느 곳에서나, 제 마음대로 부릴 수 있는 것이 아닙니다. 오랜 세월에 걸쳐 맺히고 쌓인 인과응보의 틀 속에서만 이루어지는 것입니다. 그러나 바야흐로 저에게도 때가 온 것입니다. 나리처럼 착하신 분이 신검을 지니고 오셨으므로 이제 저는 그간의 죄과를 탕감하고 하직할 수가 있게 되었습니다.”

나는 화들짝 놀라서 되물었다.

“네가 무슨 큰 죄를 지었다고 그렇듯이 꽃다운 나이에 하직한단 말이냐?”

“천명에 의해 동물로 태어난 제가 분수없이 인간 세상을 흠모하고 조화를 부려 사람으로 둔갑한 죄만으로도 마땅히 천벌을 받고 죽어야 합니다. 그러나 하늘은 제가 지은 죄를 제 스스로 탕감케 하기 위해서 저를 이승에 살려두고 죄의 대가를 치르게 했던 것입니다. 즉 저로 하여금 온갖 악한 사람들에게 시달리고 유린되게 함으로써 인간 세상에 대한 미련도 버리고 또 죄의 대가도 치르게 했던 것입니다. 그러므로 저는 꽃다운 나이에도 불구하고 인간세상에서는 단 한 번도 착한 사람을 만나서 즐겁게 살지를 못했습니다.”

보면 볼수록 아름다운 여인이었다. 비록 그녀가 제 입으로 천 년 묵은 너구리라고 해도 나의 마음과 눈에는 절대로 요물로 보이지 않았다. 나는 다시 큰 술잔에 술을 부어 쭉 들이켜고 말없이 그녀에게 잔을 넘겨주고는 잔을 가득 채워 주었다. 그녀는 단숨에 술을 들이켜고 말을 계속했다.

"제가 사람으로 둔갑했다는 소문이 퍼지자 화산부(華山府)의 관아에서 포리를 풀어 저를 잡아 죽이려 했습니다. 그러므로 어린 저는 결사적으로 도망을 했고, 황하(黃河) 및 위수(渭水) 일대를 헤매다가 하괘(下卦)에 사는 진사공(陳思恭)이라는 사람의 양녀가 되어 많은 사랑을 받았습니다.

그리고 성장하여 같은 마을에 사는 시화(柴華)라는 사람과 결혼을 했습니다. 그 때까지는 약간의 고생을 했으나, 그런 대로 저는 '사람으로 둔갑하기를 잘했구나.' 하고 생각할 정도로 무난했습니다.

그러나 그때부터가 문제였습니다. 남편이 건달이고 바람둥이인 것은 고사하고 걸핏하면 손찌검을 하고 두들겨 패기가 일수라 도저히 참고 견딜 수가 없었습니다. 그래서 다시 뛰쳐나가 무일푼으로 도망 길에 올라 방황하다가, 한성현(韓城縣)에 이르러 이무오(李无傲)라는 초적(草賊)에게 사로잡혀 각지를 유랑하며 온갖 수모를 당했습니다. 드디어 제가 병들어 쓸모가 없게 되자 그 자가 저를 이 댁에 맡겨 놓고 행적을 감춘 것입니다."

그녀는 저도 모르게 솟구치는 분기를 억제하려는 듯이 잠시 말을 멈추었다. 그리고는 다시 술 한 잔을 마시고 처연한 표정을 지으며 말했다.

"이제는 모든 것이 끝나는가 봅니다. 나리께서 신경을 지니고 제 곁에 나타나신 것도 결국은 하늘이 저를 벌주려는 조짐입니다."

"듣고 보니, 너는 사람으로 태어났으나 별로 죄도 짓지 아니했거늘, 왜 하늘이 너에게 벌을 내리겠느냐. 내가 다시는 신경을 들먹이지 않을 테니 안심하고 더 이승에서 살 거라."

그녀를 동정한 나머지 마침내 나도 모르게 엉뚱한 소리를 했다. 그러나 앵무는 고개를 저으며 체념한 듯이 말했다.

"아니옵니다. 일단 하늘의 뜻으로 신경에게 포착된 이상 다시는 도피할 수 없습니다. 또 사람의 뜻이나 호의로는 돌이킬 수도 없습니다. 그러므로 저는 이미 인간세계를 하직하고 또 죽을 각오가 되어 있습니다."

나는 아연할 뿐, 그 자리에서 무어라 말하고 또 어떻게 해야 할지를 알 수가 없었다. 나도 모르게 가슴이 답답하고 눈앞이 흐리는 것을 느낄 뿐이었다.

나는 말없이 앞에 놓인 술잔을 들어 훌쩍 마시고는 그 잔을 그녀에게 넘겨주고 술을 철철 넘치게 부어주었다. 그것이 내가 그녀에게 할 수 있는 모든 것이었다.

단숨에 술잔을 비운 그녀는 얼굴에 미소를 띠고 도리어 나를 안위하는 듯한 말투로 부드럽게 말하는 것이었다.

"이렇게 인간세계를 하직하는 마지막 순간에 나리 같은 착하고 인자하신 분을 만나서 진정으로 기쁩니다. 결국 이승에는 슬픔만이 아니라 기쁨도 있다는 것을 마지막으로 터득한 것입니다. 따라서 저는 더욱 유감없이 이승을 하직할 수 있습니다."

말을 마치자, 이번에는 앵무가 잔에 술을 따라 나에게 권하며 싱긋 웃는 낯으로 한마디 했다.

"어사 나리, 날이 밝으려면 아직도 멀었습니다. 그러니 마지막 이 밤을 마냥 즐기고 싶습니다. 허락해 주시렵니까?"

"허락하고 말고가 있느냐? 우리 함께 마시고 마냥 노래하고 또 춤을 추며 마지막 밤을 즐겁게 장식하자꾸나."

이에 객사 주인 정웅에게 부탁하여 다시 술상을 차리게 했으며 집안의 다른 식구들도 함께 어울려 마시게 했다.

서로 술잔을 주고받으며 만취하자, 너나없이 저마다 노래하고 일어나 춤을 추었다.

마침내 날씬한 몸매를 자랑하는 앵무가 흡사 하늘에서 항아(姮娥)가 오색구름을 타고 하강하듯 덩실덩실 춤을 추며 영롱한 소리로 노래를 뽑았다.

신령한 거울이 나타났으니, 나의 명도 스러지네.
내가 탈바꿈한 이래, 여러 왕조가 바뀌었노라.
이승의 삶도 즐겁지만, 죽음도 슬프지 않으리라.
왜 사람들은 삶만을 그리워하고 이승에만 살려하나.

寶鏡寶鏡 哀哉予命　　보경보경 애재여명
自我離形 于今幾姓　　자아이형 우금기성
生雖可樂 死必不傷　　생수가락 사필불상
何爲眷戀 守此一方　　하위권련 수차일방

앵무의 노랫소리는 마치 금쟁반에 옥구슬 구르는 듯 청아했고, 그녀의 춤사위는 선녀가 무지개를 타고 노는 듯했다.

어느덧 동쪽 하늘의 어둠이 가시려 하자, 앵무는 노래와 춤을 멈추었다. 그 순간 그녀는 너구리의 탈을 쓴 듯 보이자, 순식간에 어둠을 타고 바람에 날리는 안개 속으로 온데간데없이 사라져 자취를 감추어버렸다.

그 후로 나는 자주 생각하고 한탄했다. 「앵무는 아름다운 여인이었다. 그러나 그녀는 단 하룻밤의 야릇한 추억만을 남기고 갔다. 그 아름다운 형상을 어디서 다시 볼 수 있을까!」

3

신경(神鏡)의 밝음은 일월(日月)과 일치했다. 낮에는 해와 더불어 눈부시게 빛을 하늘땅에 발산했고, 밤에는 달과 더불어 은은하게 주변을 밝혀주었다.

대업(大業) 8년(612년) 4월 1일에 일식(日蝕)이 있었다. 그 때 나는 어사대(御史臺)에서 당직(當直)을 들고 있었다. 그날따라 신경(神鏡)이 빛을 잃었다. 그래서 나는 이 신경은 태양과 빛을 함께 하고 있음을 알게 되었다.

같은 해, 중추 보름날 밤에 친구 설협(薛俠)이 찾아왔다. 그는 신검(神劍) 한 자루를 내보이며 말했다.

"그대에게 신경이 있어 밤낮으로 빛을 발산한다고 들었소. 나의 이 신검도 신비로운 빛을 발하며, 특히 보름날 밤에는 그 빛이 영묘하기 짝이 없소. 그래서 오늘밤에 비교해 보려고 왔소. 그러니 그대의 신경을 내보이시오."

그래서 나는 방의 모든 창문을 닫아 방안을 어둡게 하고 보물함에서 나의 신경을 끄집어내어 친구의 신검 곁에 놓았다. 그러자 나의 신경은 흡사 하늘에 뜬 보름달처럼 교교(皎皎)하게 빛났다. 한편 친구의 신검은 희미하게 보였다. 그러자 친구가 말했다.

"같은 신물(神物)이면서 그 광휘(光輝)가 이렇게 차이나 나는군. 시험삼아 자네의 신경을 함 속에 도로 넣어 보게. 그러면 나의 신검이 얼마나 빛을 내나 보세."

이에 내가 신경을 도로 보물함에 거두어 넣었다. 그러자 신검의 빛이 되살아났다. 그러나 그 빛은 칼 주변에 번질 뿐 방안의 어둠을 다 채우지는 못했다.

그 해 겨울에 나는 저작랑(著作郎)의 직책을 겸하고 국사편찬에 참여했다. 그 때에 소작(蘇綽)의 전기를 쓰면서 뜻밖의 사실을 알았다. 즉 이 신경을 소작이 소유하고 있었으며 그가 죽기 전에 점을 치고 다음과 같이 말했다고 전한다.

"내가 죽은 다음에는 이 신경은 우리 집에서 없어질 것이다. 근래에 황하(黃河) 분수(汾水) 일대에 영기가 서리므로, 아마 그곳에 사는 선비 후(侯)선생을 거쳐 왕씨(王氏) 손에 들어갈 것이다."

신경을 소유할 만한 현인(賢人)은 앞을 예견하는 힘이 있다. 이듬해 설날 서역에서 호승(胡僧)이 찾아와서 말했다.

"저는 2년 전부터 댁 지붕 위에 영기가 서리는 것을 보았습니다. 낮에는 푸른빛이 해에 이어지고, 밤에는 붉은빛이 달에 이어졌습니다. 필경 댁에 신비로운 보경(寶鏡)이 있을 것이니, 한 번만이라도 보게 해주십시오."

보물함에서 신경을 내다가 보여주니, 그 서역에서 온 호승이 말했다.

"이 신경을 금연(金烟)과 옥수(玉水)로 연마하면 더욱 영묘한 작용을 할 것입니다. 세상의 잡귀(雜鬼)나 망량(魍魎)들을 퇴치함은 물론, 사악한 사람의 오장육부까지 훤히 들여다봅니다."

그리고 도술을 부려 희귀한 약가루를 주고 자취를 감추었다.

같은 해 가을이었다. 내가 예성령(芮城令)으로 있을 때의 일이다. 정청(政廳) 앞의 수백 년 묵은 대추나무 한 그루가 있었으며, 주민들이 매년 무당을 불러 굿을 하고 제물을 바치는 관례가 있었다.

나는 그와 같은 미신이나 사교(邪敎) 및 음사(淫祀)의 폐습을 금하고 단절했다. 그리고 초저녁에 그 나무에 신경을 걸어두게 했다. 그러자 밤새도록 주변에 폭우가 쏟아지고 뇌성과 번개가 천지를 진동하는 듯했다. 이튿날 날이 밝자 나가 보니, 꼬리가 붉고 몸이 푸른 큰 구렁이 한 놈이 번갯불에 타 죽어 있었다.

같은 해 겨울에는 하북(河北) 일대에 기근이 들고 역병이 퍼져 많은 사람들이 굶어죽거나 병사했다. 이 때에도 나는 신경의 힘으로 각지에 나도는 악귀 망령을 퇴치하고 백성들을 구제했다.

4

대업(大業) 10년(614년)에 동생 왕적(王勣)이 육합현(六合縣)의 차관 벼슬에서 물러나 전국의 산천을 따라 여행길에 나서겠다고 했다. 이에 나는 다음과 같이 말하며 그를 만류했다.

"너와 나 형제는 지금까지 고향집에서 살고 서로 떨어진 일이 없다. 더욱이 지금은 세상이 문란하고 사방에 도적 떼가 들끓고 있는데 왜 먼 여행을 떠나려 하느냐? 그러다가 불의의 변고를 만나면 어찌하려고 그러느냐?"

그러자 동생 왕적이 말했다.

"어지럽게 흐트러진 세상 꼴을 직접 내 눈으로 보려고 합니다. 장자(莊子)가 말하기를,『백년인 인생도 흡사 말이 틈 사이를 지나가듯이 순간에 불과하다(人生百年 忽同過隙).』했거늘, 그렇게 짧고 허무한 인생을 살면서도 모든 사람이 자기의 뜻을 얻으면 기뻐하고, 뜻대로 되지 않으면 슬퍼합니다. 그리고 공자(孔子)도 말하기를,

『필부의 뜻도 남이 빼앗을 수 없다(匹夫不奪其志矣).』 하였거늘, 형님은 도에 통달하셨으니 저로 하여금 천하유람을 떠나게 허락해 주십시오."

내가 별수 없이 허락하자, 동생은 엄숙한 표정으로 나에게 부탁을 했다.

"우둔한 제가 여행을 하자는 목적은 다름이 아닙니다. 형님의 신비로운 보경(寶鏡)을 빌려 가지고 천하를 돌며 각지의 요괴(妖怪)나 악귀(惡鬼)들을 응징하려고 합니다."

이렇게 하여 나의 신비로운 거울을 빌려 지니고 여행길에 올랐던 동생은 3년이 지나 무사히 돌아와 거울을 나에게 되돌려주며 말했다.

"참으로 이 거울은 신령한 보물입니다. 저는 그간 각지로 다니면서 이 거울의 신비로운 영험(靈驗)을 직접 목도할 수 있었습니다."

다음은 그가 겪은 여러 가지 기적을 요약한 것이다.

숭산(崇山)에 갔을 때의 일이다. 깊은 산중에서 해가 저물어 별수 없이 동굴 속에 들어가 밤을 새려고 했다. 그러자 한밤중에 두 사나이가 들어와서 눈을 험하게 뜨고 「누가 함부로 우리 집에 들어왔느냐?」 하고 고함을 치고 내쫓을 기세였다. 그래서 왕적이 함에서 신경을 꺼내 비쳤더니 그들이 그 자리에서 놀라 쓰러졌다. 자세히 보니, 푸른빛의 거북이와 흰털이 덮인 원숭이였다.

기산(箕山) 영수(穎水)를 건너 옥정(玉井)이라는 큰 호수에 도달했다. 마침 마을 사람들이 성대하게 제사를 올리고 있었다. 고장 사람에게 「왜 제사를 드리느냐?」고 물으니 다음과 같이 대답했다.

"벌써 오래 전부터 봄과 가을에 제사를 지냈습니다. 안 그러면 물귀신이 성을 내고 난동을 부려 마을을 물로 휩쓸어 버립니다."

왕적이 신경을 꺼내어 호수에 대고 눈부시게 태양 빛을 반사했다. 그러자 갑자기 호수물이 뒤끓고, 산더미 같은 파도가 하늘로 솟구쳐 올라갔다. 그리고 눈 깜작할 사이에 호수의 밑바닥이 나타났다. 그리고 자세히 보니, 바닥에는 고래상어가 불에 타 죽어 있었다. 마을 사람들이 죽은 상어를 들어내고 왕적이 다시 거울을 함 속에 넣자 하늘에서 세차게 비가 쏟아져 내렸으며, 삽시간에 호수에 맑은 물이 가득 고였다.

그 후에도 왕적은 농촌 마을에 가서 악귀에 시달리는 소녀들을 구해 주었다. 장씨(張氏)의 어린 딸이 밤만 되면 비명소리를 내고 심한 고통에 시달렸다. 영한 의원이 진맥을 보고 탕약을 달여 먹여도 아무런 효험이 없었다. 그 말을 듣고 왕적은 장씨 집에 가서 밤이 되기를 기다렸다. 아니나 다를까? 밤이 깊어지자, 어린 딸아이가 비명을 지르고 괴로워했다. 왕적은 거울을 들고 방안에 들어가 사방을 비췄다. 그러자 딸아이가 고통에서 풀려난 듯 자리에서 벌떡 몸을 일으키며, 「도령이 죽었어요!」 하고 소리를 질렀다. 그녀의 침대 밑을 살펴보니 늙은 수탉이 한 마리 죽어 있었다. 밤마다 딸아이는 수탉의 요정에 시달렸던 것이다.

또 이런 이야기도 있다. 왕적이 풍성현(豊城縣)에 가자, 이경신(李敬愼)이란 사람이 찾아와서 말했다.

"저에게 딸 셋이 있습니다. 낮에는 아무 일도 없으나, 밤만 되면 셋이 다 화장을 하고 구석방에 들어가 문을 닫아걸고 희희낙락합니다. 몰래 엿봐도 아무도 없는데, 세 아이는 흡사 저마다 하나씩 남자짝과 어울려 노는 듯이 중얼대고 웃으며 몸을 뒤틀고 좋아합니다.

이는 분명히 망량(魍魎)에게 홀린 것입니다. 그리고 날로 쇠약해지니 걱정입니다."

이 말을 들은 왕적은 밤이 되자, 창 너머로 거울의 빛을 방안에다 대고 발산했다. 그 순간 「앗! 에쿠!」 하는 비명과 더불어 육중한 물건이 넘어지는 소리가 났다. 그래서 왕적과 집주인이 함께 문을 박차고 뛰어 들어가 보니 방바닥에 덩치가 사람만한 뿔 달린 늙은 쥐 세 마리가 죽어 나자빠져 있었다.

왕적은 신경을 가지고 각지를 돌아다니면서 악귀와 요물들을 퇴치했다. 한편 그는 가는 곳마다 이름난 도사(道士)들과 사귀었다. 왕적이 여산(廬山)에 들어가자, 그 곳에서 오래 도를 닦고 신선(神仙)이 다 된 소빈(蘇賓)이란 도사가 말했다.

"그대가 지니고 있는 신경은 세상이 어지러워지면 자취를 감추고 없어지게 마련이오. 그러니 그대도 빨리 고향으로 돌아가 형님에게 그 신경을 돌려드리시오. 지금의 세상이 너무나 문란하니, 그 신경은 당신의 형에게도 오래 있지 않고 자취를 감추고 말 것이오."

집에 돌아온 왕적이 형에게 신경을 돌려주고 그간에 있었던 기이한 일들을 이상과 같이 보고했다. 그리고 얼마 후의 일이다. 신경을 넣어둔 함 속에서 천지를 진동하는 듯한 슬픈 소리가 들렸다. 형왕도가 놀라 다급히 함을 열어보니, 이미 신경이 보이지 않았다.

【저자 평론】 사람은 누구나 다 마음속에 「신령한 거울(神鏡)」을 가지고 있다. 그 거울을 통해서 세상만사를 비춰보면 사악한 요물들의 정체를 밝게 볼 수 있다. 「신경」은 곧 「하늘의 도리를 터득한 마음」이다.

2. 백원전(白猿傳)

— 작자 미상

1

양(梁)나라 무제(武帝) 대동(大同 : 535~545) 연간에 있었던 실화다.

인흠(藺欽) 장군이 무제의 명을 받고 광서성(廣西省) 계림(桂林)으로 토벌을 나갔다. 당시 이사고(李師古)와 진철(陳徹)의 무리들이 포악무도한 행동으로 일대를 어지럽히고 있었다.

토벌 총책임자 인흠 장군 밑에서 용맹을 떨친 별동대장이 바로 구양흘(歐陽紇)이었다.

그는 남쪽 오랑캐, 즉 남만(南蠻)으로 불리는 미개한 이민족들을 차례로 토벌하며 오지(奧地) 깊숙이 진격했고 마침내 복건성(福建省) 민후현(閩侯縣) 장락(長樂)이라고 하는 험준한 산협에 있는 벽촌에 이르러 주둔했다.

이때에 구양흘은 자기의 아내를 동반하고 있었다. 그녀는 젊고 아름다웠으며 살결이 백설같이 희고 몸매가 우아했다. 그러므로 사람들은 그녀를 달나라에서 하강한 항아 같다고 칭찬했다.

궁벽한 오지의 미개한 마을사람들은 난생 처음으로 으리으리하게 무장한 수많은 군대와 또 그 속에 끼어 있는 눈부시게 아름다운 미녀를 의아한 눈초리로 훑어보았다.

얼마 후 한 노인이 겁에 질린 표정을 짓고 대장 구양흘에게 다가와 더듬거리며 조심스럽게 입을 열었다.

"장군님, 어찌하시려고 저런 미인을 동반하시고 이곳으로 오셨습니까? 이 산중에는 젊은 여자만을 절취해 가는 정체불명의 괴신(怪神)이 있습니다. 특히 아름다운 미인은 절대로 놓치지 않고 겁탈한다고 들었습니다. 그러니 각별히 조심하십시오."

용맹하고 담대한 구양흘도 겁이 났다. 자기 아내를 아무도 알지 못하게 밀실에 숨기고 군막 둘레에 이중 삼중으로 병사들을 배치하고 엄중히 경계했다. 또 막사 안에도 많은 몸종들을 풀어 뜬눈으로 철야 신변을 지키게 했다.

밤이 깊어지자 으스스 음산한 바람이 스며들었다. 모두들 극도로 긴장한 채 안팎으로 엄중하게 감시를 했다. 새벽녘 축시를 넘기도록 아무런 징조도 이변도 없었다. 한밤이 지나 첫새벽이 되면서 주위는 더욱 고요했으며 위험도 한 고비를 넘긴 듯했다.

이에 파수꾼들도 긴장이 풀리면서 깜빡 졸고 말았다. 그 찰나였다.

방안에 홀연히 희뿌연 안개가 스치는 듯하였다. 모두들 놀라 정신을 차리고 밀실을 들여다보니 이 어찌된 영문인가?

조금 전까지 침상에 누워 있던 부인이 온데간데없이 사라졌다. 밀실은 물론 막사의 출입문도 굳게 잠겨진 채 전연 여닫은 흔적도 발견할 수 없었다.

구양흘은 허둥대며 밖으로 뛰쳐나갔다. 그러나 사위가 칠흑에 묻혀 한치 앞을 내다볼 수도 없고 또 한 발짝도 내디딜 수가 없었다.

그는 분통을 터뜨리며 쓰리고 아픈 가슴을 눌러 잡고 발을 구르며 날이 밝기만을 초조하게 기다렸다.

그리고 동이 트기가 바쁘게 밖으로 뛰쳐나가 주변을 둘러보았다. 울창한 숲으로 덮인 험준한 산이 사방으로 치솟았고 눈앞은 길길이 자란 관목과 덤불이 빽빽하게 엉켜 있을 뿐 그 어디에도 사람은 고사하고 짐승들조차 오간 흔적을 찾아볼 수가 없었다.

구양흘은 절치부심하며 맹세를 했다.

「어떠한 어려움이 있어도 아내를 꼭 찾아내겠다. 죽으면 죽었지 절대로 그냥 돌아가지 않겠다.」

그는 즉시 상부에 신병을 핑계로 별동대장의 직무를 사퇴하겠다는 공문서를 올렸다.

그리고 직속부대의 병사들을 풀어 나날이 주변을 수색하기 시작했으며 또 군영지를 중심으로 동서남북 사방으로 치밀하게 자기 처의 행방을 수소문하고 끈질기게 추적을 했다.

그러나 많은 병사들이 보름이 되도록 숲 속을 뒤지고 산등을 넘고 계곡을 헤매며 샅샅이 뒤졌으나 아무런 단서도 흔적도 발견할 수가 없었다.

그러던 어느 날, 백 리쯤 떨어진 울창한 대나무 숲 속에서 부인의 수놓은 비단신 한 짝을 발견했다.

비에 젖고 바랬으나 눈에 익은 신발이었다. 신발짝을 손에 움켜쥔 그는 더욱 처절한 심정으로 새삼 결의를 다졌다.

수색의 가닥을 잡은 그는 즉시 무술에 뛰어난 무사 30여 명을 선발해 병장기와 며칠간의 식량을 휴대케 하고 결사의 포획작전에 나섰다.

그들 병사들이 들에서 끼니를 때우고 바위굴에서 잠을 자며 덤불숲을 헤맨 지 10여 일이 지난 새벽이었다. 홀연 짙은 안개가 걷히는 듯하여 시선을 가다듬고 앞을 주시하니 의외로 바로 정면에 울창한 숲이 보였고 그 숲 너머로 평퍼짐한 들판이 펼쳐 있었다.

자세히 살펴보니 멀리 우뚝 솟은 예사롭지 않은 듯한 산봉우리가 눈에 들어왔다.

구양흘과 무사들은 풀숲에 몸을 숨긴 채 조심조심 산기슭으로 다가갔다. 가까이 접근해 보니 벌판과 산 사이에는 깊은 계곡이 가로질러 있었고 양쪽 절벽 사이 깊은 골에는 여울이 세차게 흐르고 있었다.

무사들은 어렵사리 대나무 뗏목을 타고 여울을 건너는 데 성공을 했다. 그러나 깎아지른 듯 가파른 절벽이 우뚝 앞을 가로막았고 그 위로는 대숲이 울창하게 덮여 있었다.

구양흘은 즉시 특별 훈련을 받은 날쌘 대원을 시켜 암벽을 타고 벼랑 위로 올라가 밧줄을 내리게 하여 나머지 무사들을 끌어올리도록 했다.

대원들과 함께 무사히 위에 도달한 구양흘은 몸을 숨긴 채 사위의 동정을 살폈다. 자세히 보니 멀지 않은 푸른 숲 사이로 이따금 붉은 비단 옷자락이 어른거렸고 또 간간이 여인들의 담소하는 소리가 들려왔다.

구양흘은 무사 둘과 함께 몸을 숨긴 채 조심조심 앞으로 다가갔다. 촘촘히 자란 대숲이 자연스레 울타리를 이룬 그 너머로 또 한

겹의 두터운 돌담이 쌓여 있었다.

그들은 다시 돌담 뒤에 몸을 바짝 붙이고 동향으로 세워진 돌대문 곁으로 다가가서 문틈으로 안을 엿보았다.

제법 넓은 정원에는 이름 모를 진기한 정원수가 줄지어 자라 있었고 향기로운 꽃들이 울긋불긋 피어 있었다. 푸른 잔디가 흡사 융단을 깔아 놓은 듯 포근하게 덮여 있었다.

그 정원 너머 안채에는 웅장한 돌집이 마치 궁전같이 우뚝 서 있었다. 참으로 선경처럼 정결하고 아름다운 정취가 넘쳤다.

얼마간 숨을 죽이고 동정을 살피고 있자니 돌집의 문이 열리고 눈부시게 화려한 비단옷을 걸친 여러 명의 젊은 여인들이 희희낙락 춤을 추듯 흥겨운 걸음걸이로 몰려나왔다. 그녀들은 두세 명씩 짝을 짓고 이리저리 흩어졌다.

그 중의 한 여인이 연못가에 노인 돌 위에 앉아 말없이 깊은 상념에 잠긴 듯 푸른 물 속에 피어난 소담한 연꽃들을 바라보았다.

그러다가 홀연히 그녀가 의아한 눈초리로 이쪽을 힐끔 쳐다보고는 넌지시 몸을 일으켜 조심조심 발걸음을 옮겨 이쪽으로 다가오기 시작했다.

그녀는 돌대문 가까이에서 걸음을 멈추고 뒤를 돌아보았다. 자기를 감시하는 사람이 없음을 확인한 그녀는 몸을 대나무 숲에 숨기고 나직하니 그러나 엄하게 나무라는 투로 말했다.

"누구십니까? 어떻게 이 곳까지 오셨습니까? 생명이 위태로우니 즉각 떠나세요."

죽음을 각오하고 찾아온 구양흘이다. 그는 겁먹지 않고 몸을 드러내 여인 곁으로 달려갔다. 역시 대나무 숲에 몸을 숨기고 조용히 자기가 위험을 무릅쓰고 찾아오게 된 사유를 간략하게 설명하고 곁들여 자신의 결의를 표명했다.

"나의 처를 찾지 않고서는 그냥 돌아가지 않을 겁니다."

그러는 사이에 다른 아낙네 두 사람이 눈치를 채고 그곳으로 왔다. 그리고 구양흘의 딱한 사연을 듣고 크게 탄식을 하며 동정어린 말투로 알려주었다.

"장군님의 부인은 달포 전에 붙잡혀 왔으며 지금은 몸져누워 있습니다. 마침 괴물 신령이 나가고 집에 없으니 다행입니다. 저희들이 안내할 테니 안에 들어가서 부인을 만나보시지요."

"보기만 할 것이 아니라, 당장에 집사람을 데리고 가겠습니다."

흥분한 구양흘이 그 자리에서 끝장을 내려는 듯 서둘렀다. 그러자 여인들이 기겁을 하고 말했다.

"당장에는 안됩니다. 괴물 신령의 신통력이 비범하기 때문에 아무도 이곳을 빠져나갈 수 없습니다. 그러므로 먼저 그 요물을 퇴치해야 합니다. 그 방법은 차차 저희들과 의논하기로 하고 우선은 들어가 부인을 만나보세요. 빨리 서두르세요."

통나무 문짝을 밀치고 들어가니 옥내가 말쑥하니 넓었다. 그 안에는 양쪽으로 화려하게 치장된 여러 개의 침실이 가지런히 줄지어 있었다.

안내하는 부인이 먼저 구석방의 방장을 들추고 들어오라고 손짓을 했다.

구양흘이 다가가 안을 엿보니 아내가 돌침대 위에 두툼하게 요를 겹쳐 깔고 누워 있었다. 구양흘은 울먹이는 소리로 왈칵 "여보!" 하고 외쳤다.

열병에 시달려 기진맥진 인사불성으로 누워 있던 그의 처는 뜻밖에 들려온 남편의 음성을 듣자 스르르 눈을 뜨고 고개를 돌려 초점 잃은 시선을 보냈다.

얼마 후, 그녀는 꿈이나 환상이 아니고 생시에 참으로 남편이 앞에 서 있는 것을 깨닫자 순간 기쁨과 두려움이 엉키고 뒤범벅이 된 야릇한 표정을 짓고 기겁을 한 듯 손을 내저으며 힘없는 소리로 중얼대듯 말했다.

"안돼요, 빨리 가세요."

"여보, 나요. 당신을 구하러 왔소. 당장 나갑시다."

구양흘이 큰 소리로 외치자 둘러섰던 모든 부인들이 놀라 기겁을 하고 우르르 모여들어 만류하며 말했다.

"장군님, 지금은 안됩니다."

"안되다니요? 밖에는 수십 명의 무사들이 있습니다."

그러자 아낙네들은 수심이 가득 찬 표정으로 말했다.

"저희들도 다 장군님의 부인과 같이 최근에 인근 마을에서 붙들려 왔습니다. 오래된 사람은 10여 년 이상 붙들린 채 빠져나가거나 도망가지 못하고 있습니다. 여기 사는 괴물 신령은 온갖 도술을 다 부리므로 사람의 힘으로는 퇴치할 수가 없습니다. 수년 전에는 산에서 맞닥뜨린 백여 명의 무장한 무사들을 일격에 휩쓸어 물리치기도 했습니다. 그러므로 예사로운 방법이나 무력으로는 그 자를 퇴치할 수 없습니다. 그러나 그 자에게도 한 가지 괴상한 버릇이 있으며 그것이 바로 그 자의 약점일 것입니다. 그러므로 때를 맞추어 계략을 잘 쓰면 혹 그 자를 퇴치할 수 있을 겁니다."

"그것이 무엇입니까?"

“시간이 촉박하니 길게 설명할 틈이 없군요. 우선 오늘은 더 지체하지 마시고 멀리 떨어져서 은신하세요. 그리고 열흘 후에 다시 오세요. 그 동안 준비하실 게 있습니다.”

“무엇입니까?”

“독하면서도 감미로운 전국 술 열 말과, 안주로 쓸 포동포동 살찐 식견(食犬) 10여 마리와 부드러우면서도 질긴 삼노끈 10여 장을 마련하세요. 기약한 일자를 꼭 지키셔야 합니다. 오늘을 빼고 내일부터 열흘째 되는 날 오전에 당도하세요.”

2

구양흘이 준비하라는 품목을 고루 갖추고 약정한 일시에 도달하니 돌문 근처에서 대기하고 있던 한 아낙네가 재빨리 밖으로 나오면서 말했다.

“때 맞춰 잘 오셨습니다. 그 자는 새벽에 출타했으며 저녁 무렵에야 앞산을 타넘고 돌아올 것입니다. 그 안에 만반의 채비를 서두르셔야 합니다. 그 자는 돌아오는 즉시 술을 퍼마시고 대취하면 반드시 힘자랑을 합니다. 즉 알몸으로 돌침대에 벌렁 자빠져서는 저희들로 하여금 비단 폭을 엮어서 자신의 사지와 몸을 꽁꽁 결박하게 합니다. 그리고 한잠 늘어지게 자고 난 다음에 눈을 뜨자마자 전신에 힘을 주어 자신을 옭아 묶었던 비단 줄을 후닥닥 끊고 벌떡 일어납니다. 그러나 오늘 비단 폭 속에 삼노끈을 숨겨서 묶을 것이니 그 자가 아무리 용을 써도 끊지 못할 것입니다. 그 자는 도술과 내공으로 몸을 다졌으므로 전신이 쇳덩이같이 단단하고 병장기가 박히지 않습니다. 그러나 단 한 곳, 배꼽 아래 단전을 항상 가려 덮는 것으로 보아 그 곳이 급소임이 분명합니다. 저희들이 그곳의 가리개도 벗겨 놓겠으니 정확히 그곳을 창칼로 공격하시면 될 것입니다.”

“자, 서둘러 모퉁이 숲에 술통들을 늘어놓고 곁에는 식견들을 매어 놓으십시오. 그리고 장군님은 뒤뜰 건너편 석굴 안에 들어가 몸을 숨기고 저희들의 신호를 기다리십시오.”

해가 산을 넘고 어둑어둑 땅거미가 번질 무렵이었다. 갑자기 일진광풍이 일고 산등성이 너머로 한 조각 흰 구름이 이쪽으로 내달려오는 듯이 보였다.

그러자 홀연히 푸른 숲 앞에 흰 도포를 걸친 팔 척 거구의 백발노인이 나타났다. 그의 형상이 흡사 신선처럼 보였다.

그는 우뚝 서서 사위를 두리번거리다가 향기로운 술통과 깽깽대는 살찐 식견들을 발견하고 빙그레 웃음을 떠올렸다. 그리고 입맛을 다시며 다가왔다.

그는 대뜸 한 손으로 술통을 들어 벌컥벌컥 숨도 쉬지 않고 들이켰다. 그리고 즉시 식견 한 마리를 한발로 목덜미를 눌러 딛고, 한 손으로 덥석 개다리 한 짝을 움켜잡아 뜯어서는 그대로 입 속에 넣고 어적어적 씹어 삼켰다.

그제야 부인들은 그 자가 돌아온 기미를 알아차리고 돌집에서 우르르 몰려나오며 호들갑을 떨며 반겼다.

그러나 그 자는 시무룩한 낯으로 아낙들을 힐끗 쳐다보았을 뿐 계속해서 먹고 마시기에 바빴다. 순식간에 대여섯 통의 술을 마시고 이어 여러 마리의 식견을 뜯어먹었다. 그리고 난 다음 어지간히 포식한 듯 귀청이 울릴 듯 크게 트림을 하고 비틀걸음으로 돌집으로 들어갔다.

뒤따라 집안으로 들어간 부인들은 서로 다투듯 그 자에게 계속해서 술잔을 권해 마시게 하고 더욱 교태를 부렸다.

이윽고 검불그레하게 만취한 그는 파안대소하며 두 팔을 벌려 술잔을 권한 아낙을 낚아채듯 품안에 안고 뒹굴었다.

밤이 깊도록 광란하며 난장판을 벌이고 희학(戲謔)하던 요괴(妖怪)도 마침내 기진맥진했다.

눈꺼풀이 처지고 비틀거리며 제대로 몸도 가누지 못하는 괴물은 도포를 벗어 던지고 알몸으로 돌침대 위에 나자빠지듯 쓰러졌다. 그리고 한 손을 힘없이 내저으며 자기를 묶으라는 시늉을 하고 즉시 축 늘어져 드르렁드르렁 코를 골며 인사불성이 되었다.

그 순간 방안의 공기가 썰렁해졌으며 살기가 넘쳤다. 아낙네들은 긴장해서 굳은 표정으로 말없이 잽싸게 행동했다. 그녀들은 각자 맡은 부위를 미리 마련한 심지 박힌 비단으로 매몰차고 야무지게 겹겹이 결박했다.

밖은 이미 육중한 어둠에 묻혔다. 지척을 분간할 수 없는 석굴 속에서 이제나 저제나 숨죽이고 귀를 곤두세우고 있던 구양흘은 총총히 다가오는 발소리를 듣고 석굴 문을 열고 나갔다. 한 부인이 다급하게 말했다.

"자, 무기를 들고 나오세요. 방안이 칠흑 어둠이니 조심해서 접근하고 침대를 에워싸세요. 그리고 제가 그 자의 급소에 야광주(夜光珠)를 놓을 테니, 반짝이는 순간 그곳을 정확하게 공격해서 단숨에 요절을 내야 합니다. 그렇지 못하면 우리 모두가 그 자에게 살해될 것이니, 절대로 실수하지 마세요."

마침내 기다렸던 결판의 때를 맞는 구양흘은 자신만만하게 대답했다.

“염려 마십시오. 단연코 놈을 일격에 참하겠습니다. 저를 따르는 무사들은 일당백의 용사들이라 절대로 실수하지 않습니다. 게다가 천지신명도 우리의 편을 들고 도울 것입니다.”

사실 이들은 다 특수훈련을 받고 신묘한 무술로 여러 전투에서 혁혁한 공을 세운 탁월한 무사들이었다. 그들은 칠흑 어둠 속에서도 밝게 보고 듣고 할 수 있었다.

방안은 후텁지근하게 술 냄새가 풍겼고 드르렁드르렁 코고는 소리가 방안을 울렸다. 무사들이 잽싸게 괴물이 누워 있는 침상을 둘러싸고 진을 쳤다. 그리고 아낙네가 야광주를 그 자의 단전에 놓는 순간 일제히 창이고 칼이고 저마다의 무기를 정확하게 꽂아 박았다.

“으악!” 하는 비명소리와 함께 화산이 터지고 분화구에서 용암이 분출하듯이 붉은 피가 치솟았다.

그 순간 그 자는 노기에 충혈된 두 눈을 부릅뜨고 벌떡 일어나 위기를 모면하려고 몸부림쳤다. 그러나 질긴 삼노끈으로 전신을 돌침대와 함께 굳게 묶인 그 자는 손발하나 꼼짝할 수 없었다.

노기충천한 요괴의 두 눈에서는 번갯불이 번쩍였고 입으로는 사납게 포효하며 발악을 했다. 그러나 그것도 순식간이었다. 붉었던 면상이 겨울 달처럼 창백하게 변했고 아울러 원망이 넘쳐 험상궂게 일그러졌다.

“아, 마침내 하늘이 나를 버리시는구나!”

그리고 자기를 해친 구양흘을 쏘아보면서 뇌까렸다.

“이녁의 힘이 아니로다. 하늘이 나를 멸하는 것이니라. 또한 하늘의 뜻으로 이녁의 내자가 나의 아들을 잉태했으니 그것도 천명으로 알고 귀중히 양육해야 한다. 장차는 필시 성제(聖帝)를 만나 크게 출세하리라."

저주인지 최후의 유탁(遺託)인지 알쏭달쏭한 야릇한 말을 남기고 숨을 거두었다.

그러자 그의 시신이 차츰 기이하게 변하기 시작했고 마침내는 거대한 「흰 원숭이(白猿)」로 변했다. 그는 원래가 천 년 묵은 흰 원숭이로 도술을 부려 백발의 신선으로 둔갑했던 것이다.

연약한 아낙네들은 물론 용감한 무사들도 그 요괴가 흰 털을 뒤집어쓴 원숭이임을 알고는 새삼 치를 떨었다.

가장 나이가 많은 아낙이 처연한 표정을 지으며 말했다.

"제가 여기 끌려온 지 이미 10년이 넘었으며 지금 남아 있는 부인들 중에서는 가장 나이가 많습니다. 그래서 이제나 저제나 하고 마음 조이고 있었거늘 하늘의 도움으로 장군님 덕분에 목숨을 부지하게 되었습니다."

그녀는 눈시울을 적시며 말을 계속했다.

"그간에 10여 명의 아낙네들이 그 자에게 끌려간 채로 행방이 묘연할 뿐더러 생사조차 알지 못하고 있습니다."

구양흘이 놀라며 되물었다.

"행방이 묘연하고 생사를 모르다니요?"

"그렇습니다. 그 자가 절취해 온 아낙네들은 모두가 절색들이었습니다. 그리고 그 자는 밤마다 돌려가며 모든 아낙네들을 희롱했습니다. 그러다가 늙고 자색이 시들해지거나 기력이 부치는 듯하면 그 자는 가차 없이 깊은 산중으로 끌고 가서 버렸습니다. 버려진 부인의 행방이나 뒷소식을 아는 사람이 아무도 없습니다."

"참으로 죽일 놈일세. 그러니 천벌을 받았지."

구양흘은 저주하듯 말했다. 뒤이어 아낙네들이 그 동안에 쌓였던 분통을 일시에 터뜨리듯 저마다 한마디씩 하며 그 자의 괴벽한 행적을 들어 말했다.

"그 자는 언제나 짝패 없이 홀로 행동했습니다. 아침을 든 다음에는 얼굴을 씻고 흰 명주 겹옷을 단정하게 입고 백운관(白雲冠)을 머리에 얹고 흰 각대를 두르고 날 듯이 남산 너머로 사라졌으며 해질 무렵에 돌아오곤 하였습니다."

"때로는 석궤(石机) 위에 목간(木簡)을 펴놓고 한참 동안 중얼중얼 외기도 했는데 거기에 씌어 있는 글자들이 전서체(篆書體)의 부적 같았습니다."

"전신에 억센 흰 털이 덮였고 원숭이 상이었지요."

"그 자는 황밤을 즐겨 먹었지요. 특히 술 취한 다음에는 강아지를 산 채로 손에 들고 생피를 빨아 마시고 또 뒷다리를 어적어적 씹어 먹기를 좋아했지요. 생각하면 끔찍하기 짝이 없었습니다."

"그 자는 박학다식하고 또 능변이었어요. 항상 새벽에는 전서로 적힌 목간을 펴들고 중얼중얼 외며 공부했습니다."

"그러니 생각이 나는군요. 지난 가을 낙엽 질 무렵 석궤 앞에서 주문을 외고 있던 그 자가 몹시 처연한 낯으로 길게 탄식을 하며 '지난 달 초사흘에 돌계단에 번개가 쳤을 때 목간 한 짝을 소실했으므로 머지않아 벌을 받을 것이다. 나는 이미 천 년의 수를 누렸고 또 뒤를 이을 아들을 점지받았으니 저승으로 가도 한은 없다'고 말했습니다."

구양흘과 무사들 일동은 아낙네들의 안내로 뒤의 창고로 들어갔다.

안에는 눈부시게 빛나는 금은보화와 오색찬란한 비단들이 산더미같이 쌓여 있었다.

그 중에도 특히 시선을 끄는 것은 돌 책상 위에 놓인 검가(劍架)에 걸려 있는 두 자루의 보검이었다. 한 아낙네가 말했다.

"바로 저것이 신검입니다. 매월 보름달이 뜨면 그 자는 반드시 쌍검무(雙劍舞)를 추었습니다. 그 때의 몸놀림이나 칼부림이 흡사 전광석화였으며, 달빛에 어린 달무리가 신검에 잘리어 흡사 낙엽처럼 조각조각 흩어졌습니다."

이튿날 아침에 구양흘과 무사들은 그 자의 시체를 서쪽 양지바른 언덕에 매장했다.

그리고 곳간의 보물들을 제각기 지닐 수 있을 만큼 가지고 하산했다. 그래도 엄청나게 많은 보물들이 창고에 남아 있었다.

구양흘은 오직 한 쌍의 신검만을 소중히 싸서 등에 메고 나머지 보물은 후일 다시 와서 운반해 가기로 작정했다.

한편 30여 명의 연약한 아낙네들을 대동한 하산 길은 쉽지 않았다. 험난한 계곡을 건너고 다시 험준한 산봉우리를 타 넘고 보름만에 간신히 원주민의 마을에 당도할 수 있었다.

그로부터 9개월 뒤에 구양흘의 처는 아들을 출산했다. 아이의 생김새가 원숭이를 닮았다. 그러나 구양흘은 내색하지 않고 애지중지 양육했다.

당시는 남북조(南北朝)시대로 정치적 변란이 격심했던 때였다. 마침내 구양흘도 정변에 휘말려 진(陳)나라 무제에게 모살(謀殺) 되었다.

그러나 그의 처와 아들은 강총(江總)의 도움으로 무사히 살아남을 수가 있었다.

강총은 구양흘의 옛 친구로 진나라의 고관이었다. 그는 특히 어려서부터 총기가 남달리 넘치던 구양흘의 아들을 친자식처럼 사랑하고 글공부를 시켰다. 이에 구양흘의 아들은 마침내 당대의 명문장가로 대성하여 천하에 이름을 떨치게 되었다.

【저자 평론】 우리는 이 전기소설을 어떻게 읽고 활용해야 하나. 원숭이 같은 괴물이 어떻게 사람과 교감(交感)하고 원숭이 같은 자식을 낳게 하는가? 그런 일은 절대로 있을 수 없다. 그러니 이런 것은 읽을 가치가 없다고 무시할 수도 있다. 그러나 이 소설을 통해 오늘의 악한 인간들을 비판할 수도 있다. 오늘의 세계에도 신통력을 가지고 부녀자를 겁탈하고 농락하는 인간이 얼마나 많은가? 그들의 신통력은 간교한 지혜, 돈과 권력이다. 첨단 무기를 가지고 약소국을 억압하고 유린하는 강대국이 신통력을 가진 요괴(妖怪)다. 괴물은 오늘에도 살아서 사람을 해치고 있다.

3. 임씨전(任氏傳)

— 심기제(沈旣濟)

1

당나라 수도 장안에 정육(鄭六)이라는 건달이 살고 있었다. 정육은 어려서부터 무예를 익혀 외모로 드러난 풍채가 남달리 건장하고 의협심이 강한 호걸이었다. 그러나 벼슬도 생업도 얻지를 못하고 노상 궁핍하여, 별수 없이 처가에 기대여 간신히 호구하며 그날그날을 무료하게 보내고 있었다.

그의 처삼촌 위음(韋崟)은 신안왕(信安王)의 외손자로 타고난 성품이 방탕했으며 일찍부터 풍류객으로 이름이 높았다. 그는 조카사위 정육을 조방으로 앞장세우고 노상 홍등가를 누비며 청루를 제 집 드나들 듯하였다.

초여름의 어느 날, 초저녁 무렵이었다. 위음은 오늘도 정육과 짝패가 되어 수양버들 산들거리는 장안 거리를 한가롭게 행로하고 있었다. 단골 기생집을 찾아가는 길이었다.

선평문(宣平門) 어귀에 이르자 앞에서 조랑말을 타고 촐랑거리던 정육이 행보를 멈추고 뒤를 돌아보았다. 눈부시게 흰 준마를 타고 위엄을 차리고 뒤따라오던 위음이 의아한 눈초리로 마주 보았다. 정육은 짐짓 목청을 돋워 큰 소리로 아뢰었다.

"시생은 근처에 소간사가 있어 잠깐 뒤처지겠으니 나리께서 먼저 행차하십시오."

위음은 빙그레 미소를 지으며 넌지시 엄한 척 한마디 던졌다.

"알았다. 지체 말고 득달하렷다."

"네, 여부가 있겠습니까."

뒤처진 정육이 높은 성벽을 끼고 북쪽으로 길을 꺾어 돌아가자 바로 눈앞으로 대여섯 발 거리를 두고 뒤에서 보기에도 화사하게 차려입은 세 명의 젊은 여인들이 비단신발을 신고 걸음을 부산하게 옮기고 있었다.

눈이 휘둥그레진 왈짜 정육은 나귀 엉덩이에 채찍질하고 바싹 다가가 체면불구하고 노골적으로 힐끔거리며 여인들의 모색을 살폈다.

셋이 다 빼어난 절색이었다. 그 중에서도 가운데 소복한 여인은 흡사 월궁에서 하강한 항아를 연상케 할 옥골선녀였다. 순간 극도로 감동한 정육은 걷잡을 수 없이 술렁이는 가슴을 억제하고 생각했다.

"내가 지금 꿈을 꾸고 있는 것일까? 꿈속에서 선녀를 쳐다보고 있는 것일까? 아니다. 이승에서 지금 내가 바라보고 있는 저 여인은 절대로 허깨비나 환상의 선녀가 아니다. 달나라에서 하강한 선녀라면 눈초리가 저렇듯이 다정하고 포근할 수가 있을까? 또는 몸놀림이나 행동거지가 저렇듯이 우아할 수가 있을까?"

넋을 잃고 황홀해진 정육은 연방 헛기침을 하며 앞서거니 뒤서거니 수작을 부릴 기회를 엿보기에 여념이 없었다. 소복한 여인도 살며시 곁눈을 주고 힐끔거리는 품이 생판 무관심한 것 같지는 않았다. 하늘이 내린 천재일우의 기회를 허망하게 놓칠 수 없다. 정육은 인생의 전부를 걸겠다는 각오로 어렵사리 말문을 열고 뱃심 좋게 수작을 걸었다.

"화용월태(花容月態) 귀하신 선궁의 공주님께서 어인 연유로 구석진 길에서 도보행을 하십니까?"

소복의 여인은 기다렸다는 듯이 냉큼 받아 생끗 미소를 흘리며 농 섞인 말투로 맞받았다.

"탈 말을 차지하신 나리께서 빌려주실 의향이 없으시니 소녀들은 걸을 수밖에 어찌합니까?"

정육은 송구스레 아차 하고 황급히 나귀에서 뛰어내리면서 정중하게 말했다.

"너무나 볼품없는 조랑말이라 감히 모실 엄두를 내지 못했습니다. 노마(老馬)도 개의치 않으신다면 소인이 기꺼이 경마 잡겠습니다."

정육이 넙죽 허리를 굽히고 상전 모시는 시늉을 하자 여인들이 일제히 웃음을 터뜨렸다. 앵두 입술 사이로 내보이는 백옥 같은 치열이 빛나고 아리따웠다. 나귀 안장에 소복한 여인을 태우고 고삐를 잡은 정육은 하늘의 별을 딴 듯 의기양양했다. 그는 한량없이 마음이 들떴으며 발걸음도 가벼웠다.

그들이 스스럼없이 수작을 주고받는 사이에 어느덧 낙유원(樂遊園) 어귀에 도달했고 설핏하던 해도 기울어 사위가 어둑어둑 저물었다.

울창한 솔밭 오솔길을 누비고 들어가니 홀연히 눈앞에 규모 있게 쌓아올린 흰 장원(墻垣)이 나타났고 담 너머로 높이 솟은 청기와 지붕의 용마루가 보였다. 대문 양 곁으로 마방이 달려 있는 것만으로도 지체 높은 대갓집이 분명했다.

"자, 다 왔습니다. 저기가 우리 집입니다."

여인은 말에서 내리자 몸종 하나만을 앞세우고 솟을대문을 향해 발걸음을 옮기며 나직이 말했다.

"잠시만 기다려 주세요. 제가 먼저 들어가 알리겠습니다."

정육은 나귀를 마방에 매고 대문 앞에 서성대고 있는 애송이 비자에게 물었다.

"이 댁 주인장의 존함을 어찌 아뢰느냐?"

"바깥양반은 안 계시고 언니가 한 분 계십니다. 성씨를 임씨라 여쭙지요."

머리를 쌍가닥으로 튼 계집종이 초롱초롱 눈동자를 빛내며 대답했다.

잠시 있자니 대문이 활짝 열리고 늙수그레한 행랑지기가 달려나와 정중히 허리를 굽힌다. 이어 희말쑥한 중년의 아낙네가 몸종을 앞세우고 다가와서 다소곳이 미소를 풍기며 영접했다.

"어서 오십시오. 이렇게 모시게 되어 영광입니다. 누추한 곳이나마 드십시오."

그녀가 바로 언니로 역시 절색의 미인이었다.

안채에 들어가 자리를 잡고 앉아 사방을 둘러본 정육은 적잖이 놀랐다. 와룡촛대에는 등촉이 휘황찬란했고 방안의 치장이나 가구들이 으리으리하게 빛났다. 방 안 복판에는 어느덧 커다란 주안상이 차려져 있었으며 온갖 산해진미가 수북이 괴였고, 모든 기명들이

정갈하고 예사로운 것들이 아니었다.

이윽고 비단 치마폭 스치는 소리와 함께 다시 격식을 갖추어 몸치장을 한 임씨가 사뿐사뿐 다가오자 정육에게 새삼 정중하게 고개를 숙이며 청랑한 음성으로 초인사 말을 아뢰었다.

"소녀 다시 인사 올립니다. 임이라 불러주십시오. 전자엔 노중에서 크게 신세를 졌습니다. 보은의 뜻으로 소찬을 장만했으니 물리치지 마시고 흔쾌히 들어주시면 더욱 감사하겠습니다. 먼저 이 잔을 받으십시오. 첫 잔은 소녀가 쳐 올리겠습니다."

품이 넉넉한 옷소매 사이로 희고 매끈한 섬섬옥수를 밀어내고 야광배(夜光杯)를 정육에게 권했다. 황홀한 경황에 넋을 잃었던 정육이 얼떨결에 자기도 모르게 고개를 조아리고 술잔을 두 손으로 받았다. 임씨는 옥완섬수(玉腕纖手) 가냘프고 여린 손으로 은주전자를 기울여 차분하게 정성껏 술을 가득 따랐다. 술잔을 든 정육의 손이 가늘게 떨렸으며 아울러 감미로운 술 향기에 더욱 정신이 몽롱해졌다.

정육은 호탕하게 술을 훌쩍 들이켜고 이내 임씨에게 잔을 내밀면서 말했다.

"자, 이번에는 낭자께서 드실 차례입니다. 시생이 잔을 채워 올리겠습니다."

"아닙니다. 저보다 우리 형님에게 먼저 권해 올리십시오."

"아차, 실수를 했습니다. 하도 황홀한지라 그만 장유유서(長幼有序)의 글귀마저 깜박 잊었군요."

그러자 언니가 미소를 지으며 농조로 대꾸를 놓았다.

"글귀를 잊으신 게 아니라 그만큼 공자의 마음이 아우에게 줄달음을 치시는 까닭이겠지요."

세 사람이 한바탕 폭소를 터뜨리고 나니 서먹했던 분위기가 가시고 스스럼없이 술잔과 수작을 주고받게 되었다. 연거푸 몇 순 배가 돌고 나자 더욱 열기가 더해갔다. 술이 거나해진 정육은 평소의 한량기를 마냥 부리며 배짱 좋게 넉살을 떨었다.

"시생은 본시 풍류객이라 술자리라 하면 사지 팔방 아래 위 크고 작은 자리를 가리지 않고 고루 참석했소이다. 그러나 오늘밤 이와 같은 자리는 난생 처음이며 흡사 꿈속에서 노는 듯하군요. 설사 꿈인들 어떠하겠습니까. 이왕지사 월궁에서 선녀들과 어울렸으니 이 밤만큼은 일각을 허송하지 말고 마냥 즐기며 마시겠습니다. 허락해 주십시오."

"누가 누구를 허락한단 말씀이세요. 이 자리의 상전은 바로 정공이십니다."

"아하, 그렇던가요? 시생이 주인이라고요. 좋습니다. 마냥 마시고 즐깁시다."

그들은 격식도 규범도 파탈하고 스스럼없이 술잔을 주거니 받거니 연거푸 마셔댔다.

취흥이 고조되자 언니가 비파를 튕기고 임씨가 영롱한 소리로 노래를 불렀다. 이에 풍류에 이력이 난 정육이 비틀비틀 일어나 엉덩이를 뒤뚱뒤뚱 어깨를 덩실덩실 춤을 추며 구색을 맞추고 흥을 돋웠다. 바야흐로 악기와 노랫소리와 춤의 삼박자가 어울리는 속에서 희희낙락 박장대소하며 난장판을 벌이고 밤 깊어가는 줄도 몰랐다.

이윽고 손위 언니가 먼저 비파를 거두어 내려놓고 피곤한 기색으로 나직이 말했다.

"오늘밤은 공자님 덕택으로 난생 처음 신명나게 놀았습니다. 밤도 깊었으니 늙다리 쉰네는 그만 물러가 한눈 붙이겠습니다. 앞으로는 아우가 잘 알아서 모실 것입니다."

"네, 제가 잘 모실 테니 언니 먼저 쉬세요."

얼굴이 홍조를 띤 임씨는 새로 야광배에 넘칠 듯 안다미로 술을 채워 정육에게 권하며 요염한 눈초리로 말했다.

"이 잔은 합환주이옵니다. 먼저 공자님께서 반을 드시고 나머지는 소녀에게 주세요."

정육이 손을 뻗어 잔을 받으려 하자, 임씨는 고개를 돌리며 잔을 꽉 잡은 채 자기의 화끈거리는 얼굴을 정육의 코밑에 바짝 대고 다정한 눈초리로 쳐다보며 웃음어린 소리로 속삭였다.

"합환주는 이렇게 서로 얼굴을 맞대고 마셔야 합니다."

정육은 술잔을 든 임씨의 손을 겉으로 싸잡고 입을 잔에 대고 반 모금을 마시고 그대로 잔을 입에 문 채 그녀의 입에 내밀었다.

서로 코를 스칠 듯이 화끈거리는 얼굴을 맞대고 합환주를 마시고 나자 임씨는 말없이 정육의 손을 잡고 침실로 인도했다. 창 너머로 스며드는 월광이 희뿌옇게 침실을 밝혔다. 침대 위에는 초록과 붉은 한 쌍의 원앙을 수놓은 금침이 반듯하게 펼쳐져 있었다.

임씨는 말없이 정육의 윗도리를 낚아채듯이 벗기고 이불자락을 넌지시 치켜올리고 정육을 밀어 눕혔다. 실눈을 뜨고 바라보니 뒤돌아 선 그녀는 주저하는 빛도 없이 사근사근 비단옷을 벗어 걸고는 이불자락을 들어올리고 풍만한 육신을 정육의 곁으로 밀어 넣었다. 엉겁결에 정육은 그녀의 알몸을 두 팔로 품었다. 마치 환생한 관음 보살을 품에 맞이한 느낌이었다.

벌써 세 번이나 닭이 홰를 쳤다. 후줄근하게 늘어져 곤하게 잠을 자는 정육을 흔들어 깨우면서 임씨가 나직이 말했다.

"곧 동이 틉니다. 마지막 홰를 치기 전에 일어나 돌아가세요. 저희들 자매는 새벽같이 교방(敎坊 : 궁중에 설치된 노래와 춤을 관장하는 기관)에 출근해야 합니다. 며칠 후에 다시 뫼시겠습니다."

정육은 재회를 약속하고 그 집에서 나왔다. 새벽달은 지고 동트기 전이라 사위가 칠흑이었다. 그는 노곤한 몸을 나귀 등에 싣고 회정길에 올랐다. 아직도 몽롱한 꿈에서 깨어나지 못한 정육은 나귀 등에서 꾸벅꾸벅 졸았다. 꿈결에 달그락달그락 자갈을 차는 말굽소리와 위낭소리를 듣고 있던 그는 홀연히 나귀가 멈춰서는 바람에 화들짝 놀라 깨었다.

부스스 눈을 비비고 바라보니 앞에 검은 산등성이 같은 성문이 길을 가로막고 있었다. 첫새벽이라 성문은 굳게 닫힌 채였고 어둠에 묻힌 성벽 밑바닥에는 길 먼지만이 바람에 날리고 있었다.

마침 성문 곁에서 불빛이 새어나왔다. 가까이 가서 보니 엉성하게 대나무로 엮어 지은 찻집의 등불이었다. 가게 안으로 들어서니 마침 백발노인이 화덕에 불을 지피고 있었다.

정육은 걸상에 걸터앉으며 물었다.

"성문이 열리려면 아직 멀었나요?"

"예, 한식경은 기다려야 할 것이오."

노인장이 따끈한 차를 따라주면서 의아한 눈초리로 힐끔거리며 물었다.

"낯선 길손이구려. 어디서 오시오?"

정육은 아무런 대꾸도 하지 않은 채 차를 홀짝홀짝 마셨다.

노인장이 빈 잔에 다시 찻물을 채워주며 걱정스런 표정을 짓고 눈치를 살피는 듯 조심스럽게 물었다.

"젊은이 몹시 피곤하게 보이는데, 행역이 심했던 모양이구려. 어디 멀리서 오시는 길이오?"

"아닙니다. 요 가까이서 간밤에 술 한 잔 들고 놀았습니다."

"가까이라니? 이 근방에는 그럴 만한 곳이 없는데요."

"술집이나 객사가 아니고 여염집이라 잘 모르시겠지요. 바로 여기서 서북쪽으로 한 마장쯤 떨어진 솔밭 속의 저택에 갔었습니다."

그러자 노인장은 심히 괴이쩍다는 표정을 짓고 고개를 갸우뚱하며 혼잣말로 중얼거리듯이 말했다.

"그 솔밭에는 집이 없을 텐데?"

"집이 없다니요. 솔밭 너머로 솟을대문 달린 청기와 큰 저택이 있지 않습니까. 간밤에 제가 바로 그 댁에서 술대접을 받고 진창으로 마셨는데요."

그러자 노인장은 지극히 민망스럽다는 표정을 짓고 등을 돌려 발길을 옮기며 혼잣말처럼 중얼거렸다.

"이상한지고. 근방에 불여우가 나타나 행인을 홀린다더니! 혹시 젊은이……?"

뒤돌아 물으려는 시늉을 지었다. 노인장의 태도에 은근히 부아가 난 정육은 후딱 밖으로 나와버렸다. 아직도 주변이 컴컴하고 성문은 굳게 닫힌 채였다. 그러자 정육은 불현듯 되돌아가 임씨네 저택을 확인하려는 생각이 들었다.

나귀 발걸음에 의탁하고 한 마장쯤 되짚어 가니 안개 자욱한 어둠 속에 솔밭이 어른거렸다. 그러나 근방 일대에는 잡초만이 우거졌을 뿐 집 같은 것은 어디에도 보이지 않았다.

정육은 나귀에서 내려 이슬에 눅눅한 잡초 사이를 누비고 한참을 헤맸으나 허사였다. 어디에도 간밤에 묵었던 요지경 같은 솟을대문 달린 저택이 있을 법하지가 않았다. 차츰 어둠이 걷히고 하늘이 희뿌옇게 밝아왔다. 정육은 흠뻑 젖은 바짓가랑이를 툭툭 털면서 실망과 분통이 교차하는 심정으로 애꿎은 나귀에게 투정을 했다.

"이 미욱한 놈아, 간밤에 갔던 길도 못 찾느냐!"

다시 나귀를 타고 돌아가는 정육의 가슴 한 구석에는 홀연 찻집 영감쟁이의 말이 섬뜩하니 떠올라 순간 간담이 서늘해지기도 했다. 그러나 그는 즉시 강단 있게 고개를 내저으며 스스로를 다잡으며 혼잣말로 중얼댔다.

"간밤의 열락(悅樂)은 절대로 허깨비 장난이나 또 요괴의 홀림도 아니다. 임씨와의 만남은 신명이 짝지어 준 것인지라 황홀하게 느꼈을 뿐이리라. 정성껏 신명께 축원하면 다시 해후하게 되리라."

이른 새벽 축 늘어져 초췌한 몰골로 돌아온 정육을 곁눈질로 본 삼촌 위음이 곱상치 않은 말투로 책망했다.

"남을 밤새껏 기다리게 골탕을 먹이고 어디에 처박혀 있다가 이제야 오느냐?"

얼이 빠지고 기진맥진한 터라 정육은 대꾸할 엄두도 못 내고 곧바로 자기 처소로 들어가 펄썩 쓰러지며 혼절했다.

이튿날 첫새벽 서쪽 퇴창에 새벽달이 차갑게 비쳐들 무렵 정육은 으스스 한기를 느끼며 잠에서 깨어났다. 달빛이 희뿌옇게 번진 사창에 요염하면서도 다정한 임씨의 모습이 선명했다. 두 손을 뻗어 그

녀를 품으려 했으나 잡히는 것은 허공뿐이었다

2

오매불망 산지사방으로 임씨를 찾아 헤맨 지 열흘이 넘은 해질 무렵이었다. 지성이면 감천이라, 마침내 서문장터 비단전을 나서는 임씨가 번쩍 눈에 들어왔다. 곁에는 전과 다름없이 두 몸종이 따르고 있었다. 정육은 왈칵 달려가 목멘 소리로 불렀다.

깜짝 놀란 임씨는 잽싸게 사람들 틈으로 몸을 숨기려 했다. 그러나 무예를 익힌 정육이 공중뛰기로 훌쩍 날아 앞을 가로막자, 임씨는 부채를 펴 얼굴을 가린 채 나무라는 투로 말했다.

"제 신분이 예사롭지 못한 천더기인 줄 익히 아셨을 텐데, 왜 또 찾고 부르십니까?"

"낭자, 그 무슨 실없는 말을 하시오. 내게는 낭자가 곧 빛이고 생명이오. 낭자 없는 나의 삶은 곧 어둠이고 죽음이오. 그간 열흘 동안 나는 온갖 정성을 기울여 신명에게 낭자를 만나게 해달라고 축원하였소. 그러니 앞으로는 한시도 내 곁을 떠나지 말고 밤낮으로 함께 지냅시다. 내 이렇게 무릎을 꿇고 빌겠소. 그러니 낭자, 이 못난 정육을 절대로 버리지 마시오."

땅바닥에 무릎을 꿇고 두 손을 비비면서 애걸하는 정육을 본 임씨는 너무나 당황하고 송구스러운 표정으로 정육을 일으켜 세우며 말했다.

"이러시면 아니 되십니다. 제가 어찌 서방님을 버리고 떠날 수 있겠습니까? 도리어 제가 천출인 줄 아신 서방님께서 버리실 거라 지레 겁이 나서 피했을 따름입니다."

"그런 염려 놓으시오. 나 역시 지체 낮고 가산도 없는 천하고 볼품없는 천더기요. 그러나 낭자에 대한 사랑과 정성만은 참되고 영원히 변치 않을 것을 하늘 앞에 맹세하니 믿어 주시오."

그제야 임씨는 부채를 걷고 활짝 핀 연꽃처럼 아담하면서도 요염한 얼굴에 미소를 띠고 나직이 타이르듯 말했다.

"이 세상에는 저보다 못한 요사한 여자들이 많습니다. 그러니 저를 뜨악하게 여기지 마세요. 자고로 저희들을 불여우라고 욕하고 꺼리는 까닭인즉 남정네를 속이고 해치기 때문입니다. 그러나 저는 다릅니다. 오직 서방님께서 저를 거두어 주신다면 평생 헌신적으로 수발들어 뫼시겠습니다."

"여부가 있겠소. 비록 우리가 초례를 치른 결발부부는 아니지만 하늘이 점지해 준 천생배필의 짝이라 믿소. 그러니 이승은 물론 저승에서도 연리지(連理枝)로 함께 어울릴 것이오."

그날 밤도 둘은 함께 마시고 질탕하니 운우의 정을 나누었다. 새벽녘에 임씨가 말했다.

"동산 너머 느티나무 곁에 허름한 고옥 한 채가 있습니다. 한적하고 아늑하니 우선은 우리들의 보금자리로 안성맞춤입니다. 그 집을 얻을 만한 돈은 저에게 있습니다. 그러니 서방님께서는 살림에 쓸 주방집기를 삼촌에게 부탁하시어 임시변통으로 빌려 쓰도록 주선해 보세요."

마침 외가 광 속에는 지방으로 차출된 친척들의 가구나 기물들이 수두룩 쌓여 있었다. 그들 집기를 빌려 쓰기 위해서는 별수 없이 삼촌에게 모든 사실을 털어 놓을 수밖에 없었다. 삼촌 위음을 사랑채로 찾아간 정육이 한참 미적대며 눈치를 살피다가 마침내 어렵사리 입을 열고 광 속의 집기들을 빌려 쓰게 해달라는 청탁을 했다.

위음이 의아한 눈초리로 되물었다.

"갑자기 살림 집기를 빌어서 어디에 쓰려느냐?"

그리고 이어 빈정대는 투로 덧붙였다.

"너 요즘 보아하니 수상쩍더라. 무슨 꿍꿍이속이 있으렷다. 솔직히 토설하면 빌려 쓰게 해주마."

정육은 뒤통수를 긁적이며 계면쩍은 낯으로 더듬더듬 실토를 했다.

"사실대로 아뢰겠습니다. 실은 하늘의 점지로 천하의 절색을 첩실로 맞게 되었습니다. 내자가 염낭을 털어 허름한 거처를 세내었으나, 당장 소용될 집기가 없으므로 당분간 임시변통으로 쓸 수 있게 허락해 주시면 고맙겠습니다."

위음이 화경알처럼 눈망울을 크게 뜨고 정육의 마음을 비춰보려는 듯이 되짚어 물었다.

"너 지금 뭐라고 했느냐? 천하의 절색을 첩실로 맞는다, 분명 그렇게 말했겠다."

"네, 삼촌. 천하절색입니다. 둘도 없는 미인입니다."

"이놈아, 나를 희롱하려느냐? 너같이 지체도 가산도 없는 무일푼 건달에게 천하절색이 첩실로 들어앉겠다니 가당찮은 소리 작작 해라!"

"참말입니다. 삼촌도 후일에 보시면 놀라실 것입니다."

"알았다. 흰소리 그만 거두어라. 허기진 놈에게는 기장도 메밥이니라. 연정에 굶주린 네 눈에는 추물도 절색으로 비치는 법이니라. 그나저나 너를 동정하고 수발들겠다고 하는 그 심정 하나는 갸륵하고 기특하구나. 그녀의 심정을 어여삐 여겨 집기를 내다 쓰게 할 것인즉 살림이 안돈되면 내게도 절색이든 추물이든 인사 들게 하렷다."

"여부가 있겠습니까. 삼촌 감사합니다."

위음은 호협한 한량이었다. 곳간을 열어 화류장과 경대 및 흑단 침대 등 가구를 내다가 마차에 싣고 아울러 금수비단 금침과 바닥에 깔 융단 및 벽에 칠 방장 기타 집기 일습을 곁들여 차인을 딸려 임씨네 새집으로 보내 주었다.

한나절이 지나서 땀투성이가 된 차인이 숨을 헐떡이며 구르듯이 뜰 안으로 뛰어들면서 "나리!" 하며 외쳤다.

"이놈아, 웬 소란이냐? 짐은 잘 전했느냐?"

"네, 나리. 물목 맞춰 전하고 아씨의 수결도 받아왔습니다."

"수고했다. 그래 그 아씨의 모색이 어떻더냐?"

"깜짝 놀랐습니다. 난생 처음 그런 미인을 보았습니다. 소인 아직도 어리둥절합니다."

"정육의 새댁이 그렇듯이 절색이더냐?"

"절색이다마다요. 달나라에서 내려온 선녀가 아니면 무산(巫山)의 정령(精靈)일시 분명합니다."

차인이 입에 게거품까지 머금고 넉살을 떨자, 위음도 호기심이 동했다.

"이놈아 수다 떨지 말고 차근차근 일러라. 내가 잘 다니는 취월루(醉月樓)의 그 누구와 흡사하더냐?"

"취월루에는 비길 만한 미인이 없는 줄로 아옵니다."

"그럼, 오왕(吳王) 댁의 여섯째 공주만 하더냐?"

"오왕 댁의 공주님도 내로라하는 미인입지요. 그러나 그 아씨에게는 비할 바 못됩니다. 그렇게 궁금하시면 나리께서 직접 찾아가 보세요."

예쁜 여자라면 초열지옥에라도 마다 않고 찾아갈 위음인지라 즉시 목욕 단장하고 차인을 앞세우고 나섰다. 정육의 집에 당도하니 대문이 굳게 닫혀 있었다. 차인이 문을 흔들며 의젓하게 목을 가다듬고 "여봐라!" 하고 통기를 넣었다.

그러자 이내 대문의 빗장이 벗겨지며 손에 빗자루를 쥔 어린 몸종아이가 고개를 내밀고 빠끔히 쳐다보다가 바로 전에 집기를 싣고 왔던 차인임을 알아차리고 방긋이 미소를 띤 낯으로 대문을 활짝 열고 반겼다.

"아저씨, 또 오셨군요."

"그래 또 왔다. 이번에는 우리 댁의 주인 나리를 뫼시고 왔다."

"하오나 우리집 서방님께서는 출타하셨습니다."

위음이 한발 앞으로 나서며 넉살좋게 말했다.

"괜찮다. 새댁 마님께 인사 여쭙겠다고 일러라."

몸종아이는 머리채를 달랑거리며 안채로 뛰어 들어갔다. 그러자 즉시 몸체에서 나이 지긋한 다른 시녀가 쪼르르 달려 나오며 아뢰었다.

"황송하오나 아씨 마님도 출타 중이시며 좀 늦으실 것입니다. 후일에 날을 잡아 정중히 찾아뵈옵고 수인사 차리실 것이온즉 오늘은 그만 회정하심이 좋으실 듯하옵니다."

고의로 따돌리려는 수작이 분명했다. 위음은 못 들은 척하고 성큼 뜰을 가로질러 다가가 안채를 살폈다. 아니다 다를까, 아랫방 문틈으로 붉은 치맛자락이 내보였다. 위음이 인기척을 하고 다가가 나직이 현신하기를 당부하자 임씨가 부채로 얼굴을 가린 채 응대했다.

"주인 나리님의 존함은 우러러 익히고 있사오며 또한 여러 가지로 은혜도 입고 있습니다. 하오나 지금은 정육이 출타 중이라 본대 없는 천한 쇤네가 혼자서 외람되게 나리님께 수인사 차릴 처지가 못 되옵니다. 너그럽게 용서하시고 행차를 거두어 주시기를 바라옵니다."

살짝 몸을 비끼고 수줍은 듯 내외하는 그녀의 형용은 참으로 천하일색이었다. 위음은 황홀하여 제 정신을 잃고 덥석 그녀의 손을 잡고 끌어 당겼다. 화들짝 놀란 그녀가 움켜잡힌 손을 빼려 했으나 위음은 먹이를 낚은 굶주린 호랑이처럼 덥석 그녀를 억세게 당겨 품에 안고 옥조이고 들었다. 혼비백산한 임씨가 창백한 낯으로 말했다.

"나리 이러실 도리가 없습니다."

"정육이나 나나 같은 한량이다. 정육에게 첫날밤에 통정할 도리가 있다면 어찌 나에게는 그럴 도리가 없단 말이냐. 또 너로 말하면 논다니로서 어찌 사람 차별을 하려느냐. 이왕지사 만났으니 수청을 들렷다."

진작 이성을 잃은 위음은 충혈된 두 눈을 부라리며 그 자리에 임씨를 쓰러뜨리고 올라타려는 기세였다. 어금니를 사려 물고 임씨는 필사적으로 반항을 하며 몸을 뒤틀고 빠져나오려 했으나 역부족이었다. 마침내 기진맥진하여 땀투성이가 된 임씨는 힘으로는 위급을 모면할 수 없음을 깨닫고 애걸하듯 입을 열었다.

"나리의 분부를 따르겠습니다. 그러니 잠시 저를 놓아 흐트러진 옷매무시라도 바로잡게 해주십시오."

"그 말이 진실이렷다. 나를 기만하고 도피할 간계로 하는 말이 아니렷다."

"아닙니다, 나리. 믿어 주십시오."

위음도 한량을 자처하는 처지에서 이런 꼴로 여인을 겁탈할 수는 없었다. 그는 두 손으로 임씨를 부축해 세우며 가볍게 사죄했다.

"잠시나마 소란을 피우고 본의 아니게 죄를 지었소. 그러지 않고서는 도저히 임낭자와 침석을 함께 할 가망이 없어서였소."

"천출인 쇤네를 어여삐 보신 나리의 후의를 고맙게 여기고 있습니다. 잠시 사랑방으로 드십시오. 그 사이 쇤네 매무새를 가다듬고 나와 뫼시겠습니다."

사랑방에 들자, 이내 몸종이 정결한 다담상을 차려 들고 들어와 향기로운 술을 따라 권했다. 위음은 연거푸 술잔을 기울이며 설렜던 마음을 진정시켰다.

잠시 후 소복 차림의 임씨가 들어왔다. 새삼 눈이 부시게 요염하고 아름다운 자태였다. 위음이 넋을 잃고 쳐다보고 있으려니 야릇한 향내를 풍기며 임씨가 곁으로 다가와 앉았다. 그리고 말없이 섬섬옥수를 뻗어 술잔에 술을 넘치게 따라 권했다. 위음이 훌쩍 마시고 그 잔에 다시 술을 따라 되돌려 그녀에게 권하자 그녀도 훌쩍 마시는 것이었다. 이렇게 여러 순배 권하고 거나하게 취하자 임씨가 눈언저리에 눈물어린 슬픈 표정을 짓고 길게 한탄을 했다. 위음이 의아한 낯으로 그녀를 쳐다보면서 물었다.

"어인 일로 그렇게 땅이 꺼지도록 한탄을 하시오?"

"정육 서방님이 불쌍해요."

"정육이 불쌍하다니? 갑자기 그 무슨 소리요?"

그러자 임씨가 새삼 옷깃을 여미고 자세를 바로 하고 숙연하게 말했다.

"정육도 육척 거구의 대장부이거늘 오직 가난하여 자기 여편네 하나 간수하지 못하니 불쌍하지 않습니까. 한편 부귀를 마냥 누리시는 나리께서는 어려서부터 가진 호강을 다 누리시고 또 천하의 미녀들을 마음 내키시는 대로 불러 시중들게 하고 계시지 않으십니까. 그러나 빈궁한 정육은 나리님에게 빌붙어 행랑살이로 연명하는 처지라, 그간에 정붙일 여자도 없이 고적하게 지내다가 어쩌다 오다가다 만난 천출인 저를 알게 되었거늘, 저마저 위세 높으신 나리님의 시중을 들어야 하니, 그 아니 불쌍하지가 않습니까. 먹고 입는 데 신세를 진 탓으로 여편네를 바쳐야 하니 그 아니 긍측하지 않습니까."

위음은 본시 의협한 사나이였다. 비록 일시의 바람기로 어여쁜 꽃을 따려고 했으나 임씨가 이렇듯이 정색을 하고 정육에 대한 진정을 실토하고 나오자 그는 즉시 한발 물러나 자세를 바로 하고 가볍게 머리를 숙이며 사죄했다.

"정중히 사죄드리오. 그토록 나의 조카사위 정육을 진정으로 위하는 줄 몰랐소. 감히 무례를 범하려 했으니 용서를 비오. 앞으로는 내 조카 누이와 같이 정육의 아내로 대하리다."

임씨가 활짝 피어난 얼굴에 붉은 꽃망울 터지듯 미소를 지으며 술잔을 권하며 말했다.

"감사합니다. 쇤네 반드시 결초보은 하겠습니다."

3

바로 그 때에 귀가한 정육이 방안으로 들어왔다. 세 사람은 다시 주안상을 차려오게 하고 격식을 갖추어 새살림 축하연을 정식으로 벌였다.

그로부터 위음은 임씨를 일가친척으로 대하고 땔나무와 양식을 위시하여 염장 및 어육 등속을 때맞춰 보내 살림을 도와주었다. 임씨도 나들이 오가는 길에 위음을 찾아뵙고 고마움을 표했다. 때로는 스스럼없이 함께 어울려 술도 마시고 농담도 주고받으며 더욱 친숙해졌다. 그러나 결코 난잡한 지경에는 이르지 않았다. 하루는 임씨가 위음에게 말했다.

"나리께서 이토록 천출인 쇤네를 아끼고 마냥 은혜를 베풀어 주시니 몸 둘 바를 모르겠습니다. 정육을 등지고 나리를 뫼실 수는 없사오나 달리 보답해 올리고자 하옵니다. 쇤네는 진(秦)나라 서울 토박이로 인척 중에는 빼어난 미인들이 수다합니다. 그 중에는 장안의 권문귀족의 총애를 받는 첩실도 많고 또 기방에 소속되어 음곡가무에 달통한 재인들도 많습니다. 만일 나리께서 점찍거나 눈여겨둔 미인이 있으시면 쇤네가 알선해 올리겠습니다."

"고맙구려. 그렇다면 당장 소청을 하나 드려도 되겠소?"

"분부 내리십시오."

바람둥이 위음은 마침 전부터 군침을 삼키고 있던 옥골선풍의 나이 어린 미녀가 하나 있었다. 동문 시장에서 비단가게를 차리고 있는 장십오랑(張十五娘)이었다. 이름을 대니 임씨가 빙그레 웃으며 말했다.

"역시 나리께서는 안목이 높으시고 빈틈이 없으시군요. 장십오랑은 바로 쇤네의 친정 조카입니다. 지금은 바로 비단가게 늙은 영감의 셋째 첩실로 들어앉아 있습니다. 그러나 어찌 나리 같은 미남자를 만나는 일을 마다하겠습니까. 즉시 소개해 올리지요."

임씨는 며칠 후에 장십오랑을 유인해서 위음과 은밀히 정을 통하게 해주었다. 그러나 바람둥이 위음은 한 달도 못되어 싫증을 느끼고 그녀를 멀리하고 다시 임씨에게 부탁을 했다.

이번에도 임씨는 흔쾌히 승낙을 하며 말했다.

"남정네는 변덕이 상수지요. 허기야 지체로 보아 장바닥 장사치는 짝이 기울 테니 물리실 만도 하지요. 그러니 이번에는 대갓집에 깊이 묻혀 있는 지체 높은 아낙을 꾀어내 보시지요. 어렵사리 훔쳐낸 보배라야 보람도 기쁨도 더할 것이 아닙니까. 제가 발 벗고 나서서 연통하면 누구나 다 끌어낼 자신이 있습니다. 그러니 어려워 마시고 말씀해 보세요."

위음이 고개를 숙여 고맙다는 시늉을 하고 이어 능글맞게 주섬주섬 말을 이었다.

"염치없이 청을 하나 더 올리겠소. 실은 지난 한식일에 친구들과 함께 천복사(千福寺)에 갔다가 우연한 기회에 발견하고 아직까지 잊지 못하고 가슴을 태우는 한 미인이 있소. 그 날 마침 본당에서 조면(刁緬) 장군이 법락을 봉헌하고 있었는데 그들 악사 중에 생황을 잘 부는 애티 나는 가랑머리가 눈에 번뜩하고 보입디다. 용모가 갓 피어난 도화처럼 불그레 싱싱하고 몸매가 날씬하고 몸놀림이 나긋나긋하여 왈칵 품고 싶은 충동을 가누지 못했소. 동행한 친구들은 아무도 그녀가 누구인지를 몰랐소. 혹시 알 만하시오?"

"알다마다요. 그 아이의 어머니는 바로 저의 사촌언니입니다. 그

아이도 전에는 교방 악사였으나 지금은 조면 장군의 침석에서 시중드는 몸종으로 들어앉아 늙은 장군의 총애를 한 몸에 독차지하고 있습니다. 그러니 범접하기가 쉽지는 않을 것입니다. 그러나 제가 어떻게 하든지 주선해 올릴 테니 느긋하게 기다려 보세요."

이튿날부터 임씨가 뻔질나게 장군 댁을 드나들었다. 한 달 남짓하여 위음이 큰 요릿집에 술상을 차려놓고 임씨를 초대하여 술대접을 하는 자리에서 그간의 경위를 물었다. 그러자 임씨는 밝은 표정으로 말했다.

"계획대로 잘 되어가고 있습니다. 며칠 안으로 만나시게 될 것입니다. 나리께서는 내일 아침에 비단 2필만 더 저에게 보내주세요. 마지막으로 먹일 뇌물입니다."

그로부터 다시 이틀 후 위음이 임씨 집에서 식사를 하고 있는데 몸종이 쪼르르 달려와서 '조면 장군 댁에서 마차를 보내 왔어요!' 하고 통기했다. 그러자 임씨가 위음을 힐긋 쳐다보며 싱글거리면서 말했다.

"잘 된 것 같습니다. 제가 가서 데리고 올 테니 그대로 기다리고 계세요."

장군의 측실을 빼내기 위해 그간 임씨는 대략 다음과 같은 계략을 꾸미고 분주하게 움직였었다.

우선 측실을 병들게 하고 임씨와 그녀의 친어미가 병 치료를 핑계로 조석으로 드나들며 수선을 떨었다. 탕약을 달여 먹이고 침을 놓거나 쑥뜸을 뜨기도 했으나 차도가 없자 친어미를 시켜 장군을 설득했다.

"딸아이의 병은 악귀에 들린 것이니 무당을 불러 푸닥거리하고 귀신을 퇴치해야 합니다."

한편 미리 무당에게 듬뿍 뇌물을 먹이고 굿판에서 신명나게 작두를 탄 다음 사설을 지껄이게 했다.

"이 집의 터가 세구나. 대주가 젊어서 매원케 한 악귀가 이제 나타나 이팔청춘 애매한 생령을 잡고 늘어지고 있구나. 그대로 두었다간 초열지옥으로 떨어진다. 지체 두지 말고 냉큼 손을 써야 횡액을 면하리라. 동남방으로 5백년 묵은 느티나무가 있으렷다. 그곳에서 목욕재계 치성 드리고 신령의 가호를 빌어야 축귀(逐鬼)하고 소생하며 또한 일구월심 소원하던 후사도 볼 수가 있으리라."

이에 장군과 친정어미가 임씨에게 많은 예물을 보내면서 '당분간 집에서 치성들이게 해 달라.'고 간청했다. 그러나 임씨는 거짓 난색을 보이며 '집이 누추하고 비좁다'는 핑계를 대고 거절하는 시늉을 했다. 그러나 만신이가 점지한 곳이 바로 임씨집 앞의 느티나무라 결국은 승낙을 하고 말았던 것이다.

애당초 친정어미가 임씨와 결탁하고 수작을 꾸미게 된 저변에는 나름대로의 그럴싸한 이유가 있었다. 즉 자기의 어린 딸이 당장은 늙은 장군의 총애를 한 몸에 받고 호강을 누리고 있으나 아직껏 회태 못한 것이 큰 걱정이었다. 피붙이 소생이 있어야 버림받지도 않고 또 가산도 떳떳하게 나누어 받을 수가 있을 것이기에 임씨를 통해 위음과 은밀히 만나게 해주려고 했던 것이다.

말하자면 여러 사람의 이해관계가 서로 맞아 떨어졌다고 할 수가 있었다. 그러나 이와 같은 기미와 계산을 약삭빠르게 포착하고 성사케 한 임씨의 총명한 재치와 능변을 높이 평가해야 하며 아울러 임씨의 연충에는 위음의 방탕만을 방조하려는 경망한 생각만이 아니었음도 이해해 주어야 할 것이다.

병객으로 자리 보존하던 장군의 측실은 임씨 집으로 옮아온 즉시 신통하게도 쾌차했고 전보다 더 생생하고 발랄했다. 그녀가 위음과 쥐도 새도 모르게 밀통한 지 달포 만에 회태한 징조가 적실한지라 친정어멈과 임씨가 서둘러 제 집으로 돌려보내자고 제안을 했고 위음도 꿀맛 본 벌 나비처럼 미련 두지 않고 승낙하고 다시는 만나지를 않았다.

이런 식으로 위음에게 보답한 임씨가 하루는 정육에게 귓속말로 속삭였다.

"떼돈 벌 일이 생겼으니 아무에게도 알리지 말고 급전이라도 좋으니 6천금만 변통해 보세요."

만사에 소명한 임씨의 말이라 정육은 캐묻지 않고 그 길로 위음에게 달려가 돈을 차용해 왔다. 그러자 임씨가 점괘를 풀면서 말했다.

"내일 새벽녘에 동문 장터로 가시면 뒷다리 저는 총이말이 나타날 것입니다. 길게 흥정하지 마시고 이 전낭(錢囊)을 송두리째 넘겨주고 그 말을 끌고 오세요."

정육은 시키는 대로 이튿날 첫새벽에 동문 장터로 나갔다. 아니나 다를까 한 사나이가 절룩말을 끌고 겁에 질린 눈초리로 사방을 두리번거리면서 다가왔다. 정육은 긴 말 않고 6천금의 대금을 넘겨주고 타지도 못할 절뚝발이 총이말의 고삐를 잡고 돌아왔다.

이웃사람들은 손가락질하며 큰 소리로 비웃었다. 그러나 임씨는 흡족한 듯 빙그레 웃음을 흘리며 말했다.

"건각마를 샀다는 소문이 더욱 퍼지게 부추기세요. 수삼일 안으로 작자가 나타날 것이니 되파시되 값은 반드시 3만을 채워 받으셔야 합니다."

이번에도 임씨 말대로, 만 사흘 만에 관복 차림의 서리가 은밀히 찾아와서 말을 꼭 넘겨달라고 애걸을 했다. 정육은 딴청을 떨며 말했다.

"저 말은 내가 꿈에서 신령님의 점지로 사들인 것이며, 지금은 건각(蹇脚)이나 치료하면 천리마요. 그러니 헐값으로 넘길 수 없소. 꼭 사려거든 3만을 내시오."

두 사람은 '비싸다 싸다, 가타부타' 하며 한바탕 실랑이를 벌인 끝에 2만 5천으로 낙착을 보고 말을 넘겨주었다.

정육이 2만을 고스란히 벌게 된 사연은 다음과 같았다. 본시 청총마는 상전이 타던 관마로 사냥에 나갔다가 다쳐 절룩이게 된 것을 서리에게 맡겨 고치게 했던 것이다. 그런데 서리의 실수로 죽이고 말았다. 서리는 그 사실을 숨기고 아직 치유되지 않았다는 핑계를 대고 상전을 기만해 오고 있었던 터였다. 그러므로 그 말을 대신 보충하려고 비싼 값을 내고 인수했던 것이다.

4

임씨의 지극한 사랑과 정성어린 내조를 받은 정육은 마침내 무관 벼슬을 얻고 지방으로 부임해 가게 되었다. 정육은 임씨와 동행하려 했으나 그녀는 '초임 벼슬 행차에 첩실이 따라갈 수 없으니 정실인 형님을 뫼시고 가세요.' 하며 사양을 했다. 이에 정육은 삼촌 위음과 함께 임씨를 설득하여 반 억지로 데려가기로 작정을 했다.

장안을 출발한 지 사흘째 되던 날 아침에 일행은 마외파(馬嵬坡)

에 이르렀다. 임씨는 마차에 탔고 그 곁에 두 몸종이 나귀를 타고 배행했으며 다시 뒤에서 위세 당당하게 안장마에 오른 정육이 호위했다.

일행이 황실의 사냥터를 지날 무렵, 그때 마침 병사들이 사냥개를 훈련시키고 있었다. 무장인 정육은 그들의 훈련하는 모습을 유별나게 바라보았다.

그 순간이었다. 임씨가 탄 마차의 말이 졸지에 비명을 지르며 미친 듯이 앞으로 내닫기 시작했다. 이에 화들짝 놀란 정육도 말고삐를 고쳐 잡고 다급하게 뒤쫓았다. 말을 몰면서 살피니 덩치가 큰 검은 사냥개 한 놈이 마차 안으로 번개처럼 뛰어들었고 그 순간 마차 안에서 여우 한 마리가 뛰어나오며 풀밭 속으로 몸을 숨기는 듯이 도망가는 것이 보였다.

정육은 "아차, 큰일 났구나!" 당황하고 다급하게 채찍질하며 뒤쫓았다. 정육이 말과 함께 땀을 뻘뻘 흘리며 정신없이 뒤쫓아 약 5리쯤 가자, 앞에 뒤집혀진 마차가 보였다.

정육이 허둥지둥 가까이 가보니 마차 밑에 여우로 탈바꿈한 임씨가 무참히 죽어 있었다.

정육은 임씨의 시체를 거두어 생전에 즐겨 입던 흰 비단옷으로 염습하고 정중하게 상례의 절차를 갖추어 매장했다. 그리고 후일 다시 삼촌 위음과 함께 무덤을 찾아 헌화하며 명복을 빌었다.

그 자리에서 위음이 정육에게 말했다.

"비록 전신이 여우일망정 그 총명한 슬기와 굳은 절개를 따를 수 있는 여인이 이 세상에 몇이나 되겠는가. 참으로 애석하다. 두고두고 잊지 말고 부처님께 그녀의 명복을 축원하자!"

【저자 평론】 역시 의기(義妓)를 소재로 한 전기소설이다. 웃음을 팔고 남자의 간을 뽑아먹는 창기(娼妓)를 여우라고 한다. 옛날에만 여우같은 여자가 있었던 것이 아니다. 오늘에도 부지기수다. 오늘에는 창기가 아닌 많은 여성들이 돈만을 알고 온갖 악덕한 짓을 서슴없이 자행하고 있다. 남자나 여자나 돈에 환장하면 동물 이하의 존재로 타락한다. 그러므로 사람의 도리를 알고 행하고 또 서로 의리를 지켜야 한다.

이 소설의 여주인공 임씨는 여우가 둔갑한 창기 출신이다. 그러나 진정으로 자기를 사랑해 주는 남자를 위해 굳게 절개를 지켰을 뿐만 아니라 총명한 지혜와 통찰력(洞察力)으로 남자를 도와 돈도 벌고 벼슬에도 오르게 했다. 참사랑에 보답하는 정숙하고 현명한 임씨 같은 여성은 오늘에도 환영을 받을 것이다.

4. 유의전(柳毅傳)

— 이조위(李朝威)

1

당(唐)나라를 융성하게 만든 제2대 태종(太宗)의 뒤를 이어 등극한 제3대 고종(高宗 : 676~678년 재위)은 몸이나 마음이 허약하고 또 어리석은 임금이었다. 그는 미모의 무씨(武氏)에게 미혹되었으며 종국에는 당나라를 그녀에게 찬탈당하는 끔찍한 화근을 자초한 어리석은 임금이었다.

무씨는 나이 14세 때 태종의 후궁으로 뽑힌 미모와 총명을 겸한 여자였다. 그러나 천성으로 간흉(奸凶)한 독부(毒婦)이기도 했다. 늙은 태종으로부터 총애를 못 받은 그녀는 젊은 태자를 꼬여 은밀하게 정을 맺었다. 말하자면 태자가 자기 대왕의 첩실과 불의의 정을 통했던 것이다.

태종이 죽자 그녀는 삭발하고 이방(尼房)에 들어갔다. 한편 태종의 뒤를 이어 임금이 된 태자 즉 고종은 무씨를 환속시켜 후궁으로 데려와 총애했다. 그러자 무씨는 잔인한 본색을 드러냈다. 즉 고종의 왕후 및 후궁들을 무참하게 죽이고 또 자기에게 대적하는 많은 왕족과 충신들을 흉계로 몰아 살해하고 권세를 장악했다.

얼마 후, 허약한 고종이 죽자 그녀는 더욱 기승을 부렸고 마침내 나이 68세에 당나라를 찬탈하고 자신이 중국 역사상 유일무이한 여황제(女皇帝)가 되고 나라 이름을 주(周)라고 고쳤다.

이 소설은 바로 이와 같은 대 격변기에 있었던 신비로운 이야기다. 정치와 직접 관계는 없다. 그러나 그와 같은 난세에 기구한 삶을 살아야 했던 한 선비에 대한 이야기다.

고종 말기 의봉(儀鳳 : 676~678) 연대는 이미 백관들이 무씨에게 조례를 들고 있었다. 그러므로 대의명분을 중시하는 선비들은 처신하기가 난처한 때였다. 이에 절개와 학식이 높은 선비들이 뒤로 물러서 명철보신(明哲保身)하던 때라, 이 소설의 주인공 유의(柳毅) 같은 백면서생에게는 더욱 어려운 시절이었다. 그래서 이 소설같이 감가불우(坎軻不遇)한 선비가 정신적으로 선경(仙境)에 들어가 영광을 누린다는 풍자적인 소설이 나왔을 것이다.

2

유의라는 유생(儒生)이 있었다. 그는 고매한 기상을 지니고 특히 의리를 중하게 여긴 선비였다. 그러므로 그는 음흉한 세도가들이 조종하는 과거에 합격할 수 없었다. 그래서 낙방의 고배를 마시고 씁쓰레한 심정으로 귀향길에 올랐다.

본래 그는 의리를 중하게 여겼다. 그래서 귀향하기에 앞서 그 간에 신세를 진 모든 사람에게 깍듯이 작별인사를 올렸다. 그 마지막 대상이 되는 동향인이 경양(涇陽)에 살고 있었다. 경양은 섬서성(陝西省) 서안(西安) 북쪽에 있으며 근처에는 경천(涇川)이 흐르고 있었다.

한편 그의 고향은 상수(湘水) 근처이다. 상수는 광서성(廣西省)에서 발원하여 동북쪽 소수(瀟水)와 합류하고 호남성(湖南省) 동정호(洞庭湖)로 흘러 들어간다. 지금 그가 말을 타고 오가는 북쪽지방과는 수만리 떨어진 먼 곳이다.

그는 말 등에 앉아 생소하고 한적한 들길을 가고 있었다. 그 때에 홀연히 숲 속에서 새들이 퍼드덕 날아올랐다. 이에 그의 말이 화들짝 놀라 미친 듯이 뛰어 달렸다. 한 마장쯤 달렸을까? 말이 멈춰선 곳은 황량한 초원이었다. 길을 잃은 유의는 어리둥절 사방을 둘러보았다.

보이는 것이 아무것도 없는 황량한 숲에는 오직 짙은 안개만이 피어올랐다. 유의가 안개에 휩싸여 어리둥절하고 있을 때, 뜻밖에 안개 속에서 한 젊을 여자가 양떼를 몰고 나타났다.

유의는 긴장하고 혼미한 정신을 가다듬고 주시했다. 틀림없는 사람이다. 메추리 꼬리 같은 남루한 옷을 걸치고 있었다. 자세히 보니 젊고 아름다운 절색이다. 그러나 그녀의 얼굴에는 어두운 그림자가 덮이고 수심이 짙게 서려 있었다. 그녀는 심히 우울하고 슬픈 표정을 짓고 비스듬히 선 채 말이 없었다. 그녀 뒤에는 많은 양들이 풀을 뜯고 있었다. 그녀는 양지기인 듯했다.

당시에는 양치는 일은 천민이 하는 천직이었다. 망국의 후예들이 목숨을 부지하기 위해 오지나 변경에 숨어서 양을 치기도 했고 혹은 정치싸움에 몰려 유배된 조정의 고관들이 천민이나 노예로 전락하여 후미진 곳에서 양을 치기도 했다.

호기심과 동정심이 교차하는 속에서 유의는 말없이 다가가 환상의 여인의 면모를 자세히 살폈다. 보면 볼수록 아름답고 청아한 미인이었다.

유의는 본래부터 남달리 인자하고 의협심이 강한 남자였다. 그는 동정어린 말로 물었다.

"소생이 보기에 부인은 천생이 고귀하신 분이신데 어찌하여 이렇듯이 하늘 끝 벽지에서 양을 치고 계십니까? 곡절을 말해주시면 소생 도와드리겠습니다."

그러자 그녀는 봇물이 터진 듯, 오래도록 사무치고 쌓였던 원한과 서러움을 일시에 토해내듯이 눈물을 흘리며 말했다.

"팔자가 기박하고 불행하기 짝이 없는 저를 불쌍히 여기시고 물음의 말씀을 내려주시니 송구하여 몸 둘 바를 모르겠습니다."

그리고 그녀는 수줍은 듯 얼굴을 떨어뜨린 채 자신의 기구한 신세와 억울했던 지난날을 애달픈 심정으로 하소연했다. 대략 다음과 같다.

그녀는 남쪽에 있는 동정호를 다스리는 용왕(龍王)의 딸 용녀공주(龍女公主)다. 부모의 명으로 경천(涇川)을 다스리는 임금의 둘째 아들에게 출가했다. 그러나 남편이 불학무식한 바람둥이 건달이었으며 생업도 살림도 제대로 꾸리지 못하는 것은 고사하고 노상 주색잡기에 빠져 재물을 탕진하고 까닭 없이 본처인 자기를 매질하고 소박하기 일쑤였다.

그럼에도 시부모는 자기 아들만을 편들고 며느리를 학대했으며 마침내는 자기를 알몸으로 내쫓아 이름도 방향도 모를 황량한 오지에 떨어뜨렸다. 그래서 이렇듯 황량한 초원에서 양을 치는 신세가 되었다는 것이다. 그녀는 넘치는 눈물을 소맷자락으로 훔치며 애걸하듯 말을 이었다.

"저의 친정이 있는 동정호는 여기서 수만리 떨어진 하늘 끝에 있으며 오가는 사람도 없으므로 서신을 전할 길도 없습니다. 제가 들은 바 나리께서는 수일 내로 고향인 남쪽 오(吳)나라로 돌아가신다고 알고 있습니다. 남쪽 오나라에 가시려면 저의 친정이 있는 동정호를 지나가셔야 합니다. 그러므로 이 몸 감히 청탁을 드리고자 하옵니다."

"어서 말해보시오. 내 힘자라는 대로 부인을 도와드리겠소."

"가시는 길에 이 서찰을 저의 집에 전해 주실 수 있겠습니까?"

"당연히 전해 주겠소. 뿐만 아니라 내가 직접 목도한 부인의 고생하시는 처지도 자세히 전해 드리겠소."

그리고 유의는 결연한 어조로 말했다.

"그 전에 부인이 나와 동행해서 남쪽으로 가실 수는 없겠소?"

용녀는 고개를 저으며 말한다.

"그것은 불가능합니다. 이 일대는 경천왕(涇川王)이 다스리는 곳이며 눈에는 보이지 않으나 그의 부하 정령(精靈)들이 주야로 감시하고 있습니다. 나리는 만물의 영장이신 인간이라 그들의 간섭을 받지 않고 왕래하실 수 있으나, 쉰네 같은 요물들은 자유롭게 행동할 수 없습니다. 그래서 나리를 통해 사정을 알리고 용궁의 군대를 풀어 그들을 정벌하려는 것입니다."

"알겠소. 부인의 서신을 반드시 고향 친정에 전하고 부인을 구출하게 하겠소."

그러자 그녀는 품속 깊이 감추어 두었던 서찰을 내어주며 말한다.

"이 은혜는 반드시 결초보은하겠습니다. 한편 이 서신을 지니신 이상 돌아가실 길은 걱정하지 마세요. 말이 알아서 잘 찾아갈 것입니다."

유의는 그녀의 서신을 받아 행낭 깊숙이 간직하고 말을 타고 작별인사를 한 다음에 또 물었다.

"소생은 본래 의협심이 강한 사나이요. 부인의 처지를 보고 들으니 의분이 넘쳐 온몸의 피가 들끓고 주체할 길이 없소. 당장에 새같이 훌쩍 날아가지 못하는 것이 한이구려. 헌데 한마디 또 묻겠소. 소생은 육지를 걸어다니는 사람이오. 그러나 부인의 아버지 용왕님을 동정호 물 깊은 속에 계시니, 내가 어떻게 만나서 이 서찰을 전하겠소. 그 방법을 말해 주시오."

그러자 여자는 미소를 지으며 말한다.

"하늘이 이 몸을 잊지 않고 구해주시느라고 나리 같은 인자한 선비님을 만나게 해주셨습니다. 그러니 나리께서 저의 아버지를 보시는 일도 힘들지 않습니다."

그리고 그녀는 가는 허리띠를 내주며 말했다.

"동정호 남쪽 끝에 마을 사람들이 사귤(社橘)이라고 부르는 큰 귤나무가 있습니다. 나리께서 이 허리띠를 두르시고 그 나무를 세 번 가볍게 두드리면 용궁의 사자가 나와 인도할 것입니다. 그 사자의 인도를 받으시면 물 속에서도 육지와 같이 행동할 수 있습니다."

유의는 한 달의 행로 끝에 마침내 고향에 당도했다. 그리고 날을 잡아 그녀가 준 허리띠를 하고 동정호 남쪽에 있는 사귤(社橘)을 찾아가 그 나무를 세 번 두들겼다.

그러자 동정호 물 속에서 갑옷을 걸친 억세게 생긴 한 무사가 나타나 유의에게 묻는다.

"그대는 누구요? 어찌하여 용궁의 문을 두들기시오?"

"용왕님을 뵙고자 합니다."

"뭍에 사는 사람이 어찌하여 용왕님을 뵙고자 하시오?"

"북쪽 경수(涇水) 근처에서 고생을 하고 계신 공주님의 서신을 가지고 왔습니다. 이 허리띠는 공주님이 주신 것이오."

그러자 그 무사는 말한다.

"두 눈을 감고 내 손을 잡으시오. 잠시면 용궁에 도달합니다."

눈을 감는 순간 몸이 뜨는 듯하더니 이내 발이 땅에 닫자, 무사의 말이 들렸다.

"다 왔습니다. 눈을 뜨십시오."

유의가 눈을 뜨고 바라보니 흡사 장안의 대궐 안에 온 것 같았다. 그러나 자세히 사방을 둘러보니 그 규모가 더 크고 화려했다. 진기한 수목과 화초에는 탐스럽게 꽃이 피었고 누각 전체가 붉은 산호와 푸른 옥으로 장식되었으며 눈부시게 빛이 났다. 유의가 어리둥절하여 물었다.

"여기가 용궁이요? 즉시 용왕님을 뵈올 수 있습니까?"

그러자 무사는 앞의 의자를 가리키며 말한다.

"여기는 영허전(靈虛殿)입니다. 잠시 앉아서 기다리십시오. 곧 대왕께서 분부를 내리실 것입니다."

이윽고 궁전 안에서 은은한 아악소리를 타고 보라색 엷은 안개가 피어났다. 그리고 좌우에 문무백관을 거느린 대왕이 모습을 나타냈다. 유의는 무사와 함께 그 자리에 엎드려 바닥에 이마를 대고 절을 올렸다.

3

용상에 좌정한 대왕은 인자한 음성으로 묻는다.

"귀공은 뭍의 선비가 아니시오. 어찌하여 길 멀고 물 깊은 용궁으로 과인을 찾아오셨소?"

유의는 품에 간직한 서찰을 정중히 바쳐 올리며 아뢰었다.

"이 서찰을 전해 올리려고 외람되게 알현을 청해 올렸습니다."

"무슨 서찰이오?"

"저 멀리 북쪽 경수(涇水) 가에서 심한 고초에 시달리고 있는 대왕전하의 막내공주가 보내 올리는 서찰이옵니다."

시종관(侍從官)이 유의 앞으로 내려와 서찰을 받아들고 다시 답전 위로 올라가 대왕에게 바쳤다. 서둘러 서찰을 펴본 대왕의 용안이 흐렸다. 그리고 슬픈 표정을 짓고 혼잣말처럼 한숨지으며 말을 했다.

"과인이 잘못했노라. 철부지 막내딸을 경천왕의 둘째아들에게 시집보냈더니 결국은 심하게 핍박을 받고 고생을 하고 있구나. 어서 전당군(錢塘君)을 파견해 공주를 구해오도록 해라!"

그리고 서찰을 다시 시종에게 넘겨주며 말한다.

"이 서찰을 전당군에게 보이고 즉시 공주를 구출하게 하라!"

유의가 뜨악한 얼굴로 옆에 있는 무사에게 물었다.

"전당군이 누구입니까?"

"대왕 전하의 친동생으로 용맹한 장군이시며 지금은 전당강(錢塘江)을 다스리고 계십니다."

그 순간 홀연히 천지를 진동하는 뇌성과 함께 일진광풍을 몰아타고 붉은 용이 대왕 앞에 나타났다. 두 눈에서는 번갯불이 번쩍이고 전신을 덮은 비늘은 모두 강철이었다. 궁전 밖 하늘에 떠 있는 용의 몸길이는 얼마나 큰지 가늠할 수 없었다. 용으로 변신한 전당군은 답전에 얼굴만을 내밀고 험한 표정으로 대왕에게 하직인사를 한다.

"즉시 출동하여 대명을 거행하겠습니다!"

한편 용상 높이 앉은 대왕은 자비로운 옥음(玉音)으로 그를 달래듯 이른다.

"너무 심하게 다루지 말고, 막내만 구해 오도록 하시오."

성미가 과격하고 분기에 넘친 전당군의 변신인 용의 모습은 이미 사라지고 없었다.

수중세계인 용궁에서는 공간이나 시간의 개념이 없는 모양이다. 만사가 꿈처럼 즉시 일어났다가 없어졌다가 한다. 전당군이 살기를 품고 적을 치려고 출동한 지 불과 몇 분도 안되어 이번에는 궁중에 온화한 봄바람이 불고 경쾌한 풍악소리가 들려왔다.

그러자 오색 무지개가 뜨고 하늘에서 날개옷을 걸친 수천 명의 선녀들이 하강했다. 마지막으로 대왕과 같이 보랏빛 옷을 입은 절색의 미인이 가슴 앞에 벽옥(碧玉)을 받쳐 들고 대왕 앞에 나가 정중히 절을 올리고 금쟁반에 옥구슬이 구르는 듯한 청량한 음성으로 인사말을 아뢴다.

"아바마마, 불효막심한 소녀 숙부 전당군의 구원을 받고 무사히 돌아왔습니다."

깜짝 놀란 유의가 바라보니 그녀가 바로 지난날 자기에게 서찰을 부탁한 그 부인이었다. 용상에 높이 앉은 대왕이 미소를 지으며 말한다.

"용녀야! 바로 네 앞에 계신 분이 너의 서찰을 전해주신 의로운 유공이시다. 인사를 올려라."

용녀는 몸을 돌려 유의를 보고 엎드려 절을 하며 아뢰었다.

"이 은혜 백골난망이옵니다. 평생을 두고 보답해 올리겠습니다."

그러자 다시 대왕이 분부를 내린다.

"유공에 대한 감사는 새로 자리를 마련하고 충분히 해 올리겠다. 당장 내전으로 들어가자. 그간 어마마마는 네가 고생한다는 소식을 접하고 몸져누웠다. 어서 가 뵈어라."

4

응벽전(凝碧殿)에서 성대한 주연이 베풀어졌다. 술잔치의 주객은 공주를 구출하는 데 큰 공을 세운 유의였다. 대왕 옆에 자리를 잡고 앉은 전당군이 점잖은 말투로 입을 열었다.

"유공, 아까는 창졸간에 출전해야 하므로 붉은 용으로 변신하고 무장을 했으며 또 경황이 없어 제대로 인사도 못 올렸소이다. 이제는 역적을 분쇄하고 개선했으므로 진심으로 유공에게 감사하는 뜻으로 조촐한 자리를 마련하였소. 이 자리의 주빈은 유공이시니 마냥 마시고 흥을 돋우시오."

잔칫상에는 산해진미가 올려졌고 청색 홍색의 옷을 걸친 악공들이 북과 피리, 퉁소와 생황, 거문고 등의 악기를 일사불란하게 연주했다. 음악에 맞춰 엷은 날개옷을 걸친 무희들이 푸른 하늘과 물을 가르고 자유자재로 오르락내리락 황홀하게 춤을 주었다.

이윽고 용궁의 대왕이 황금술잔에 붉은 술을 철철 넘치게 부어 손수 유의에게 넘겨주며 노래를 한다.

하늘은 끝없이 푸르고 푸르며 대지는 망망하거늘,
정의와 신의를 높이는 대장부 덕택으로
객지에서 욕을 보는 골육을 구하고 고향에 오게 했으니
새삼 부끄럽고 한편 감사하노라.
그 은혜를 어찌 잊으랴.

大天蒼蒼兮大地茫茫	대천창창혜대지망망
荷貞人兮信義長	하정인혜신의장
令骨肉兮還故鄕	영골육혜환고향
齊言慚愧兮何時忘	제언참괴혜하시망

대왕에 이어 전당군 역시 술잔을 훌쩍 들이키고 벌떡 일어나 목청을 돋워 노래한다.

머리털은 바람과 서리를 맞고, 비단옷은 비와 눈보라에 젖었을 제,
다행히 공께서 서신을 전해주어 골육을 다시 고향집에 돌아오게 했노라,
영원히 공의 귀중한 은혜를 감사하며 잊을 날이 없노라.

風霜萬鬢兮雨雪羅襦	풍상만빈혜우설라유
賴明公兮引素書 令骨肉兮家如初	뇌명공혜인소서 영골육혜가여초
永言珍重兮無時無	영언진중혜무시무

이번에는 유의가 노래를 할 차례다. 그는 대왕과 전당군에게 술잔을 바쳐 올리고 물러나 다음과 같이 노래를 했다.

푸른 하늘에 구름이 유연히 떠가고, 경수의 강물이 동으로 흐를 제, 상처를 입은 미인이 비에 눈물 흘리고 꽃을 보고 서러워했거늘,

그녀의 서신을 멀리 전하니, 마침내 임금도 걱정을 풀고, 그녀도 집에 돌아와 슬픔과 원한을 풀고 편하게 지내노라.

아름다운 음악과 술대접을 받으니, 감격하고 고맙기는 하지만, 소생의 산촌 고향집이 적막할 것이니,

오래 머물 수 없고 하직하고 돌아가야 하며, 이에 슬픔이 가슴속에 엉키고 쌓이노라.

碧雲悠悠兮涇水東流 傷美人兮雨泣花愁
벽운유유혜경수동류 상미인혜우읍화수

尺書遠達兮以解君憂 哀冤果雪兮還處其休
척서원달혜이해군우 애원과설혜환처기휴

荷和雅兮感甘羞 山家寂寞兮難久留
하화아혜감감수 산가적막혜난구류

欲將辭去兮 悲綢繆 욕장사거혜 비주무

유의는 더없이 즐겁게 마시고 놀았다. 또 자기 덕택에 공주가 구출되고 용궁의 친정으로 돌아와 편히 살게 된 것을 보고 흡족하고 즐거웠다. 그러나 자기는 육지의 사람이다. 이 수중에 있는 용궁에서는 오래 살 수 없다. 그래서 노래로 고향에 돌아가야 한다고 은근히 말한 것이다.

5

이튿날, 아침 일찍 대왕의 친동생 전당왕이 찾아왔다. 그는 향기

로운 차를 한 모금 마시고 신중한 표정을 짓고 어렵사리 입을 열고 말했다.

"아침 일찍 소신이 찾아온 것은 다름이 아니요. 대왕의 성지를 전하기 위해서요."

유의는 새삼 의관을 정제하고 엄숙한 표정을 짓고 반문했다.

"황공무지로소이다. 소인 충심으로 받들겠나이다. 어인 성지인지 엎드려 듣고자 하옵니다."

전당왕은 성미가 급했다. 그래서 단도직입적으로 말한다.

"유공이 이번에 살려준 용녀로 말하자면, 대왕이 가장 사랑하던 막내공주이며 타고난 성품이 안존하고 정숙한 요조숙녀이오. 어쩌다가 우리 어른들의 그릇된 결정을 따라 불한당에게 시집갔다가 혹심한 고초를 당했던 것이오. 허나 천우신조로 유공의 도움으로 사지에서 구출되어 무사히 되돌아올 수 있었소. 이는 예사로운 인연이 아닐 것이오. 그러므로 대왕께서는 유공이 용녀를 맡아 뭍으로 데리고 가서 돌봐주기를 바라고 계시며, 이에 대한 유공의 의향을 알고자 하시오."

한마디로 용녀를 아내로 삼고 데리고 가 살라는 말이다. 유의는 황홀하면서도 당혹했다. 무어라고 대답해야 할까? 묵묵히 입을 다물고 좋은 말을 찾고 있었다. 성급한 전당왕이 다시 큰 소리로 힘주어 말한다.

"유공은 의협한 대장부로서 당장에 승낙할 줄 알았거늘, 무엇을 망설이시오. 생명의 은인에게 평생을 의탁하려는 불쌍한 여자를 흔쾌히 받아주는 것이 군자의 도리가 아니겠소."

유의는 당황하고 더듬거리며 말했다.

"금지옥엽 귀하신 공주를 미천한 소인에게 하가시키시려는 성지를 받잡고 황공무지로소이다. 하오나 소인은 육지에 사는 인간입니다. 어찌 용궁의 선녀를 배필로 삼을 수 있습니까."

"그 점은 과히 걱정하지 마시오. 우주 천지 만물은 그 형체만 다를 뿐 본체의 실상은 같은 것이오. 그러므로 지상세계의 남성이나 수중세계의 여성도 본질적으로는 조화를 이룰 수 있는 법이오."

전당왕이 도가사상의 만물제동(萬物齊同)을 들고 나오자, 유의는 유가사상에서 높이는 인륜도덕(人倫道德)을 역설했다.

"하오나 소인은 유가사상을 신봉하는 유생(儒生)이옵니다. 학문과 덕행을 쌓고 제가(齊家) 치국(治國)의 인도(人道)를 따르고 가야 합니다. 더욱이 고향 땅에는 부모님이 정해 주신 약혼녀가 소생 돌아오기를 학수고대하고 있습니다. 소인을 그냥 돌아가게 허락해 주십시오."

전당왕은 시무룩한 표정을 짓고 말한다.

"유공의 뜻을 대왕께 아뢰어 올리겠소."

유의를 만류할 수 없음을 안 대왕은 용궁 내전에서 성대한 송별연을 베풀었다. 유공은 대왕과 상을 마주하고 앉았다. 풍악이 울리고 노래와 춤이 어우러지고 흥이 고조되자 대왕은 유의에게 손수 술잔을 권했다. 몇 순배 술잔이 돌자 대왕 곁에 앉았던 황후가 눈물 어린 슬픈 소리로 말한다.

"유공께서 지상세계의 인연에 매어 굳이 떠나시니 더는 만류할 도리가 없습니다. 허나 참으로 애석하기 짝이 없습니다. 별수 없이 후일을 기약할 수밖에 별도리가 없겠습니다. 부디 우리 막내 용녀를 잊지 말고 기억해 주십시오."

황후의 말이 끝나자 곁에 앉았던 공주가 처연하면서도 엄숙한 낯을 짓고 섬섬옥수로 붉은 술이 철철 넘치는 황금의 잔을 들어 권한다. 공주의 옷소매에서 풍기는 향기에 도취된 유의는 황홀하여 넋을 잃은 듯 술잔을 받아 마셨다. 화사한 날개옷을 걸친 공주를 새삼 쳐다본 유의는 정신이 아찔했다. 너무나 아름답고 황홀한지라 당장에 끌어당겨 품고 싶은 충동을 느꼈다. 그러나 그는 마음을 굳게 다잡고 마지막 이별의 인사말을 했다.

"소생에게는 뭍에서 할 일이 있소. 그래서 공주를 모시지 못하니 양해해 주시오. 소생도 평생을 두고 공주를 잊지 못할 것이오."

슬픈 이별의 술잔치는 일찍 파하게 마련이다.

6

이튿날 새벽에 유의는 용궁을 하직하고 길을 떠났다. 동정호 남쪽에 있는 사귤(社橘)을 통해서 뭍으로 올라온 유의는 즉시 말을 탔고 여러 마리의 부담마를 뒤에 거느리고 고향으로 향했다. 그가 탄 말이나 뒤따르던 말들은 뭍에서만 잠시 탈바꿈한 용궁의 영물(靈物)들이었다. 그러므로 유의가 고향집에 당도하자 즉시 자취를 감추고 안개처럼 스러졌다. 보따리 속에는 용궁에서 받은 금은보화가 가득 들어 있었다.

유의는 생각이 깊었다. 자기 고향에서 금은보화를 일시에 팔고 벼락부자가 되면 모든 사람에게 의심을 받을 것이므로 당분간은 그대로 청빈하게 살았고, 또 부모가 정해 준 부인을 맞아 조촐하게 살면서 다시 과거공부에 몰두했다.

1년 후에 그는 다시 장안에 올라가 과거에 응시했다. 그러나 당시에는 정의로운 충신보다 음흉한 간신들이 권세를 누리고 매관매직하는 타락한 때라 그는 다시 낙방했다. 이에 유의는 마음을 굳혔다. 「이와 같은 난세에는 올바른 벼슬살이를 기대할 수 없다. 초야에 묻혀 자적(自適)하자.」 고향으로 돌아온 유의는 노부모의 승낙을 받고 금릉(金陵) 근처로 이사를 했다. 그리고 용궁에서 받은 예물의 일부를 팔아 광대한 장원(莊園)을 매입하고 농사를 지으며 조용히 여생을 보내려고 했다.

그러나 어찌된 영문인지 처복이 따르지 않았다. 첫째부인은 아들도 낳지 못하고 작고했다. 후사(後嗣) 없이 대를 끊는 것이 가장 큰 불효다. 이에 늙은 부모는 즉시 아들딸 잘 낳을 만한 건강하고 후덕한 며느리를 맞이해 들였다. 그러나 둘째도 시름시름 앓다가 1년을 채우지 못하고 사망했다. 그래서 유의는 처량한 홀아비 신세로 또 한 해를 쓸쓸하게 지내야 했다.

유의는 강남 일대에서는 다시없는 부자로 알려졌으며, 또 노부모가 서둘렀으므로 항상 각처에서 중매쟁이들이 드나들며 유의에게 다시 장가를 들라고 성화를 떨었다. 그러나 그는 일체 응하지 않고 다시 한 해를 넘겼다. 그러는 동안에 어언간 용궁에서 돌아온 지 만 3년의 세월이 흘렀다.

다시 새봄이 찾아왔다. 하늘에는 훈풍이 불고 산천에는 꽃이 피어났다. 그 때에 유의에게 좋은 혼삿말이 들려왔으며, 겨우내 굳게 얼어붙었던 그의 가슴을 헝클어지게 했다. 중매쟁이 노파가 말한다.

"신부는 노씨(盧氏)라고 합니다. 부친은 전에 범양(范陽)을 다스리던 원님이었으나 세상이 혼란하다고 벼슬을 버리고 깊은 산에 들어가 신선도술을 닦고 있다고 합니다. 신부는 전에 출가했으나 즉시 신랑이 죽었으므로 친정에 돌아와 어머니 정씨(鄭氏)와 소슬하게 살고 있습니다. 정씨는 청상이 된 딸을 불쌍히 여기고 좋은 혼처를 찾고 있습니다. 신부는 성품이 우아하고 후덕하게 생긴 절세미인입니다. 서방님께서 맞이하시면 필시 부모에게 효성하고 또 자손이 번성하고 두 분도 불로장생하실 겁니다."

유의는 노씨를 맞이했다. 마을 사람들을 불러 성대한 자치를 벌였다. 모든 사람들은 이구동성으로 신부를 칭찬하고 두 사람의 결혼을 축하했다.

노씨는 연년이 아들딸을 낳았으며 슬하에 3남 2녀를 두게 되었다. 그러던 어느 날 노씨가 입을 열었다.

"이제는 세월도 흘렀고 또 자식들도 잘 자라고 있으니, 제가 말을 하겠습니다. 나리는 저를 이상하게 생각하신 적이 없습니까?"

"임자가 말을 하니, 나도 말을 하리다. 나는 임자를 볼 때마다, 옛날의 내가 알았던 용녀와 꼭 같다고 생각했소."

"제가 바로 그 용녀입니다. 전에 나리가 사람과 영물이 짝을 지을 수 없다고 하셔서 제가 다시 인간 세상에 태어난 것입니다. 다행히 하늘이 우리들을 다시 맺게 해주어 제가 다시 인자하신 나리의 은혜에 보답할 수 있게 되었습니다."

유의는 용녀의 덕택으로 불로장생할 수 있게 되었다. 그들은 마침내 당나라 제6대 현종(玄宗) 말기에도 늙지 않고 신선처럼 살았다. 안녹산의 난에 임금 자리와 양귀비를 다 잃은 현종은 그들의 소문을 듣고 유의에게 사신을 보내 도술의 비법을 전수해 달라고 졸랐다. 이에 유의와 용녀는 다시 행방을 감추었고, 그 이후 두 사람의 행방이나 소식은 묘연하게 되었다.

【저자 평론】 인간이나 자연만물은 다 하늘의 소생이며 하늘의 도리를 따라 생멸(生滅)한다. 그러므로 사람과 자연 만물은 서로 교감(交感)하게 마련이다. 하늘의 본체(本體)는 절대선(絶對善)이다. 그러므로 사람이 이기적(利己的) 사악한 욕심을 극복하고 절대선의 도리를 따르면 자연 만물을 품고 번성하게 할 수 있다. 그러므로 인자한 마음을 가진 유의(柳毅)가 용궁에서 환대를 받고 용왕의 딸 용녀(龍女)와 짝이 될 수 있었던 것이다.

제3편 환상과 영혼의 세계

「우주(宇宙)」는 「공간(空間)과 시간(時間)」을 통합한 뜻을 가진 복합어다. 개념상으로는 공간과 시간을 구분할 수 있으나, 실재 세계에서는 공간과 시간은 분리할 수 없다. 실재하는 존재 만물은 시간의 흐름과 더불어 공간적으로 변한다. 그것이 우주의 법칙이다. 우주의 법칙을 전통사상에서는 천도(天道)라고 한다.

인간을 위시하여 천지 자연 만물은 우주의 법칙, 즉 천도에 따라 태어나 살다가 사멸한다. 공간적으로 무한하고 시간적으로 영원한 우주에 비하면 존재 만물은 순간적 존재나 생존에 불과하다.

「나」라고 하는 「한 인간의 존재와 삶」도 마찬가지다. 길어야 백년이다. 대부분의 사람들은 7, 80을 전후해서 삶을 마감한다. 너무나 짧은 삶이다. 그래서 사람들은 영생을 바란다. 지상세계에서 영생할 수 없으므로 죽어서 천당 혹은 극락왕생하기를 바란다. 그래서 종교를 믿으면 영생한다고 가르친다.

한편 존재 만물은 순간도 쉬지 않고 부단히 변화한다. 개체(個體)의 변화는 한결같이 출생에서 사망으로 향하는 길을 따라 변화한다. 절대로 사망에서 출생으로 되돌아오는 법은 없다. 태어나면 반드시 죽는다.

그것이 절대적인 우주의 법칙, 즉 천도이다. 누구도 천도를 거역할 수 없다. 그러한 의미에서 사람은 살고 있는 것이 아니라 죽어가고 있는 것이다. 그러므로 모든 사람은 「소년 → 청년 → 장년

→노인」으로 변하고 결국 사멸한다. 그러나 사람들은 영원히 젊고 아름답고 건강하기를 바란다. 절대로 불가능한 것을 바란다. 그래서 미망(迷妄)이라고 하는 것이다.

사람도 동물이다. 그러므로 먹고 마시고 개체를 보전하고 동시에 남자와 여자가 짝짓기를 하고 자손을 낳고 종족을 번성한다. 그러므로 사람은 본성적으로 또 이기적으로 물욕(物慾)과 성욕(性慾)을 채우려고 한다. 이에서 상호간의 투쟁과 쟁탈이 불가피하게 되고 따라서 모든 범죄와 비극이 발생하는 것이다.

한편 인간의 욕심은 우주보다도 더 크고 무궁하다. 물리적으로는 공중에 날리는 먼지보다도 더 미미한 존재에 불과한 인간이지만, 그 욕심은 우주를 다 먹어 삼키고도 부족하다고 느낀다. 그러므로 인간세계에는 온갖 비리와 비극이 엉키게 마련이다. 그래서 종교의 세계에서는 욕심을 버리라고 가르친다. 나의 존재 자체가 뜬구름이다. 그 뜬구름의 욕심은 더 허무한 환상이 아닌가?

1. 두자춘전(杜子春傳)

— 이복언(李復言)

1

두자춘(杜子春)은 수(隋)나라 초기 사람이다. 어려서부터 놀기만을 좋아한 게으름뱅이로 생업에 힘쓰지 않고 평생을 주색잡기에 빠져 가산을 탕진하고 낙백(落魄)하여 오갈 데 없는 가련한 신세가 되었다. 불혹(不惑)의 나이로 그는 집 한 채 없는 빈털터리로 문전걸식하며 연명하고 있었다.

오늘도 눈발이 날리는 장안의 동문 시장거리를 배회하고 있었다. 해가 기울고 어둠이 덮이자 더욱 한기에 시달리고 굶주림에 쓰러질 듯하였다. 그는 저도 모르게「아-아, 못살겠다!」하고 비명을 내지르며 길바닥에 주저앉았다.

바로 그 때였다. 어디서 나타났는지 지팡이를 짚은 백발의 노인이 내려다보면서 물었다.

"그대는 어찌하여 그토록 길게 한탄을 하는가?"

두자춘은 원한에 찬 표정으로 대답했다.

"돈도 없고 집도 없어 죽을 지경입니다."

"당장에 돈이 얼마나 있으면 되겠는가?"

"급한 대로 4, 5만(萬)이면 됩니다."

노인이 빙그레 미소를 지으며 다시 묻는다.

"그 정도의 돈을 가지고 무엇에 쓰겠나? 좀더 많이 불러보게."

이에 두자춘이 얼빠진 듯이 말을 했다.

"한 10만이면 족합니다."

"좀더 크게 불러보게."

"백만이면 평생 쓰겠습니다."

"백만으로 어찌 평생을 쓰겠는가? 더 크게 불러보게."

두자춘은 어리둥절했으며, 다시 입을 열고 말했다.

"그러면 3백만만 주세요."

"그렇지, 자네 씀씀이로는 그만큼은 가져야 할 걸세."

그 자리에서 노인은 옷소매에서 한 꿰미의 은전을 내주며 말한다.

"우선 이 돈으로 오늘밤을 지내게. 나머지 돈은 내일 정오에 서문에 있는 파사(波斯) 상점에 와서 찾아가게. 시간을 잘 지켜야 하네."

두자춘이 이튿날 지정한 시간에 파사 상점에 가니, 노인이 삼백만의 돈은 채워 주고는 자기 이름도 밝히지 않고 훌쩍 자취를 감추고 사라졌다.

엊저녁만 해도 당장에 굶어 죽을 듯하던 두자춘은 일약 큰 부자가 되었다. 게다가 삼백만의 돈은 대금이다. 마냥 뿌리고 써도 금방 없어지는 돈이 아니다. 그는 다시 방탕하기 시작했다. 큰 집을 사들이고, 여러 명의 예쁜 처첩(妻妾)을 거느리고 비단옷을 입고 비마(肥馬)를 타고 무뢰배와 어울려 춘하추동 밤낮을 가리지 않고 기루

(妓樓)에서 술 마시고 노래하고 춤을 추며 놀았다. 그래서 그는 2년 뒤에는 다시 무일푼이 되어 서문 시장을 배회하게 되었다.

그 때에 다시 노인이 나타나서 두자춘의 손을 잡고 말하는 것이었다.

"그대는 돈을 다 탕진하고 또 다시 무일푼이 되었구나. 내가 다시 한번 그대를 도와줄 테니, 내일 낮에 파사 상점으로 오게."

이번에는 삼백만이 아니라 그 세 배가 넘는 천만금(千萬金)이었다. 노인은 이번에도 긴 소리 하지 않고 대금을 넘겨주고 자취를 감추었다. 돈을 받은 두자춘은 양심에 가책을 느끼고 또 창피했다. 돌아오는 길에 그는 마음속으로 「이번에는 이 돈을 낭비하지 않고 착실하게 사업을 하자.」 하고 생각했다. 그러나 그의 천성적인 방탕의 병이 다시 도져서, 이번에도 그 막대한 돈을 탕진하고 다시 빈털터리가 되어 또 다시 장터에서 한탄을 하고 있었다.

그러자 또 노인이 지팡이를 짚고 나타났다. 두자춘은 너무나 면목이 없고 창피하여 외면을 하고 도망을 가려고 하자, 노인이 지팡이로 앞을 가로막고 말했다.

"부끄럽게 여길 것 없다. 사람은 누구나 금전에 대한 욕심이 있고 또 돈이 있으면 방탕하고 성색(聲色)의 향락에 빠지게 마련이다. 그러므로 나는 그대가 돈을 뿌리고 낭비하고 사치하고 술 마시고 또 방탕한 일을 탓하거나 나무라지 않겠다. 다만 그만하면 노는 일에 물리고 또 허망하다고 깨달을 때가 되었다고 믿는다. 그러므로 다시는 실패하지는 않으리라. 그래서 내가 그대에게 다시 한번 돈을 주겠으니, 이번에는 돈을 바르게 쓰도록 해라. 생업을 일으키고 재물을 늘이고 절약하고 저축하여 가정살림을 바로잡고, 일가친척을 도와주고 아울러 마을사람들에게 덕을 베풀어라."

그리고 이튿날 또 다시 삼천만의 대금을 내주며 말했다.

"이번에는 돈을 보람있게 써야 한다. 고향에 돌아가 농업이나 목축 등 생업을 흥성케 하고 아울러 학교를 세우고 학문을 진흥해서 고향의 기풍을 일신하는 데 투자해라. 그것이 곧 남에게 공덕을 베푸는 일이다. 그렇게 하면 내가 다시 나타나서 그대에게 신선의 도를 가르쳐 주리라."

2

두자춘은 다시 삼천만의 대금을 받았다. 그리고 곰곰이 생각했다.

『나도 이제는 이순(耳順)을 바라보는 노경에 접어들었다. 나는 어려서부터 줄기차게 잘도 놀고 돈도 많이 뿌렸다. 그 결과 여러 차례 알거지가 되고 세인의 멸시와 수모를 받기도 했다. 그와 같은 실패를 여러 번 되풀이했으며, 그 때마다 저 노인의 도움으로 되살아날 수 있었다. 아마 이것이 마지막이 될 것이다. 그러니 나도 각성하고 다시는 실패를 거듭하지 말자.』

사람은 누구나 같다. 젊어서는 철없이 방탕하고 또 혈기방장해서 싸움질도 한다. 그러나 늙으면 그 모두가 허무하게 느껴지고 과거의 잘못을 뉘우치게 마련이다. 마침내 두자춘도 늦게 철이 들었는지 혹은 유흥 방탕에 물리고 신물이 났는지, 이번에는 스스로 굳게 결심하고 대금을 가지고 고향으로 내려갔다.

그는 우선 남의 손에 넘어갔던 옛날의 고향집과 전답을 후한 값을 주고 되찾았다. 그리고 큰 저택을 새로 짓고 어질고 착한 부인을 맞아들여 새 살림을 차리고 흩어졌던 일가친척 및 마을사람들을 불러 모으고 수일간 큰 잔치를 벌였다. 그 자리에서 두자춘은 말했다.

"어리석은 저는 전에 여러 차례 방탕하여 패가망신하고 선조를 욕되게 하고 일가친척에게 누를 끼쳤습니다. 그러므로 저는 그때마다 천벌을 받고 응징되었어야 했습니다. 그러나 그때마다 신령님이 나타나 저를 되살려 주셨습니다. 이에 저는 각성하고 바른 길을 따르려고 결심을 했습니다."

두자춘은 자기 고향을 중심으로 그 일대의 논밭을 모조리 사들이고 무상으로 일가친척 및 마을 사람들에게 분배해 주고 농사를 짓게 했다. 아울러 백여 채의 집을 짓고 무주택자에게 거처를 마련해 주고 연고 없는 젊은 남녀를 결혼시켜 가정을 꾸미게 했다. 한편 학교를 세워 아이들에게 글을 가르치고 윤리 도덕의 기풍을 진작했다.

이와 같이 그가 돈을 착하게 쓰고 많은 사람에게 덕을 베푼 지 어언 3년의 세월이 흘렀다. 그러자 신령한 노인이 홀연히 나타나 말했다.

"이제야 그대가 사사로운 욕구를 억제하게 되었구나. 다음에는 그대에게 신선의 도를 깨우쳐 주겠다. 나와 함께 가자."

노인이 지팡이로 하늘에 동그라미를 그리자, 그 즉시 큰 봉황새가 날아왔다. 그리고 노인과 두자춘을 등에 태우고 구름 속을 날아 눈 깜짝할 사이에 화산(華山) 영대봉(靈臺峯)에 당도했다. 노인이 앞을 가리키며 말했다.

"바로 여기가 나의 도장이다. 나는 지금 불로불사(不老不死)의 선약(仙藥)을 달이고 있으며, 최후의 한 고비만 넘기면 선약이 완성

된다. 그래서 내가 그대의 도움을 받으려는 것이다."

"무식하고 천박한 소생이 어떻게 도움을 드릴 수 있겠습니까?"

"별로 힘든 일이 아니다. 내가 선약을 달이고 있는 화덕 앞에 앉아서 무념(無念) 무상(無想), 마음속의 잡신(雜神) 잡귀(雜鬼)들과 싸워 이기면 되는 것이다. 그대가 이기면 그대도 신선이 되고 동시에 나의 선약도 완성되는 것이다. 자, 안으로 들어가자."

앞을 보니 웅장한 도관(道觀)이 눈에 들어왔다. 지붕에는 서역(西域)의 황색 기와가 번쩍이고 있었다. 하늘에는 오색 무지개구름이 자욱하고 그 사이를 여러 마리의 봉황새들이 날고 있어 신비감을 더욱 돋워주고 있었다. 대문 좌우에는 청룡(靑龍) 백호(白虎)가 망을 보고 있었다.

신전(神殿) 한복판에는 높이 9척의 거대한 청동화로가 놓였고 둘레에는 아홉 명의 미녀들이 숙연한 자세로 서 있었다. 화로에는 자홍색의 화염이 피어올랐고 그 위에 놓인 황금 약탕기에서는 신비로운 한약 냄새가 사방으로 풍겼다.

바야흐로 날이 저물려 하자 노인이 다가와 두자춘에게 노란 승복과 붉은 가사를 걸치게 했다. 그리고 다시 화로 앞에 펼쳐 놓은 호피 자리 위에 두자춘을 앉히고 세 알의 알약을 술에 타 마시게 하고 말했다.

"잠시 눈을 감고 있으면 온갖 요괴들이 나타나서 그대를 괴롭힐 것이다. 그러나 모두가 환상에 불과하니, 여하한 경우에도 소리를 내지르지 말고 마음을 모질게 먹고 끝까지 견뎌라. 그러면 잡귀나 요괴들이 제물에 물러난다. 그렇게 되면 지금 달이고 있는 선약이 완성되고 동시에 그대도 신선의 도를 터득하게 된다. 자, 그러면 내가 그대를 저승의 시험장으로 보내마."

그 순간 천지가 진동하고 몸이 천길 만길 나락으로 떨어졌다. 쿵 하는 소리에 놀라 눈을 떠보았으나 칠흑 어둠 속에 보이는 것은 아무것도 없다. 다만 눈앞에 맑은 물이 출렁출렁 넘치는 큰 물독이 놓여 있을 뿐이었다. 할 일 없이 어둠 속에 훤하게 빛나는 물을 보고 있자니, 잔잔하던 수면이 홀연히 험준한 산악지대로 돌변했다.

그러자 협곡을 타고 천승만마(千乘萬馬)가 정기(旌旗)를 휘날리고 창칼을 휘두르며 가까이 다가왔다. 영문도 모르고 놀라서 바라보는 두자춘 앞에 투구와 갑옷으로 삼엄하게 무장을 한 거대한 무사가 나타났다. 그는 시퍼런 칼을 뽑아 들고 살기 등등 험악한 눈을 부릅뜨고 귀청이 떨어질 듯 큰 소리를 친다.

"무엄하구나, 네 놈이 누구인데 감히 대장군의 길을 가로막고 있느냐? 썩 물러나 부복하지 못할까!"

놀라서 기절초풍한 두자춘은 즉시 땅바닥에 이마를 박고 엎드렸다. 그러나 『어떠한 경우에도 입을 벌려 대꾸하거나 비명소리를 내면 안된다.』는 노인의 경고를 되새기며 입을 굳게 다물고 끽소리도 내지 않았다. 그러자 주변이 다시 조용해졌다. 그는 조심스럽게 고개를 들고 앞을 살폈다.

이번에는 어둠 속에 헤아릴 수 없이 많은 괴상한 맹수와 맹금들이 날뛰고 울부짖으며 당장에라도 잡아먹을 듯이 벼르고 있었다. 진흙바닥에는 독사들이 꿈틀꿈틀 기어 다녔고, 흙탕물 속에는 악어가 톱니를 갈면서 덤벼들 듯이 보였다. 두자춘은 너무나 끔직한 광경에 두 눈을 딱 감고 노인의 말을 되새겼다. 『눈에 보이는 잡귀나 요괴들은 다 허깨비이고 환상이다. 반응하거나 소리를 지르지 말고,

마음으로 굳게 참고 감내하면 제물에 물러난다.』

이와 같이 두자춘은 두 번의 시련을 극복했다. 즉 인간의 무력적인 위협과 자연의 공포를 초월하고 극복했다. 그러자 이번에는 폭풍우가 천지를 휩쓸고 번개와 뇌성이 천지를 진동했다. 산더미 같은 파도가 집이나 농토를 삼키고 농작물이나 가축들을 휩쓸었다. 그래도 두자춘은 태연자약한 자세로 앉아 있었다.

폭풍우가 멈추자 이번에는 형방의 관속들이 나타나 죄 없는 일가친척들을 포박하고 무참하게 고문을 가했다. 그래도 두자춘은 항변하지 않고 참고 견디었다.

그러나 지옥에서 파견된 옥리(獄吏)가 나타나 두자춘을 잡아 지옥으로 압송하고 염라대왕에게 아뢰었다.

"이 자는 신령한 노인으로부터 도술을 물려받았으므로 예사롭게 다루어서는 치죄할 수 없습니다. 그러므로 특단의 고문을 가해야 합니다."

이에 두자춘은 나락으로 떨어져 처참한 형벌을 받아야 했다. 쇳물이 끓는 용광로에 던져지기도 했다. 산더미같이 큰 맷돌에 갈려 으스러지기도 했다. 절구에 던져진 채 쇠공이에 가루로 찧어지기도 했다. 칼산(劍山)에서 난도질을 당하기도 했다. 그러나 두자춘은 마음속으로 도사의 말만을 외고 감내했다.

『육체는 순간적인 가상(假像)이다. 그러므로 육체에 가해지는 참형(慘刑)이나 고통도 순간적인 감각에 불과한 것이다. 마음속으로 진여(眞如)의 실상을 염원하면 능히 극복할 수 있다.』

두자춘이 지옥의 모진 형벌에도 굴복하지 않자, 염라대왕은 다시 옥리에게 명을 내렸다.

"저 자는 노인을 위해 죽을 각오를 하고 있으므로 저 자에게만 형벌을 가해도 소용이 없을 것이다. 저자의 부모와 처자식들을 잡아다가 고통을 주어라."

염라대왕의 명이 내리기가 무섭게 어느덧 눈앞에 뼈대가 앙상한 두 마리의 당나귀가 나타났다. 옥리가 아뢴다.

"죄수의 부모를 잡아왔습니다."

귀가 번쩍한 두자춘이 의아한 눈으로 당나귀를 바라보았다. 그러자 당나귀가 머리를 끄덕이고 아는 시늉을 했다. 자세히 보니 20년 전에 작고한 아버지 어머니의 면모가 어렴풋이 떠올랐다. 두자춘은 그 즉시 충격을 받고 『어머니, 아버지!』 하고 소리를 지를 뻔했다. 그러나 그는 순간 노인의 말을 생각했다. 『모두가 환상이다. 조금만 참으면 이내 스러진다.』 눈을 감고 안 본 척하자, 귀에 어머니의 음성이 들려왔다.

"자춘아, 우리는 아무렇지 않다. 네가 소리를 내면 아귀들에게 패한다. 그러니 소신껏 꾹 참아라."

옥졸이 부모로 변신한 당나귀를 몰고 나가자, 이번에는 다른 옥졸이 두자춘의 아내와 아들을 데리고 나타났다. 아내는 이미 혹독한 고문을 받았는지 몸과 사지에 칼자국이 낭자했다. 그들을 본 두자춘의 가슴은 찢어지는 듯했다. 염라대왕이 말한다.

"네가 입을 벌리고 용서를 빌면, 네 처자식을 살려주마."

그 말을 받아서, 피를 줄줄 흘리는 아내가 창백한 얼굴을 들고 두자춘에게 애걸했다.

"여보, 당신의 말 한 마디면 우리를 살려준대요!"

두자춘은 전신의 피가 역류하고 오장육부가 뒤틀리고 정신이 혼돈해지고 저도 모르게 비명을 지를 듯했다. 그 순간 눈앞에 노인의 환상이 보였다. 이에 두자춘은 다시 눈을 딱 감고 고개를 돌렸다. 그러자, 격노한 염라대왕이 분을 터뜨리고 뇌성 같은 고함을 쳤다.

"최후의 형벌을 가하라. 저놈의 자식을 죽여라."

아차 하고 눈을 떠보니, 옥졸 한 놈이 자기의 어린 아들을 거꾸로 들자, 다른 한 놈이 도끼로 머리통을 박살을 내려고 한다.

"안돼, 죽이면 안돼!"

두자춘은 자기도 모르게 큰 소리를 지르고 그 자리에 쓰러졌다. 그러자 노인이 험상궂은 낯으로,

"마지막 고비를 못 넘겼기 때문에 모든 것이 허사가 되었다. 약속을 지키지 못했으니 너는 살 자격이 없다."

도사는 그를 물독 속에 던졌다. 그 통에 두자춘은 화들짝 놀라 깨어났다.

3

정신을 차리고 보니, 자기는 여전히 호피자리 위에 앉아 있고 앞에는 노인이 인자한 표정을 짓고 마주 앉아 있었다. 아직도 밤이었다. 그렇다면 평생 동안 끔찍하고 처참한 고난을 겪은 줄 알았는데, 역시 노인 말대로 순간적인 환상세계를 헤매었던 것이리라.

이제는 화로의 불도 꺼지고 미인들도 보이지 않고 약탕기에서는 김도 나지 않았다. 노인이 입을 열고 나직한 소리로 한탄하듯이 말했다.

"짧은 시간이나마 고생이 많았소. 잘 참고 견디다가 마지막 한 고비를 넘지 못하고 소리를 내는 바람에 만사가 수포로 돌아갔소.

거의 완성되어 가던 영약 제작이 무위로 돌아갔고, 또 그대도 신선의 도술을 터득하지 못하게 되었소."

"죄송합니다. 저도 모르게 비명을 질렀습니다."

"당연하오. 인간이 「희(喜)·노(怒)·애(哀)·구(懼)·애(愛)·오(惡)·욕(欲)」의 칠정(七情)을 완전히 해탈하는 것이 불가함을 알았소. 그대는 칠정 중 육정(六情)을 초월했던 것이오. 그러나 단 하나 「자식에 대한 사랑」을 극복하지 못했던 것이오. 허긴 그것마저 없으면 사람이라고 할 수 없을 것이오. 다시 집으로 돌아가서 여생을 잘 사시오."

말이 끝나자 구름 속에서 봉황새가 나타나 노인을 태우고 구름 속으로 사라졌다.

【참고 보충】 불교에서 말하는 칠정(七情)은 「희(喜)·노(怒)·애(哀)·구(懼)·애(愛)·오(惡)·욕(欲)」이다. 이 칠정을 해탈하면 신선이 될 것이다. 두자춘은 「자식에 대한 사랑」을 넘지 못했다. 그것마저 없으면 사람이 아니다.

2. 침중기(枕中記)

— 심기제(沈旣濟)

1

흙먼지를 뽀얗게 뒤집어쓴 허름한 도포 차림의 한 노인이 한단(邯鄲)으로 향하는 길을 터덜터덜 걷고 있었다. 한단은 옛 전국시대에는 조(趙)나라의 서울로 문화의 중심지였으나 당나라 개원(開元) 연간에는 한적한 촌마을에 불과했다.

마을 어귀에서 걸음을 멈추고 두리번거리던 노인은 길가의 허름한 객사가 자기가 찾던 단골집임을 확인하고, 문전에서 흙먼지를 털고 안으로 들어갔다.

"아이고, 도사님! 오랜만에 뵙습니다."

객사 주인이 찻잔을 받쳐 들고 나오면서 인사를 했다.

"잘 있었소?"

짤막하게 대꾸를 한 노인은 대청 한구석을 차지하고 앉자 괴나리봇짐을 내려놓고는 주섬주섬 허리띠를 풀고 벽에 등을 기대고 편히 앉았다.

도사의 징표인 검은 벙거지를 벗고 주인이 따라 주는 따끈한 차를 말없이 받아 마셨다. 그 노인은 신선도술을 익힌 유명한 도사로 사람들이 여옹(呂翁)이라고 불렀다.

그 때에 한 청년이 검은 나귀를 타고 덜렁덜렁 워낭소리 요란하게 객사 앞에 도달하자 나귀 등에서 훌렁 뛰어내렸다. 이웃 마을에 사는 노생(盧生)이라는 농사꾼이었다.

그는 익숙한 솜씨로 나귀를 마구간에 매고 안마당을 가로질러 대청으로 올라와 도사 앞으로 가서 가볍게 허리를 굽히고 그 곁에 자리를 잡고 주저앉았다. 생김새는 총명하게 보였으나 단갈(短褐)의 남루한 옷차림이라 한눈에 그가 뜻을 이루지 못하고 영락한 삶을 살고 있음을 알 수 있었다.

그는 보따리에서 돌덩이처럼 굳어진 강냉이떡을 꺼내어 한 덩어리를 입에 넣고 꿀꺽 삼키고 나서는 땅이 꺼지도록 길게 탄식을 하며 투덜댔다.

"사주팔자가 기박하여 이렇게 고생을 하니, 참으로 한심한지고!……"

도사가 빙그레 미소를 짓고 그에게 말을 걸었다.

"여보게, 젊은이. 보아하니 몸도 튼튼하고 기력도 펄펄 넘치고, 세상만사가 한참 즐거운 나이에 어찌하여 그렇게 장탄식을 하는가?"

"즐거울 게 뭐가 있겠습니까. 죽지 못해 살고 있을 뿐입니다. 이렇게 욕되게 살 바에야 차라리……"

"그렇다면 어떻게 살기를 바라는가?"

"남들처럼 한바탕 떵떵거리고 살아보고 싶군요."

"어떻게 사는 것이 떵떵거리고 사는 것인가?"

"이왕지사 사나이 대장부로 태어났으니 입신출세하여 이름을 떨치고 부귀영화를 누리는 것이지요. 출장입상(出將入相)이라 했으니, 장군으로 변방에 나가 무공을 세우고 조정에서는 재상으로 황제를 보필하여 나라에 큰 공을 세우고 고래 등 같은 집을 지니고 살아야지요."

그리고는 다시 제물에 흥겨워하며 말을 이었다.

"그렇게 되면 자연히 조석으로 산해진미와 진수성찬을 골라 들고, 빼어난 미모의 처첩들을 거느리고 자식 놈들 비단옷 입히고 일가친척과 함께 번성할 것이 아닙니까? 그 정도는 되어야 살맛도 있고 또 즐겁다고도 할 수 있겠지요."

그리고는 청년은 풀이 죽은 듯 말을 이었다.

"저도 전에는 글도 배우고 무예도 익혔으며, 그 무렵에는 청운의 꿈도 꾸었습니다. 그러나 지금은 이립(而立)을 넘겼는데도 이렇게 누더기나 걸치고 남의 땅이나 부쳐 먹고 있으니 저도 모르게 한숨이 나오는군요."

노생은 쌓였던 불만을 한바탕 털어놓고 피곤한 듯이 크게 입을 벌려 하품을 하고 그 자리에 비시시 쓰러져 잠이 들려고 했다.

그러자 도사가 봇짐에서 베개를 꺼내주며 말했다.

"이 베개를 베고 자 보시오. 그러면 그대가 바라는 부귀영화를 남김없이 누리게 될 것이오."

그 베개는 청자(青磁)로 만들어졌고 양쪽으로 구멍이 뚫려 있었다. 옛날 중국의 일반 서민들은 회양목으로 만든 목침을 썼고, 돈 많은 상류층에서는 옥침(玉枕)·비취침(翡翠枕)·호박침(琥珀枕) 같은 보석으로 만든 베개를 쓰기도 했다. 그것들은 시원하고 머리를 맑게 해준다고 믿었기 때문에 비싼 돈을 주고 사서 베었던 것이다.

청자침은 고가품은 아니었으나 흔히 볼 수 있는 물건이 아니었다. 청자침을 받은 청년은 호기심에 양쪽으로 뚫린 구멍을 들여다보았다. 그러자 저도 모르게 스르르 눈이 감기고 자신이 그 구멍 속으로 빨려 들어가듯이 깊은 잠에 빠져들었다.

마침 그 때에 객사의 주인은 화덕에 불을 지피고 기장밥을 화덕에 앉히고 있었다.

2

청자침을 베고 잠이 든 청년은 즉시 아득한 꿈속으로 빠져들었다. 그러나 꿈속에서도 그의 의식은 또렷했다.

그는 구멍을 통해서 별천지로 들어갔다. 장안 거리보다 더 규모가 크고 깨끗한 거리에 양편으로 하늘을 찌를 듯 높은 대궐 궁전과 고층의 관서들이 즐비했고, 큰 길에는 금은보석으로 장식한 화려한 마차들이 줄지어 오가고 있었으며, 왕래하는 사람들도 한결같이 고관대작들로 몸에는 금수비단을 감고 울긋불긋 눈부신 주옥으로 몸치장을 하고 있었다.

자기만이 누더기를 걸치고 꾀죄죄했다. 그는 너무나 창피하여 오금을 펴지 못하고 후미진 구석에 몸을 숨기고 서 있었다. 그러자 갑자기 바로 앞집에서 대문을 열고 나이 어린 가랑머리 시녀가 훌쩍 나오자 냅다 노생의 손을 움켜잡고 납치하듯이 대문 안으로 끌고 들어갔다.

그 집은 청하(淸河) 최씨(崔氏)의 저택으로 당나라 황실 다음가는 세도가이자 부자였다.

가랑머리 시녀에게 끌려 사랑채에 당도하니 젊고 아름다운 시녀들이 우르르 몰려나와 생글대며 그의 누더기를 벗기고 그를 온천목욕탕에 밀어 넣고 앞뒤에서 물을 끼얹고 몸을 닦고 문지르고 훔치고 야단법석을 떨었다.

말끔하게 목욕을 하고 난 노생은 보기 드물게 빼어난 준수한 귀공자였다. 게다가 능라금수 비단옷을 걸치고 관모 쓰고 각대 두르고 패옥을 차니 영락없이 왕후장상이었다.

꿈이라 번거로운 절차 대담하게 생략하고 그날로 노생은 그 댁의 무남독녀이자 천하절색인 최씨에게 장가를 들었다.

청하 최씨 가문의 사위가 되었다는 것만으로도 노생은 유명해졌다. 대궐 출입을 자유롭게 하며 황족들과 사귀었고, 화려한 수레를 타고 고관대작들과 내왕했다.

이듬해 봄에는 과거에 장원급제하고 가을에는 전시에 수석으로 올라 천자로부터 어사화(御賜花)를 내려받고 또 비서성(秘書省) 교서랑(校書郞)에 임명되었다.

그리고 얼마 후에는 다시 칙명(勅命)으로 위남현위(渭南縣尉)에 제수되었다. 그는 지방의 원님으로 부임해서 백성을 사랑하고 덕을 베풀었다.

이에 조정에서는 그를 다시 불러들여 감찰어사(監察御史 : 검찰관), 기거사인(起居舍人 : 천자의 비서관) 및 지제고(知制誥 : 천자의 조칙을 기초하고 반포하는 벼슬) 등의 요직을 맡게 했다.

3년 후에 그는 다시 지방장관으로 나갔다. 노생은 특히 토목공사에 괄목할 공적을 올렸다. 섬주(陝州)의 자사(刺史)로 있을 때에는 80여 리에 달하는 운하를 개통하여 조정은 물론 그 지방 백성들로부터도 높이 칭송되었다.

이로 인해 그는 더욱 천자로부터 두터운 신임을 받게 되었으며, 마침내 그는 수도 서울을 다스리는 경조윤(京兆尹)에 올랐다. 그만하면 벼슬살이로서는 정상에 오른 셈이었다.

당시는 바로 현종(玄宗) 황제가 개원(開元)의 선정을 펴 나라의 모든 백성들이 태평성세를 구가하고 있을 때였다. 그 때에는 당나라를 위기에 빠뜨린 요염한 양귀비(楊貴妃)도 호족 안녹산(安祿山)도 아직 나타나지 않은 때였다.

그러나 서쪽 변경에서는 서융(西戎)이 돈황(敦煌)을 공략해 그곳의 절도사가 전사하는 불상사가 발생했다. 이에 노생은 천자의 명을 받고 하서도(河西道)의 절도사가 되어 군대를 이끌고 출정하여 오랑캐를 물리치고 지방의 치안을 바로잡고 또 백성들의 생업을 안정시켰다.

노생은 다시 서장(西藏) 일대를 무력으로 평정하고 오랑캐 7천명의 목을 베고 영토를 확장하여 국위를 선양했다.

조정에서는 그의 혁혁한 공적을 높이 평가하고 다시 중앙의 요직을 두루 거치게 했다. 즉 그는 이부시랑(吏部侍郎 : 내무장관에 해당) 호부상서(戶部尙書 : 재무장관에 해당) 겸 어사대부(御史大夫 : 검찰총장 격)를 거쳐 마침내는 최고의 벼슬자리인 재상에 오르게 되었다.

비로소 그는 평소에 동경하던 출장입상(出將入相 : 밖에 나가 무공을 세우고 안에 들어와 천자를 보필함)을 달성했던 것이다.

그러나 정상에 오르면 내려오게 마련이다. 「환락이 극에 달하면 슬픔이 많게 된다(歡樂極兮 哀情多)」라고 했다. 또 「달도 차면 이지

러진다(月滿則虧)」라고도 했다.

노생이 너무나 급속하게 권세를 누리고 부귀영화를 한 몸에 독차지하자, 주변에 시기하는 자들이 늘어났고 마침내는 사실무근의 무고와 중상을 하는 간악한 음모가 뒤를 이었다. 열 번 찍어 안 넘어가는 나무 없다고 했다.

마침 안녹산(安祿山)의 난을 앞두고 뒤숭숭한 때라, 「그가 변경의 오랑캐들과 내통하여 사사로이 세력을 확장하고 동시에 흉계를 꾸미고 있다」는 등의 무고가 받아들여졌다.

하루아침에 들이닥친 포졸들이 노생에게 '오라를 받으라!'고 호통을 쳤다. 그는 울부짖는 처자식을 돌아보고 말했다.

"나는 본래 산동(山東)의 농가 출신으로 5경(頃: 백 이랑)의 농지를 갈면서 그런 대로 배 채우고 옷 입으며 잘 살았거늘, 어쩌다가 벼슬길에 뛰어들어 이토록 욕을 보게 되었는고. 이제 와서는 그 옛날 짧은 무명옷 걸치고 검은 노새 타고 흙먼지 날리는 한단의 시골길을 뛰어 달릴 수도 없게 되었구나."

그리고 품에 지녔던 비수를 뽑아 들고 자결을 하려고 했다. 이에 기겁을 한 최씨 부인과 노복들이 달려들어 말려서 생명은 무사했다. 그러나 옥에 갇혀 가혹한 고문과 신문에 시달려야 했다. 워낙 죄명이 크고 용서받지 못할 반역죄라 다시 살아날 가망이 없었다. 그와 같이 연루된 여러 사람들이 죽어 나갔다. 노생도 여러 차례 옥중에서 스스로 목을 맬까 기회를 엿보았으나 뜻을 이루지 못하고 욕되고 고통스런 하루하루를 보내야 했다.

그로부터 반년이 지나, 비로소 노생이 무고한 죄에 떨어진 줄 알게 된 천자가 그를 다시 불러들여 재상에 해당하는 중서령(中書令)

에 임명하고 연(燕)나라의 봉지를 내려 그를 연국공(燕國公)에 봉했다.

그는 아름답고 정숙한 최씨와의 사이에서 다섯 아들을 낳았으며, 다들 과거에 급제하여 높은 벼슬을 살았다. 또 모두들 왕족들과 인척을 맺고 자자손손이 번창했다.

어느덧 노생은 나이 80이 되었다. 그는 천자에게 상소를 올렸다. 내용은 「노쇠하여 공직을 감당할 수가 없으니 물러나게 허락해 주옵소서.」 하는 것이었다. 이러한 취지를 옛사람들은 「걸해골(乞骸骨)」이라고 했다. 즉 「일단 천자에게 맡겼던 몸이지만 이제는 늙어 해골뿐인 쓸모없게 된 몸을 되돌려 물러나 죽게 허락해 주십시오.」라는 뜻이다.

천자는 즉시 자신을 대신하여 최고의 측근인 환관 고력사(高力士)를 보내 그를 위안하는 조서를 내렸다. 대략 다음과 같은 내용이었다.

『경은 20여 년 이상 짐을 슬기롭게 보필했도다. 밖으로는 무장으로 위세를 떨쳤고 안으로는 현상으로서 공을 세웠도다. 근자에 경이 병고에 시달린다고 하기에 특히 표기대장군(驃騎大將軍)을 보내어 문병하노라.』

천자로부터 이와 같은 조서를 내려받은 것은 신하로서는 최고의 영광이었다. 그는 처자식들 앞에서 영면했으며, 그 순간 잠에서 깨어났다. 곁에는 도사가 전과 다름없이 앉아 있고 뜰에는 객사 주인이 아직도 화덕의 기장밥 익기를 기다리고 있었다. 그제야 노생은 자기가 꿈을 꾼 줄을 알고 혼자 중얼거렸다.

"모두가 꿈이었구나."

도사가 빙그레 웃으며 말한다.

"인생의 부귀영화가 그렇듯이 덧없는 것이니라."

노생은 허망한 표정을 짓고 말했다.

"소생 이제야 제대로 생사득실(生死得失)의 도리를 깨달았습니다. 도사께서 소생에게 청자 베개를 베고 자게 하신 뜻이 바로 인생의 일장춘몽을 깨우치게 하시기 위해서였군요. 가르침을 명심하고 평생 따르겠습니다."

노생은 다시 검정 나귀를 타고 먼짓길을 달렸다. 도사는 청자 베개를 짐 속에 넣었다.

【저자 평론】 인간의 한 평생은 짧고 삶은 허무하다. 그러므로 이 세상에서 누리는 입신출세나 부귀영화도 일장춘몽처럼 덧없이 허망한 것이니라.

3. 남가태수전(南柯太守傳)

— 이공좌(李公佐)

1

산동성(山東省) 동평(東平) 출신, 순우분(淳于棼)은 무술이 뛰어나고 또 의협심이 강한 호걸이었다. 한때 번진(藩鎭)의 비장을 지냈으나 술김에 총수에 대든 죄로 파직되어 우울한 나날을 보내고 있었다.

다행히 선조로부터 물려받은 영지가 넓고 또 재물이 많았으므로 하는 일 없이 매일같이 술을 마실 수 있었다.

그의 집 앞에는 수백 년 묵은 느티나무가 우거져 시원한 그늘을 드리우고 있었다. 그 밑에서 그는 여러 호걸들과 어울려 통음광가(痛飮狂歌)하기 일쑤였다.

당 덕종(唐德宗) 정원(貞元) 7년(791년) 9월 가을이었다. 높푸른 하늘에 추풍(秋風)이 소슬할 때, 황금빛 국화주(菊花酒)를 마냥 퍼마신 순우분은 마침내 취해 몸을 가누지 못하고 쓰러졌다.

이에 함께 마시던 두 친구가 그를 양쪽에서 부축하고 동쪽 사랑채로 옮겨 눕히고 하인으로 하여금 옷을 벗기고 자리를 깔아 편히 잠들게 했다. 그리고 두 친구는 인사불성으로 곤드라진 순우분에게 말했다.

"푹 자게. 한잠 자고 나면 술도 깰 걸세. 그 동안에 우리는 마구간에 가서 말에 풀이나 먹이겠네."

순우분은 흡사 친구들의 말을 알았다는 듯이 잠결에 건성으로 대답을 했다.

2

인사불성이 된 순우분은 즉시 꿈을 꾸며 별천지를 헤매고 있었다. 홀연히 눈앞에 주홍색의 도포를 걸친 도사차림의 무사 둘이 나타났다. 그들은 순우분에게 정중히 엎드려 절을 하며 아뢰었다.

"대왕전하의 어명을 받고 모시러 왔습니다."

순우분은 얼떨결에 자리에서 일어나 허리를 굽히고 맞절을 했다. 그러자 도사차림의 두 무사들이 민첩한 몸놀림으로 순우분을 양 곁에서 낚아채듯이 번쩍 들어 수레 안으로 밀어 넣었다.

마차는 금은보화로 장식된 검은 마차였다. 그가 타자 네 마리의 준마는 쏜살같이 달렸다.

내다보니 수레는 느티나무 우거진 성문을 뒤로 하고 칠흑의 동굴 속으로 들어갔다. 순우분은 괴이하게 여겼으나 감히 물어볼 수도 없었다.

남달리 담대한 그는 묵묵히 눈을 감고 새로 나타날 신비의 세계와 닥쳐올 모험을 마냥 즐겨보리라 생각하며 입가에 미소를 풍기기까지 했다.

홀연히 천지가 개벽한 듯 눈앞이 환해졌다. 밖을 내다보니 이미 별천지에 도달한 모양이다. 주변의 산천초목과 풍물이 기이하고 논이나 밭에서 일하는 농부들의 모양새가 심히 생소하고 진기하게 보였다.

이윽고 수레가 큰 성문을 통과하고 도성 안으로 들어갔다. 도성 안에는 하늘 높이 세워진 고층의 누각(樓閣)이 양쪽으로 즐비했고 바둑판처럼 동서남북으로 뚫린 도로에는 내왕하는 수레와 행인들이 줄줄이 이어져 혼잡했다.

순우분을 태운 수레는 벽제소리 요란하게 달렸으며, 마침내 대궐문을 통과했다.

힐끗 보니 성문 높이 걸려 있는 현판에는「대괴안국(大槐安國)」이라는 금박의 네 글자가 적혀 있었다.

활짝 크게 열린 대궐문을 지나 수레가 멈췄다. 순우분이 수레에서 내리자 이번에는 대기하고 있던 많은 시위들이 말없이 그를 호위하고 동화빈관(東華賓館)으로 인도했다.

정원에는 난생 처음 보는 기화요초(奇花瑤草)들이 울긋불긋 피었고 꽃향기가 사방에 풍겨 넘쳤다. 누각은 호화찬란하게 꾸며져 있었다. 우상(右相)이 친히 문전으로 나와 맞이하며 빈관 안으로 인도하면서 말했다.

"불원천리하고 왕림하시어 황감합니다. 먼저 여기서 의관을 정제하십시오."

순우분은 여러 환관과 궁녀들의 부축을 받으며 목욕재계하고 대왕을 알현하기 위해 예복으로 갈아입었다. 그리고 손에 상아홀(象牙笏)을 받쳐 들고 우상의 뒤를 따라갔다.

대전으로 가는 통로 양편에는 수백 명의 무장한 근위병들이 삼엄하게 도열하고 있었다. 순우분은 겁먹은 듯 떨리는 음성으로 물었다.

"소인을 왜 이곳으로 데리고 왔습니까?"

"대왕 전하를 배알하면 아시게 됩니다. 더없이 영광된 축복을 받으실 것입니다."

"하천한 소인에게 무슨 영광된 축복이 있겠습니까?"

순우분은 우상을 따라 옥계(玉階)를 타고 단지(丹墀)를 지나 정전(正殿) 안으로 들어갔다.

고개를 숙이고 엄숙한 걸음으로 탑전에 이르렀다. 그리고 위세에 눌려 저도 모르게 이마를 바닥에 찧으며 절을 올렸다. 그리고 그는 감히 고개를 들지 못하고 부복하고 있었다. 그러나 저 높이 용상에 옥체를 실은 대왕이 부드럽고 인자한 옥음(玉音)으로 말했다.

"과인은 일전에 공의 존친을 만났으며 그 자리에서 공에게 과인의 둘째 공주를 하가시키기로 결정을 보았소. 그래서 공을 대궐로 불러들인 것이오. 그러므로 공은 장차 과인의 부마가 될 것이며, 서둘러 혼례를 거행할 것이오. 그간은 우상이 공을 빈관에 모시고 정중히 접대할 것이오. 그리 알고 편히 쉬도록 하시오."

말을 마치자 대왕은 몸을 돌려 내전으로 들어갔다. 순우분은 다시 우상의 뒤를 따라 돌아오며 곰곰이 생각했다.

『아버지는 십여 년 전에 오랑캐를 토벌하기 위하여 변방으로 출정했으며 오늘까지 생사조차 모르고 있다. 그런 아버지가 이 나라의 임금을 만나고 자기와 공주의 결혼을 결정했다고 한다. 그렇다면 아버지가 아직도 변방 어딘가에 생존해 계신가. 아니면 내가 지금 저승세계에 와 있는 것인가?』

꿈을 꾸거나 환상에 빠진 사람은 자기가 꿈을 꾸거나 환상에 빠진 것을 모른다. 모든 것이 현실로 착각하게 마련이다.

3

순우분과 공주의 혼례는 이튿날 정오, 즉 음양이 교차하는 시각에 맞춰 수의궁(修儀宮)에서 엄숙하게 거행되었다. 그리고 빈관(賓館)에서 성대한 축하연이 베풀어졌다.

높이 마련된 특별석에는 대왕과 황후 공주와 부마가 앉았고, 그 좌우로 왕가의 일가친척이 앉았다. 한 단계 낮은 귀빈석에는 고관대작과 지방의 호족 수천 명이 배석했다.

은쟁반에는 난생 처음 보는 산해진미가 수북이 고였고, 금잔에는 붉고 향기로운 명주가 철철 넘쳤다. 모든 사람들이 저마다 마시고 먹고 흥이 고조되자 오색 무지개를 타고 하강한 선녀들이 음악에 맞춰 춤을 추고 노래를 했다.

자정이 지나 술잔치가 파했다. 이에 순우분은 공주와 함께 신방을 차렸다. 황금 촛대에 꽂힌 붉은 촛불이 은은하게 침실을 밝히고 있었다. 순우분은 달나라에서 하강한 선녀를 품고 황홀경에 빠졌다.

첫날밤을 자고 난 순우분은 명실상부 대왕의 부마로서 온갖 권세와 호강을 누렸다. 더없이 기쁘고 의기양양했다. 무술을 익히고 특히 활을 잘 쏘는 그는 자주 사냥터에 나가 비범한 솜씨를 보이고 여러 사람들의 칭찬을 받기도 했다. 그러던 어느 날 그의 처 공주가 물었다.

"그간 여러모로 나라의 사정도 아셨으니 정사에 참여하시고 공을 세우세요."

순우분이 말했다.

"바로 내가 바라던 바요. 기회만 주어진다면 마땅히 국가정치에 참여해서 공을 세우고 이름을 천하에 떨치고자 하오. 그것이 대장부의 소망이고 영광이 아니겠소. 그러니 부인이 부왕에게 품신(稟申)해 올리시오."

며칠 후에 「남가(南柯)의 태수(太守)에 제수한다」는 교지가 내렸다. 순우분은 즉시 어려서부터 동문수학했던 옛 친구 주변(周弁)과 전자화(田子華)를 불렀다.

주변은 형법에 통달했으므로 그에게 사법행정을 맡게 하고, 전자화는 천문과 농경에 밝았으므로 그에게 농업생산을 맡게 했다. 기타 육방의 요직을 담당할 관속들도 엄선하여 자기를 보좌하게 했다.

신임 태수의 행차는 위용이 당당했다. 평소에 인자하고 아름다운 공주와 그의 부마가 자기네 고을을 다스릴 태수가 되어 부임하자 백성들은 성문 밖 수십 리에 걸쳐 도열하고 열렬히 환영했다.

명문대가와 부호(富豪)는 물론 이름이 높은 승려와 학자 및 각계 각층의 서민들이 쌍수를 들고 환성을 올리며 일행을 맞이했다.

종고(鐘鼓)와 관현(管絃)이 울려 퍼지는 속에 신임 태수는 금박 글자로 「남가성문(南柯城門)」이라고 적힌 성문을 지나 동헌 안마당에 도달했다. 그는 공주와 함께 수레를 내려 지방관서의 대소 관료와 아전들의 환영을 받으며 정청(政廳)에 올랐다.

남가는 대왕이 다스리는 「대괴안국(大槐安國)」 중에서도 토지가 비옥하고 민생이 풍요하고 특히 인물이 걸출한 지방의 큰 나라였다. 그러므로 신임 태수 순우분은 별로 힘들이지 않고 선정덕치(善政德治)를 베풀 수 있었다.

태수는 특히 학교를 세우고 학문을 진작하고 윤리 도덕의 실천을 강조했다. 이에 사회의 기풍이 날로 돈독하게 향상되었으며, 백성들은 태수를 우러러 받들고 각지에 송덕비를 세우고 그의 공덕을 칭송했다.

어언 20년의 세월이 흘렀으며 슬하에 5남 2녀를 두게 되었다. 그 사이에 왕년의 젊고 아름다웠던 공주도 어느덧 중년부인이 되었고, 또 불혹을 넘긴 태수는 의젓하고 원숙한 정치 지도자로 손색이 없게 되었다.

마침내 대왕은 그들을 조정으로 불러들이고 순우분을 재상에 임명하여 국사를 맡아 다스리게 했다. 그에 따라 그의 측근 주변과 전자화도 영전되고 중앙정부의 요직에 올랐다.

4

인생은 무상하다. 세월 따라 영고성쇠(榮枯盛衰)가 뒤바뀌다가 결국은 무(無)의 세계로 돌아가게 마련이다.

국경을 접하고 있던 단라국(檀羅國)이 대군을 동원하여 침공을 해왔다. 이에 재상 순우분은 즉시 주변(周弁)을 총사령관에 임명하고 나아가 싸우게 했다. 그러나 불행하게도 주변은 패전했으며 많은 병사와 무기를 잃고 초라하게 돌아왔다.

한편 침략국의 군대는 국경지대의 백성들과 재물을 노획하고 의기양양했다.

순우분은 그 자리에서 주변을 체포하여 패전의 책임을 묻고, 아울러 자신도 재상의 자리에서 물러났다.

인자한 대왕은 그 이상의 벌을 주지 않고 주변을 벽지로 유배하고 순우분을 해직하여 당분간 물러나 쉬게 했다.

패전에 대한 문책으로는 참으로 관대한 조치였다. 그러나 주변은 싸움터에서 입은 상처가 도져 유배지에 도달하기 전에 도중에서 객사했다.

한편 순우분의 아내 공주도 이렇다 할 특별한 이유도 없이 병들어 시름시름 앓다가 10여 일만에 숨을 거두었다.

공주의 아버지 대왕과 어머니 황후는 심히 애통해 하며 국상에 준하는 정중한 상례(喪禮)를 지냈다. 공주의 시신은 남가성(南柯城) 동쪽 반룡강(盤龍崗)에 매장하고 시호(諡號)를 순의공주(順儀公主)라 했다.

영광된 관직과 사랑하는 부인을 동시에 잃은 순우분은 실의에 빠졌으며 서울에서 멀리 떨어진 깊은 산 속에 몸을 숨기고 은둔생활을 했다.

그러나 화불단행(禍不單行)이라고, 그의 액운과 불행은 그것으로 끝나지 않았다.

그 무렵 천문을 관찰하던 한 술사(術士)가 대왕에게 끔찍한 내용의 표문(表文)을 올렸다.

『보름달을 관측하고 흉조(凶兆)를 발견했습니다. 월심(月心)에서 큰 꼬리별이 나타나 어둠 속으로 숨어 들어갔습니다. 이는 필시 대궐 안에서 역적이 나타날 불길한 징조입니다. 그 꼬리별은 필시 대궐 안에 잠복하고 있는 타성일 것이 분명하오니 조속히 척결하셔야 합니다.』

이는 노골적인 정치모략이고 참언이었다. 그리고 지목한 상대는 이전의 부마 순우분이 분명했다. 공주를 잃은 대왕은 그가 은신하고 있는 벽지로 금부의 도사를 파견해서 순우분을 잡아오도록 했다.

순우분 앞에 우상(右相)이 나타나 대략 다음과 같은 대왕의 뜻을 전했다.

"공주가 이미 작고했으므로 자연히 부마의 자리도 없어졌다. 그대의 아들딸들은 공주의 소생이니 황후가 맡아 키울 것이다. 또 그대는 이미 관직에서도 물러났으니 더 이상 이 나라에 있을 필요가 없다. 그러니 즉시 떠나도록 하라."

너무나 뜻밖의 말에 순우분은 깜짝 놀라서 말했다.

"나는 이미 수십 년을 이 나라의 부마로 행세하고 살았거늘, 어디로 가라 하시오?"

우상은 조소하는 투로 말했다.

"그대는 원래 속세의 사람이오. 잠시 이 나라에 기우(寄寓)했던 것이오. 그러므로 우리가 다시 그대를 원래의 고향집으로 되돌려드리겠소."

우상의 말이 끝나는 순간 바로 앞에 마차와 두 사람의 무사가 나타났다. 자세히 보니, 전에 자기가 타고 왔던 사두마차(四頭馬車)와 자기를 호송해 왔던 보라색 옷을 걸친 그 무사들이었다.

순우분은 너무나 어이가 없어 망연자실했다. 그 순간 우상의 모습은 스러지고 억센 무사들이 양쪽에서 그를 잡아 강제로 마차 안으로 밀어 넣었다. 그는 정신을 잃고 몽롱하니 잠에 떨어졌다.

얼마 후 덜컥 하는 소리와 동요에 놀라 눈을 떠보니 수레는 험난한 산길을 지나 좁고 어두운 굴을 달리고 있었다. 그리고 이내 수레가 멈춰 섰다. 자기를 호송하던 두 무사가 말한다.

"이전에 귀하가 사시던 고향집에 당도했습니다. 소신들은 그만 돌아가겠습니다."

그 순간 마차와 그들의 모습이 안개 속으로 녹아 사라지듯 보이지 않았다.

잠에서 깨어난 순우분은 정신을 가다듬고 주변을 둘러보았다. 자세히 보니 바로 자기 집 앞에 자란 느티나무 밑에 서 있었다.

대왕에게 쫓겨날 때는 무척 섭섭했다. 그러나 막상 옛집으로 돌아와 눈에 익은 풍물을 보니 새삼 옛정이 돋아나고 마음이 즐거웠다. 동시에 자기가 술에 취해 동쪽 사랑채에서 잠을 자던 기억이 되살아났다. 그래서 동쪽 사랑채로 갔다. 그런데 어찌 된 일인가? 방안에 또 다른 자기가 누워 있는 것이 아닌가.

『이게 어찌 된 영문인가?』 하고 가까이 가자, 누워 있던 자가 앗 하고 소리를 지르며 벌떡 일어나 자기와 하나가 되었다.

섬돌 위에서 발을 씻고 있던 두 친구는 순우분의 비명소리를 듣고 방안으로 달려 들어오며 말했다.

"자네, 정신이 들었나! 이제 술이 좀 깨었나 보군."

순우분은 고개를 끄덕이면서 두 친구의 손을 잡고 다시 대문 밖의 느티나무 아래로 왔다. 그 자리에는 아까 마시던 술과 안주가 그대로 놓여 있었다. 세 사람은 다시 술잔을 기울였다. 서너 순배 돌려 마신 다음 순우분은 친구에게 자기가 꿈속에서 겪은 사연을 말했다.

"나는 꿈속에서 파란만장한 일생을 살았네."

"그건 또 무슨 소린가?"

의아하게 묻는 친구들에게 순우분은 꿈속에서 자신이 겪은 기구한 일생을 차근차근 이야기했다.

말을 다 마치고 나서 세 사람은 삽으로 조심스럽게 고목 뿌리 밑을 파 보았다. 그 속에는 개미집이 있었으며 수많은 개미들이 왕개미를 중심으로 집단생활을 하고 있었다.

아마도 한가운데가 대괴안국(大槐安國)이고 그 곁에 있는 작은 개미집이 남가군(南柯郡)이고 또 그 곁에 있는 것이 단라국(檀羅國)인 듯싶었다.

【저자 평론】 앞의 <침중기(枕中記)>와 함께 꿈 이야기를 적은 소설이다. 순간적인 꿈속에서 한 평생을 살면서 영욕(榮辱)을 다 체험한다. 사나이의 욕망이나 소원은 누구나 같다. 젊고 아름다운 아내를 맞이하고, 슬하에 3남 2녀를 두고, 입신출세하여 고관대작이 되어 부귀영화(富貴榮華)를 마냥 누리는 것이다. 그러나 인생은 평탄하게 영달(榮達)만 할 수는 없다. 반드시 험난한 오욕(汚辱)이 따르게 마련이다. 그러나 그 모두가 일장춘몽(一場春夢)이다. 부귀나 오욕(汚辱)이 모두 다 꿈속의 환상에 불과하다. 참 생명과 참된 삶의 길을 터득해야 한다.

4. 이혼기(離婚記)

— 진현우(陳玄祐)

1

당나라 천수(天授 : 690~704) 연간에 있었던 이야기다. 천수라는 연호는 바로 측천무후(則天武后)가 당나라 황제의 자리를 찬탈하고 국호를 주(周)라고 개칭한 약 15년간의 연대 명이다.

측천무후는 중국 역사상 으뜸으로 꼽히는 여걸이다. 다른 후궁(後宮)이나 요비(妖妃)들은 임금을 타락시켜 나라를 어지럽게 할 정도였으나 무후는 아예 당나라의 국권을 찬탈하고 자신이 스스로 황제의 자리에 올랐던 무서운 여걸이었다.

무후는 당나라 제2대 태종(太宗)의 젊은 첩이었다. 태종 이세민(李世民)은 아버지 이연(李淵 즉 高祖)을 도와서 당나라를 창건하고 또 건국 초기에 「정관의 치(貞觀之治)」를 펴서 당나라 초기의 융성을 이룩한 영매(英邁)한 황제였다.

태종이 죽자 그녀는 도관(道觀)에 들어가 여승이 되었다. 한편 태종의 아들 고종(高宗)이 등극하자 그는 무후를 환속(還俗)시켜 후궁으로 들였고, 마침내는 황후 왕씨를 폐하고 무후를 황비로 삼았던 것이다.

말하자면 고종은 자기 아버지의 첩실을 자기 아내로 삼았고 또 정실 황비를 폐하고 무후를 앉혔던 것이다.

고종은 허약했다. 그래서 여장부 무후가 고종을 대신해서 정사를 처리했다. 얼마 후 허약한 고종이 죽자 그녀는 자기의 아들 중종(中宗)을 자리에 앉혔다. 그러나 종국에는 당 황실의 정통인 이씨(李氏)를 추방하고 스스로 황제의 자리에 올라 국호를 주(周)라고 개칭까지 했던 것이다.

그러므로 무후가 세운 주(周)는 엄밀한 뜻에서는 당나라가 아니다. 그러나 주는 단 15년으로 멸망했으므로 대국적인 견지에서 당나라 역사 속에 포함시키는 것이다.

지금부터 말하려는 전기소설 「이혼기」는 정치와는 아무런 관련이 없다. 다만 그 때에 있었던 이야기를 적은 소설일 뿐이다.

이 소설은 인간의 육체와 영혼이 서로 분리했다가 다시 결합하여 하나가 될 수 있음을 암시한 기이한 이야기다.

2

장일(張鎰)이라는 선비가 형주(衡州 : 지금의 호남성 형양)에서 벼슬을 살고 있었다. 그는 성품이 온순하고 몸가짐이 단정했으며 집안 살림도 풍족했다.

다만 슬하에 아들 없는 것이 한이었다. 게다가 큰딸을 잃고 작은 딸 천낭(倩娘)만을 애지중지 키우고 있었다.

이렇듯이 본식구는 단출했다. 그러나 사람 좋고 인심 후한 그 집에는 항상 고향에서 모여든 일가친척을 위시하여 많은 객식구들이 들끓었다.

출세한 벼슬아치 집에는 으레 고향으로부터 많은 사람들이 찾아들게 마련이었다.

한편 부잣집에서는 그들을 극진히 대접하고 보살펴 주어야 했다. 만의 하나라도 소문이 나쁘게 나면 종가 어른의 꾸지람을 들을 뿐만 아니라, 평판이 나쁘게 돌면 벼슬길 출세에도 지장이 있게 마련이다.

많은 군식구 중에 왕주(王宙)라는 청년이 있었다. 왕주는 장일의 생질이다. 겉으로 보기에도 그 생김새가 준수하고 총명했다. 게다가 성정이 온순하고 인자했으며 품행이 단정하여 흠잡을 데 없이 호감이 가는 청년이었다.

어려서부터 왕주는 천낭과 함께 한 집에서 친 오누이처럼 자랐다. 그래서 서로 좋아하는 사이이기도 했다. 중국에서는 성이 다른 사촌간의 결혼은 허락되었다.

그러므로 모든 사람들은 준수하고 선량한 왕주와 정숙하고 아름다운 천낭을 천정배필이라고 인정했던 것이다.

실제로 천낭의 아버지 장일도 어려서부터 생질 왕주를 보고 여러 차례,

"너는 장차 천낭과 결혼하고 나의 뒤를 이어 우리 집안을 흥성케 해야 한다. 그러므로 열심히 공부하여 과거에 급제하고 입신출세해야 한다."

하고 말했던 것이다.

이에 왕주도 분발하여 학업에 전념했다. 또 항상 속으로 굳게 맹세했다.

『기필코 대성하여 천낭을 아내로 맞이하고 그녀를 행복하게 해 주리라.』

그로부터 오랜 세월이 흘렀다. 그러는 동안에 천낭의 아버지 장일은 나이도 들고 또 관직도 높아졌다. 그의 딸 천낭도 더욱 아름답고 숙성하게 자랐다. 그러나 왕주만은 아직도 초시에 오르지 못하고 지지부진했다.

한편 지방관서에서 높은 벼슬살이를 하는 천낭의 아버지 장일은 많은 시달림을 받고 있었다. 관계의 고관이나 지방의 명문 호족들이 저마다 연줄을 타거나 매파를 통해 천낭을 자부로 삼겠다고 수선을 떨었다.

본래 관계에서 벼슬을 사는 사람은 정치적 권세에 굴복하기 쉽다. 천낭의 부친 장일도 마침내 조정 세도가의 아들로 수재에 뽑힌 청년에게 자기 딸을 주겠다고 허락을 했으며, 그 사실을 집에 돌아와 부인과 딸에게 알렸다.

"대대로 조정에서 고관대작을 지낸 명문대가의 자제다. 인물 잘났고 글 잘하고 수재에 뽑힌 귀공자다. 명년 춘시(春試)에는 틀림없이 장원급제할 것이다. 그러니 내 말을 따라라."

그의 부인은 얼굴을 흐리고 어렵사리 입을 열었다.

"생질 왕주를 어떻게 하시렵니까?"

"어떻게 하기는 뭘 어떻게 한단 말이오. 둘이 함께 자랐으며 서로 좋아한다는 것을 나도 모르는 바 아니오. 허나 정식으로 약혼한 사이도 아니지 않소. 종신대사(終身大事)인 결혼을 어찌 얄팍한 의리나 인정만으로 경솔하게 결정하겠소. 문벌 좋고 장래성 있는 그 댁으로 출가를 시켜야 우리 딸아이가 평생을 안락하게 살고 호강을 누릴 것이오."

양반을 자처하는 선비 집안에서는 가장의 말은 절대이다. 하물며 딸아이가 부모가 정해 준 혼처를 마다 할 수는 없는 노릇이다. 더욱이 옛날에는 결혼을 「이성지합(二姓之合)」이라 했다. 즉 결혼을 두 집안간의 결합을 위한 예절로 보았다. 결혼은 결코 두 남녀가 제멋대로 선택하고 결정하는 사랑놀이가 아니었다.

또 당시의 가치관으로 볼 때 양반집 아들은 절대로 과거에 합격하여 입신출세하는 것이 최고의 영광이고 보람이었다. 관계에 들어가 고관대작이 되는 것이 곧 일가의 행복과 번영에 직결되었다.

그러므로 천낭의 아버지 장일의 생각이나 결정은 지극히 당연한 것이었다.

그러나 어려서부터 함께 자라고 또 서로 좋아하고 장차 부부가 되기로 다짐하고 때가 오기만을 기다리고 있던 왕주와 천낭에게는 청천의 벽력이었다.

밖으로 내놓고 어른에게 항거하고 반대하지는 못했으나 그들은 장주의 결정을 도저히 받아들일 수 없었다. 그리하여 이로써 비극의 씨가 배태되었던 것이다.

왕주로 말해도 그렇다. 말이 쉽지 과거에 붙고 벼슬에 오른다는 것이 어디 쉬운 일인가? 당나라의 과거제도는 본시 태종이 귀족이나 토호들의 부당한 권력 남용이나 횡포를 억제하기 위하여 만든 제도다. 전국에서 뛰어나게 학문과 덕행이 높은 수재 중의 수재만이 선발되게 마련이었다.

태종 때에도 과거에 합격한 사람의 수는 일년에 50여 명에 불과했으니, 과거를 보고 벼슬에 오른다는 일은 참으로 하늘의 별따기보다 더 어려웠던 것이다.

더욱이 왕주는 조실부모하고 친척집에 붙어사는 고아이다. 일반 서민 출신으로 가문의 위세도 부모의 음덕도 없는 왕주로서는 참으로 힘든 일이었다. 그러므로 천낭의 아버지 장일이 문별 좋고 고관의 자제로 수재에 오른 청년을 사위로 점찍은 처사는 지극히 당연한 일이었다.

그러나 사랑하는 당사자들에게는 장일의 결정은 큰 낭패이며 비극이었다. 연약한 천낭은 상심하여 병들어 눕고 말았다. 한편 절망한 왕주는 미친 듯이 집에서 뛰쳐나갔다.

3

치솟는 원한의 불길을 억제하지 못하고 자포자기한 왕주는 배를 타고 장안을 향했다. 당시의 여행은 주로 수로(水路) 즉 뱃길을 이용했다. 낮에는 배를 타고 길을 좁혔고 밤에는 배를 강가에 대고 잠을 자는 지루한 여행이었다.

그러던 어느 날 밤이었다. 밤이 깊었는데도 통 잠들 수가 없었다. 철썩철썩 뱃전을 치는 파도소리를 듣는 왕주는 새삼스럽게 가슴속 깊이 억눌렸던 슬픔이 솟구쳤고 눈물이 걷잡을 수 없이 쏟아졌다. 좁고 눅눅한 배 안에서 고달픔과 애달픔에 지쳐 몸을 뒤틀다가 그는 저도 모르게 잠이 들었다. 그런 지 얼마 후에 그는 비몽사몽간에 배를 향해 뛰어오는 사람의 발소리를 들었다.

왕주는 몸을 일으켜 앉았다. 그리고 정신을 가다듬고 귀를 곤두세웠다. 발소리가 배 앞에 와서 딱 멈추었다. 왕주가 "누구요?" 하고 낮은 소리로 외치자 밖에서, "저예요. 제가 왔어요." 한다.

이럴 수가! 천낭의 목소리가 분명했다. 왕주는 후다닥 바깥으로 뛰어나갔다. 진정 천낭이 맨발로 모래 위에 서 있는 것이 아닌가.

왕주는 꿈인지 생시인지 헤아릴 겨를도 없이 왈칵 그녀를 끌어안았다. 그리고 다시 그녀를 들쳐 안고 배 안으로 들어왔다.

"낭자, 어떻게 왔소?"

"도련님과 헤어질 수가 없어서 부모님 몰래 집에서 도망쳐 왔어요. 우리 멀리 가서 아무도 모르게 함께 살아요."

"그럽시다. 우리 죽을 때까지 함께 삽시다."

왕주는 깊은 밤인데도 즉시 닻줄을 풀고 배를 띄웠다. 둘은 서로 얼싸안고 좋아하고 기뻐할 틈도 없었다. 다급하게 추적하는 손길을 벗어나야 했다.

그는 뱃머리를 서쪽으로 돌려 강을 거슬러 무협(巫峽)으로 향했다. 수개월 만에 그들은 무사히 촉(蜀 : 사천성)에 도달했고 다시 깊은 산촌에 들어가 터를 잡고 사랑의 보금자리를 틀고 행복하게 살았다.

4

어느덧 5년의 세월이 흘렀다. 슬하에는 귀여운 두 아들이 잘 자라고 있었다. 그럴수록 그들은 고향에 계신 부모님 생각이 간절했다.

그간 숨어 사느라고 연락을 끊고 지냈다. 그러나 고향에 계신 부모님에게 죄스럽기 짝이 없었다. 하루는 천낭이 입을 열고 말했다.

"제가 맨발로 뛰어나온 지 벌써 5년이 지났습니다. 그간 부모님께서 얼마나 상심을 하시고 또 걱정을 하셨을까요. 자식 된 도리로 이 이상 더 모른 척하고 숨어살 수가 없습니다. 그 막중한 불효를 어찌 다 감당하겠습니까? 이제는 고향에 돌아가서 부모님 찾아뵈옵고 용서를 빌어야 하겠습니다. 이렇게 귀여운 손자까지 낳았으니 부모님도 용서해 주실 겁니다."

"당신 말대로 합시다. 설령 꾸지람을 듣고 매를 맞고 피를 흘리는 한이 있더라도 이 이상 더 불효자식으로 천륜을 어겨서야 되겠소. 우리가 먼저 부모님에게 용서를 받아야 우리 자식들도 떳떳하게 대명천지에 나아가 글공부하고 입신출세도 할 것이오. 그러니 수일 내로 일단 고향으로 되돌아가도록 합시다."

고향을 등지고 촉나라에 올 때에는 강의 흐름을 거슬러 오느라고 무척 힘도 들었고 또 시일도 많이 걸렸다. 그러나 촉에서 고향으로 돌아가는 길은 흐름을 타고 내려가는 뱃길이라 순탄하게 빨리 갈 수가 있었다.

허나 막심한 죄를 저지른 불효자식들이 무슨 낯으로 어떻게 자기들 때문에 가슴에 멍이 드셨을 부모님 앞에 불쑥 나타나 용서를 빌 수 있겠는가.

그렇다고 안 돌아갈 수도 없다. 마침내 배가 고향 마을 어귀에 도달하자 왕주는 멀리 집이 바라다 보이는 솔밭 사이에 배를 댔다. 그리고 처자식을 배 안에 남겨둔 채 혼자서 고샅길을 따라 집 쪽으로 접근해 나갔다.

그러나 호기 있게 대문으로 다가가 통자(通刺)를 넣을 처지가 아니다. 그러므로 한동안 소나무 뒤에 몸을 숨기고 문전의 동정을 살폈다.

얼마 후에 대문 밖으로 마당지기 노복(老僕)이 나왔다. 그가 손에 괭이를 들고 이쪽으로 다가오자 왕주는 몸을 내밀고 그를 불렀다.

"할아범, 나요. 나 왕주요."

흠칫 놀란 노복은 의아한 눈초리로 한참 바라보다가 크게 반기는 표정으로 저도 모르게 큰 소리로 외쳤다.

"왕 도련님 아니십니까? 이게 어찌 된 일입니까?"

"긴 말은 나중에 하고, 두 어른들 안녕하신가?"

"네, 무고하십니다. 지금 안에 계십니다. 어서 들어가 인사 올리세요."

"허지만 내가 어찌 불쑥 들어가 인사를 올릴 수 있겠나. 할아범이 먼저 들어가서 '불효막심한 죄인이 석고대죄 하려고 왔습니다.' 하고 아뢰어 먼저 허락을 받아주오."

"그게 무슨 말씀이십니까? 불효막심하다 석고대죄란 가당치도 않으십니다. 도리어 영감마님들께서는 천낭 아씨로 인해 도련님이 집을 나가셨다고 항상 민망하게 여기시고 때로는 눈물까지 흘리셨습니다. 그러니 어서 들어가서 뵈십시오. 두 분께서 무척 기뻐하실 것입니다."

"아닐세. 할아범이 먼저 들어가 '왕주와 천낭이 왔습니다.' 하고 아뢰고 허락을 받아주게."

"천낭 아씨라니요?"

"그렇다네. 나하고 천낭 아씨하고 우리의 두 아들이 함께 왔네."

"무슨 말씀을 하십니까? 저는 통 알아듣지 못하겠습니다. 천낭 아씨와 두 아드님은 어디 계십니까? 왜 아니 보이십니까?"

"천낭 아씨와 아이들은 저 배 안에 있네."

"천낭 아씨가 배 안에 계시다니요. 아씨는 집에 누워 계십니다."

왕주는 버럭 화를 내고 큰 소리로 꾸짖듯이 말했다.

"여기서 우리가 입씨름을 할 겨를이 없네. 냉큼 가서 두 분께 우리가 왔다고 아뢰어 올리게. 허락하시면 나와 천낭 아씨와 우리의 두 아들아이가 가서 뵙겠네. 자, 어서 들어가 아뢰어 올리게."

노복은 발을 돌려 집으로 가면서 쯧쯧 혀를 차며 속으로 생각했다.

『왕 도련님이 완전히 실성을 했구나. 참으로 불쌍하지!』

노복으로부터 왕주가 돌아왔다는 말을 들은 장일 부부는 무척 기뻐하고 반겼다. 그들은 속으로 생각했다.

『딸로 인해 절망하고 집에서 뛰쳐나가 홀로 객지를 떠돌았으니 얼마나 고생이 심했을까.』

그들은 노복에게 일렀다.

"어서 왕 도련님을 모셔오게."

노복은 뒷머리를 긁으며 중얼대듯 아뢴다.

"그런데 참 이상도 합니다. 왕 도련님 혼자가 아니고 천낭 아씨와 두 아들이 함께 오셨다고 합니다."

"자네 무슨 흰소리를 하는가? 자네도 알다시피 천낭은 벌써 5년째 병들어 자리보전하고 있지 않은가? 그런데 어디에 천낭 아씨가 또 있다는 겐가?"

"그래서 이상하다는 것입니다. 왕 도련님은 솔밭 가에 대놓은 배 안에 천낭 아씨와 아이들이 있다고 하십니다."

"이상도 하다. 왕주가 객지를 떠돌다가 장가를 들고, 아들을 보았나? 어찌했건 냉큼 가서 다들 들어오라고 하게."

노복이 왕주를 뒤따라 배로 다가가자 배안에서 틀림없는 천낭 아씨가 뛰어나왔다. 그리고 반갑게 인사를 했다.

"할아범, 오래간만이오. 부모님들 안녕하시오?"

노복은 어리둥절했다. 대낮에 도깨비에 홀리는 법도 있나? 얼빠진 노복은 멍청하니 대꾸도 못하고 바라보았다. 분명 천낭 아씨임이 틀림없다.

노복은 허공에 뜬 허수아비처럼 허둥대는 걸음으로 그들을 인도하고 집에 도달했다. 그리고 대문 밖에서 집안에 대고 큰 소리로 통고했다.

"도련님과 아씨가 오셨습니다."

집안에서 5년째 누워서 앓고 있던 천낭은, 왕주와 또 다른 천낭이 돌아왔다는 말을 듣자 벌떡 몸을 일으켰다.

그리고 얼굴에 분을 바르고 비단옷을 챙겨 입고는 방문을 열고 대문 밖으로 뛰어 나갔다. 화들짝 놀란 아버지와 어머니도 그녀의 뒤를 따라 문밖으로 나갔다.

그런데 이게 어찌 된 영문인가. 저쪽 솔밭 사이 고샅길을 타고 정말로 또 하나의 천낭 아씨가 왕주와 함께 두 아들을 데리고 오고 있는 것이 아닌가? 그 천낭 아씨는 가까이 오자 손을 흔들며 "아버지, 어머니!" 하고 소리 높여 외치며 달려오고 있는 것이었다. 그러자 병석에서 일어난 천낭 아씨가 또 다른 천낭 아씨를 마주 보고 내닫는 것이 아닌가?

더욱 불가사의하고 알 수 없는 일은 그들 둘의 얼굴 체구 몸놀림, 심지어 걸친 옷까지 한결같이 똑 같았다.

두 천낭 아씨는 서로 거리를 좁혔다. 그러더니 마침내 서로 얼싸안고 두 몸이 한 몸으로 합쳐졌다. 방금 전에 둘이었던 두 천낭 아씨가 하나가 된 것이다.

대청에 올라오자 왕주와 천낭은 두 아들과 함께 정중히 엎드려 절을 올리고 용서를 빌었다. 완전히 넋을 잃은 천낭의 부모는 말했다.

"용서하고 말고가 있겠느냐? 너희들이 이렇게 천우신조로 짝이 되어 두 아들까지 데리고 살아 돌아왔으니 더 바랄 게 없다. 더욱이 우리 늙은이가 귀여운 두 손자까지 안게 되었으니 이보다 더 큰 경사가 있겠느냐."

온순하고 선량한 선비 장일의 집에는 다시 꽃이 피고 왕주와 천낭은 원앙부부로서 마냥 사랑과 행복을 누렸다. 그리고 수십 년 후에는 두 아들도 저마다 과거에 붙고 높은 벼슬에 올랐다고 전한다.

> 【저자 평론】 사람은 눈에 보이는 육신만으로 사는 것이 아니다. 눈에 보이지 않는 생명과 영혼이 육신에 깃들어야 살아 움직이고 활동하고 기능할 수 있다. 보이는 육신보다 보이지 않는 생명과 영혼을 더 높이고 존중해야 한다.

제4편 여협객(女俠客)

전기소설의 특성의 하나는 여성들이 어엿한 주인공으로 등장한다는 사실이다. 그들 여주인공들은 자아의식을 가지고 삶을 살고 또 사랑을 갈구했으며, 더욱 기성도덕과 문벌주의 굴레를 벗어나려고 몸부림치기도 했다.

뿐만 아니라 그들 여주인공들은 빼어난 미모와 총명한 지능을 겸해서 비범한 무술을 익히고 자유자재로 구사하면서, 악덕을 물리치고 불의를 응징하는 여자 협객으로서 눈부시게 활약하기도 했다. 즉 전기소설의 여주인공들이 백성들의 원한을 풀어주는 정의의 수호신이기도 했다.

제4편에는 주로 의협(義俠)한 검객을 주인공으로 한 소설을 추렸다. 그 중에는 눈부시게 활약하는 여자 무사(武士)도 있었다.

당(唐) 후기 특히 안녹산의 전란 이후에는 절도사(節度使)나 군벌(軍閥)들의 횡포가 심했다. 그러나 조정이 무력하여 그들은 제압하지 못했으므로 도탄에 빠져 허덕이는 백성들은 어디에 하소연할 곳이 없었다.

그러므로 이들 협객들의 활약은 무력하고 의지할 곳 없는 백성들의 한을 풀어주는 존재이기도 했다.

남자나 여자나 협객들은 초인간적 능력의 소유자였다. 그들은 축지법(縮地法)·은신술(隱身術)·비행술(飛行術) 등을 활용하여 악한 자를 격파했다.

그들은 단독으로 아무도 모르게 행동하고 또 흔적도 없이 사라짐으로써 남을 연루시키거나 남에게 피해를 주지도 않았다. 더욱이 그들은 하등의 보수도 바라지 않고 오직 약자를 위해 위험을 무릅쓴다.

이들 협객들의 이야기는 어둡고 악덕한 사회에서 민중의 갈증을 풀어주는 청량제와도 같은 것이다.

1. 규염객전(虯髥客傳)

— 두광정(杜光庭)

1

수(隋)나라를 멸망케 한 양제(煬帝 : 605~616 재위)는 황음무도한 임금이었다. 일찍이 아버지 문제(文帝)의 젊은 첩실과 정을 통했을 뿐만 아니라 종국에는 아버지와 큰형을 모살(謀殺)하고 권좌를 찬탈한 악독하고 음흉한 임금이었다.

이렇듯이 악덕하게 자리에 오른 양제는 여색에 빠져 음란한 놀이에 광란했고 또 백성의 재물을 수탈하여 사치와 낭비에 탕진했다. 뿐만 아니라 대대적인 토목공사와 운하 개착(開鑿)에 백성들을 혹사하여 민생을 파탄 나게 했다. 이에 백성들의 원성이 하늘 끝에 가 닿았다.

그럼에도 불구하고 그는 수천의 비빈・궁녀・무희・악공 들을 동반하고 남쪽 강도(江都 : 오늘의 강소성 양주)에 가서 주야로 잔치판을 벌이고 질탕하게 놀고 마시는 타락생활만을 일삼았다.

한편 장안(長安)에는 양소(楊素)라는 자가 재상 자리에 앉아 거드름을 피우고 있었다. 그는 원래 양제의 부친 문제의 공신이었다.

그럼에도 아들 양제가 부친을 죽이고 나라를 찬탈하는 데에 적극적으로 가담한 탓으로 높은 자리를 유지하고 있는 간악하고 음흉한 노신(老臣)이었다.

임금이 방탕무도하면 그를 보필하는 재상이라도 바르게 나라를 다스려야 하거늘 간악하고 노회(老獪)한 양소는 오직 자신의 세력 부식에만 급급하여 주변에 아첨배나 간신들만을 등용하고 어질고 현명한 선비들을 멀리했다. 그러므로 나라가 더욱 어지럽고 어수선했다.

더욱 양소는 오만불손하기 짝이 없었다. 재상부(宰相府)를 왕궁처럼 꾸미고 높은 단 위에 용상 비슷한 의자를 놓고 그 위에 비스듬히 앉아서 안하무인격으로 모든 관원들을 호령했다.

어쩌다가 충직한 신하가 와서 충간을 올리면 도리어 그를 무고한 죄에 빠뜨려 처벌하기 일쑤였다.

그러나 난세에는 각처에 정의를 지키려는 슬기로운 선비나 혹은 생명을 내걸고 불의를 응징하려는 용감한 호걸들이 수없이 나타나는 법이다.

그 중의 한 사람이 바로 이 소설의 주인공 이정(李靖)이라는 호협(豪俠)한 사나이다.

이정은 이립(而立) 즉 나이 30을 바라보는 기골이 장대한 호걸이다. 그는 도탄에 빠져 무고하게 고생하는 민초들을 구제하기 위하여 국정을 책임진 양소를 찾아가 한마디 건의를 올리려 했다.

물론 무명의 이정이 양소를 알현한다는 일은 쉬운 일이 아니었다. 거의 불가능에 가까운 난사 중의 난사였다. 그러나 부패하고 썩은 정치체제에는 사방에 허점이 있고 곳곳에 구멍이 나 있기 마련이다.

이정은 돈으로 문지기와 내관을 매수하여 어렵지 않게 양소 앞에 접근할 수 있었다.

승상부(丞相府) 정청(政廳)에 들어가 사방을 둘러본 이정은 저도 모르게 길게 한탄했다. 천하의 정무를 담당하고 만민의 삶을 책임진 재상은 모름지기 근면하고 청렴해야 한다. 그렇거늘 양소는 해가 중천에 떴는데도 아직도 잠에 취한 듯 몽롱한 눈으로 몸을 와탑(臥榻)에 비스듬히 실리고 있었다. 뿐만이 아니었다. 정청 안에는 총명한 선비들의 모습은 보이지 않고, 대신 화려한 옷차림을 한 빼어난 젊은 미녀들 20여 명이 시립하고 있었다.

양소는 거슴츠레한 눈초리로 이정을 내려보며 거만하게 물었다.

"이공은 무슨 일로 본관을 보고자 했소?"

"승상께 천하를 바로잡을 중대한 방책을 아뢰고자 왔습니다."

"어떠한 방책이오? 어서 말해 보시오."

"이 자리에서는 아뢰지 못하겠습니다."

"왜, 이 자리가 어때서?"

"아뢰기 황공하오나, 시녀들이 시립하고 있는 자리에서는 국가대사를 논할 수 없사오며, 또 승상께서 누우신 채로 선비를 대하심도 예현(禮賢)의 도리가 아닌 줄로 알고 있습니다."

예현이란 윗사람이 현명한 선비에게 예를 갖추고 겸손하게 대함이다. 아직 자기 앞에서 이런 무엄한 말을 한 사람이 없었다. 양소는 마뜩찮은 눈초리로 이정을 내려다보았다. 그러나 이정은 조금도 겁먹거나 위축된 기색이 없이 태연자약한 자세로 하회를 기다리고 있었다.

양소도 그가 범용한 인물이 아님을 알고 즉시 몸을 일으켜 바로 앉은 자세로 가볍게 사죄를 곁들여 말했다.

"본관이 잠시 실례를 했소이다. 객청(客廳)으로 드시오. 거기서 이공의 고견을 듣겠소."

2

양소가 이정을 객청으로 안내하라는 지시를 내리자, 시립하고 있던 미인 중의 한 기녀가 나섰다. 자태가 수려한 그녀는 손에 홍불(紅拂 : 붉은 떨이개)을 들고 있었다.

그녀는 공손히 허리를 굽혀 절을 올리고 더없이 흠모하는 듯 다정한 눈초리로 이정을 바라보고 그를 객청으로 안내했다. 그리고 차를 따라 바치면서 나직한 소리로 속삭이듯이 말했다.

"나리 같은 호탕한 영웅을 뵙게 되어 감개무량합니다. 소녀 훗날 다시 찾아뵙겠습니다."

이정은 대답할 말을 찾지 못하고 덤덤히 쳐다볼 뿐이었다. 볼수록 절색이라 가슴속이 후끈 달았다. 잠시 후 양소가 관복을 차려입고 객청으로 들어오면서 다시 물었다.

"본관에게 고할 방책이 어떠한 것이오?"

이정은 품속에서 여러 가지 구국의 방책을 적은 두루마리 건의문을 바쳤다.

대략 다음과 같은 내용이었다.

『지금 천하는 난마처럼 뒤얽히고 흩어졌으며, 각처에 영웅호걸들이 일어나 세력 다툼을 하고 있다. 황제로부터 국권을 위임받고 국운을 두 어깨에 지고 있는 승상은 현명한 인재를 등용하고 용감한 무장들을 규합하여 하루 바삐 천하를 안정시켜야 한다. 그렇거늘 승상은 반대로 현명하고 정의로운 인재들을 멀리하고 간신들만을 가까이 하고 있으니 통탄할 노릇이다. 조속히 시정하기를 바란다.』

양소가 건의문을 대충 보고 두루마리를 탁자 위에 놓고 탐탁해하지 않는 태도를 내보이며 다시 입을 열고 말했다.

"이공의 충간을 고맙게 듣겠소. 또 달리 할 말 있소?"

"없습니다."

이정은 딱 잘라 말하고 승상부를 떠났다. 양소 따위에게는 아무리 좋은 말을 해도 소용없음을 간파했던 것이다. 결국 수나라는 망할 수밖에 없다는 심증을 굳혔기 때문이었다.

밤 늦게 객사에 돌아온 이정은 혼자서 술잔을 기울이며 울분을 달래고 있었으며, 속으로는 내일 일찍 태원(太原)으로 가리라 마음먹었다.

태원에는 이세민(李世民)이 아버지 이연(李淵)을 도와서 수왕조를 타도하기 위한 의병을 모집하고 있었다.

새벽 인시 무렵이었다. 문득 문을 두드리며 자기를 부르는 나직한 소리가 들렸다. 일어나 나가 보니 보라색 도포를 걸치고 대오리삿갓을 깊이 눌러 쓴 낯선 사나이가 큼직한 보따리를 묶은 곤봉(棍棒)을 어깨에 메고 서 있었다.

"누구이신데 아직 밝지도 않은 첫새벽에 찾아오셨소?"

하고 묻자 그는 성큼 문안으로 들어서며 말했다.

"저는 어제 승상부(丞相府)에서 홍불을 들고 나리를 객청으로 안내했던 기녀이옵니다. 지금 그곳에서 도망 오는 길입니다. 우선 저를 집안으로 들게 해주십시오. 자세한 말씀은 들어가서 여쭙겠습니다."

이정이 다급히 문을 잠그고 그를 안으로 인도했다. 방안에 들어오자 그는 삿갓과 도포를 벗었다. 자세히 보니 그는 열여덟, 아홉쯤 되어 보이는 아름다운 미인이었다. 수를 놓은 비단 윗도리에 붉은 치마를 받쳐 입고 있었다.

이정은 그녀의 눈부시고 아름다운 용색에 넋을 잃고 오직 쳐다만 보고 있었다. 그러자 낭자가 앞으로 다가와서 격식 갖추어 정중히 절을 하고 아뢰었다.

"저는 오랫동안 승상부에서 시중을 들면서 지체 높은 어른들을 많이 대했습니다. 하지만 나리처럼 호탕하신 분은 처음 뵈었습니다. 칡덩굴이 큰 나무줄기를 타고 살아 뻗을 수 있듯이, 저는 믿음직한 나리에 의지하여 살고자 도망을 쳐 나왔습니다."

이정이 뒤를 걱정하며 물었다.

"그가 가만히 있겠소? 사람을 풀어 추포하면 어찌하겠소."

홍불 낭자는 조금도 겁내는 기색이 없이 오히려 입가에 비웃는 미소를 띠고 말했다.

"그런 염려는 없습니다. 그 자는 고령이라 반송장이나 다름이 없습니다. 더욱 잠자리에서는 전연 구실을 못합니다. 전에도 침석 시중드는 기생이 도주했으나 추포하지 않았습니다. 그 자의 재물만 훔쳐 내지 않으면 걱정하지 않아도 됩니다."

등잔의 심지를 돋워 불을 밝히고 바라보니 그녀는 참으로 절색이었다. 살결이 명주비단처럼 곱고 살갗이 백설같이 눈부시게 희고 몸 놀리는 자태가 또한 우아했다.

'흡사 천상계에서 내려온 선녀로다. 이렇듯 아름다운 미녀가 제

발로 찾아와서 시중을 들겠다고 하다니……'

이정은 꿈을 꾸는 것만 같았다.

3

날이 밝자 그는 밖에 나가 거리의 동정을 살폈다. 승상부 가까운 저자에서 '간밤에 기녀가 도망을 해 곧 사람을 풀어 추적할 것'이라는 소문이 들리기는 했으나 그다지 긴박한 공기는 아니었다.

그러나 이정은 지체하지 않고 즉시 객사에서 나왔다. 홍불 낭자를 사내종으로 변장시키고, 둘이서 저마다 호마(胡馬)를 타고 태원을 향해 달렸다.

저녁 무렵에 영석(靈石)이라는 역참에 당도한 그들은 변두리에 위치한 한적한 객사에서 하루를 묵기로 작정을 하고 짐을 풀었다. 홍불 낭자는 먼저 방을 안돈하고 뜰에 나와 화덕 불을 지피고 냄비를 얹었다. 그리고 다시 방문 앞에서 치렁치렁 검은머리에 빗질을 했다. 이정은 뜰 구석 마방 앞에서 말 등을 솔로 쓸고 있었다.

그 때에 30세 전후의 한 나그네가 나귀를 타고 객사 안으로 들어왔다. 그는 크지도 작지도 않은 중키였다. 그러나 체격이 다부졌고 특히 얼굴에는 규룡(虯龍)처럼 꼬불꼬불한 붉은 수염이 텁수룩했다.

그는 손에 들고 있던 큼직하고 무거운 가죽 낭자(囊子)를 화덕가에 내던지고 방문 앞에서 툭툭 흙먼지를 털자 말없이 방안으로 들어가 바닥에 벌렁 쓰러졌다. 그리고 물끄러미 빗질을 하고 있는 홍불 낭자를 쳐다보았다.

마방 앞에서 그 자의 무례한 태도를 눈여겨본 이정은 불쾌한 낯으로 곱지 않은 시선을 그에게 던졌다. 그러자 홍불 낭자가 빗질을 멈추고 등 뒤로 이정에게 손짓으로 '그를 건드리지 말라'는 신호를 은밀히 보내고 낯선 나그네를 보고 먼저 말을 걸었다.

"실례지만 귀공의 존함을 일러주실 수 있습니까?"

"그야 어렵지 않소이다. 내 성은 장(張)이오. 낭자의 성은 무어라 하오?"

"소녀의 성도 역시 장이옵니다. 항렬로는 막내이옵니다."

"그렇다면 바로 나의 누이동생뻘이 되는구려. 만나서 반갑소."

규염객은 정색을 하고 반겼다. 이에 홍불 낭자가 손짓으로 이정에게 오라는 시늉을 하고 큰 소리로 외쳤다.

"이리 오셔서 인사 나누세요."

이정이 다가와 서로 인사를 나누고 화덕 곁에 앉았다. 그러자 규염객이 화덕을 가리키며 물었다.

"고기 삶는 냄새가 구수한데, 무슨 고기입니까?"

"저녁 요기로 양고기를 삶고 있습니다. 얼추 다 익었을 테니 함께 드시죠."

"고맙소. 마침 배가 고프던 판인데, 잘 되었군요."

홍불 낭자가 고기 한 덩이를 건네주자 그는 허리에 찼던 단도를 뽑아 듬성듬성 썰어 입에 넣고 맛있게 먹었다. 칼 쓰는 솜씨가 무척 능숙하고 날렵했다.

규염객이 이정을 쳐다보고 말했다.

"이공의 행색을 보니 궁색한 처지를 면치 못한 듯한데, 어떻게 이런 미인과 함께 사시오?"

이정이 면구스레 낯을 붉히고 대답했다.

"사실 저는 가난한 무명의 서생입니다. 그러나 심지만은 바르고 또 기개도 높이 지니고 있습니다. 우리 둘 사이에 대해서는 아무에게도 알리지 않으려 했습니다만, 장공이 내자의 오라비뻘 되시고 특히 호걸의 기상이 넘치시므로 사실대로 아뢰어 올리겠습니다."

이정이 숨김없이 자초지종을 말하자, 규염객이 물었다.

"이제부터 어디로 가실 의향이시오?"

"태원으로 가는 중입니다."

"옳거니, 잘 생각하였소. 이렇듯 흐트러진 나라에서는 몸담고 살 수 없지요. 나도 이 나라를 하직하고 별천지를 찾아가서 크게 뻗어볼 작정이오. 뜻이 같으니, 우리 술 한 잔 나눕시다."

홍불 낭자가 이웃 술도가에서 고량주를 한 항아리 사 왔다. 술잔을 돌려 마시고 난 규염객이 화덕 옆에 던져두었던 가죽 자루를 손에 잡고 말했다.

"내게 변변치 않은 술안주가 있으니 우리 함께 듭시다."

그리고 가죽 자루에서 목 잘린 사람의 머리 한 개와 도려낸 염통과 간을 끄집어냈다. 머리통은 다시 자루에 넣고 염통과 간을 칼로 잘게 썰어 이정과 함께 먹으며 말을 했다.

"이 자는 천하를 어지럽히고 만백성을 괴롭힌 악덕한이오. 나는 이 자를 10년이나 뒤쫓다가 마침내 처형했소."

규염객은 다시 술잔을 이정에게 넘겨주며 물었다.

"최근에 태원 일대에 왕기가 서리고 장차 새 나라를 창건할 큰 인물이 나타날 거라고 하던데, 그가 누군지 아시오?"

"제가 바로 그 사람을 찾아서 태원으로 가는 길입니다."

"그이가 누구요?"

"소생과 동성으로 같은 이씨입니다."

"나이는?"

"이제 막 약관 스무 살인 줄 알고 있습니다."

"어떠한 신분이오?"

"현 태원의 유수(留守) 이연(李淵)의 아들입니다."

"내가 들은 바와 같소. 그 분을 만나게 해줄 수 있겠소?"

"소생도 아직 그 분을 뵙지 못했습니다. 그러나 저의 친구 유문정(劉文靜)을 통하면 만나 뵐 수가 있을 겁니다. 그런데 귀공은 그분을 왜 만나려 하십니까?"

"바로 그 분 때문에 태원에 왕기가 서리고 있군요. 그가 바로 새로 천자에 오를 분이군요. 이공은 언제쯤 태원에 닿을 예정이시오?"

이정이 모래쯤이면 당도할 것이라고 말하자, 그는,

"그러면 이공이 당도한 이튿날, 즉 글피 새벽에 분양교(汾陽橋)에서 나를 기다리시오. 자 그럼, 나는 그만 떠나겠소."

규염객은 재회를 약속하고 나귀를 타고 어둠 속으로 사라졌다. 이정과 홍불 낭자는 한편으로는 놀랐으나 한편으로는 기뻤다.

"저렇듯이 호협한 장사는 절대로 흰소리하지 않을 것이오."

그들은 이튿날 새벽 일찍 다시 태원을 향해 말을 몰았다. 태원에 당도한 이정은 약속한 시각에 분양교에 가서 규염객을 만났다. 그리고 그를 데리고 유문정의 집으로 갔다.

이정은 유문정에게 규염객을 소개하며 말했다.

"이 분은 영한 도사(道士)일세. 태원 상공에 왕기가 서리는 것을 감지하고 특히 이세민 도령님의 관상을 보아 올리려고 함께 왔네. 그러니 이 도령님을 모시고 오게."

이세민은 바로 태원의 유수 이연의 둘째 아들로 후일 당 태종(太宗)이다. 당시 나이 20의 젊은 공자였다. 평소에 이세민을 높이 평가하고 가까이 모시며 받들고 있던 유문정은 술상을 차리고 사람을 시켜 모셔오게 했다.

즉시 이세민이 평복차림으로 나타났다. 차림새에 비해 그의 몸에서는 야릇한 신기가 솟아오르고 눈에서는 광채가 뻗었다. 규염객은 한눈에 그의 비범함을 간파하고 술잔을 올리며 정중히 엎드려 절을 했다.

"참으로 용상에 오르실 천자이시옵니다."

집으로 돌아오는 길에 규염객이 말했다.

"내 판단이 맞을 것이오. 그러나 더 자세히 알기 위해 내가 스승으로 모시는 도사에게 다시 한번 보아 달라고 부탁하겠소. 오늘은 그만 헤어집시다. 그리고 내일 정오에 마행동(馬行東) 주점으로 오시오."

이정이 약정한 시각에 지정한 주점에 당도하니 문전에 두 마리의 나귀가 매여 있었다. 2층으로 올라가니 규염객이 반갑게 맞이하여 도사를 소개하고 술을 함께 마셨다. 술잔을 몇 순배 돌려 마시고 얼근해지자 규염객이 이정에게 구석에 놓인 큼직한 궤를 가리키며 말했다.

"이 궤 속에 10만 관의 돈이 있소. 이 돈으로 아늑한 집을 한 채 사시오. 그리고 누이동생 홍불을 편히 있게 하시오. 우리는 이 길로 도사님과 함께 유문정의 집으로 갑시다."

유문정의 집으로 들어간 도사는 유문정과 바둑을 두자고 청하고 이세민에게는 와서 바둑구경을 하라고 서찰을 보내게 했다.

얼마 후에 이세민이 방안에 들어오자, 도사를 보고 정중하게 절을 올리고 말없이 곁에 앉아 바둑판을 들여다보았다. 방안에 청명한 신기가 감돌고 광채가 구석까지 미쳤다. 그러자 도사는 갑자기 바둑알을 딱 놓고 바둑판을 쓸면서 유문정에게 말했다.

"빈도(貧道)가 졌소이다. 너무나 서기가 눈부시게 서려서 판국을 분간할 수가 없소이다. 대세가 유공 쪽으로 기울었소."

밖으로 나오자 도사는 규염객에게 말했다.

"귀공은 손을 떼시오. 장차 천하는 이세민이 잡을 것일세. 귀공은 먼 나라로 가서 새로 나라를 창건함이 좋겠소."

"그렇게 하지요."

규염객은 담담하게 대답했다. 그리고 이정에게 말했다.

"나는 이 길로 장안으로 돌아가겠소. 이공께서 누이와 함께 열을 후에 반드시 소생의 집으로 와주시오. 대장부가 뜻을 이루려면 재물이 있어야 하오. 내가 약간이나마 돕고자 하니 꼭 찾아오시오."

말을 마친 그는 길게 한숨을 쉬고 도사와 함께 순식간에 자취를 감추고 사라졌다.

열흘 후에 이정이 홍불 낭자와 함께 규염객의 집을 찾았다. 문을 두드리자 즉시 여종이 나와서 문을 열고 공손하게 절을 하며,

"셋째 서방님께서 기다리고 계십니다. 쇤네가 모시겠습니다."

밖으로 보기에는 작았으나 안으로 들어가니 무척 크고 넓은 저택이었다. 안채 안뜰에는 50명이 넘을 노복(奴僕)들이 늘어서서 그들을 맞이했다.

별당으로 들어가 둘러보니 방안의 장식이나 가구 집기가 으리으리했다. 화장대 위에는 향기로운 화장품과 향수가 놓여 있었다. 두

사람이 어리둥절 넋을 잃고 있자니 두 명의 시녀가 각각 비단옷을 받쳐 들고 들어와 놓으며 말했다.

"옷을 바꾸어 입고 계십시오."

시키는 대로 옷을 다 갈아입자 '서방님 듭시오.' 하는 소리와 함께 '에헴!' 하고 규염객이 싱글거리며 들어왔다. 바로 뒤에는 선녀처럼 아름다운 그의 부인이 뒤따랐다.

수인사를 나눈 다음 네 사람은 함께 식사를 하고 이어 이정과 홍불 낭자 두 사람을 환영하는 술잔치를 벌였다.

환영의 첫잔을 들고 건배를 하자, 화려한 복장의 아름다운 시녀 20명이 저마다 황금의 쟁반을 받쳐 들고 들어와 탁자 위에 놓고 차례로 늘어섰다. 탁자 위에 금 쟁반 20개가 다 놓여지자 규염객이 가볍게 손을 들어 지시를 내렸다.

시녀들이 일제히 위에 덮였던 붉은 금수(錦繡) 보자기를 걷어 올렸다. 쟁반에는 재물 및 금은보화의 물명(物名)을 적은 장부와 각처의 열쇠들이 놓여 있었다.

규염객은 나직하면서도 엄숙한 어조로 설명을 했다.

"이 모든 가산 재물과 금은보화들을 바로 이 자리에서 이공 부부에게 양도해 올리겠소. 원래 나는 흐트러진 이 나라를 바로잡고 도탄에 빠진 백성들을 구제하기 위하여 악덕하고 부패한 수나라 양제와 그의 도당들을 무력으로 일소하려 했소. 그러기 위해서는 막대한 군자금이 필요할 것인즉, 이 재물들이 바로 새 나라 창건에 쓰일 재물들이었소.

내가 이제 와서 모든 재물을 이공 부부에게 물려주는 의도는 다른 데 있지 않소. 하늘로부터 천명을 받고 등극할 새 천자가 이미 태원에 있음을 알았기 때문이오. 그 분이 바로 태원 유수의 아들 이세민이오. 사람은 절대로 하늘의 운세와 하늘이 내리는 천명을 따라야 하오. 따라서 나는 물러나기로 결심을 했소.

4, 5년 뒤에는 그가 천하를 통일하고 민생을 안정시키고 나아가서는 태평성세를 이룩할 것이오. 그러므로 두 분도 이세민을 도와 큰 공을 세우는 데에 이들 재물들을 유익하게 쓰시오.

그간 내가 함께 지나면서 살핀 바로 이공은 남달리 기상이 높고 정의감이 강하며, 또 품은 뜻이 크다는 것도 알았소. 뿐만 아니라, 이공은 문무를 겸비한 고결한 선비로 반드시 주군(主君)을 도와 천하에 큰 공을 세우실 것이며, 종국에는 인신(人臣)으로서 더 없는 영광을 누리실 것입니다.

한편 홍불 누이로 말하면 천생의 미인으로 총명과 정숙을 함께 지닌 탁월한 여인이오. 누이가 아니면 이공을 알아보지 못했을 거요. 또 이공이 아니면 누이를 아내로 맞이하지 못했을 것이오. 이렇듯 천생배필로 서로 잘 만났소. 오직 그간에는 살림이 가난하고 궁색한지라 제대로 기를 펴지 못했을 것이오. 그러나 이제부터는 이들 재물을 가지고 마냥 도약하고 활약하시오.

바야흐로 성군(聖君)이 출현할 천재일우의 때를 만났으니 두 분은 음양의 조화를 이루고 재물을 선용하여 덕화(德化)를 넓히시오. 그러면 호랑이 포효에 바람이 일고, 용 외침에 구름이 휘날리듯이 두 분의 공업이 천하를 진동하고 영원히 빛날 것이오.

나는 이제 이 땅을 하직하고 저 멀리 바다 건너 동남방으로 가서 새 나라를 창건할 작정이오. 앞으로 10년 후에는 반드시 그 쪽에서 큰 이변이 일어날 것이오. 그것은 곧 내가 목적을 달성하고 새 나라를 세운 것이니, 두 분께서 동남방을 향해 술을 뿌리고 축복해 주시오.”

장황하게 일장 연설을 마치고 그는 집안의 모든 종속들을 뜰아래 모아 이정 부처에게 복배(伏拜)를 올리게 하고 엄숙하게 선언했다.

“이제부터는 이 두 분을 상전으로 모시고 충성을 들라.”

말을 마친 규염객은 백마에 올랐다. 그리고 자기 부인과 시종 무사 한 사람만을 뒤따르게 하고 어디론가 사라졌다.

4

그 후 이세민이 아버지 이연과 함께 수(隋)를 치고 당(唐)나라를 창건할 때에 이정은 규염객이 준 막대한 재물을 군자금으로 바쳤다. 아울러 이정과 그의 부인 홍불 낭자는 함께 싸움터에 나가 무공을 세웠다. 당나라의 첫 황제 고조(高祖 : 618~626 재위)에 이어 제위에 오른 제2대 태종(太宗 : 627~649 재위)이 바로 이세민이다. 태종은 이상적인 정관지치(貞觀之治)를 펴서 당의 기틀을 공고히 했다.

이정은 태종 밑에서 공신으로 높은 벼슬을 살았으며 마침내 정관(貞觀) 10년(636)에는 무장으로서는 최고의 관직이며 재상에 해당하는 좌복야(左僕射)에 올랐다. 하루는 남만(南蠻)으로부터 재상 이정에게 한 통의 국서(國書)가 전달되었다.

『규염객이라고 하는 영웅이 천 척의 군선과 10만의 군사를 이끌고 와서 남만에 새 나라를 창건했다.』

그 밤에 이정은 부인 홍불과 함께 동남쪽을 바라보고 절을 올리고 술을 뿌렸다. 이 소설의 작자 두광정은 말했다.

『성천자(聖天子)는 하늘이 내린다. 아무나 자리에 오를 수 있는 것이 아니다. 태종 밑에서 공을 세운 이정과 홍불 낭자의 결합도 하늘의 뜻이다. 규염객이 나타나 그들에게 재물을 주고 공을 세우게 한 것도 하늘의 지시니라.』

【저자 평론】 동양에는 천명사상(天命思想)이 있다. 유덕자(有德者)에게 명(命)을 내려 실덕(失德)한 폭군을 몰아내고 새 나라를 세우게 한다. 이와 같은 혁명기에는 반드시 정의로운 선비와 무사가 나타나 편들고 반대로 악한 자들은 쫓겨난다.

2. 무쌍전(無雙傳)

— 설조(薛調)

1

당나라 제9대 왕 덕종(德宗 : 780~805 재위) 때에 있었던 이야기다. 당시 유진(劉震)이라는 조신(朝臣)이 있었다. 그는 임금의 신임을 받아 권세도 높았고 또 재물도 많았다. 그런데 그에게는 무쌍(無雙)이라는 귀여운 딸이 하나 있을 뿐이었다.

한편 일찍이 남편을 잃고 과부가 된 유진의 친누이가 유복자 왕선객(王仙客)을 데리고 더부살이를 하고 있었다.

선객은 무쌍보다 네 살 위로 어려서부터 오누이같이 자랐으므로 그들은 더없이 친숙했다. 점차 성장함에 따라 그들은 오누이와는 다른 정감을 느끼게 되었다. 무쌍의 어머니도 노상 선객을 보고 「장차 훌륭한 사람이 되어 우리 무쌍을 맡아라.」 하고 말했다.

무쌍의 아버지 유진도 성품이 착하고 인자했으며 과부가 된 친누이와 불쌍한 조카 선객을 잘 돌봐주었다.

그로부터 10여 년의 세월이 흘렀다. 병으로 자리보전하고 있던 선객의 어머니가 위독해지자 초췌한 모습으로 동생 유진을 보고 간곡히 부탁했다.

"내가 눈을 감으면 홀로 남을 선객이 걱정이오. 이 못난 누이에게 한 가지 소원이 있으니 들어주시오. 내가 죽은 다음, 3년 후에는 선객과 무쌍을 짝지어 주시오. 두 아이가 서로 좋아하니 잘 어울릴 것이오. 아울러 선객에게 많은 글공부를 시켜 출중한 인물이 되게 뒤도 잘 봐주시오."

중병을 앓다가 임종하려는 누이를 안위하기 위해서도 유진은 고개를 끄덕이며 승낙을 했다.

"누님 말씀대로 할 테니 걱정 마시고 속히 쾌차토록 하세요."

얼마 후, 그녀는 다시 일어나지 못하고 눈을 감았다. 어린 상제 왕선객은 영구(靈柩)를 모시고 장안에서 천 리나 멀리 떨어진 고향 양양(襄陽)으로 내려가 무덤 곁에 여막(廬幕)을 짓고 3년 동안 복상(服喪)했다.

3년상을 마치고 탈상을 하니 그의 나이 20에 가까웠다. 그는 혼자 생각했다.

『나는 부모도 형제도 없는 외톨이다. 어서 장가를 들어 집안을 재건하고 다시 번성하게 하자. 그 사이에 무쌍도 장성하여 성숙한 낭자가 되었겠지. 당장에 장안으로 돌아가서 삼촌의 허락을 받고 혼례를 올리자.』

왕선객은 행장을 갖추고 장안으로 향했다. 그 무렵 삼촌 유진은 재무장관 겸 통상장관에 해당하는 상서조용사(尙書租庸使)라는 높은 관직에 올라 위세를 떨치고 있었다.

그의 저택은 항상 찾아오는 사람들로 들끓었고, 안 사랑채는 물론 밖에 있는 숙청에도 많은 식객들이 들락날락 어수선하고 부산하기 이를 데가 없었다.

왕선객은 이튿날 아침 상머리에서 잠시 외삼촌 유진을 뵙고 절을 올렸을 뿐 아무 말도 하지 못했다.

안팎으로 많은 사람들을 대하고 또 항상 국사에 다망했던 유진은 왕선객에게 남다르게 대해 줄 겨를이 없었다.

그러나 특별한 배려로 서당에서 다른 서생들과 함께 기거하며 글공부를 하게 되었다. 옛날의 고관대작들은 사저(私邸)에 사설 서당을 설치하고 인재를 배양했다.

왕선객은 타고난 성품이 온순하고 현명하여 사리를 잘 판단하고 잘 참고 견디었다. 이따금 무쌍의 어머니가 특별히 그를 안방으로 불러들여 밥도 먹고 또 무쌍과 대면하고 말을 나누게도 해주었다.

한편 성장한 무쌍은 선녀처럼 아름답고 색시 티가 물씬 풍겼다. 그럴수록 왕선객은 더욱 학업에 정진하여 하루빨리 입신출세하여 무쌍을 신부로 맞이하리라 다짐했다.

왕선객은 상경하기 전에 고향에서 집과 농토를 정리하여 제법 많은 돈을 지니고 있었다. 그 돈으로 하인들에게 선물도 하고 또 자주 술도 사곤 하여 모든 사람들의 인심도 샀다.

외숙모의 생일에는 특별히 호화로운 예물을 바치기도 했다. 그것은 물소 뿔에 옥을 박은 목걸이로 무척 고가의 진품이었다. 그리고 다시 열흘 후에 왕선객은 할머니뻘 되는 어른을 통해 자기와 무쌍과의 결혼에 대한 외숙모의 의향을 물어보기도 했다. 그러자 외숙모이며 무쌍의 모친은 말했다.

"나는 찬성해요. 대감도 누이의 간청을 받아들이고 반승낙을 하셨으니 별로 문제 될 것이 없을 거요. 그러니 서둘러 과거에 합격하고 벼슬을 따세요."

그러나 며칠 뒤에는 시녀가 대감 나리의 하회라고 하며 다음과 같은 말을 했다.

"지난번에는 임종 직전에 누이를 안심시키기 위해 고개를 끄떡였으나 결코 정식으로 약혼을 다짐한 것은 아니다. 그렇다고 꼭 결혼을 안 시키겠다는 뜻도 아니다. 그러니 어서 학업에 정진하고 과거에 장원급제하여 입신출세를 해라. 그래야 신분도 지체도 맞고 어울릴 것이다."

왕선객도 그럴 거라는 생각이 들었다. 그는 더욱 분발하고 대성할 날을 앞당겨야 한다고 다짐했다.

2

그러던 어느 날이었다. 새벽에 입궐했던 삼촌 유진이 때 아니게 일찍 말을 타고 되돌아왔다. 그리고 몹시 당황하고 허둥대며 법석을 떨었다.

"어서 대문을 닫고 아무도 집안에 들이지 마라."

얼굴이 창백하고 숨을 헐떡이는 것으로 보아 무슨 심상치 않은 변란이 발생했음에 틀림없었다. 방으로 들어온 유진은 부인과 딸 무쌍을 보고 침통하게 말했다.

"오늘 새벽에 경원(涇原 : 지금의 감숙성)의 절도사가 반란을 일으켰으며 그 수하의 장군 요영언(姚令言)이 반군을 이끌고 함원전(含元殿)으로 밀고 들어왔소. 이에 천자께서는 북문을 통해 행궁으로 피하셨고 대신 백관들도 뒤를 따라 길을 떠났소. 나도 곧 뒤따라가서 천자를 모실 것이오. 허나 그 전에 부인과 무쌍을 피신시키고

자 이렇게 달려온 것이오. 시각이 다급하니 우리 셋은 농사꾼으로 변장을 하고 뒷문으로 빠져나갑시다. 그리고 뒷일은 선객에게 부탁합시다. 이렇듯 시국이 어수선하니 별수 없이 선객을 사위로 삼고 집안을 맡길 수밖에 별 도리가 없겠구려."

유진은 왕선객을 은밀히 불러 지시를 내렸다.

"나라에 변고가 생겼으므로 내가 먼저 변장을 하고 성문을 빠져나가겠다. 이제는 아무도 믿을 사람이 없구나. 난리가 평정되는 대로 너와 무쌍의 혼례를 치르고 너에게 이 집의 대를 잇게 할 테니, 나의 분부를 잘 따르고 지켜야 한다. 알겠느냐."

왕선객은 무쌍과 짝을 짓게 해주겠다는 말에 귀가 번쩍했다.

"네, 분부를 내리십시오. 신명을 바쳐 이행하겠습니다."

유진은 왕선객에게 창고 열쇠를 내주며 일렀다.

"창고 속에 있는 금은보화나 기타 값나가는 재물들을 골라서 20필의 말 등에 지우고 개원문(開遠門) 밖으로 나가라. 문 밖에는 송림이 있으며 그 숲 속에는 내가 미리 난리에 대비하고 아무도 모르게 지은 피신처가 있다. 너는 그 곳에 재물을 숨기고 우리가 오기를 기다려라."

왕선객은 시키는 대로 스무 바리의 재물을 탈 없이 옮기고 말들을 솔밭 깊숙이 숨기고 유진과 무쌍 모녀 세 사람이 무사히 탈출해 오기를 기다렸다. 그러나 해가 지고 날이 저물어도 나타나지 않았다. 밤이 깊어도 종무소식이었다.

왕선객은 성벽 뒤에 몸을 숨기고 조심조심 성문 가까이 가서 동정을 살폈다. 성문은 굳게 닫혔고 창칼을 든 위병들이 모닥불을 피워 놓고 삼엄하게 경계하고 있었다.

이튿날 아침에 왕선객은 도붓장사로 가장하고 성문 앞에 다가가 파수 보는 군졸에게 모른 척하고 물었다.

"낭패로다, 날이 밝았는데 아직도 성문을 닫아 잠그고 있습니까? 왜 경계가 유별나게 삼엄합니까? 무슨 변고가 있습니까?"

"세상 바뀐 줄도 모르시오? 오늘 아침에 주태위(朱太尉)가 덕종(德宗)을 몰아내고 용상을 차지했소. 그래서 성문을 닫아걸고 성안에 숨어 있을 조정의 벼슬아치들을 수색하느라 야단법석이라오. 오늘은 성내에 들어갈 수 없으니 멀리 가서 기다리시오. 근처에 있다가는 봉변을 당할 것이오."

왕선객은 동전 몇 닢을 찔러 주며 또 물었다.

"그렇다면 어제나 밤사이에 이 성문으로 나온 사람이 아무도 없었나요?"

"아무도 없었소. 허긴 아침나절에 조용사(租庸使) 유진(劉震) 상서(尙書)가 가족과 함께 변장을 하고 빠져나오려다가 발각되어 체포되어 끌려갔다오."

그 소리를 들은 왕선객은 속으로 목메어 울며 발길을 돌려 피신처로 돌아왔다. 그는 공포에 떨며 새벽까지 잠도 못 자고 뒤척거리고 있었다. 그러자 갑자기 창문에 불이 어른거렸고 밖이 시끌시끌했다. 얼른 몸을 일으켜 문틈으로 밖을 엿보니 손에 횃불을 든 포졸들이 솔밭을 누비고 다가오며 큰 소리로 호령을 했다.

"참작사(斬斫使) 출두시다. 숨어 있는 죄인들은 나와서 오라를 받아라."

참작사는 죄인을 그 자리에서 처형할 수 있는 권한을 가진 포도대장이다. 잘못 걸리면 끽 소리 못하고 죽는다.

화들짝 놀란 왕선객은 보물이나 재물을 모두 팽개치고 즉시 뒷문으로 나와 솔밭 속에 숨겨 놓았던 말을 잡아타고 줄달음쳐 무사히 고향 양양에 도달했다.

그로부터 3년의 세월이 흘렀다. 반란군이 토벌되고 천자가 다시 장안으로 환궁하고 사회의 질서가 바로잡히고 백성들의 생활도 예나 다름없이 안정되었다.

3

왕선객은 그간에 여러 길을 통해서 무쌍 아씨 일가의 소식을 얻고자 애를 썼다. 그러나 오리무중으로 도무지 알 수가 없었다. 그는 우선 장안으로 올라가 그들의 생사부터 확인할 생각이었다.

왕선객은 장안으로 들어가 무쌍의 옛집을 찾았다. 왕년에 호화롭고 크던 저택이 불에 타서 온데간데없고 수북이 쌓인 잿더미 사이로 잡초가 무성하게 자라고 있었다. 인생무상이라고 하지만 너무나 처참한 잔해였다. 그는 그 자리에 주저앉아 하늘을 보고 통곡했다.

근처에는 인가도 없고 또 오가는 행인들도 없었다. 어느덧 해가 지고 사위가 어둑어둑해졌다. 그는 정신을 가다듬고 몸을 일으켰다. 우선 가까운 객사를 찾아 요기도 하고 잠도 자야 했다. 그는 침통한 가슴을 안고 힘없는 걸음으로 거리를 방황하며 객사를 찾았다.

객사의 등불이 보였다. 그 쪽을 향해 터덜터덜 발길은 옮기고 있는데 눈앞에 불쑥 사람이 나타났다. 흠칫 놀라 그 자리에 멈춰 서자 상대가 큰 소리로 아는 체를 했다.

"도련님 아니십니까?"

자세히 보니 그는 전에 무쌍 댁 행랑채에 살던 머슴 한홍(寒鴻)이었다. 한홍은 그 자리에 엎드려 절을 하고 반겼다. 왕선객은 그의 손을 움켜잡고 다급하게 물었다.

"어찌 된 일인가? 자네가 아는 대로 말해보게. 왜 집이 불에 타 없어졌는가? 상서 어른 내외분과 무쌍 아씨는 어디에 계신가? 말해 보게."

한홍은 왈칵 울음을 터뜨리고 목멘 소리로 말했다.

"상서 나리와 안 마님은 돌아가셨습니다. 그리고……"

"그리고 무쌍 아씨는?"

"무쌍 아씨는 살아 계십니다. 그러나……"

"그러나라니…… 무쌍 아씨가 어찌 되었단 밀인가?"

"무쌍 아씨는 잡혀 지금 후궁에 들어가 갇힌 몸이 되었습니다."

"왜 후궁에 들어가 갇혔단 말인가? 그간의 경위와 곡절을 자세히 알려주게."

한홍은 고개를 들고 왕선객의 손을 잡아끌며 말했다.

"우선 소인의 집으로 가십시다. 가서 자초지종을 상세히 아뢰어 올리겠습니다."

집에 도달한 한홍은 반주를 곁들인 저녁상을 푸짐하게 차려 들고 들어왔다. 곁에서 술을 따라 권하며 지난 사연을 자세히 이야기해 주었다.

"난리가 나던 날 상서 대감이 변장을 하고 도성을 빠져나오시다가 발각이 되어 부득이하게 반란군의 장수 주태위 밑에서 벼슬을 살았습니다. 그러다가 다시 관군이 반군을 제압하고 도성을 탈환하자 대감 내외분은 부역했다는 죄목으로 처형당했던 것입니다. 그리고 무쌍 아씨는 후궁의 관노로 떨어졌습니다. 참으로 하늘도 무심하시지, 그렇듯이 인자하시던 대감 일가가 그렇게 기구하게 멸망하다니……"

말끝을 맺지 못하는 한홍을 따라 왕선객도 울었다. 두 사람은 눈물과 비탄에 젖어 제대로 잠을 이루지 못했다. 뜬눈으로 밤을 지새운 왕선객은 이튿날 동이 트자 한홍에게 말했다.

"이제 나는 넓은 천지간에 오갈 데 없고 의지할 데 없는 외톨이가 되었네. 그러니 무슨 수를 써서라도 무쌍 아씨를 후궁에서 빼내어 결혼하고 집안을 다시 일으켜야 하겠으니 자네가 나를 도와주게."

"그럼요. 다시 이를 말씀입니까? 그러나 무쌍 아씨를 무슨 수로 후궁에서 빼내시렵니까?"

일단 후궁으로 들어가면 평생을 매여 살아야 하며, 내시 이외에는 어떠한 남성도 대할 수가 없었다. 뿐만 아니라 특별한 윤허를 받지 않고서는 환속하여 평민과 결혼할 수도 없었다. 그러므로 일단 후궁으로 들어간 무쌍 아씨와 결혼한다는 것은 절대로 불가능했다. 더욱 그녀는 역적의 딸로 관노에 떨어진 몸이 아닌가. 일호의 잘못만 있어도 처형되게 마련이다.

"지성이면 감천이라 했다. 백방으로 노력하고 정성껏 신명께 축원하면 반드시 하늘이 도와주실 것이다."

하늘밖에 의지하고 믿을 데가 없는 왕선객은 다시 물었다.

"전에 무쌍 아씨의 몸종이었던 채빈(採蘋)은 지금 어떻게 되었으며 어디에 있느냐?"

"채빈은 지금 금오장군(金吾將軍) 왕수중(王遂中) 댁에서 노비로 매여 있습니다."

"잘 되었다. 우선 채빈이라도 속량해서 함께 살도록 하자."

"그 또한 어렵습니다."

"그것도 지성이면 감천이다. 정성들이고 애를 쓰면 하늘이 도울 것이다. 내일 찾아가 사정을 말하고 부탁해 보자."

"위세 높으신 금오장군을 어떻게 만나시렵니까?"

금오장군이란 대궐과 도성의 경비를 총책임진 수도경비의 총사령관이다. 일개 평민이 쉽사리 만날 수 있는 인물이 아니다. 그러나 장차는 무쌍을 후궁에서 빼내오려는 비장한 각오를 한 왕선객이다. 그는 한홍에게 장담했다.

"염려 마라. 내일 당장 장군을 만나서 부탁하겠다."

한홍은 눈을 끔벅이면서 고개를 갸우뚱하고 혼자 속으로 걱정했다. 『왕 도련님의 정신이 약간 흐린 것이 아닐까?』

옛날 중국에서는 아무리 고관이라도 꼭 만나볼 수 있는 길이 있었다. 그것은 같은 고향 한집안 출신이면 가능했던 것이다. 이러한 관습도 넓게는 효도 사상의 일환이다. 즉 같은 선조에서 파생한 일가친척을 잘 대하고 돌봐주는 일은 곧 선조에 대한 효성에 직결되기 때문이다.

왕선객은 왕수중과 동본동성이었으므로 쉽게 만날 수가 있었다. 게다가 왕수중은 난리 전부터 상서 유진의 인품을 잘 알고 있었으며, 특히 상서 유진이 탈출 직전에 반란군에게 체포되어 본의 아니게 부역했다가 후에 반역죄로 몰려 처형되었다는 사실을 알고 적잖이 동정하고 있었다. 그러던 차에 왕선객을 직접 대면하게 된 것이다.

왕수중은 의협한 사나이다. 왕선객과 무쌍의 사연을 상세하게 들은 그는 그들을 도우리라 결심을 했다.

"이미 후궁에 들어간 무쌍 아씨는 지금의 내 힘으로는 어찌할 도리가 없소. 그러나 채빈은 관노에서 풀어 줄 테니 데리고 가서 함께 사시오."

왕선객은 한 집에서 한홍과 채빈 셋이 함께 살면서 자나 깨나 무쌍을 후궁에서 빼내올 궁리에 몰두했다. 하루는 한홍이 의견을 제시했다.

"우선 도령님이 관직에 오르셔야 합니다. 그래야 대궐 가까이 갈 수가 있습니다. 금오장군에게 부탁해서 금군(禁軍)에 자리를 얻으세요."

4

많은 예물을 보낸 보람이 있어 왕선객은 금오장군의 주선으로 장락역(長樂驛)의 역장에 임명되었다. 장락역은 비교적 한적한 역참이지만, 서역(西域)으로 통하는 길목이며 또한 근처에 황제나 왕족의 능묘(陵墓)가 많이 있어 이따금 천자나 왕후 및 고관대작의 행차가 오가는 요지였다.

몇 달 후, 뜻밖에 좋은 소식이 들려왔다. 환관(宦官 : 내시)이 궁녀 30명을 인솔하고 왕릉(王陵)을 청소하러 가는 길에 장락역에서 하룻밤을 묵게 된다는 소식이었다. 역장 왕선객은 한홍과 채빈을 불러 함께 의논했다.

"혹시 그 일행 속에 무쌍 아씨가 있을지도 모르니 각별히 유의해서 살펴보자."

한홍은 뜨악한 표정을 짓고 중얼거렸다.

"그러면 오죽이나 좋겠습니까. 허나 후궁에는 수천 명의 궁녀들이 있습니다."

"그러니 하늘에 빌고 정성을 드리자는 것일세."

며칠 후, 궁녀들을 태운 융단차(絨緞車) 10대가 당도했다. 융단차는 내부에 융단을 깔고 밖을 호화롭게 장식한 마차로 일반 서민들은 접근을 못한다. 수레의 창문에도 특수한 발이 내려 있어 안에서 밖을 내다볼 수는 있어도 밖에서는 안을 엿볼 수 없었다. 또 궁녀들은 수레 안에서 먹고 자야 했으며, 외부와의 연락은 수레에 딸린 어린 몸종들이 담당하게 되어 있었다.

역장 왕선객은 한홍을 역리(驛吏)로 가장시켜 궁녀들이 탄 융단차 가까이에서 살피게 했고 또 채빈을 역참 주방장으로 가장시켜 찻물이나 음식을 공급하게 했다.

저녁때가 되자 여러 몸종들이 주방장인 채빈에게 와서 제각기 찻물과 밥상을 받아 갔다. 그 중의 한 아이가 밥상을 받으면서 눈을 찔끔하고 쪽지를 채빈에게 쥐어 주었다.

채빈은 왕선객과 한홍을 뒷방에 불러들이고 그 쪽지를 펴보았다. 놀랍게도 그것은 무쌍 아씨가 보내온 서신이었다. 이를 두고 천우신조라고 하는 것이리라.

서신은 남의 눈을 피해 다급하게 적은 듯 흘림으로 쓴 짤막한 것이었다.

『나는 수레 안에서 왕 도련님, 한홍과 채빈을 다 보았소. 내일 아침에 위수교(渭水橋) 모퉁이에 서 있으면 잠시 만나 볼 수 있으니 왕 도련님에게 그리 오시라고 이르시오. 그 때에 다시 자세한 사연을 적어 올리겠소.』

세 사람은 너무나 흥분하여 밤새 한잠도 자지 못하고 아침 일찍 위수교로 나갔다. 그때 마침 위수교를 보수하고 있었으므로 수레가 한 대씩만 건너갔다. 그러므로 나머지 수레는 다리 모퉁이에서 기다려야 했다.

이 때에 왕선객이 다리를 보수하는 일꾼으로 가장하고 수레에 접근했다.

그러자 다섯 번째 수레의 발이 젖혀 올려지면서 무쌍이 얼굴을 내밀고 나직하게 속삭였다.

"도련님, 저 무쌍입니다."

"무쌍 낭자, 어떻게 하면 나오게 할 수가 있소?"

"지금 이 자리에서는 길게 말할 수 없어요. 여기 적은 대로 하세요. 그럼 그 때까지 몸조심하세요."

무쌍이 서찰을 땅에 떨어뜨리고 즉시 발을 내리자 수레가 다시 앞으로 이동했다. 냉큼 서찰을 집어 든 왕선객은 다리를 건너 멀어져 가는 수레의 뒷모습을 끝없이 바라보았다.

숙소에 돌아온 왕선객은 무쌍의 서찰을 읽고 또 읽었다. 지나간 고난에 이어 오늘 후궁에 갇힌 절망적 심정을 눈물어린 필치로 상세하게 적었다. 그리고 말미에 다음과 같은 글발이 덧붙여져 있었다.

『소녀가 후궁에서 빠져나가기란 거의 불가능합니다. 그러나 부평현(富平縣)의 고압아(古押衙)라는 분을 찾아가서 의논을 해보세요. 그분은 의협심이 강한 분이라 혹 우리들의 처지를 동정하고 도와줄지 모릅니다.』

고압아라는 사람은 성이 고(古), 그의 벼슬이 압아(押衙)였다. 압아는 곧 근위대(近衛隊)의 장교이다.

그는 전에 압아의 벼슬에 있었으나 지금은 벼슬에서 물러나 강호의 협객으로 약한 사람들을 도와주고 있었다.

왕선객은 즉시 그에게 접근했다. 그리고 함께 마시고 함께 시국을 논하며 의기투합하는 사이가 되었다.

한편 왕선객은 이따금 가난하게 사는 고압아에게 생필품을 위시하여 기타 여러 가지 예물을 보내주었다.

고압아도 친형제처럼 지내는 왕선객의 도움을 흔쾌히 받아들였다.

어느덧 1년의 세월이 지났다. 그간 왕선객은 한마디의 부탁도 하지 않았고 또 어떠한 눈치도 내보이지 않았다.

그러던 어느 날, 고압아가 먼저 훌쩍 술을 마시고 왕선객에게 빈 잔을 내밀고 술을 따라주며 입을 열었다.

"그간에 내가 왕 도령의 신세도 많이 졌고 은혜도 많이 입었소. 내 비록 빈한하게 살아도 인정과 의리를 저버릴 졸장부는 아니오. 이제 나도 나이가 들었으니 더 늙기 전에 은혜에 보답을 해야겠소. 그러니 어려워 말고 내게 부탁할 일을 솔직하게 일러주시오."

왕선객은 무쌍 아씨에 관한 일을 상세히 이야기하고 어떻게 해서든지 그녀를 빼내어 함께 살고 싶다는 절실한 소망을 말해 주었다.

"잘 알았소. 내가 도우리다."

짧게 한 마디 하고 그는 다시 술잔을 기울였다.

그 후, 한 동안 연락이 없던 그로부터 갑자기 만나자는 기별이 왔다. 왕선객이 말을 타고 달려가 보니 고압아는 결연한 표정을 짓고 말했다.

"마침내 무쌍 아씨가 모산 어능(茅山御陵)에 배속되어 왔습니다.

여기서 별로 멀지 않은 곳이니, 계략을 써서 쥐도 새도 모르게 빼내 오겠습니다. 일의 성사를 위해서는 무쌍 아씨를 잘 아는 채빈이 꼭 나와 함께 가야 합니다. 채빈을 따르게 해주시겠습니까?"

"그야 당연하지요. 채빈도 기꺼이 갈 것입니다."

"고맙군요. 그럼 당장 함께 떠나지요."

채빈과 함께 말 등에 올라탄 고압아는 고삐를 팽팽하게 당긴 채 뒤돌아보며 자신만만하게 한 마디 했다.

"수일 내로 무쌍 아씨를 모시고 오겠습니다."

이제나 저제나 기적이 일어나기를 초조하게 기다리고 있는데 난데없이 불길한 풍문이 들려왔다.

『모산 어능의 환관과 궁녀가 불경죄로 사약을 내려받고 죽었다.』

왕선객은 가슴이 덜컥 내려앉았다.

"모산 어능은 바로 무쌍 아씨가 배속된 곳이 아닌가? 그 곳의 궁녀라면 무쌍 아씨가 아닌가?"

그는 한홍을 시켜 상세히 알아보게 했다. 얼마 후 한홍은 문 밖에서부터 대성통곡을 하며 뛰어 들어오자 목멘 소리로 말했다.

"이 낭패를 어찌합니까? 바로 무쌍 아씨가 사약을 받고 절명했습니다."

왕선객은 땅을 치며 울부짖었다.

"하늘도 무심하지, 무쌍 아씨를 죽게 하다니! 아아, 이제는 절망이로다. 그녀 없는 세상에 난들 살아 무엇 하랴!"

그는 뒤따라 자결하려고 비장하게 결심을 했다. 심상치 않은 그의 기색을 살핀 한홍이 먼저 이성을 되찾고 그를 달래며 타일렀다.

"고압아 나리가 돌아오셔야 사실 여부를 알 수가 있습니다. 그때까지는 자중하세요."

밤이 깊었다. 멀리서부터 들려오던 말발굽 소리가 문전에 와서 딱 멈추자 후다닥 대문을 박차고 사람들이 뛰어들었다. 바로 고대하고 있던 고압아와 채빈이었다.

그러나 무쌍 아씨의 모습은 보이지 않았다. 왕선객은 혼이 빠진 지 오래인지라 얼이 빠진 눈으로 그들을 바라볼 뿐이었다.

그러자 고압아는 어깨에 둘러메고 있던 묵직한 보따리를 조심스레 침대 위에 내려놓고 동여맸던 줄을 풀었다. 그리고 혼절한 여자를 들어내며 말했다.

"무쌍 아씨를 데려왔습니다."

왕선객은 정신이 번쩍 들었다. 가까이 가서 들여다보니 정말 무쌍 아씨였다. 채홍이 다짐을 놓았다.

"참으로 무쌍 아씨이십니다."

그러자 고압아가 빙그레 웃으며 말했다.

"지금은 약 때문에 가사상태(假死狀態)에 빠져 있습니다. 그러나 내일 새벽이면 깨어날 것이니 염려 마십시오. 아씨를 바르게 침상에 눕히고 따뜻하게 이불을 덮어주십시오."

채빈 혼자 침실에 남아서 기절한 무쌍 아씨를 돌보게 했다. 그리고 모든 사람들은 거실로 옮겨와서 밥과 술을 들며 고압아가 말하는 그간의 사연을 들었다.

사연은 대략 다음과 같았다.

잘 아는 도사로부터 사람을 일시 죽게 했다가 사흘 후에 다시 살아나게 하는 비전의 알약을 얻었다.

그 길로 고압아는 금오장군으로 가장을 하고 채빈을 내궁에서 파견된 여관으로 꾸며 신분을 가장했다.

그리고 모산 어능에서 후궁들을 감찰하는 환관에게 「조정에서 무쌍에게 사약이 내렸다. 죄목은 무쌍이 부모가 처형된 데 앙심을 품고 상감을 시해하려는 흉계를 꾸미고 있다는 밀고가 들어왔으며, 은밀히 내사한 결과 사실임이 밝혀졌다.」라고 말하고 그 자리에서 사약을 마시게 했다.

물론 사전에 비밀리에 채빈이 무쌍 아씨에게 계략임을 알리고 안심시켰다.

그리고 강호의 협객들을 시켜 시체를 매장케 하는 척하고 도중에서 빼돌렸다.

한편 후에라도 계략이 탄로 날 것이 두려워 모산 어능의 감찰관인 환관을 암살했으므로 아무도 알 사람이 없었다.

장시간에 걸쳐 저간의 경유를 다 말하고 나니 동쪽 창문이 희미하게 밝아왔다. 동시에 가사(假死)하고 자리에 누웠던 무쌍 아씨도 눈을 뜨고 몸을 일으켰다. 침상 머리로 달려간 왕선객이 그녀를 품자 그녀도 두 팔을 벌리고 안겼다.

곁에서 고압아가 말했다.

"지금부터 무쌍 아씨는 어제까지의 무쌍 아씨가 아니십니다. 그러니 두 분이 변성명하고 깊은 산중으로 들어가 아무에게도 신분을 밝히지 말고 숨어 사셔야 합니다."

왕선객과 무쌍 및 한홍과 채빈 네 사람은 그 길로 무산(巫山) 삼협(三峽) 깊은 산골로 들어가 삶의 터를 잡았다.

그리고 6, 7년 후에는 네 사람이 다 함께 왕선객의 고향 양양에 와서 농사짓고 또 장사를 하여 아들 딸 낳고 부자로 살았다.

그들은 기회 있을 때마다 의협한 사나이 고압아의 행방을 수소문했다. 그러나 통 알 수가 없었다.

【저자 평론】 이 소설은 우리에게 여러 가지 문제를 생각하게 해 준다. ① 높은 관직에 올라 부귀영화를 누리던 유진(劉震) 일가가 변란을 만나자 아침이슬같이 덧없이 멸망하고 스러진다. ② 그러나 그들의 아들딸들의 세대는 살아남는다. 더욱이 그들의 사랑은 파란만장의 격동에도 시들고 죽지 않고 살아남아 꽃을 피우고 열매를 맺는다. 그 힘과 도리가 바로 생생불이(生生不已)하는 하늘의 힘이고 도리이다. 이렇게 해서 인류의 삶과 문화가 세세대대(世世代代)로 이어지고 발전하는 것이다. ③ 고압아(古押衙)라는 의협 호걸이 무쌍(無雙)을 구출한다. 그는 혼자서 국가권력에 도전한다. 그리고 부당하게 후궁에 갇힌 여자를 구출하고 그녀에게 참 사랑과 자유로운 삶을 되찾아 준다. 역시 통쾌한 이야기다.

3. 유씨전(柳氏傳)

— 허요좌(許堯佐)

1

당 현종(玄宗 : 712~755 재위) 말년에 발생한 안녹산(安祿山)의 난은 당나라 왕실과 조정을 쑥대밭으로 만들었을 뿐만 아니라 무고한 백성들의 삶을 무자비하게 유린했다. 이 소설은 바로 그 때에 있었던 기구한 사랑의 이야기다.

한익(韓翊)이라는 젊은 시인이 있었다. 총명한 그는 시도 잘 지었으나 동시에 성품이 호탕하여 세속적 명리를 멀리하고 풍류놀이를 즐겼다. 그러므로 관직에 오르지 못하고 집안 살림도 제대로 꾸리지 못했으며 노상 구차하게 지냈다.

다행히 어려서부터 동문수학한 글벗 이생(李生)이 그를 극진히 아끼고 뒤를 봐주었다. 이생은 대대로 이어오는 고관대작의 후손으로 지체 높은 벼슬살이를 살고 있는 군자였다.

그도 성품이 호탕하고 의협심이 강했으며 특히 한익의 글재주를 높이 평가하고 있었으므로 인근에 새로 집을 지어 주기까지 했다.

이생에게는 유씨(柳氏)라는 이름을 가진 가기(家妓)가 있었다.

가기는 뛰어난 미모와 예능을 겸비한 시비(侍婢)로 신분상으로는 노비와 같았으며 권력이나 금전으로 사고 팔 수도 있었다.

유씨는 특출한 가기였다. 빼어난 미인으로 용모가 수려하고 살결이 백설처럼 희고 부드러웠다. 게다가 행동거지가 우아하고 예의범절을 바르게 가렸다. 아울러 천생으로 총명한 그녀는 시서(詩書) 가무(歌舞)에도 남달리 능통했다. 이상적인 가기였다. 그러므로 이생은 그녀에게 집 한 채를 지어주었다.

그리고 이생은 이따금 그녀의 집에 술상을 차려 놓고 한익을 초청하여 함께 마시며 시를 읊었다. 그 때마다 유씨가 배석하여 시중을 들고 또 뛰어난 솜씨의 노래와 춤으로 흥을 돋웠다.

여러 차례 한자리에서 함께 어울려 흉허물 없이 마시고 노래하며 또 때로는 시를 주고받는 사이에 재사(才士) 한익과 가인(佳人) 유씨는 남달리 친근하게 되었다.

그들이 교감하는 정감은 속된 남녀의 애정과는 차원이 다른 향기 높은 예술적 일체감을 바탕으로 한 고결한 것이었다. 즉 풍류 시객(詩客)과 격조 높은 예기(藝妓) 사이에서 스스로 피어나는 꽃송이와도 같이 향기 높은 것이었다.

거나하게 술 취한 한익이 술잔을 권하며,

"우리 형수는 천향국색(天香國色)이시오."

하고 추켜세우면 유씨는 술잔을 되돌려 권하면서,

"한 선생님은 장차 크게 빛을 내시고 이름을 떨치실 시객(詩客)이십니다."

하고 맞받았다. 그러면 이생은 두 사람을 위한 축배를 들고,

"가인은 재사를 만나야 더욱 꽃향기를 풍기고, 재사는 가인을 만

나야 더욱 높이 날 수가 있는 법이오."

하고 듣기에 민망할 정도로 한익과 유씨가 잘 어울린다고 진솔하게 칭찬을 했다.

마침내 이생은 한익과 단 둘이서 술을 마시는 자리에서 정색을 하고 입을 열었다.

"내가 심사숙고하고 이르는 말일세. 내 말을 깊이 새겨듣고 따르게. 단도직입적으로 말하겠네. 내가 자네와 유씨를 짝지어 주려고 하니 유씨로 하여금 자네의 수발을 들게 하게."

아닌 밤중에 홍두깨라. 너무나 뜻밖의 말에 놀란 한익은 휘둥그런 눈으로 쳐다볼 뿐 대꾸하지 못했다. 이생은 다시 말을 이었다.

"내가 진지하게 제안하는 것이니 뜨악하게 여기지 말게. 유씨는 내 집에 들어온 지 반년도 채 못 되었으니 자네가 거두어도 크게 허물이 되지 않네. 내 집에는 다른 가기(家妓)들이 있으니 서운할 것도 없네. 한편 자네와 그녀는 시가, 음악 등의 풍류나 정취가 서로 잘 어울리니 시객(詩客)인 자네와 예기(藝妓)인 그녀가 함께 짝함이 좋으리라 믿네."

너무나 파격적인 은혜다. 감격한 한익은 목멘 소리로 더듬더듬 말했다.

"그간에 입은 신세도 태산 같거늘 지금 다시 애첩까지 내려주다니, 그 은혜를 어찌 다 감당하겠는가? 참으로 몸 둘 바를 모르겠네."

그로부터 닷새가 지난 저녁 무렵이었다. 사전에 아무런 기별도 없이 이생이 한익의 집 대문을 밀고 안으로 들어왔다.

그 뒤에는 화려하게 신부로 치장한 유씨가 가랑머리 몸종의 부축을 받으며 나타났다. 말하자면 유씨를 시집보내온 것이다.

또 뒤에는 열대여섯 명의 노복들이 저마다 혼수 예물 혹은 음식을 실은 수레를 끌고 찬찬한 걸음으로 마당 안으로 들어왔다.

이윽고 이생의 지휘로 대청에서 혼인잔치가 벌어졌다. 집안에 청사초롱을 밝히고 약식으로 초례를 올리고, 이어서 풍악을 잡히고 합환주(合歡酒)를 마셨다.

밤이 깊어 잔치가 파할 무렵, 이생은 한익과 유씨 앞에 큰 술잔 세 개를 나란히 놓고 술을 부어 각자 마시게 했다. 그리고 큰 돈 30만 냥을 한익에게 건네주며 숙연한 표정을 짓고 말했다.

"두 사람의 행복을 비는 나의 정성일세. 거두어 살림에 보태 쓰도록 하게"

그리고 총총히 사라지는 그는 참으로 우정어린 친구요 의협(義俠)한 사나이였다.

2

짝도 없이 빈털터리로 방황하던 한익은 그 날로 아름다운 짝 유씨를 맞이하고 부자가 되어 새살림을 차리고 안정되었다.

이에 따라 한익도 의젓한 선비로 변신했다. 이렇듯이 여자의 참사랑은 남자의 인생을 바꿔 놓는 수가 왕왕 있다. 서로 어울리는 짝지음과 진정한 사랑은 상대를 선화(善化)한다.

한익은 아름다운 유씨의 사랑의 보살핌과 총명한 내조에 힘입어 분발하고 불철주야로 공부한 결과 무난하게 등과(登科)했다.

그러나 관직을 내려 받기까지에는 두서너 달 기다려야 했다. 이에 사리에 밝은 유씨가 한익에게 고향에 가서 성친(省親)할 것을 권했다.

"이제는 등용문(登龍門)에 오르셨으니 금의환향하시어 양친에게 아뢰시고 기쁘게 해드리세요. 행차하실 여러 채비는 제가 마련하고 이미 다 갖추어 놓았습니다."

"참으로 고맙소. 그렇다면 우리가 함께 가서 양친께 인사 올리고 우리들의 결혼 승낙도 받읍시다."

"아직은 이릅니다. 본래 저로 말하자면 천기 출신이라 진사(進士) 나리의 정실로 들어앉을 수 없습니다. 차후에 얼마든지 인사 올릴 기회가 있을 것인즉, 이번에는 혼자 다녀오세요."

한익은 단신으로 자기 고향인 청지(淸池 : 하북성)를 향해 먼 길을 떠났다.

그런 지 서너 달 후에 병란(兵亂)이 일어났다. 장안이 반란군의 수중에 함락되었고, 고관대작이 모여 사는 귀족 촌이 모조리 불에 타고 쑥대밭이 되었다.

이생의 저택과 유씨의 집도 불타고 재물을 몽땅 약탈당했다. 창졸간에 당하는 변이라 유씨는 맨몸 맨손으로 간신히 도망하여 깊은 산 속에 있는 법령사(法靈寺)에 들어가 삭발하고 여승이 되었다.

반란의 불길은 더욱 거세졌고 또 더욱 크게 번졌다. 장안으로 통하는 길은 일체 두절되었고 일반인의 통행이나 왕래는 꿈에도 생각할 수가 없게 되었다.

이렇게 하여 고향에 발이 묶인 한익은 유씨의 안위(安危)를 모른 채로 간장을 태웠다. 그는 백방으로 수소문한 끝에 관군의 장교를 만날 수 있게 되었다. 그는 장안 일대의 반란군을 소탕하고 있었다.

한익은 많은 재물을 그 장교에게 주고 간곡히 부탁했다.

"어떻게 해서든지 유씨의 행방을 찾아내시고 저의 서찰을 전해

주시오."

그 속에는 다음과 같은 시도 한편 적혀 있었다.

장안 장대에 나부끼는 수양버들처럼
정 어린 그리운 나의 님 유씨여!
지난날의 청명하고 싱싱한 아름다움
오늘도 여전히 간직하고 있으리라.
만약에 가지를 길게 드리웠다가
혹시 남의 손에 꺾일까 근심이오.

章臺柳 章臺柳 昔日青青今在否　장대류 장대류 석일청청금재부
縱使長條似舊垂 亦應攀折他人手　종사장조사구수 역응반절타인수

그로부터 반년 후에 유씨로부터 학수고대하던 회신을 받아볼 수 있었다. 역시 다음과 같은 시가 적혀 있었다.

수양버들 가지는 때를 만나
물오르고 푸르게 피어나지만
이별의 해를 거듭하니
한스럽기 그지없구려.
서글픈 가을에 낙엽이 휘날릴 제
임 오실 때까지 견디기 어렵구려.

楊柳枝 芳菲節 所恨年年贈離別　양류지 방비절 소한연년증이별
一葉隨風忽報秋 縱使君來豈堪折　일엽수풍홀보추 종사군래기감절

이 때는 이미 난리가 난 지 1년 반이나 세월이 흘렀을 무렵이었

다. 그러나 한익과 유씨는 만금의 재물을 지불하고 주고받은 서신을 통해 일단은 서로 무사함을 알게 되었다.

그럴수록 두 사람의 가슴은 더욱 초조하게 탔다. 그러나 어찌하랴. 천하의 병란을 두 사람의 사랑만으로 평정할 수가 있는가?

도탄에 빠진 백성들이 한탄하고 저주한다고 병란이 종식될 수 있는가? 힘없는 평민들은 오직 하늘을 바라보며 하루빨리 전란의 악귀(惡鬼)들을 몰아내 주기를 막연히 기원할 뿐이었다.

3

절색가인은 아무리 검은 치의(緇衣)에 몸을 덮어 가리고 깊은 산 속에 몸을 숨겨도 남의 눈에 띄게 마련이다. 심산유곡의 꽃향기가 번지듯이 천생의 아름다움은 자연히 빛을 발하게 마련이다.

유씨도 결국은 남에게 발각되고 수양버들 가지처럼 남의 손에 꺾이게 되었던 것이다.

당시의 병란을 평정하는 데 힘이 약했던 당 황실은 별수 없이 오랑캐의 무력을 빌렸다. 이 때에 관군을 도와 역적을 토벌하는 데 크게 공을 세운 오랑캐의 무장 중에 사태리(沙太利)라는 무지막지한 자가 있었다.

그 자가 한눈에 유씨의 정체를 간파했던 것이다. 허름한 옷을 걸치고 두건을 눌러쓰고 늙은 여승으로 가장한 유씨가 젊은 절색임을 간파하고 그녀를 납치해 자기 처소에 감금하고 시중을 들게 했던 것이다.

그러나 무장부(武將府) 안에서 일어난 일이라 아무도 알 수가 없었고 또 알아도 권세 등등한 무장 사태리를 어찌할 수 없었다.

한편 현종의 뒤를 계승한 숙종(肅宗)이 역적을 물리치고 당나라와 조정이 안정을 되찾았다. 그리고 각지로 흩어졌던 충신과 선비들을 다시 소환하고 당 황실의 위세를 회복하게 되었다.

이 때에 황제의 신임이 두터운 후희일(侯希逸)이라는 무관이 치청(淄靑 : 산동성 일대)의 절도사로 전임되었다. 그는 문명(文名)이 높은 한익을 서기(書記 : 참모)로 등용했다.

치청은 장안 동쪽에 있으며 장안과의 거리도 그다지 멀지 않았다. 그러므로 한익은 여러 사람을 풀어서 유씨의 소재를 수소문했으며, 마침내 그녀가 병란 막판에 번장(蕃將 : 오랑캐의 무장) 사태리에게 강제로 납치되어 장안에 있는 사태리의 무장부에 갇혀 있다는 사실을 알게 되었다.

한익은 자나 깨나 절치부심하며 그녀를 구출하려고 백방으로 계략을 세웠다.

때마침 절도사 후희일이 좌복야(左僕射 : 재상에 해당)에 임명되어 조정으로 들어가게 되었으며, 한익도 그를 따라 장안으로 가게 되었다.

같은 장안에 있으면서 자기의 사랑하는 아내를 무지막지한 오랑캐에게 탈취당한 것이다. 이에 분통을 터뜨린 한익은 맹세했다. 만난(萬難)을 무릅쓰고 유씨를 사태리의 무장부에서 구출해 내겠다고 굳게 다짐했다. 그리고 노심초사 주야로 치밀하게 계략을 세웠다.

그러나 사태리의 무장부에 침입하여 그녀를 탈취해 온다는 일은 하늘의 별 따기보다 더 어려운 노릇이다.

그러던 중, 한익은 뜻하지 않게 하늘의 도움으로 짧은 순간이나마 유씨의 얼굴을 직접 볼 수가 있었다.

해가 기울고 땅거미가 질 무렵이었다. 관아에서 퇴청한 한익이 말을 타고 터덜터덜 용수강(龍首岡) 언덕길을 오르고 있을 때였다.

앞서 가던 마차가 속도를 늦추고 한익이 다가오기를 기다리는 듯하더니 홀연히 마차 창문의 발을 제치고 난데없이 불쑥 유씨가 수척한 얼굴을 내밀고 아는 체를 했다.

한익은 너무나 뜻밖이라 어찌할 바를 모르고 어리둥절했다. 그러자 유씨는 말없이 손사래를 치고는 창 밖으로 서찰 쪽지를 흘리고 다시 마차의 속도를 높여 앞으로 달려가 버렸다.

한익은 환상을 보고 허깨비에 홀린 듯 어리벙벙하여 말을 멈추고 그 자리에 서서 어둠 속으로 사라져 가는 마차의 뒷모습을 바라보았다.

그리고 이내 정신을 차리고 말에서 내려 그녀가 흘리고 간 쪽지를 집어 들었다. 쪽지에는 다급하게 흘려 쓴 짤막한 글월이 적혀 있었다.

『사태리 무장부에 갇혀 있습니다. 하루속히 저를 구해 주세요.』

한익의 귓전에는 구원을 요청하는 그녀의 생생한 절규가 처절하게 들려왔다. 그의 가슴은 더욱 터질 듯 치솟는 분통에 오장육부가 불타는 듯이 뜨겁게 타오르고 아팠다.

4

그는 말머리를 돌려 치청군(淄靑軍)의 무사들이 모이는 주청(酒廳)으로 향했다. 술을 마시고 있던 무사들은 예사롭지 않게 나타난 한익을 반갑게 맞이하고 돌아가며 술을 권했다.

한익은 주는 대로 술잔을 받아 마실 뿐 통 말이 없었다. 그러자 눈치 빠른 무사 한 사람이 자신의 칼자루를 손으로 쓸면서 한익에게 넌지시 말을 건넸다.

"오늘은 한공의 기색이 유달리 우울해 보이십니다. 시생에게 분부를 내리시면 한바탕 본때 있게 구실을 해 올리겠습니다. 어려워 마시고 시생에게 분부를 내려 주십시오."

그는 절도사 막료(幕僚)의 한 사람으로 의협심이 강하고 무술이 뛰어난 허준(許俊)이란 군관이었다. 그와 한익은 서로 기가 맞아 평소부터 친교가 두터웠으므로 한익과 유씨와의 서글픈 사연을 잘 알고 있었으며, 언제든지 그들을 위해 한바탕 위험을 무릅쓰고 크게 도우려고 굳게 마음먹고 있었던 참이었다.

한익은 허준이 내미는 큰 술잔을 받아 한 숨에 훌쩍 마셨다. 그리고 심각한 표정으로 말없이 쪽지를 펴서 허준에게 내보였다. 눈을 크게 뜨고 글을 들여다본 허준은 딱 떨어지게 말했다.

"한공, 당장에 본관이 가서 부인을 모셔오겠소."

허준은 벌떡 일어나 행전을 조였다. 한익이 그의 옷소매를 눌러 잡고 말했다.

"뜻은 고맙소. 허나 상대는 사태리요. 혼자서는 어렵고 위험하오. 그러니 우리 함께 의논하고 치밀하게 일을 꾸밉시다."

그러나 허준은 되받아 말했다.

"상대가 사태리이기 때문에 단신으로 뛰어 들어가야 승산이 있습니다. 떼를 지어 정면으로 싸우면 절대로 해결할 수 없습니다. 걱정하지 마세요. 밤 안으로 부인을 모시고 오겠습니다. 다만 한공의 친필로 유씨 부인에게 나를 따라오라는 쪽지를 써 주십시오."

한익이 친필로 짤막하게 글을 써 주자 허준은 즉시 말에 올라타고 어둠 속으로 치달았다. 허준은 도중에서 사태리 직속의 군관 복장으로 변장을 하고 손에는 급령(急令)을 전하는 파발의 깃발을 높이 치켜들고 무장부 안에 있는 유씨의 처소로 뛰어 들어갔다. 그리고 험악한 표정을 짓고 졸개들을 질타하듯이 큰 소리로 영을 내렸다.

"대장군께서는 급환으로 지금 법령사 사랑채에서 정양 중이시다. 병구완을 위해 유씨 부인을 급히 모셔오라는 영을 내리셨다!"

유씨가 고함소리를 듣고 놀라서 뛰어나오자, 허준은 유씨에게 한익의 서찰을 내보이며, 즉시 그녀를 낚아채듯이 말에 태우고 어둠 속으로 치달렸다.

대담무쌍한 술책과 배짱으로 소임을 다 마치고 돌아온 시간을 다 합쳐도 한식경도 미처 못되는 짧은 시간이었다.

희미한 등불 아래서 술을 마시고 있던 한익이 말발굽소리를 듣고 밖으로 나가자 허준이 말에서 뛰어내리며 외쳤다.

"한공, 부인을 모시고 왔습니다!"

눈을 크게 뜨고 바라보니 진정 유씨가 서 있었다. 그녀는 웃음과 눈물이 범벅이 된 얼굴로 외쳤다.

"여보, 저 왔어요!"

그리고 왈칵 달려와 한익의 품에 안겼다. 술청에 모였던 다른 군관들도 일제히 함성을 지르고 그들의 재회를 진심으로 축하했다. 그리고 허준의 뛰어난 솜씨를 칭찬했다.

이튿날, 한익과 허준은 직속상관인 절도사 후희일에게 사건의 전후 사정을 상세히 보고하고 번장 사태리에 대처할 방도를 진지하게 의논했다. 절도사 후희일은 명문의 자손이며 호걸풍의 무인이었다.

그는 웃는 낯으로 말했다.

"허대장, 이번 일은 백 번 잘했소. 듣기만 해도 속이 후련해지는 쾌거였소. 아울러 한공과 유씨가 다시 만났으니 참으로 경축할 노릇이오. 한편 번장 사태리에게도 응분의 변상을 해주어야 하오. 그래야 후환이 없을 것이오. 뒤처리는 내가 맡아서 할 터이니 걱정들 마시오."

절도사 후희일은 즉시 황제에게 계품(啓稟)을 올렸다. 계품에는 한익과 유씨가 겪은 사연을 적고 끝에 가서 「이들에 대한 처분을 어찌하면 좋겠습니까?」 하는 품의(稟議)를 올렸다.

『이들은 다 소신의 직속 부하로 소신이 책임지고 죄를 논하겠습니다. 비록 이들이 법을 어기고 군관부에 무단히 출입한 죄는 크다 하오나, 본시 이들의 소행이 부당하게 납치되어 유린당하고 있는 유씨를 구출하려는 의리에서 나온 것이옵니다. 이 점을 감안하여 관대하게 처결할 수 있도록 각별하신 하교를 내려주시옵기를 빌어 올립니다.』

이에 황제는 다음과 같은 칙지(勅旨)를 내렸다.

『유씨는 한익에게 되돌려 함께 해로동혈(偕老同穴)케 하라. 번장 사태리에게는 이백만 금의 속전을 하사한다. 여타는 일체 불문에 부친다.』

그 후 한익은 더욱 출세하여 임금 곁에서 문서를 작성하는 중서사인(中書舍人)의 벼슬에 올랐다.

당시는 황제를 위시하여 모든 선비들이나 일반 서민들도 진정한 남녀의 사랑을 이해하고 두둔하는 낭만적인 기풍이 넘치는 때였다.

【저자 평론】 동서고금(東西古今)을 막론하고 무력전쟁은 국가의 평화와 질서를 파괴하고 무고한 백성들의 삶과 사랑을 송두리째 앗아간다. 그러므로 어떠한 명목으로도 전쟁을 자행해서는 안된다. 이 소설의 이생(李生)은 친구 한익과 자신의 가기(家妓) 유씨와의 사랑을 헌신적으로 도와준다. 그러나 번장(蕃將)은 무력으로 이들 두 사람의 사랑을 탈취한다. 그러자 의협한 허준(許俊)이 참사랑을 되찾아준다. 베풀고 도와주는 사람은 착하고, 파괴하고 탈취하는 자는 악하다.

4. 곤륜노(崑崙奴)

— 배형(裵鉶)

1

당나라 제5대 대종(代宗) 대력(大曆 : 770) 연간에 있었던 백면서생(白面書生)과 절세가인(絶世佳人)의 기구한 사랑이야기다.

장안에 최생(崔生)이라는 약관의 서생이 살고 있었다. 그의 가문은 전통 있는 권문세가이며 그의 부친은 대궐에서 황제를 경호하는 금위군(禁衛軍)의 총관(總管)이었다.

하루는 부친이 아들 최생을 불러 한 통의 봉함을 건네주며 분부를 내렸다.

"이 서찰을 가지고 왕부(王府)에 가서 네가 직접 일품(一品) 왕대인을 뵙고 정중히 문안인사 드려라. 그리고 네 손으로 직접 이 서찰과 함께 약보따리를 바쳐 올려라."

일품이라면 신하로서는 최고위에 속하는 원로 공신이다. 최생 부친의 관직인 금위군의 총관도 그 품계는 고작 정삼품(正三品)에 지나지 않는다.

최생은 금위군에 속하는 하급 사관(士官)이었다. 그가 지체 높은 왕대인을 찾아가 알현한다는 것은 쉬운 일이 아니었다.

극도로 긴장한 최생은 즉시 화려하게 장식한 안장마를 타고 노복 곤륜노(崑崙奴)를 앞세우고 집을 나섰다.

곤륜노란 남만(南蠻) 혹은 마래(馬來) 출신의 검둥이 노복을 일컫는다. 당시 장안에 사는 세도가나 부호들 집에서는 많은 곤륜노 즉 검둥이 노복을 부려 쓰고 있었다.

그만큼 당나라의 위세가 주변 국가에 넘쳤으며 또 외국과의 교역이 활발했다.

멀리 바라보이는 왕부의 위용은 가히 웅장했다. 일품의 대저택답게 그 규모가 으리으리하고 장엄했다. 세 길 높이의 외벽이 사방으로 둘러싸여 있고 노란 기와를 얹은 솟을대문 앞에는 창칼을 꼬나든 무사들이 삼엄하게 경계하고 있었다.

최생은 마음을 다잡고 수문장에게 부친의 봉함을 내보이고 왕대인을 알현하기 위하여 왔으니 안으로 들어가게 해달라고 부탁했다.

최생의 부친은 전부터 왕대인과 친교가 두터웠다. 그의 금위군 총관 직책이나 장관급에 해당하는 상서(尙書)의 벼슬자리도 본래 일품인 왕대인의 추천으로 얻은 것이었다.

근자에 왕대인이 미양으로 병석에 들었다는 소식을 듣고 부친이 아들을 보내 인사를 올릴 겸 장차 아들놈의 뒤도 잘 봐달라는 부탁도 할 겸 봉함과 함께 명약(名藥)을 지녀 보냈던 것이다.

일품 왕대인도 최 총관을 두텁게 신임하고 있었다. 그래서 즉시 면회가 허락되었으며, 얼마 후 붉은 대문이 열리고 청의(靑衣)의 가랑머리 여종이 나와 최생을 인도했다.

일품 왕대인은 호피를 깐 평상에 비스듬히 몸을 기대고 앉아 있었다. 곁에는 세 명의 젊은 절색의 미녀들이 시립하고 있었다. 그녀들은 가기(家妓)였다.

당시 세도가나 부호들은 가기라고 일컫는 전속의 기생들을 집안에 가꾸어 두고 있었다. 가기는 원칙으로는 악기를 연주하거나 혹은 춤이나 노래에 뛰어난 젊은 기생이다. 그러나 그들은 주인 영감 신변에서 시종을 들거나 특출한 경우에는 잠자리 수발을 들기도 했다. 말하자면 때로는 여종도 되고 때로는 첩실도 되는 예능을 갖춘 미색의 여인이다.

최생은 어려서부터 엄하게 예의범절을 몸에 익혔다. 그는 엄숙하고 경건한 태도로 대청에 올라 왕대인에게 복배(伏拜)를 올렸다. 일품은 눈을 가늘게 뜨고 말없이 내려다보며 미소를 지었다.

백면서생 최생은 용모가 준수했고 총기가 넘쳤으며 행동거지가 단정했다. 말하자면 귀엽고 호감이 가는 청년이었다. 일품은 매우 흡족한 낯으로 최생의 수인사를 받고 또 곁에 시립하고 있던 가기로 하여금 그가 바치는 서찰을 받아오게 했다.

달나라에서 하강한 선녀처럼 황홀하게 차려입은 예쁜 가기가 사뿐히 다가와 은쟁반을 내밀었다. 최생은 반사적으로 서찰을 쟁반 위에 얹었다. 그러자 가기는 제자리로 돌아가 봉을 뜯고 왕대인에게 서찰을 펴 보였다.

왕대인은 서찰을 일별하고 빙그레 웃음을 짓고 가볍게 고개를 끄덕였다. 총관의 서찰을 잘 보았다는 신호다. 그리고 왕대인은 시선을 최생에게로 돌리고 인자한 음성으로 말했다.

"총관 어른의 분부를 거행하느라고 수고가 많았다. 그 자리에 앉아 잠시 쉬면서 나와 함께 다과를 나누어 들자꾸나."

마침 그 때에 일품 왕대인은 간식으로 꿀범벅을 한 비파를 들고 있었다. 비파는 남방의 특산품으로 서민들은 맛볼 수 없는 고가의 진미였다.

일품은 특별히 가기에게 지시를 내려 최생에게도 비파를 가져다 주라고 했다.

그러자 곁에 시립하고 있던 가기 중에서도 가장 뛰어나게 총명하고 예쁘게 보이는 홍초(紅綃)의 비단옷을 입은 한 가기가 황금 주발에 꿀범벅 비파를 수북이 받쳐 들고 앞으로 다가왔다.

사뿐사뿐 옮겨 딛는 걸음걸이에 몸에 걸친 분홍색 명주비단 옷자락이 가볍게 휘날리며 주변에 향기를 풍겼다.

최생은 백면서생 애송이다. 난생 처음으로 눈부시게 아름다운 미녀를 지척 간에 대하자 어리둥절했다. 송구하고 당혹한 그는 어찌할 바를 모르고 본능적으로 몸을 옴츠렸다.

그 꼴을 더욱 귀엽게 본 일품 왕대인이 빙그레 웃으며, 농 섞인 말투로 가기에게 일렀다.

"도련님이 수줍어서 먹지를 못하는구나. 네가 손수 숟가락에 떠서 입에 넣어주어라."

이에 홍초 낭자가 야릇한 향기를 짙게 풍기며 코앞으로 다가왔다. 그리고 섬섬옥수를 뻗어 비파를 한 술 떠서 입안에 넣어주었다.

최생은 얼떨결에 입을 벌리고 꿀꺽 삼키기는 했으나 정신이 몽롱하고 향기와 맛에 취한 듯, 눈앞이 흐리고 침침하여 보이는 것이 없었다. 저 멀리 기녀들의 웃음소리가 귓전에 스치는 듯하였다.

긴장하여 몸이 굳어진 최생은 더 이상 그 자리에 앉아 있을 수가 없었다. 그래서 허둥지둥 하직인사를 올리고 물러나오려 하자, 왕대인이 다시 홍초를 걸친 미녀에게 "대문까지 모셔다 드려라!" 하고 분부를 내렸다.

대문에 이르자 가슴 두근거림이 약간 진정되는 듯했다. 그러나 아직도 얼굴은 벌겋게 상기된 채 후끈거렸다. 그래도 격식 갖추어 한마디 인사말은 해야 했다.

"여러 가지로 감사했습니다."

그녀는 활짝 웃는 낯으로 앵두처럼 붉은 입술 사이로 눈부시게 흰 치아를 내보이며 맑은 소리로 대꾸했다.

"틈나시는 대로 또 오세요."

그리고 다시 의미심장한 표정을 짓고 최생을 향해 다음과 같은 알쏭달쏭한 시늉을 지어 보였다.

먼저 손가락 세 개를 들어 보이고 다음에 손바닥을 세 번 뒤집었다. 그리고 마지막으로 가슴에 달린 조그만 둥근 거울을 가리키며 다짐하듯 말했다.

"아셨지요?"

그녀는 수수께끼 같은 말 한 마디를 던지고 훌쩍 돌아서 안채로 들어갔다.

대문 밖으로 나온 최생은 비로소 해방된 기분으로 말 등에 올라탔다. 그의 등에는 후줄근하게 땀이 배어 있었다. 그러나 그의 눈앞에는 아름다운 홍초 낭자의 모습이 어른거렸다.

2

최생은 집으로 돌아와 부친께 복명하고 곧 자기 처소인 서재로 들어가 벌렁 누웠다.

마음이 싱숭생숭하고 눈을 감아도 망막에 홍초 낭자의 모습이 떠오르며 가슴속에는 그녀의 미모가 각인된 듯 지워지지 않았다.

그 날부터 그는 몸이 나른하고 손에 책이 잡히지 않았다. 혼이 나간 사람처럼 정신이 혼미하고 입맛이 떨어졌다. 밖에 나가 친구를 찾거나 남들과 어울려 담소도 하지 않았다.

그러는 사이에 몸이 수척해졌고 얼굴이 야위고 초췌해졌다. 홍초 낭자 때문에 이른바 우울증과 상사병에 걸린 것이다.

어머니 대부인은 서둘러 이름난 전의를 불러 보이고 값비싼 탕약을 달여 먹이느라 분주하게 서둘렀다.

그러나 백약이 무효라, 까닭 모를 병세는 악화될 뿐이었다. 이러다가는 애지중지 키운 외아들을 잃을까 걱정이 태산 같았다.

그러나 최생은 자기의 고뇌를 남에게 털어놓고 말할 수도 없었다. 마침내 그는 다음과 같은 한 편의 시를 지어 담에 써 붙이고 혼자 읊으며 자신을 달랬다.

어쩌다 잘못하여 봉래산 정상에 올라가 놀 제
밝은 옥을 찬 선녀의 별 같은 눈에 감동했노라.
붉은 대문 비스듬히 닫힌 깊은 달나라 궁전에는
영지 향기 피우는 설부(雪膚) 선녀가 한숨짓노라.

誤到蓬山頂上遊 明瑺玉女動星眸 오도봉산정상유 명당옥녀동성모
朱扉半掩深宮月 應照瓊芝雪艷愁 주비반엄심궁월 응조경지설염수

주변 사람들은 그 시에 담긴 깊은 뜻을 알 수가 없었다. 오직 그의 노복으로 이름을 마륵(磨勒)이라고 부르는 곤륜노가 대충 최생의

속사정을 눈치채고 있었으며 또한 골수에 사무친 병의 연유와 치유의 길도 잘 알고 있었다.

곤륜노 마륵은 생각했다. '더는 내버려둘 수 없다, 그대로 방치했다가는 도련님의 생명이 위태롭다.' 마륵은 마침내 그를 구하기로 결심을 하고 입을 열었다.

"도련님의 심환은 절대로 침약만으로는 구제할 수 없습니다. 필시 왕대인의 가기 홍초 낭자를 만나보셔야 치유될 것입니다. 그렇지 않습니까?"

마륵은 10년 이상이나 최생을 섬겼다. 비록 신분상으로는 도령과 노비의 차이가 있었으나 인간적인 정분이나 심리 면에서는 형제처럼 서로 통했다. 이에 최생은 솔직하게 말했다.

"네 말이 옳다. 오매불망 보고 싶은 홍초 낭자를 한 번만이라도 보면 풀릴 것 같다. 그렇지 않고서는 고칠 수 없는 가슴앓이다. 그러나 어떻게 낭자를 만나느냐가 문제다."

"그것은 문제없습니다. 아무 염려 마시고 소인에게 분부만 내리십시오. 소인이 후련하게 해결해 드리겠습니다."

"분부를 내리다니? 무엇을 어떻게 하겠단 말이냐?"

"소인이 직접 도련님을 모시고 왕부(王府)에 잠입하여 귀신도 모르게 낭자와 대면하도록 주선하겠습니다."

"그게 과연 가능한 일이냐?"

최생이 의심하는 것도 당연하다. 이중 삼중으로 높은 성벽이 둘러싸였고 또 수많은 위병들이 밤낮 없이 삼엄하게 경계를 돌고 있는 왕부에 어떻게 잠입한단 말인가?

더더욱 홍초 낭자는 안채 중에서도 가장 안채에 속하는 침전(寢

殿)에 있을 것이니 어떻게 야밤에 무사히 그곳까지 잠입할 수 있겠는가?

"네가 무슨 재주와 힘으로 그렇게 한단 말이냐?"

힘없고 맥 빠진 소리로 되물었다. 그러나 마륵은 진지하고 자신만만한 표정을 짓고 말했다.

"소인이 아직까지 아무에게도 밝히지 않았습니다. 그러나 소인은 어려서부터 여러 가지 무술을 배워 익히고 있습니다. 그러므로 소인이 오늘밤에 도련님을 등에 업고 왕부에 들어가 아무도 모르게 홍초 낭자와 은밀히 만나보시게 주선하겠습니다."

너무나 엉뚱한 소리에 놀란 최생은 눈을 크게 뜨고 되물었다.

"네가 지금 잠꼬대를 하는 거냐? 네가 어떻게 나를 등에 업고 높은 성벽을 넘고 또 경비가 삼엄한 왕부의 침전 깊이 잠입할 수 있단 말이냐?"

마륵은 태연하게 대답했다.

"그런 일은 소인이 할 것이니 염려 마십시오."

그리고 마륵은 재촉하듯이 말한다.

"도련님, 당장 오늘밤에 가셔야 합니다."

"당장 오늘밤에 가자……?"

"그렇습니다. 오늘밤에 가셔야 합니다."

"왜, 오늘밤이냐?"

"도련님, 잊으셨습니까? 홍초 낭자가 대문 앞에서 손으로 오늘밤에 오라고 시늉하신 일을?"

"오늘밤에 오라는 시늉을 했다니, 그건 또 무슨 소리냐?"

"소인이 아가씨의 시늉을 해명해 드리지요. 먼저 세 개의 손가락을 들어 보인 것은 일품 저택에는 기생들의 방이 열 개 있으며, 그 중에서 자기 방이 셋째 방이라는 뜻입니다. 다음에 손바닥을 들어 세 번 뒤집어 보인 것은 다섯의 세 곱 즉 열다섯이라는 뜻이고, 마지막으로 가슴의 거울을 손으로 지적한 것은 곧 보름날 달밤이라는 뜻입니다. 바로 오늘이 보름입니다. 그러니 오늘밤에 꼭 가셔야 합니다."

최생은 수수께끼를 푼 마륵을 신통하게 여겼다. 그리고 자기도 모르게 탄식하듯 푸념하듯 말했다.

"그러나 내가 어떻게 오늘밤에 갈 수가 있겠느냐?"

"염려 마십시오. 제가 정각 자정을 기해 도련님을 등에 업고 담을 뛰어넘어 잠입하겠습니다. 그 때까지 짙은 청색 비단 옷 두 벌을 마련하세요."

잠시 후 마륵은 다시 말했다.

"저는 해가 지는 즉시 가서 먼저 왕부의 침전을 지키는 사나운 맹견을 처치하겠습니다. 그 개는 조주(曹州)의 맹견으로 호랑이도 잡아 죽일 정도로 사납습니다. 소인만이 그놈을 처치할 수 있습니다."

이에 최생은 술과 고기를 곁들인 저녁상을 특별히 차려 마륵과 함께 들었다.

마륵은 저녁을 다 들고 나서는 검은 옷으로 변장을 했다. 손에는 궁노를 들고 어둠을 타고 사라졌다. 그리고는 한식경도 채 되지 않아서 다시 돌아와 말했다.

"맹견을 처치했습니다. 이제는 겁날 것이 없습니다."

짙은 청색의 비단옷을 입은 두 사람은 자정을 기해 출발했다.

최생과 마륵은 어둠을 뚫고 제각기 총마(驄馬)를 달려 눈 깜짝할 사이에 왕부의 뒤 숲에 당도했다.

거기서 마륵은 최생을 등에 업고 해동청 날 듯 공중으로 치솟아 훌쩍 성벽을 넘었다. 그리고 어둠 속 하늘 높이 치솟아 날다가 다시 침전 안뜰에 소리 없이 사뿐히 내렸다.

비행술만이 아니라 밤눈도 밝은 마륵은 곧바로 세 번째의 방문 앞으로 다가가서 최생을 방문 앞에 내려놓고 손짓으로 방문을 가리켰다.

화려하게 꾸민 방문이 반쯤 열렸고, 문안으로는 주렴(珠簾)이 드리워졌고 방안에 놓인 황금 촛대에서는 촛불이 은은하게 번져 나왔다.

최생이 가까이 접근하여 들여다보니 바로 홍초 낭자가 누구를 기다리는 듯 초조한 표정을 짓고 혼자 앉아 있었다. 그녀는 뭉게구름 같은 푸른 머리를 올리고 있었다. 그러나 그녀의 희맑은 얼굴에는 수심의 그늘이 덮여 있었다. 자세히 보니 그녀는 한숨어린 가냘픈 음성으로 시를 읊조리고 있었다.

깊이 갇힌 꾀꼬리는 임을 그리고 한스러워
꽃 밑에 와서 옷을 풀어헤치고 마냥 우네.
푸른 하늘에 구름 떠가듯 소식 없거늘
하염없이 옥피리 불며 봉황이 짝을 찾네.

深洞鶯啼恨阮郎 偸來花下解珠璫 심동앵제한완랑 투래화하해주당
碧雲飄斷音書絶 空倚玉簫愁鳳凰 벽운표단음서절 공의옥소수봉황

안 마당 꽃밭에는 휘영청 보름달이 밝게 달빛을 뿌리고 있었다. 그러나 사위는 고요했다.

최생이 가볍게 조심조심 가벼운 기침소리를 내며 인기척을 내자 흠칫 놀란 낭자가 주렴을 걷어 올리고 나와서 최생을 반기며 맞아들였다.

그녀는 미리 마련한 주안상을 최생 앞에 내놓고 즐거운 얼굴빛으로 말했다.

"도련님은 총명하신 분이시라, 지난번에 소녀가 말 대신 손시늉으로 전해 올린 뜻을 잘 해득하시고 오늘 보름에 반드시 오시리라 믿었습니다. 그러나 전날같이 낮에 서신을 가지고 오시지 않아 소녀 크게 실망하고 상심을 했습니다. 그런데 어떻게 이렇게 깊은 밤중에 불쑥 나타나셨습니까? 삼중 사중으로 둘러싸인 성벽을 넘으시고 또 삼엄한 경계망을 어떻게 뚫고 오셨습니까? 무슨 재주와 술책으로 이렇게 소리도 자국도 없이 신령이 하강하듯이 홀연히 나타나셨습니까? 소녀가 꿈을 꾸고 있는 것은 아닌지요?"

"허긴 나도 이렇게 야밤중에 단 둘이 만나니 꿈만 같소. 허나 꿈이 아니고 현실이오. 자 우리 손을 마주 잡읍시다."

그녀는 속살이 비쳐 보이는 엷은 홍초(紅綃)를 걸치고 있었다. 그 옷소매 사이로 옥처럼 희고 미끈한 팔을 내밀고 최생의 화끈거리는 손을 잡으며 낭자가 말했다.

"정녕 도련님이시군요. 헌데 어떻게 그와 같이 비범한 무술을 부리십니까? 소녀 알고 싶습니다."

최생은 사실대로, 자기는 노복 마륵의 등에 업혀 쥐도 새도 모르게 들어올 수 있었다고 털어놓았다.

그러자 홍초 낭자는 즉시 문 밖에 서 있던 마륵을 불러들였다. 그러고 황금 주발에 술을 철철 넘게 따라 돌려가며 마셨다. 몇 순배 잔이 돈 다음에 낭자가 정색하고 자기의 신상을 털어 말하는 것이었다.

"소녀는 본래 부잣집의 딸로 태어났습니다. 불행히도 난리 통에 부모님이 비명횡사하셨습니다. 그리고 저는 폭도들에게 사로잡혀 온갖 수모를 다 겪었습니다. 그러던 중 요행히 관군에게 구출되기는 하였습니다만 결국은 이렇게 일품 왕대인의 가기로 묶이게 되었습니다."

잠시 말을 멈춘 그녀는 손수 술잔을 들어 훌쩍 마셨다. 그리고 다시 말을 이었다.

"남이 보기에는 궁궐 같은 왕부에 살면서 비단으로 몸을 감고 금은보배로 몸치장하고 옥수저로 산해진미를 먹으니 남부러울 것이 없을 것으로 생각될 것입니다. 그러나 소녀는 다릅니다."

그녀는 다시 말을 멈추고 길게 한숨을 토했다. 그리고 다시 서역에서 수입해온 붉은 포도주를 황금 술잔에 철철 넘치게 따라 섬섬옥수로 바쳐 들고 두 사람에게 권했다. 그리고 마지막으로 자기도 한잔 술을 마시고 다시 말을 이었다.

"이제는 난리도 평정되고 세상도 평온해졌으니 하루 속히 사슬에서 풀려나 자유롭게 살고 싶습니다. 그러니 두 분께서 소녀를 구해 주세요."

그와 같은 하소연이나 구원의 요청을 들으리라고는 꿈에도 생각하지 못했다.

최생은 미심쩍은 표정으로 되물었다.

"황제 다음가는 세도가의 집에서 마냥 사랑을 받고 호강을 하는 낭자가 왜 여기를 떠나려 하시오?"

"겉으로는 호강을 하는 것 같아도 속으로는 비참합니다. 진정한 사랑도 자유도 없는 구속생활이 아닙니까. 질곡에서 벗어나 마냥 자유롭게 숨을 쉬고 자유의 날개를 펴고 훨훨 날고 싶습니다. 설혹 가난해도 어울리는 임을 만나 짝하고 마냥 사랑을 나누고 싶습니다."

"어울리는 임이라니? 어떤 사람을 말하시오?"

최생은 설레는 가슴을 누르고 그러나 능청맞게 물었다. 그녀는 살며시 곁눈질을 하고 빙그레 미소를 풍기며 말했다.

"그야 뻔하지요. 바로 도련님 같은 분이세요."

최생은 자기도 모르게 왈칵 그녀를 품었다. 그녀의 풍만한 앞가슴이 자기의 심장을 뜨겁게 압박했다. 최생은 그녀의 귀에 대고 속삭이듯이 말했다.

"바로 내가 바라던 바요. 나는 전일에 처음 낭자를 본 이후로 오매불망 사무치는 정을 주체하지 못하고 몸져누워 생사지경을 헤맸소. 그러니 우리 당장에 이 곳에서 빠져나갑시다. 그래야 낭자도 살고 나도 죽지 않을 것이오. 다만 왕대인이 끈질기게 추심할 일이 걱정이오."

그녀는 가볍게 고개를 저으며 말했다.

"그 점은 걱정하지 마세요. 대인은 80세를 넘긴 고령의 질로(耋老)이십니다. 실제로는 여자를 탐하지 않습니다. 다만 관습상 권세를 내보이고 격식을 갖추려고 가기를 두고 허풍을 부리고 있는 것입니다."

곁에서 주고받는 대화의 내용을 소상히 듣고 있던 마륵이 불쑥 한 마디 했다.

“그러면 더 망설이고 지체하실 것이 없습니다. 당장에 이곳을 떠나십시다. 소인이 두 분을 안전하게 모시겠습니다. 날 밝기 전에 서두르셔야 하십니다. 아씨께서도 검은 옷으로 갈아입으세요.”

곤륜노 마륵은 홍초 낭자의 보석함과 옷가지들은 대충 챙겨 행낭에 넣었다. 그리고 먼저 그 행낭을 성밖으로 내다가 숲 속에 숨겨 놓았다.

그리고 다시 들어와 한 사람씩 등에 업고 훌쩍훌쩍 담을 뛰어넘어 성 밖 숲속에 매어 놓은 총마를 타고 잽싸게 내달렸다.

세 사람은 새벽 동트기 전에 무사히 최생의 사랑채로 돌아왔다. 그러나 밤사이에 있었던 그와 같은 엄청난 일을 아무도 눈치채지 못했다.

최생은 낭자를 집안사람들 모르게 자기 서재가 있는 사랑채에 깊이 숨기고 은밀히 돌보고 만났다. 그러는 동안에 시들시들하던 최생이 우울증에서 벗어나 생기를 되찾았다.

3

한편 왕대인의 왕부는 이튿날 새벽이 되면서 왈칵 뒤집혔다. 엊저녁에 침전에서 가기 한 사람이 흔적도 없이 증발했기 때문이다.

달 밝은 보름날 밤인데도 아무도 본 사람이 없었을 뿐더러 호랑이보다도 사나운 맹견이 끽소리도 못하고 죽어 넘어졌으니 참으로 귀신 곡할 노릇이 아닌가?

그와 같은 재주와 무술이라면 왕대인의 침실인들 잠입하지 못하겠는가? 생각만 해도 섬뜩하고 끔찍한 일이 발생했던 것이다.

뒤집어 말하면 곤륜노 마륵의 무술이나 도술이 그렇듯이 비범하고 신기했던 것이다. 그의 은신술(隱身術)이나 비상술(飛翔術)은 신귀(神鬼)에 다름없었다. 그래서 그 날 밤에 있었던 엄청난 변고를 아무도 눈치채지 못했던 것이다.

이 사건은 왕대인의 생명이나 왕부의 안위(安危)에도 밀접하게 관련이 있는 중대사다. 그래서 날이 새면서 즉각 왕대인에게 보고되었다.

왕대인은 산전수전 다 겪은 대장군이며 동시에 평생을 두고 수많은 정치적 변혁을 겪고 또 잘 다스린 노회(老獪)한 재상이었다.

그러므로 경호대장이 얼굴이 백짓장이 되어 벌벌 떨며 보고를 올렸건만 왕대인은 별로 놀라지도 않고 또 크게 화를 내고 책망하지도 않았다.

사건의 전말을 들은 다음 왕대인은 덤덤한 표정으로 낮은 소리로 경호대장에게 은밀히 지시를 내렸다.

"간밤에 침입한 자는 필시 무예의 고수로 예사롭게 대하다가는 도리어 큰 화를 자초할 것이다. 그 자가 마음만 먹었다면 간밤에 인명도 축냈을 것이다. 그러니 섣불리 대하거나 겉으로 소란을 피우지 마라. 극비리에 간자(間者)들을 풀어 내사토록 하라."

일품은 평생을 두고 나라의 요직을 두루 거친 재상이었다. 또 변경에서 여러 차례 외적과 싸워 이기기도 한 명장이었다. 또 조정에서는 많은 정적들을 물리치기도 한 거물 정객이기도 했다.

그러므로 그 밑에는 각계각층의 뛰어난 인재들이 그를 받들고 있었으며 아울러 정보망도 치밀하게 짜여져 있었다.

그러므로 불과 열흘도 못되어 홍초 낭자가 최 총관의 아들 최생의 서재에 숨어 있다는 사실을 밝혀냈던 것이다.

첩보에 접한 왕대인은 빙그레 미소를 짓고 고개를 끄덕이며 도집사(都執事)를 통해 최 총관에게 만나자는 서찰을 전했다.

한편 최 총관은 뒤늦게 아들놈이 돌이킬 수 없는 죄를 범한 것을 알고 안절부절 못하던 차에 호출명령과 같은 서찰은 받았다.

『아차, 이제는 죽었구나!』

최 총관은 죽을 각오를 하고 헐레벌떡 달려갔다. 최 총관은 감히 대청에 오를 수가 없었다. 안마당 땅바닥에 이마를 찧으며 용서를 빌었다.

"소관 죽을죄를 지었습니다. 어떠한 벌이라도 감수하겠습니다."

최 총관이 낙루읍소(落淚泣訴)하며 석고대죄(席藁待罪)하자 일품 왕대인은 화들짝 놀라 자리에서 일어나 버선발로 내려와 그를 부축해 일으키며 말했다.

"최 총관, 왜 이러시오. 함께 대청으로 올라가 앉읍시다. 긴히 상의할 말이 있소."

일품은 평소에도 최 총관을 신임하고 또 그의 인품을 높게 평가하고 있었다. 그러므로 추호도 그를 탓할 생각이 없었다.

일품 왕대인은 두 가지 목적으로 최 총관을 부른 것이다. 하나는 이 기회에 아버지가 허락하면 홍초 낭자를 그의 아들 최생에게 넘겨 줄 작정이었다. 다른 하나는 이 기회에 비범한 무술 고수의 정체를 알아내자는 것이었다.

그러나 최 총관은 아들놈이 왕대인의 가기를 훔쳤다는 죄책감에 지레 겁먹고 땅에 이마를 짓찧고 빌기부터 했던 것이다.

두 사람은 주안상을 마주하고 대좌했다. 곁에서는 예쁜 가기(家妓)들이 술시중을 들었다. 왕대인이 술잔을 권하며 넌지시 말을 건넸다.

"지난번 총관의 자제를 보았소. 하도 총명하고 준수한지라 나도 기뻤소. 또 온순 방정하고 예의범절을 밝게 가리는 것을 보고 더욱 호감이 갔소. 그때에 홍초라는 아이가 시중을 들었는데 두 사람이 서로 좋아하는 눈치였소. 그래서 내가 기회를 보아서 두 사람을 다시 한번 만나보게 할 의향을 가졌던 것이오. 그러던 참에 저희들이 제 발로 제 짝들을 찾았으니 오히려 나는 다행으로 여기고 있소. 허긴 내가 보기에도 둘이 한 쌍의 원앙처럼 잘 어울립디다. 이에 특히 일러두겠소. 홍초는 전란 속에서 부모를 잃고 적에게 잡혔던 것을 관군이 구제해서 내 집에서 가기로 살았던 아이요. 그러나 특출하게 총명한 아이라 침석 시중을 들게 하지 않았소. 그러니 그 아이를 거두어 아들 곁에서 시중들게 하시오."

최 총관은 등줄기에 식은땀을 흘리면서 묵묵히 듣고만 있었다. 일품은 다시 한잔 술로 목을 축이고 말을 계속했다.

"그보다도 더 중요한 일 하나를 알고 싶소. 어떻게 자제가 그렇듯이 신출귀몰한 무술을 부릴 수가 있었소?"

최 총사령관은 이마의 땀을 손등으로 닦으며 아뢰었다.

"모든 사실을 고해 올리겠습니다. 소관의 자식 놈은 전혀 무술을 모릅니다."

"그러니 묻는 것이오. 누가 곁에서 그들을 방조했단 말이오?"

"자식 놈의 노복으로 마륵이라는 곤륜노가 방조했습니다."

"곤륜노 마륵이라……? 그 자가 혼자 그렇듯이 엄청난 일을 저질

렸단 말이오?"

"그러하옵니다. 소관이 즉시 그놈을 포박하여 처형하겠습니다."

"아니오. 그로 말하면 주인을 위해서 위험을 무릅쓰고 무술을 행사했거늘, 주인이 그 자를 포박하거나 벌을 준다면 주종간의 의리에 흠이 갈 것이고 모양새도 좋지 않소. 허긴 그 자는 잠입을 했어도 사람을 해치거나 재물에 손을 대지 않았으니 죄도 크지 않소. 그러므로 내 뜻은 그 자를 처형하자는 데에 있지 않소. 다만 그 자의 무술을 실제로 확인해 보고자 하오. 실제로 그렇듯이 그의 무술이 출중하다면 내가 거두어 수하로 삼아 쓰려고 하오. 그러니 최 총관도 나의 계략을 따르시오."

"따르다 뿐이겠습니까. 하명하십시오."

"내 계략은 이렇소. 내 집에 잠입한 죄를 물어 그 자를 체포한다는 명목으로 근일에 수하 병력을 풀어 최 총관의 저택을 포위하고 그 자를 잡으려 하겠으며, 그 통에 그 자의 무술을 시험해 보려고 하오. 그러니 총관 혼자만 알고 있으시오."

수일 후에 왕대인이 뛰어난 무사 50명을 선발하여 최 총관의 집을 포위하고 곤륜노 마륵을 체포하겠다고 위협했다. 이에 최 총관이 『내 사람을 남에게 넘길 수 없다』고 항변했다. 멀리서 주인의 태도를 살피고 있던 마륵이 달려와서 최 총관에게 물었다.

"나리, 어찌 할까요. 저자들을 무력으로 저지할까요?"

"무력이라니, 우리에게 무슨 힘이 있다고 저들과 싸우려느냐?"

"소인 혼자로도 능히 싸워 막을 수 있습니다."

"네놈이 혼자 어찌 감당하겠다고 하느냐! 그리고 절대로 사람을 다치거나 피를 흘리게 해서는 안된다."

어느새 마륵은 훌쩍 몸을 날려 지붕 용마루 위에 올라가 서서 사방을 포위하고 있는 무사들을 내려다보고 의연하게 외쳤다.

"모든 죄는 내게 있으며 내가 혼자 벌을 받을 것이오. 그러니 포위를 풀고 돌아들 가시오. 그렇게 하면 후일에 내가 자진하여 오라를 받겠소."

선발되어 온 50명의 무사들이 검둥이 노복의 말을 듣고 물러날 리 만무했다. 그러자 곤륜노가 다시 큰 소리로 외쳤다.

"좋소. 정 싸우겠다면 한 수 보여주겠소. 우리 함께 뒷산으로 가서 겨룹시다."

그는 다시 솔개 날듯이 날아 성 밖 뒷산으로 갔다. 이에 왕부에서 파견된 무사들도 일제히 뒷산으로 이동했다.

곤륜노 마륵은 단신으로 우르르 몰려드는 50명의 고수들을 상대로 싸웠다. 그는 칼 대신 곤봉을 들고 있었다. 그리고 이리 뛰고 저리 뛰면서 창이나 칼을 뽑아든 수십 명의 무사들을 상대하고 싸웠다. 1대 50의 대결이었다. 그러나 싸움은 그리 오래 끌지 않았다. 마륵은 자유자재로 뛰고 날면서 주먹과 발과 곤봉으로 무사들을 치고 때려 눕혔다. 순간에 10여 명의 무사들이 기절을 하고 땅바닥에 널브러졌다. 그러자 그는 다시 훌쩍 날아 높은 나무 꼭대기에 올라서서 외쳤다.

"그만하면 솜씨를 알았을 것이니, 그만 싸우고 돌아들 가시오!"

그의 말이 끝나기 전에 화살이 무수히 날아왔다. 그러나 그는 손에 든 곤봉으로 비 오듯 쏟아지는 화살을 툭툭 받아 튕겨냈다. 이에 쏘아대던 화살이 멈칫했다. 그러자 그는 다시 무사들에게 타이르듯이 말했다.

"그만 하시오. 그대들의 실력으로는 나를 이기지도 못하고 체포하지도 못할 것이오. 나도 더 싸우고 싶지 않소. 그러니 돌아가서 상전에게 고하시오. 나는 즉시 이 댁을 하직하고 멀리 떠날 것이오. 그러니 다시는 이 댁을 괴롭히지 마시라고 전하시오."

어느덧 해가 지고 주위가 어둠에 묻혔다. 그러자 곤륜노 마륵은 번쩍 하고 나는 듯이 온데간데없이 사라졌다. 이에 왕부에서 파견된 무사들도 별수 없이 돌아갔다.

후일 왕대인의 적극적인 주선으로 최생과 홍초는 떳떳하게 짝지어 살았다. 즉 왕대인이 홍초를 자기의 수양딸로 삼고 최 총관의 며느리로 삼게 했던 것이다.

그로부터 10년 후에는 왕대인이 천수를 누리고 영면했다. 그 장례식에 높은 벼슬에 오른 최생과 홍초가 상복을 입고 끼여 있었다.

한편 곤륜노에 대해서는 아는 사람이 없었다. 간혹 그가 곤륜산에 들어가 영약(靈藥)을 만들고 있다는 소문이 들려왔다. 그러나 그를 만나본 사람은 없었다.

【저자 평론】 철부지 백면서생이 호화찬란하게 차려입은 같은 또래의 미녀에게 홀딱 반하는 것은 당연하다. 그러나 신분과 관습은 그들의 사랑을 허락지 않는다. 그러므로 최생도 우울증에 걸렸던 것이다. 내버려두면 생명이 위험하다. 이를 곤륜노 마륵이 혼자서 비범한 무술로 사랑 구제를 해 준 것이다. 이 때에 어른들도 잘 인도해야 한다. 덮어놓고 금하는 것이 능사가 아니다. 대범한 왕대인 같이 참사랑의 꽃을 피우도록 길을 잘 인도해야 한다.

5. 홍선전(紅線傳)

— 원교(袁郊)

1

노주(潞州) 절도사 설숭(薛嵩)의 부중(府中)에 홍선(紅線)이라는 시녀가 있었다. 노주는 지금의 산동성 장치현(長治縣)이다. 절도사는 군사권과 행정권을 겸한 지방의 통치자로 그 권세가 대단했으며, 마치 옛날의 영주나 제후 같은 위치에 있었다.

절도사는 조정에서 임명하고 중앙의 통제와 감시를 받는다. 그러나 당(唐) 중엽 안녹산(安祿山)의 난을 고비로 조정의 권위가 약화됨에 따라 지방 절도사들의 전횡이 심해졌고 심지어 서로 세력다툼을 하거나 또는 남의 영토를 침범하는 사례도 있었다.

그러므로 각 절도사들은 강력한 군사력을 보유하고 있어야 했다. 한편 저마다의 부국강병을 위해서 많은 인재 및 책략가를 수하에 부려야 했고 또 부중에는 절도사만을 모시고 시중드는 가기(家妓) 겸 비녀들도 다수 있었다.

홍선도 그 중의 한 기녀다. 방년 19세에 미모 또한 빼어났다. 게다가 노래와 춤에도 뛰어났고, 또 경서(經書)나 사서(史書)에도 능통했다. 그러므로 설숭은 그녀를 각별히 총애했고 내기실(內記室)이라는 직책을 주어 공문서도 취급하게 했다. 내기실은 오늘의 비서관에 해당한다.

홍선은 또 비범한 무술을 지니고 있었다. 이 사실은 그녀의 상전 절도사도 모르고 있었다. 본래 길가에 버려졌던 핏덩이였던 그녀를 한 도사가 거두어 태산(泰山) 깊은 산중에서 키웠는데, 그 도사는 그녀를 어려서부터 15년 이상에 걸쳐 여러 가지 무술을 가르쳤고, 마침내는 비결까지 전수해서 하산시켰던 것이다.

그러나 도사는 그녀의 내력이나 정체를 철저하게 숨기고 전란 통에 부모형제를 잃은 불쌍한 고아로 가장하여 그녀를 기방(妓房)에 의탁했던 것이다.

그 후 얼마 되지 않아 절세미인이 나타났다는 소문이 성중에 퍼졌다. 그래서 절도사가 그 주루(酒樓)에 가서 술을 마시게 되었으며 많은 기생 중에서 가장 빼어난 미모와 요염한 자태를 지닌 그녀를 보고 즉시 뽑아 절도사 부중에 가기(家妓)로 삼은 것이다.

이와 같이 그녀를 발견한 곳이 기관(妓館)이었으며 또 부중에 들여앉힌 지도 일천했기 때문에 절도사 설숭은 그녀가 총명하고 가무에 뛰어난 미모의 기녀인 줄만 알았지 그녀가 비범한 무술을 행사하는 검객이라는 사실은 전연 알지 못했던 것이다.

2

어느 날, 군영(軍營)에서 큰 잔치를 벌이고 있을 때였다. 곁에서 시중들던 홍선이 절도사에게 귓속말로 아뢰었다.

"갈고(羯鼓) 소리가 유난히 서글프게 들립니다."

설숭도 음악을 아는지라 고개를 끄떡이며 대꾸했다.

"그렇구나. 무슨 사연인지 알아보아라."

악사를 불러 사연을 묻자 그는 눈시울을 적시며 고했다.

"소인의 내자가 간밤에 숨을 거두었습니다. 감히 휴가를 청원할 수 없어 연주에 참가했습니다. 그래서 저도 모르게 슬픔이 배어 나왔나 봅니다. 죽을죄를 지었습니다."

절도사는 즉시 그를 집으로 돌려보냈다.

당시는 안사(安史)의 난을 평정한 직후라 아직도 변방은 술렁술렁했고 각 지방의 절도사간에는 보이지 않는 알력과 세력다툼이 있었다.

그 중에도 하남성(河南省) 위박(魏博)의 절도사 전승사(田承嗣)가 설숭의 영지인 산동성을 넘보고 있었다.

까닭인즉 전승사는 지병인 천식을 앓고 있었으므로 바다에 임해 공기 좋고 풍광 밝은 산동성을 자기의 영지로 차지하려는 저의를 품고 있었다.

전승사가 일당백(一當百)의 무사 수천 명을 뽑아 특별훈련을 시키고 있다는 정보에 접한 절도사 설숭은 걱정스러웠다. 그의 얼굴은 구름이 낀 듯 흐려 있었다. 그러자 약삭빠르게 눈치를 챈 홍선이 입을 열고 넌지시 물었다.

"대감나리, 위박의 절도사 전승사의 일로 지나치게 심려하지 마십시오. 소첩에게 묘안이 있사옵니다."

설숭은 너무나 당돌한 말에 깜짝 놀라며 나무라는 투로 말했다.

"이 일은 국가의 대사이며 우리 가문의 흥망이 걸린 중대사이다. 규방의 아녀자가 참견할 일이 아니다. 더욱이 쌍방의 대군이 맞붙어

싸울 전란에 무력한 여자가 어찌 나서겠다는 게냐?"

홍선은 기죽지 않고 의연한 자세로 말했다.

"소첩을 믿으십시오. 소첩 혼자서 수천의 병사와 싸워 이기겠다는 말씀이 아니라, 위박의 절도사의 간담을 서늘하게 혼내주고 다시는 이 곳을 넘보지 못하도록 응징할 묘책이 있습니다. 모든 일을 소첩이 아무도 모르게 혼자서 거행할 것이며, 그것도 당장 오늘밤으로 결말을 내겠습니다."

"무슨 소린지 통 알아들을 수 없구나. 젊은 나이에 아까운 목숨 잃지 말고 얌전히 곁에서 시중이나 들 거라. 섣불리 나섰다가는 사태만 더욱 불리해진다."

그러자 그녀는 숙연한 표정을 짓고 날이 선 음성으로 아뢴다.

"대감나리, 소첩은 본래 이름 모를 천민의 소생으로 길섶에 버려졌던 고아였습니다. 다행히 대법도사(大法道師)에게 구제되었고 또 근 20년간을 심산유곡에서 성장했습니다. 그 사이에 소첩은 축지법, 공중 비행술 및 은신술(隱身術) 등 무술도 익혔습니다. 그러니 염려 마시고 소첩에게 분부를 내려 주십시오. 아울러 나리께서 친필로 전승사 절도사에게 보내는 안부편지 한 통을 적어 주십시오."

자기 방으로 들어갔던 홍선이 즉시 행장을 갖추고 나타났다. 남만(南蠻)의 무사차림이었다. 짙은 보라색 윗도리에 검은 띠를 둘렀다. 검은 아랫도리에는 행전을 차고 머리에는 금테두리 검은 삿갓을 깊이 눌러쓰고 있었다.

설숭으로부터 전승사에게 보내는 서찰을 넘겨받자 그녀는 엎드려 절을 하고 아뢰었다.

"다녀오겠습니다."

그리고 그녀는 흡사 검은 제비처럼 훌쩍 날아 온데간데없이 어둠 속으로 사라졌다.

절도사 설숭은 도깨비에 홀린 듯 망연히 허공을 쳐다보았다. 이 일은 두 사람 이외에는 아무도 몰랐다. 이왕 저질러진 바에야 탈 없이 성공하고 돌아오기를 하늘에 기도하며 바랄 뿐이었다.

그는 밤이 깊도록 홀로 앉아 가물거리는 촛불을 응시하고 있었다. 연거푸 술잔을 들이켰으나 좀처럼 취하지 않았다.

밖에는 가을바람이 소슬하게 불고 마당에는 이슬 먹은 낙엽들이 바람에 쓸리는 소리가 더욱 스산하게 들렸다. 이따금 성문에서 시간을 알리는 호각소리가 들려왔다.

3

오경에 접어들 무렵이었다. 개 짓는 소리를 타고 멀리서부터 줄기차게 달려오는 말발굽 소리가 차츰 가까워지더니 문전에서 딱 멈추었다. 그리고 이어 가볍게 뛰어 달리는 발소리와 함께 고대하던 홍선이 들어왔다. 그녀는 낭랑한 음성으로 복명했다.

"대감나리, 소첩 소임을 완수하고 무사히 돌아왔습니다."

"참으로 수고했다. 무사히 돌아왔으니 다행이다. 나는 혼자 밤새도록 마음 조이고 걱정했다. 이제야 마음이 놓이는구나. 어서 옷부터 갈아 입거라."

홍선이 화사한 옷으로 갈아입고 치장을 하고 나왔다. 그 자색이 더욱 눈부시게 아름답고 귀여웠다. 설숭은 너무나 기뻐 그녀를 품고 반기며 주안상 앞에 앉히고 손수 술을 따라 권했다.

"우선 목부터 축여라. 헌데 나는 통 영문을 모르겠구나. 네가 정말로 전승사 절도사의 본거지인 위박까지 갔다 왔다는 게냐?"

"네, 그러하옵니다."

"여기서 3백 리, 왕복 6백 리 노정인데 그 사이에 내왕을 했단 말이냐?"

"그러하옵니다."

"믿을 수 없구나. 오늘밤은 내가 줄곧 환상과 꿈속을 헤매고 있는 것 같다. 아니냐?"

"아니옵니다. 분명히 소첩이 이렇게 나리 곁에서 시중들고 있지 않사옵니까. 소첩이 자초지종을 고해 올리겠으니 우선 축하 술부터 한잔 드시옵소서."

"그래, 우리 함께 축배를 들자. 너 같은 미인을 '경국지색(傾國之色)'이라 했거늘, 오히려 나는 너로 인해 일가 영토를 안전하게 보전할 수 있게 되었으니, 더 바랄 게 없구나. 참으로 고맙구나."

늙은 대감과 어린 기녀는 함께 축배를 들었다. 잔을 놓자 홍선은 행낭에서 비단 주머니에 싼 금합(金盒)을 꺼내며 말했다.

"나리, 이것이 소첩이 전승사 절도사의 머리맡에까지 갔다 왔다는 증거품입니다. 이 금합은 바로 전승사 베갯머리 맡에 있던 것입니다. 속에는 그 분의 함자와 사주 및 북두칠성의 수호신의 이름을 적은 단자와 기타의 기밀을 적은 서류가 들어 있습니다. 그러므로 이 금합이 여기 있다는 것은 곧 그 분에 대한 '생사여탈권(生死與奪權)'을 대감께서 쥐고 계시다는 뜻입니다."

"그렇게 막중하게 귀중한 금합을 네가 어떻게 들고 왔단 말이냐?"

"아뢰어 올리겠습니다. 소첩은 공중비행술과 은신술을 익힌지라 철통같은 성벽도 하늘을 타고 잠입할 수 있고, 또 삼엄한 경계망도 남의 눈에 띄지 않게 침입할 수가 있습니다. 소첩이 침실에 들어가 보니 마침 깊이 잠이 들어 있기에 나리의 문안 편지를 머리맡에 놓고 대신 이 금합을 들고 왔습니다."

"참으로 신통한지고. 정녕 아무에게도 발각되지 않았단 말이냐?"

"발각되지 않았습니다. 도리어 소첩이 그들을 희롱하고 왔습니다."

"그들을 희롱하다니……?"

"제가 잠입했었다는 증거를 남기기 위하여 경비실에 들어가서 잠자고 있던 경비병의 손에서 칼과 창을 뽑아 함께 묶어 바닥에 놓았고 또 뒷방에 들어가 곤하게 잠들고 있는 시녀들의 옷고름을 서로 묶어 놓았습니다."

"긴장되고 황망한 속에서 그런 짓까지 했단 말이냐?"

"그렇게 함으로써 이쪽의 신통력이 크고 또 여유가 있음을 알리려 했던 것입니다."

"그럼 이제부터 우리는 어떻게 하면 좋겠느냐?"

"나리께서는 아침이 되면 아무도 모르게 밀사를 시켜 이 금합을 위박의 전승사 절도사에게 되돌려 보내세요. 그 때에 반드시 나리의 친필로 된 밀서도 함께 보내십시오. 그러면 그쪽도 심각하게 생각하는 바가 있게 될 것입니다."

"무슨 말인지 알겠다. 그렇게 하자."

한편 날이 밝자, 전승사 절도사 부중에서는 큰 소동과 난리가 일어났다.

4

아침에 절도사가 눈을 뜨고 일어나 보니 머리맡에 있어야 할 자기의 생명과 다를 바 없는 귀중한 금합이 온데간데없이 사라졌고 대신 그 자리에 서찰 한 통이 놓여 있었다.

그 서찰은 노주의 절도사 설숭의 친서였다. 내용은 평범한 안부 편지였다. 그러나 왜 이 편지가 머리맡에 놓여 있으며 또 금합은 어째서 없어진 것일까? 이는 예사로운 일이 아니다.

전승사는 정신을 가다듬고 혼자서 곰곰이 생각했다.

『서찰은 설숭이 보낸 것이다. 그렇다면 서로 적대관계에 있는 설숭이 은밀히 파견한 침입자가 내 머리맡에까지 왔었다는 게 분명하다. 만약에 그 침입자가 금합 대신 내 목을 노렸다면 어찌 되었을까? 영락없이 당했을 것이 아닌가. 참으로 아찔하고 끔찍한 노릇이 아닌가!

그뿐만이 아니다. 금합 속에는 여러 기밀문서들이 들어 있다. 만약에 그것들이 세상에 밝혀지는 날이면 전씨 일가는 파멸을 면치 못할 것이다. 도대체 나의 영토를 지키는 수만의 군사들은 다 어디로 갔으며, 더더욱 절도사의 부중을 철통같이 감시하고 수비하고 있을 선발된 근위병들은 밤새 무엇을 했단 말인가?

그리고 내 침소에도 수백 명의 무술의 고수들이 파수를 보고 있었거늘 어떻게 그 자가 쥐도 새도 모르게 내 머리맡에까지 침입해 올 수 있었을까?

여기서 설숭 절도사의 도읍까지는 3백 리 거리가 된다. 그곳에서 이 부중까지 오기 위해서는 도중에 5개의 성문을 통과해야 한다. 그런데 어떻게 한밤중에 성문을 무사 출입할 수 있었을까?

참으로 귀신이 곡할 노릇이다. 철저하게 조사하고 책임의 소재를 밝히고 또 분실된 금합을 찾아내리라.』

절도사 전승사는 전 영토에 비상령을 내렸다. 그리고 즉각 군부와 각지의 성문을 수비하는 경비대장들을 소집하고 간밤에 있었을 이상 여부를 물었다. 그러나 그들은 한결같이 '아무런 이상이 없었다.'고 태연하게 대답했다.

오직 자기 침소에 딸린 앞 뒷방에 도깨비가 나타난 징조가 있을 뿐이라고 보고했다.

"도깨비가 나타나다니, 그게 무슨 소리냐?"

분통을 터뜨리고 노기충천한 절도사는 벼락같은 소리를 질렀다. 이에 침실을 수비했던 대장이 부들부들 떨며 숨넘어가는 소리로 아뢰었다.

"앞 경비실에서는 병사들이 손에 들고 있던 병장기들이 어느 틈에 함께 묶여 바닥에 놓였고, 또 뒷방에서는 잠자고 있던 시녀들의 옷고름이 서로 매여져 있었습니다. 이는 필시 도깨비장난이니 영한 도사나 무당을 불러 불계(祓禊)를 차려야 할 것입니다."

절도사 전승사는 속으로 생각했다.

『아직은 아무도 내 머리맡의 금합이 없어진 사실을 모르는 모양이니 굳이 아랫것들에게 알릴 필요가 없다. 은밀히 내사하자.』

이튿날 새벽에 수문장이 다급히 들어와 아뢰었다.

"노주의 절도사 나라가 파견한 밀사가 알현을 청하고 대령하고 있습니다."

"어서 안으로 들라 하라."

전승사는 이제야 수수께끼가 풀리는가 싶었다. 그는 주위의 관속이나 부하들을 모두 물리치고 긴장한 표정으로 밀사와 단독으로 대면했다.

"노주 절도사 나리의 명을 받고 귀중한 물건을 봉환해 올리려고 달려왔습니다."

정중히 바쳐 올리는 것은 바로 자신의 생명과 운명이 걸린 금합이었다. 속으로는 크게 놀랐으나 겉으로는 태연함을 가장하고 밀사에게 치하했다.

"원로에 수고가 많았소. 돌아가 노주 절도사 대감께 감사드린다고 아뢰어 주시오. 특사께서는 잠시 빈관(賓館)에서 쉬셨다가 본관의 회신과 예물을 대동하고 내일 아침에 회정하도록 하시오."

금합과 함께 보내온 밀서에는 설숭의 필적으로 된 짤막한 글이 적혀 있었다.

『전자에 본관이 파발꾼을 시켜 귀관에게 문안 편지를 전해 올리라고 일렀던 바, 그 자가 노상에서 금합을 습득하여 왔기에 이를 즉시 귀관에게 돌려 올립니다. 이 일은 아무도 아는 사람이 없고 또 절대로 발설하지 않을 것인즉 안심하십시오.』

참으로 창피하고 망신스러운 노릇이다. 허나 다른 아무도 모르는 일이니 불행 중 다행이었다. 전승사는 크게 잔치를 베풀어 밀사를 융숭히 대접하고 이튿날 아침에 노주의 절도사 설숭에게 밀서와 함께 막대한 예물을 주어 보냈다.

그 밀서에는 대략 다음과 같은 글이 적혀 있었다.

『귀관의 깊은 사려와 너그러운 은혜를 입어 본관은 목숨을 보전하고 있으며, 또 금합을 되찾음으로써 일가멸족의 화를 면할 수가 있게 되었습니다. 그간 본관이 경박한 생각으로 정예부대를 편성하여 귀관에게 심려를 끼쳐드림에 크게 사과하며 오늘로 무장을 해제하고 부대를 해산하겠습니다. 앞으로는 귀관에게 진심으로 협력할 것을 맹서하나이다.』

그 후로 황하 이북의 설숭과 이남의 전승사 두 절도사의 양 진영은 적대관계를 풀고 반대로 평화와 친선을 돈독히 했다. 결국 한 여자의 활약으로 막대한 손실과 살육을 동반할 전쟁을 미연에 모면했던 것이다.

5

얼마 후, 홍선은 설숭에게 정중하게 절하며 아뢰었다.

"소첩, 그간 나리의 각별한 총애를 입었으며 그 은혜 백골난망이옵니다. 그러나 때가 되어 소첩 나리 곁을 떠날까 하오니 허락하여 주십시오."

청천벽력 같은 말을 들은 설숭은 크게 놀라며 말했다.

"그게 무슨 소리냐. 너 없이 내가 무슨 낙으로 살 것이냐. 또 앞으로도 너의 출중한 무력이 더없이 필요하겠거늘, 왜 갑자기 떠나려 하느냐?"

그러자 홍선은 눈시울을 적시며 하직해야 할 사유를 소상하게 말했다.

"소첩은 전세에는 남자로 태어나 신농(神農)의 의술(醫術)을 배워 사람들의 병고를 치유했습니다. 그러나 약을 잘못 써서 일시에 임산부와 그 복중에 있던 쌍둥이 아이 셋의 생명을 동시에 잃게 했으며, 그 업보로 이름 모를 천민의 딸로 태어나 길에 버려졌던 것입니다. 그것을 전에도 말씀드렸듯이 태산의 대법도사가 구제하여 저에게 글과 무술을 가르치고 익혀서 이승에서 전세의 죄과를 속죄할 수 있게 키워 주셨습니다.

지난번의 일로 하북과 하남 사이의 싸움과 많은 인명의 살상을 미연에 막을 수가 있었으며, 어느 정도 전세의 죄를 탕감했으므로 소첩은 다시 태산의 대법도사님 곁으로 돌아가려 하옵니다.

그간 속세에서는 나리로부터 분에 넘치는 사랑을 받고 호강을 누렸습니다. 그 은혜는 내세에서도 잊지 않고 보답하겠습니다. 따라서 앞으로도 나리나 나리의 영토에는 무궁한 평화와 번영이 있을 것으로 다시는 간악한 무리들이 엿보거나 침해하는 일이 없을 것입니다.

소첩은 3세의 인과를 따를 뿐이옵니다. 그러므로 다시 진세(塵世)에서 벗어나 청정(淸淨)한 도의 세계에서 더욱 수도하고 이승의 애증(愛憎)과 생사를 초월하는 영생의 길로 들어갈까 하옵니다. 깊이 소첩의 처지를 양찰하시고 윤허해 주십시오."

홍선의 다소곳하지만 단호한 태도를 꺾을 수 없음을 안 설숭은 처연한 심정으로 말했다.

"내가 천금을 주겠으니 수도생활에 보태 쓰거라."

"호의는 감사합니다. 그러나 산중의 수도에는 금전이 필요 없고 도리어 수도(修道)에 장애가 될 것이오니 백성들 구제에 쓰도록 하십시오."

설숭은 그날 밤으로 영내의 모든 관속이나 군관들을 모아 성대한 송별연을 벌였다. 모든 사람들은 비분강개하여 마시며 시를 읊조렸다. 그 중의 한 시인이 다음과 같은 시를 읊었다.

마름 따는 아낙의 노랫소리 애처로울 새
목련나무로 만든 배 하염없이 흘러가노라.
백 척 높은 누각에서 그대를 전송하는
우리의 가슴속의 혼백이 스러지려 하노라.
그대는 낙수의 선녀인 듯 안개를 타고
푸른 하늘로 올라가 사라지려니
강물만이 하염없이 흘러내리네.

採菱歌怨木蘭舟 送客魂消百尺樓
채릉가원목란주 송객혼소백척루
還似洛妃乘霧去 碧天無際水空流
환사락비승무거 벽천무제수공류

설숭은 눈물을 떨어뜨리고 홍선에게 잔을 권하며 목멘 소리로 말했다.

"너를 보내야 하다니, 참으로 가슴이 아프구나."

홍선은 마지막 술잔을 비우고 서글픈 표정으로 말했다.

"나리, 부디 옥체 만수무강하옵소서."

그리고는 몸을 훌쩍 돌려 안개가 흩어지듯이 사라져서는 보이지 않게 되었다.

【저자 평론】 모든 생물은 같은 종류가 군생(群生)하게 마련이다. 그 중에도 인간만이 대대적인 국가전쟁(國家戰爭)을 자행하고 많은 사람을 살상하고 막대한 재물을 파괴하고 있다. 참으로 우매한 짓이다. 전쟁을 주장하는 정치가나 지도자는 지구상에서 추방해야 한다.

그러기 위해서는 개개인이 총명하고 힘을 키워야 한다. 이 소설의 여주인공은 혼자의 힘으로 전쟁도발자의 간담을 서늘하게 했다.

부록 : 작품 해설

재1편 애절한 사랑 이야기

1. 앵앵전(鶯鶯傳) — 원진(元稹)

<앵앵전>은 회진기(會眞記)라고도 하며 당대 전기 소설 중에서도 으뜸으로 꼽히는 걸작이다. 재자(才子)와 가인(佳人) 즉 나자 제사와 여자 미인의 열렬한 사랑을 그린 소설로 염정류(艶情類)에 속한다.

<앵앵전>은 후세의 대중문학 특히 연극에 막대한 영향을 준 작품이다. 일찍이 우리나라에도 잘 알려진 원(元)대의 왕실보(王實甫)의 <서상기(西廂記)>도 이 소설을 바탕으로 꾸민 연극이다.

이 소설은 장생(張生)이라는 남자 주인공과 최앵앵(崔鶯鶯)이라는 여자 주인공 사이의 자유분방한 밀회를 테마로 한 소설이다. 이들은 먼 친척간인 20세 전후의 남녀다. 우연하게 알게 된 이들 오누이뻘 되는 남녀가 부모의 눈을 속이고 또 사회의 규범이나 도덕률을 무시하고 열렬히 사랑하고 밀회를 거듭한다.

그러나 얼마 후에는 서로 헤어지고 각자 다른 배필과 짝을 짓고 저마다의 길을 따라 삶을 산다. 그러면서도 그들은 열렬했던 사랑의 종말과 이별을 일반적 통념과는 다르게 울고불고 하거나 혹은 원망하는 일 없이 담담하게 지나간 사랑으로 치부한다. 작자는 말미에서 주인공이 어려서 철없이 빠져들었던 사랑의 불장난에서 일찌감치 잘 빠져나왔다는 교훈을 덧붙이고 있다. 그러나 천년 전에 이렇듯 냉철하고 산뜻한 이별을 묘사했다는 점에서 이 소설은 현대인의 정서와도 통하는 바가 있다.

작자 원진(元稹)은 자가 미지(微之), 원화(元和) 원년(806)에 등과(登科)하고 중서사인(中書舍人), 공부시랑(工部侍郎) 등을 거쳐 장경(長慶) 2년(822)에는 재상에까지 올랐으며, 정치싸움에 휘말려 지방으로 좌천되기도 했다. 그는 시도 잘 지었으며 백낙천(白樂天)의 글벗이었다. 후세에 전하는 바에 따르면 <앵앵전>의 남자 주인공 장생은 곧 원진 자신이라고도 한다.

<앵앵전>을 바탕으로 한 후세의 작품은 다음 같다. 조덕린(趙德麟)의 <상조접련화사(商調蝶戀花詞)>, 동해원(董解元)의 <서상추탄사(西廂搊彈詞)>, 원(元)의 왕실보(王實甫)의 <서상기(西廂記)>, 명대(明代)의 이일화(李日華), 육천지(陸天池)의 <남서상(南西廂)>, 청초(淸初) 김성탄(金聖歎)의 <제육재자서서상(第六才子書西廂)>, 기타 수없이 많다.

* 왕실보의 <서상기>는 잡극(雜劇)으로 5본 20절의 장편 연극이다. 「삼성출판사, 세계문학전집」 속에 필자의 한글 번역이 있다.

2. 곽소옥전(霍小玉傳) — 장방(蔣防)

자고로 재능(才能)이나 지략(智略)만 있고 인덕(仁德)이 없으면 남을 해치고 종국에는 자신도 망치게 마련이다. 한편 가인박명(佳人薄命)이라고도 했다. 즉 뛰어난 미인은 기구한 운명에 시달리고 또 수명도 짧다는 뜻이다.

<곽소옥전>이 바로 매정한 청년에게 버림을 받고 한이 맺혀 통절하게 죽은 한 여인의 애절한 사랑과 처절한 최후를 그린 감동적인 소설이다.

소설의 줄거리는 대략 다음과 같다. 장안의 명기 곽소옥이 수재라고 알려진 20대의 청년시인 이익(李益)을 사랑하고 그에게 정성과 순정을 바쳤다. 그러나 이익은 그녀를 농락한 다음 매몰스럽게 배반하고 버렸다. 이에 소옥은 회한(悔恨)과 분만(憤懣)이 쌓여 몸져눕고 차가운 병석에서 신음하며 나날이 쇠잔해 갔으며 마침내 명줄이 경각에 달리게 되었다.

임종을 앞둔 소옥의 최후의 간절한 소원은 다른 것이 아니었다. 딱 한 번만이라도 이익을 만나보는 것이었다. 이와 같은 경우에는 하늘이 나타나 도와주게 마련이다.

소옥의 애달픈 처지가 소문의 바람을 타고 장안에 짜하게 퍼졌으며 이에 많은 풍류객들이 동정을 했고 또한 적지 않은 의협(義俠)한 사나이들이 분개하고 그녀를 도우려고 했다. 한편 덕이 결핍하고 자책감에 지레 겁을 먹은 이익은 몸을 숨기고 좀처럼 나타나지 않았다.

그러자 마침내 한 호걸이 비분강개하고 발 벗고 나서서 소옥의 애절한 소원을 풀어주었던 것이다. 즉 그는 무정한 사나이 이익을 강제로 끌어다가 소옥과 상봉케 했다. 이에 숨을 거두기 직전에 이익을 다시 본 소옥은 사무쳤던 원한과 분만을 일시에 터뜨리고 통곡하다가 그 자리에서 절명하고 말았다.

작가는 말미에 덧붙였다. 소옥이 한을 품고 죽은 후 이익의 결혼생활은 내내 행복하지 못했다. 아마도 그것은 하늘이 이익을 벌주는 것이거나 혹은 무참하게 죽은 소옥의 원귀가 조화를 부렸을 것이리라. 이런 점에서 앞의 <이와전>과는 대조가 된다. <이와전>은 서로 불장난을 청산하고 헤어졌으며, 큰 원한이나 탈이 따르지 않았다. 그러나 <곽소옥전>은 무정과 배반이 두 사람을 파경에 떨어뜨렸던 것이다.

작가 장방은 이 작품을 통해 소옥의 순정을 배반한 무정한 사나이 이익을 세상에 알리고 또 악덕은 악한 보답을 받는다는 인과응보(因果應報)의 교훈을 주려고 했을 것이다. 그러므로 이 소설에 실재 인물을 실명으로 등장시켰던 것이다.

이익(李益 : 약 749~827)은 소설의 작가 장방과는 같은 시대의 선비로 예부상서(禮部尙書)를 지냈으며 특히 칠언절구(七言絶句)를 잘 지은 시인이기도 했다. 그러나 뛰어난 문재(文才)에 비해 덕이 부족하고 또 남에게 야박하게 대했으므로 많은 사람으로부터 비난을 받았다. 그러한 연유로 작가 장방이 이익을 비방하려는 의도에서 이 소설을 지었을 것이다.

소설의 작자 장방의 자는 자미(子微)로 정확한 생졸년(生卒年)은 알려져 있지 않다. 대체로 당 헌종(憲宗 : 805~820 재위) 때에 등과(登科)하고, 우습유(右拾遺)의 벼슬을 거쳐 한림학사(翰林學士)에 올랐으나 정치적으로 몰려 강주자사(江州刺使)로 폄적(貶謫)되기도 했다.

당대 전기 소설 중에는 창기(娼妓)를 주인공으로 한 염정소설(艷情小說)이 많다. 그 중에서도 <이와전>, <임씨전>, <유씨전>, <곽소옥전>의 4편을 대표적 걸작으로 꼽는다.

<곽소옥전>은 후세에 여러 연극으로 개작되었다. 명(明) 탕현조

(湯顯祖)의 <자채기(紫釵記)>도 그 중의 하나다.

3. 이와전(李娃傳) — 백행간(白行簡)

작자 백행간은 잘 알려진 시인 백낙천의 동생이다. 당(唐) 덕종(德宗) 정원(貞元 : 785~804) 말년에 진사에 올랐고 사문원외랑(司文員外郞)의 벼슬을 지냈으며 특히 사부(辭賦)에 뛰어났다.

<이와전>은 당대전기 중에서도 창기(娼妓)를 주제로 한 염정소설(艷情小說)의 대표적 걸작이다. <이와전>은 20대의 총명한 공자와 어린 기생의 파란만장한 사랑이야기이다.

이야기의 줄거리는 대략 다음과 같다. 가문의 명예를 위하여 명자(名字)를 밝히지 않는다. 한 공자가 과거시험을 보기 위하여 상경했다가 장안의 명기 이와에게 홀딱 반해 재물을 모두 탕진하고 빈털터리가 된다. 그러자 매정한 기생어멈의 간교한 계략으로 공자를 내쫓는다. 분통을 터뜨리고 병고에 시달려 신음하던 그가 요행 생사지경에서 상두도가의 구완을 받고 소생하여 상두꾼 노릇으로 연명한다.

그러다가 아버지에게 발각되어 혹심하게 난장을 당하고 거적에 쌓여 버려진다. 이번에도 상두꾼들에게 구제되어 죽지 않고 유리걸식한다. 그러다가 우연하게 이와를 다시 만난다. 전일의 죄를 뉘우친 이와가 그를 거두어들이고 정성으로 그의 공부를 도와준다. 이에 재기하고 분발한 공자가 마침내 장원급제하고 벼슬에 올랐으며 비로소 아버지 앞에 떳떳하게 나타난다. 한편 이와도 견국부인(汧國婦人)에 책봉된다. 해피앤드로 끝맺는 소설이다.

작가 백행간은 소설 첫머리에서 「견국부인 이와는 본래 장안의 창기였다. 그러나 그녀의 절행이 남달리 기특했으며 족히 칭찬할 만 하다(汧國婦人李娃 長安之倡女也 節行瓌奇 有足稱者).」고 치켜 세웠다. 이와는 의로운 기생이다.

작자에 대해서는 이론(異論)이 있다. 즉 다른 사람이 백씨의 이름을 빌렸을 것이라는 설도 있다. 그리고 <이와전>은 당시의 민간설화 「일지화(一枝花)」를 바탕으로 꾸민 소설이라는 설도 있다. 그러나 전기소설 <이와전>은 그 문장이나 꾸밈이 훌륭하고 또 현대적 문학 감각으로 보아도 걸작에 속하는 소설이다. 특히 그 줄거리가 흥미진진하고 의기(義妓)의 이야기라 후세에도 이를 바탕으로 많은 연극이 만들어졌다.

원(元)대 석군보(石君寶)의 <이아선화주곡강지(李亞仙花酒曲江池)>, 명(明)대 주헌왕(周憲王)의 <이아선화주곡강지>, 설근곤(薛近袞)의 <수수기(繡襦記)> 등을 위시하여 많은 개작된 연극이 있다.

4. 양창전(楊娼傳) — 방천리(房千里)

원작자 방천리는 하남(河南) 사람으로 당(唐) 문종(文宗 : 828~844 재위) 때의 선비로 진사에 올라 벼슬은 고주자사(高州刺使)를 지냈다. 이 소설은 비교적 내용이 짧다. 그러나 창기류(娼妓類)에 속하는 4대 걸작 중의 하나다.

장안의 명기 양창과 남해(南海)의 배속된 군대의 총관(摠管 : 총사령관)의 애절한 사랑의 비극을 그린 이야기다. 서로 사랑하지만 총관의 본처의 투기가 심해서 서로 짝을 이루지 못하고 두 사람이 다 비통하게 끝을 맺는다는 비련의 소설이다. 이 소설에서는 본처의 투기와 무서운 계략이 잘 그려져 있다.

5. 장한가전(長恨歌傳) — 진홍(陳鴻)

<장한가>는 당대의 유명한 시인 백낙천이 역사적 사실이었던 당 현종과 양귀비의 역사적 사랑을 테마로 해서 읊은 유명한 장편의 한시 <장한가(長恨歌)>를 바탕으로 꾸민 소설이다.

백낙천의 <장한가>는 중국은 물론 한국 및 일본에서도 오래도록 애송되었던 걸작 중의 걸작이다.

한편 전기소설 <장한가전>의 작가 진홍은 백낙천의 친구로, 대략 정원(貞元) 21년(806)에 진사에 오른 역사학자로 「대통기(大統記) 30권」을 저술했다. 그러나 기타의 생몰 연대 및 경력에 대해서는 잘 알려져 있지 않다.

노경에 접어든 현종이 젊은 양귀비에게 흠뻑 빠져 정사를 소홀히 한 결과 안녹산의 반란을 유발했다. 이에 현종은 허둥지둥 도성을 탈출하여 피난길에 올랐다. 그러나 도중에 임금의 호위병들이 양귀비의 처단을 강하게 요구했다. 이에 현종도 어쩔 수 없이 그녀를 자결케 했다.

난이 평정되고 임금 자리를 아들에게 물려준 현종은 환도는 했으나 양귀비 없는 궁전에서 자나 깨나 불쌍하게 죽은 양귀비를 그리워했으며 마침내 혼령을 부릴 수 있다는 도사를 영계(靈界)로 보내서 양귀비를 찾게 했다. 당시의 실존했던 임금을 테마로 한 역사소설이다. 그러나 같은 왕조에서 50년 전에 죽은 임금을 「일개의 범부(凡夫)」로 취급하고, 특히 인간적이면서 또 생사를 초월한 사랑을 중심 테마로 했다는 점에서 특이하다.

백낙천의 시 <장한가(長恨歌)>나 진홍의 소설 <장한가전(長恨歌傳)>이나 임금이나 황제를 평범한 인간으로 격하하고 그들의 사랑을 인간적 로맨스로 묘사한 것이 특색이다. 이 한글판에서는 필자가 백낙천의 시 구절을 적절히 인용 삽입하고 풀이했다. 이 소설에는 죽은 양귀비가 영계(靈界)에서 선녀신령(仙女神靈)으로 다시 태어나 살아 있다. 그리고 지상세계(地上世界)의 인간들과 영적(靈)으로 교류(交流)·교통(交通)·교감(交感)할 수 있음을 인정하고 있다.

송(宋)의 악사(樂史)의 <양태진외전(楊太眞外傳)>, 청(淸) 홍승(洪昇)의 <장생전전기(長生殿傳奇)> 등이 있다.

* 참고 : 《신역 백낙천》(장기근 역저) 명문당 출판

제2편 신령(神靈)과의 교감(交感)

1. 고경기(古鏡記) — 왕도(王度)

왕도(王度)의 <고경기(古鏡記)>는 초기의 작품이다. 육조(六朝)시대의 귀신(鬼神)이나 몽환(夢幻)의 이야기를 적은 「지괴소설(志怪小說)」과 당(唐)의 전기소설(傳奇小說)의 교량역할을 하는 작품이다.

그러므로 이 소설에는 비현실적인 요물(妖物)들이 많이 등장한다. 그러나 이 소설은 「미신(迷信)과 요물(妖物)」을 「우주의 정기(精氣)를 담은 신경(神鏡)」이 퇴치할 수 있음을 증명한 목적의식으

로 제작된 작품이다.

단 그 신경은 언제나 있는 것이 아니다. 도(道)에 달통(達通)한 현명한 선비가 있어야 나타나서 조화를 부린다. 「도에 통한 사람」은 곧 「우주의 이법(理法), 즉 천도(天道)를 알고 행하는 사람」이다.

그러므로 그와 같은 현인(賢人)만이 신경을 지니고 부릴 수 있다. 그와 같은 현인이 없으면 그 신경도 없어진다.

결국 도를 터득한 사람은 「우주의 정기와 도리」를 바탕으로 하고 광명정대(光明正大)하게 산다. 그러므로 그와 같은 「현인이나 도사」 앞에는 「미신이나 요괴가 조화를 부리지 못하게 마련이다. 그러므로 신경을 「자신을 바르게 지키고, 사악한 요물들을 물리치는」 보물이라고 말한 것이다.

작가 왕도(王度 : 582~625?)는 수(隋)나라 말기의 대학자로, 대업(大業) 8년(612)에는 저작랑(著作郞)이 되어 국사편찬에 참여했다. 그의 형은 왕통(王通 : 시호 文中子)이다. 한편 왕도의 동생 왕적(王勣) 역시 학자로 한때는 벼슬을 살았다. 그러나 도가(道家)사상에 물들어 방탕호음(放蕩豪飮)했다. 이 소설에서 왕적도 신경을 가지고 여러 나라를 돌며 요물을 퇴치했음을 그렸다. 그러나 당나라가 쇠퇴하자 신경도 보이지 않게 되었다고 한다.

2. 백원전(白猿傳) — 작자 미상

구양순(歐陽詢)은 당(唐) 초기의 학자이며 또한 명필(名筆)이다. 그는 당 태종(太宗) 밑에서 높은 벼슬도 지냈다. 그러나 그의 용모가 추해 볼품이 없었다. 양쪽 어깨가 우뚝 솟아 흡사 원숭이 같았다. 한편 이 소설의 주인공 구양흘(歐陽紇)이 바로 구양순의 부친이다.

진서(陳書)에는 「태건(太建) 원년(元年 : 569) 구양흘이 광주(廣州)에서 반란을 일으켰다가 실패하고 건업(健業 : 남경)에서 처형되었다」고 적혀 있다. 그 때 흘(紇)의 나이 33세였으나, 아들 순(詢)은 너무 어려서 연좌를 면했다.

이 소설의 원제목은 「보강총백원전(補江總白猿傳)」이다. 즉 「강총에 관한 전기를 보충하기 위한 흰 원숭이의 이야기」라는 뜻이다.

강총은 진(陳)나라에서 높은 벼슬을 지냈으며 또 시를 잘 쓴 문인이었다. 그는 이 소설의 주인공인 구양흘의 친구이기도 했다. 구양흘이 처형된 다음에 그의 아들 「순(詢)」을 강총이 거두어 양육했다. 그러므로 반대파들이 강총과 구양흘 및 아들 구양순 셋을 함께 싸잡아 매도하고자 이와 같은 소설을 썼을 것이다. 실존 인물을 험담하고 조소하기 위한 글이므로 작자가 고의로 이름을 숨겼을 것이다.

소설의 개요는 대략 다음과 같다. 무장(武將) 구양흘이 산중에서 자기의 처가 「흰 원숭이(白猿)」에게 납치되었다. 이에 그는 부하들과 수색에 나섰고, 천신만고 끝에 마침내 요괴(妖怪)의 소굴을 발견했으며, 그 소굴에 잠입하여 요괴에게 납치되었던 여러 부인들과 함께 치밀한 계략을 써서 「요괴 원숭이」를 죽이고 그의 처를 구출했다. 그러나 그의 처는 이미 원숭이의 씨를 받았으며, 1년 후에 원숭이를 닮은 아들을 출산했으며, 그 아들이 바로 구양순이다.

「구양순과 부친 및 강총」을 욕하려고 이 소설을 썼다는 설에 대해서 반대하는 사람도 많다. 하지만 이 소설은 다른 의미에서 생각할 여지가 많다. 그 중의 하나가 이류(異類)와의 접촉으로 비범한 사람이 출생한다는 신화적 해석이다.

옛날부터 원숭이가 부인을 겁탈해서 아이를 낳게 했다는 이야기가 넓게 퍼졌다. 진(晋) 장화(張華)가 편찬한 박물지(博物志)에 대략 다음과 같은 전설이 수록되었다. 험준한 촉산(蜀山)에 7척 거구의 큰 원숭이가 있었다. 그는 젊고 예쁜 여인들을 납치해 산 속으로 행방을 감추었으며, 때로는 그 여인들이 원숭이의 자식을 분만하면 그 여인들의 친정에 데리고 와서 강제로 키우게 했다. 만약에 친정 식구들이 반대하거나 거절하면 자식의 어미를 살해했으므로 별수 없이 받아서 키웠다. 그들 원숭이의 자식들은 성장하면 일반 사람과 다를 바가 없었다.

과학이 발달한 오늘 「신괴소설(神怪小說)」로서의 <백원전(白猿傳)>은 별로 큰 의미가 없을 것이다. 반대로 <백원전>이 지니고 있는 상징적 풍자적인 의미를 해독해야 할 것이다.

우선 절대적인 힘을 가지고 아름다운 남의 부녀자를 납치하고 겁탈하는 원숭이는 무엇을 상징하는가? 옛날의 패악(悖惡) 무도(無道)한 임금이나 권력자가 아닌가? 그들은 절대 권력을 휘두르고 무소불위(無所不爲)의 음탕한 악덕을 저질렀다. 그들은 동물적인 존재에 불과했다. 그들은 동물적인 욕심만으로 사는 동물이었다. 절대적인 힘을 가지고 먹고 마시고 미녀들을 겁탈하는 동물이었다. 그러므로 힘없는 선량한 백성들이 억울하게 당하고 희생되어야 했다. 그러나 용감한 구양흘은 희생되고 유린된 여인들과 함께 악한 신괴(神怪)를 퇴치하고 정의의 승리를 증명했다.

오늘의 의학에서는 유전(遺傳)을 어느 정도 과학적으로 설명한다. 그러나 옛날에는 막연히 「핏줄기, 혈통(血統)」이라는 말로 암시했다. 이 점에서 「흰 원숭이」의 아들이 「원숭이를 닮았다, 그러나 총명하고 재주가 있다」고 했다. 소설에서도 백원(白猿)이 말했다.

「그 아이는 장차 좋은 임금을 만나 높은 자리에 오를 것이다. 그러니 죽이지 말라.」 도깨비 소설도 사람이 만들어 내는 것이다. 그 속에는 인간이나 사회에 대한 풍자가 담겨져 있을 것이다.

3. 임씨전(任氏傳) — 심기제(沈旣濟)

작가 심기제는 소주(蘇州) 출신으로 박학다식한 역사 학자였다. 당나라 대종(代宗 : 762~779 재위) 및 덕종(德宗 : 780~804 재위) 두 대에 걸쳐 벼슬을 살았다. 그가 쓴 전기소설은 <임씨전(任氏傳)> 외에도 <침중기(枕中記)>가 유명하다. 그의 작품은 문장이 세련되고 또 도덕적 교훈이 내포되어 있는 것이 특색이다.

<임씨전(任氏傳)>은 당(唐) 현종(玄宗) 천보(天寶 : 742~755) 연간에 있었던 이야기다.

현종은 중국역사를 통해 가장 낭만적인 임금으로 꼽힌다. 초기에는 슬기롭고 어진 덕치(德治)를 펴서 태평성대를 구가했다. 그러나 만년에 접어들자 천하의 절색 양귀비에 빠져 국정을 흐트러뜨리고 마침내는 안녹산과 사사명(史思明)의 난에 휩싸여 도성을 비우고 촉(蜀)으로 몽진(蒙塵)했던 비운의 제왕이었다.

우리가 잘 아는 이태백(李太白)도 일시나마 궁중시인으로 대궐에 들어가 현종과 양귀비 곁에서 호탕하게 시를 쓰고 읊었다고 전한다.

<임씨전>은 바로 이러한 때의 로맨스다. 즉 당나라가 무르익은 낭만의 절정에서 곧바로 쇠퇴로 전락하는 격변기의 애절한 연인의 사랑 이야기이다.

<임씨전>은 요괴(妖怪)와 인간의 교혼(交婚)을 테마로 했다. 그

러나 그 내용이나 필치는 지극히 현실적 사실적이고 또 도덕적이다. 즉 여주인공 임씨는 본래 미녀로 둔갑한 여우였다.

그러나 그녀는 끝끝내 선량한 여성으로 자기 낭군을 위해 굳게 절개를 지켰고 아울러 낭군을 뜨겁게 사랑했다. 뿐만이 아니다. 슬기롭게 내조의 공을 세워 남자로 하여금 입신출세하고 또 재산도 지니게 도왔다. 그러면서 그녀는 남자에게 겸손하고 순종했다. 한마디로 임씨는 미모와 절개, 애정과 총명을 겸비한 이상적인 여성이었다.

작자는 소설 말미에서 말했다. 「비록 요물이지만 그녀의 정리는 사람의 도리에 일치했다. 특히 절개를 잘 지켰을 뿐만 아니라 남편의 분부를 거역하지 못하고 사지에 들어가 목숨까지 잃는 희생적 미덕을 발휘했다. 그녀는 총명 정숙 및 순종의 미덕을 고루 갖추었으니, 이 세상 여인들로 그녀를 따를 자 얼마나 되랴? 참으로 훌륭한지고!」라고 칭찬했다.

이 작품은 전기(傳奇) 소설 중 창기류(娼妓類)에 속한다. 작가는 이 작품을 통해 은근히 세속적인 이득을 취하기 위해서 남성을 배반하는 박정한 여인들을 비난하는 한편 남자에게 헌신적인 사랑을 주라는 메시지와 교훈을 던지려 했을 것이다.

여우 즉 야호(野狐)가 사람을 홀린다는 전설은 옛날 중국뿐만이 아니라 한국 및 일본에도 퍼졌었다. 《태평광기(太平廣記 권 447)》에 인용한 「현중기(玄中記)」의 여우 이야기에 「여우는 50년이면 부인으로 둔갑하고, 백년이면 신무(神巫) 혹은 장부(丈夫)가 되어 여인들과 교접하고, 천년이면 천호(天狐)가 되어 하늘과 통한다」는 기록이 있다.

여우만이 아니라 천년 묵은 구렁이에게 처녀를 제물로 올리지 않으면 세상을 어지럽게 한다는 귀신 이야기도 있다. 한편 부상을 입은 제비를 치료해 준 덕택으로 복을 받았다는 이야기도 있다. 이와 같이 사람과 요괴(妖怪)가 교류 교통하는 옛날이야기가 많이 전한다.

<임씨전>도 이야기만으로는 「인간과 요괴의 교혼설(交婚說)」에 속한다. 즉 임씨도 전신은 여우였으며, 따라서 그녀는 침선(針線)을 손에 대지 않았고, 또 사냥개와는 상극이었다. 그러나 작자는 「요괴에 관한 이야기」를 전하기 위해 소설을 쓴 것이 아니었다. 그의 작품 정신은 보다 높은 경지에 있었다. 즉 진정으로 자기를 사랑하는 남자에게 절개와 순정을 바치고 아울러 그를 도와 발복케 한 슬기로운 여인의 상을 그리고 또 높이기 위해서였다. 그러므로 작가 심기제는 다음과 같은 평어(評語)를 부기했다.

「비록 요물이지만 그녀의 정리는 사람의 도리에 일치했다. 특히 폭력에도 굴하지 않고 절개를 지켰을 뿐만 아니라 남편의 분부를 거역하지 못하고 사지에 들어가 목숨까지 잃은 희생적 미덕을 발휘했다. '비록 요물이지만 그처럼 총명 정숙 순종의 미덕을 고루 갖춘 점에 있어서는' 이 세상에 실재하는 여인들이 따르기 어려울 것이다(嗟乎 異物之情也有人道焉 遇暴不失節 徇人以至死 雖今婦人 有不如者矣).」

백낙천(白樂天)의 고총호(古塚狐)라는 풍유시(諷諭詩)가 있다. 제목 밑에 「염려한 여색을 삼가야 한다(戒艷色也)」라고 주를 단 백낙천은 다음과 같은 시구(詩句)를 엮었다. 「옛 무덤의 여우는 요염하고 노련하다. 아름다운 부녀자로 둔갑한다(古塚狐 妖且老, 化爲

婦人顔色好)」「해가 지고 인적이 뜸해지면 살며시 한적한 시골길에 나타나 예쁘장한 얼굴을 숙인 채 노래 춤 혹은 애절하게 흐느끼고 울다가 홀연히 웃으며 온갖 교태를 꾸미고 사람들을 홀린다(徐徐行傍荒村路 日欲暮時人靜處 或歌或舞或悲啼 翠眉不擧花顔低 忽然一笑千萬態 見者十人八九迷).」

그러나 백낙천은 여우를 그리기 위해 이 시를 쓴 것이 아니다. 그는 다음과 같이 시를 이었다. 「가짜 미인도 이렇듯이 사람을 호리지만, 진짜 미인은 이보다 더 심하게 사람을 후린다. 사람을 후리기는 가짜 진짜가 동일하다. 그러나 사람들은 가짜를 미워하고 진짜를 좋아한다. 그러므로 설사 여우가 사람으로 둔갑하여 사람을 후려도 그 폐단은 대단치 않다. 고작해야 하루아침이나 한 밤에만 눈 홀림을 당하는 것이다. 그러나 현실로 실재하는 여자가 남을 여우처럼 후리는 그 폐단은 턱없이 심각하고 세월이 갈수록 더욱 사람의 마음을 미혹한다. 하물며 포사나 달기 같은 여인은 임금을 후려 종국에는 패가망신하고 또 나라마저 망하게 했다. 그러니 잘 살펴보자, 가짜 미인과 진짜 미인, 그 어느 쪽이 더 사람을 후리는가? 살아있는 진짜 미인이 더 무서우니라(假色迷人猶若是 眞色迷人應過此 彼眞此假俱迷人 人心惡假貴重眞 狐假女妖害猶淺 一朝一夕迷人眼 女爲狐媚害却深 日增月長溺人心 何況褒妲之色善蠱惑 能喪人家覆人國 君看爲害淺深間 豈將假色同眞色).」

4. 유의전(柳毅傳) — 이조위(李朝威)

작자 이조위(李朝威)에 대해서는 잘 알 수 없다. 농서(隴西 : 감숙성 임조) 출신이며, 생존 연대는 대략 덕종(德宗) 정원(貞元 : 785~

804)에서 헌종(憲宗) 원화(元和 : 806~820)로 추측한다. 작자는 말미에서 다음 같이 말했다.

「농서의 이조위는 글을 써서 감탄하노라. 다섯 가지 동물 중의 으뜸가는 것은 반드시 영묘한 점이 있으며 또한 반드시 나타나게 마련이다. 사람은 알몸으로 사는 동물이지만, 그 사람의 신의가 비늘을 자진 동물의 으뜸가는 용에게 통했다. 그래서 동정호의 용왕이 인간의 강직한 신의에 감동하고 또 전당의 임금이 신속하게 출격하여 '악덕한 자'를 처단했으니, 이 모두가 서로 잘 통한 것이라 하겠다(隴西李朝威序而歎曰 五蟲之長 必以靈者 別斯見矣 人裸也 移信鱗蟲 同庭含納大直 錢塘迅疾磊落 宜有承言).」

「오충의 장(五蟲之長)」은 다섯 가지 동물 중에 으뜸가는 것들이다. 즉 봉황(鳳凰)은 날개 달린 동물의 으뜸이고, 기린(麒麟)은 털이 난 동물의 으뜸이고, 거북(龜)은 등껍질(甲) 달린 동물의 으뜸이고, 용(龍)은 비늘(鱗) 있는 동물의 으뜸이고, 사람(人)은 알몸으로 사는 동물의 으뜸이다. 이 소설은 비늘(鱗) 달린 동물의 으뜸인 용과, 알몸으로 사는 동물의 으뜸인 인간과의 교감(交感)과 교혼(交婚)을 적은 소설이다.

고대에는 이류(異類)와의 교감을 테마로 한 소설이 많았다. 특히 사람에 의해 구제된 동물이 감사 보은한다는 이야기는 우리나라에도 있다. 이 소설의 나오는 용녀(龍女)도 「젊고 아름답고 온순한 여자」로 재생해서 유의의 아내가 되었다. 그리고 인간의 가장 큰 욕망인 「막대한 재물(財物)을 얻게 해주고, 또 불로장생(不老長生)하게 해주고 아울러 총명한 아들딸들을 낳아주었다.」 사나이로서 그 이상 바랄 게 무엇이 있겠는가? 정의와 신의를 지키면 이와 같은 복

덩어리 미녀를 얻을 것이다.

재3편 환상과 영혼의 세계

1. 두자춘전(杜子春傳) — 이복언(李復言)

<두자춘전>은 원래 아복언(李復言)이 편찬한 《속현괴록(續玄怪錄)》에 있는 소설이다. 이복언은 대략 당(唐) 문종(文宗 : 827~835 재위) 대의 사람이다. 그 밖에는 잘 알려져 있지 않다.

<두자춘전>은 여러 면에서 언급할 가치가 있는 소설이다. 우선 사상이나 의식면에 대한 특성을 말하겠다.

종교 사상이나 의식면에서 이 소설은 도교·불교·유교 및 기타 중동의 배화교(拜火教) 등이 혼합되어 있다. 노인 도사가 불로불사(不老不死)의 선약(仙藥)을 만들기 위하여 「희노애구애오욕(喜怒哀懼愛惡欲)」의 칠정(七情)을 해탈한 사람을 쓰려고 한 것은 도가 사상이다.

두자춘은 자기에게 무한정 돈을 대준 노인을 위해 생명을 걸고 의리를 지키려고 했다. 또 방탕한 생활을 청산하고 사람에게 인덕(仁德)을 베풀기도 했다. 그래서 노인의 말을 따르고 모든 시련과 고난을 극복했던 것이다. 그러나 자식에 대한 사랑(愛)을 떨쳐버리지 못했던 것이다.

이와 같은 시련은 다분히 유교적이다. 한편 지옥에서 각종의 참형을 받는 장면은 불교적이다. 신전(神殿) 한복판에 불을 피워 놓고 선약을 다리는 것은 중동에서 전래한 배화교(拜火教)의 의식이다.

특히 <두자춘전>의 이야기는 인도의 고사를 바탕으로 하고 있다. 유개영(劉開榮)이 저술한 「당대소설연구(唐代小說研究)」는 <두자춘전>의 전신(前身)을 《대당서역기(大唐西域記)》의 「열사지(烈士池)」라고 지적하고 대략 다음 같이 서술했다. 「한 은자(隱者)가 열사지(烈士池) 곁에 제단을 지어 놓고 열사를 구했다. 한 열사가 나타나자 은사는 그 자에게 여러 차례 큰 돈을 주었으며 마침내 그 열사가 「목숨을 바치고 보답하겠다.」고 말하자, 은사는 「하루 밤 동안 입을 다물고 앉아 있기만 하면 된다.」고 말하고 그를 제단 앞에 앉혔다. 열사는 밤새도록 여러 가지 시련을 겪으면서도 입을 열지 않았다. 그러나 자기 아들을 죽인다는 바람에 소리를 질렀다. 이에 은자는 실패하고 말았다.

이 소설에 나오는 늙은 도사도 두자춘이 시련을 극복하면 그를 불로불사의 영약(靈藥)의 원료로 삼으려고 했다. 그러나 자식사랑이란 고비를 넘기지 못했다. 그래서 그는 영약의 재료가 되지 못했으며 늙은 도사는 영약 제조에 실패를 했던 것이다. 신선이 되기 위해서는 칠정을 해탈해야 한다. 그러나 사람은 절대로 사람이다. 사람인 이상 칠정에 매여 살게 마련이고 따라서 사람은 절대로 신선이 될 수 없다.

2. 침중기(枕中記) — 심기제(沈旣濟)

저자 심기제는 현종(玄宗) 대에 출생하여 대종(代宗 : 762~779 재위) 덕종(德宗 : 780-804 재위) 대에 벼슬을 지냈던 학자였다. 그는 한때 높은 벼슬에 올랐다가 죄에 연루되어 유적(流謫)되기도 했다.

이 소설은 인생의 영고성쇠(榮枯盛衰)의 허무함을 도가사상으로 조명한 걸작이다. <침중기(枕中記)> 혹은 <기장밥 한 끼 짓는 사이의 꿈(黃粱一炊之夢)>이라는 제목을 붙이기도 한다.

노생(盧生)이라는 젊은이가 객사에서 도사 여옹(呂翁)이 빌려준 베개를 베고 잠시 낮잠을 자는 동안에 꿈을 꾸었다.

꿈속에서 그는 미인과 결혼하고 또 입신출세하여 부귀영화를 마냥 누린다. 그러다가 뜻하지 않게 모략을 받고 순간적으로 관직에서 쫓겨나고 또 사죄(死罪)까지 받는다. 그러나 요행히 죽음을 면하고 다시 벼슬에 올라 여생을 안락하게 살다가 죽는다는 이야기다.

이렇듯이 곡절 많은 일생을 체험한 노생이 잠에서 깨어나 보니 솥에 안친 기장밥이 아직도 다 익지를 안았더라. 인생이 결국 그 짧은 사이의 꿈처럼 덧없는 것임을 알게 하는 소설이다.

3. 남가태수전(南柯太守傳) — 이공좌(李公佐)

저자 이공좌(770~850)의 자는 전몽(顓蒙)이며 농서(隴西 : 감숙성) 출신이다. 덕종 때에 진사에 올랐고, 헌종(憲宗) 원화(元和 : 806~820) 연대에 강회종사(江淮從事)의 속관(屬官)을 지냈다. 그러나 이내 관직에서 물러나 남쪽 각지를 유람하다가, 무종(武宗) 회창(會昌 : 841~846) 대에 양주녹사(揚州錄事)가 되었으나, 선종(宣宗) 대중(大中) 2년(848)에 죄에 연좌되었다. 그의 처세사상은 이 소설에 나타났듯이 대체로 도가(道家) 적이었다.

이 소설의 제목에 붙인 「남가(南柯)」는 「남쪽으로 뻗은 나뭇가지」라는 뜻이다. 그러나 사실은 나무 밑에 있는 「개미 왕국의 태수」라는 뜻이다. 앞의 소설 <침중기(枕中記)>는 꿈속에서 부귀영화를 누렸으나, 이 소설은 「개미 왕국」에서 출세하고 부귀를 누리다가 결국은 모든 것을 다시 잃는다.

도가사상은 윤리 도덕이나 국가의 기구나 조직 운영을 부정하고 비웃는 경향이 있다. 그러므로 「현실적인 나라」를 「개미 왕국」에 비유한 것이다. 사람은 저마다 「나라에서 입신출세하고, 절대가인을 아내로 맞고, 고관대작이 되어 부귀영화를 누리며 총명한 아들딸 낳고 세세대대로 번창하기를 바란다.」 그러나 인생은 무상하다. 곡절(曲折) 유전(流轉)하다가 늙어 스러지고 만다. 작자는 소설 말미에 다음 같이 적었다.

「아아, 개미의 영묘한 도리도 다 알 수가 없다(嗟乎 蟻之靈異 猶不可窮).」「마침 그 때에 평소의 술친구 주변(周弁)과 전자화(田子華)의 소식이 없어 하인을 보내 알아보았더니, 주변은 갑자기 병에 걸려 이미 사망했고, 전자화도 병들어 자리에 누워 있다고 한다.」

「순우분은 남가의 허무함과 인생의 짧음에 새삼 느끼는 바 있었다. 이에 도교에 마음을 붙이고 주색을 단절했다(生甘南柯之浮虛悟人世之倏忽 遂栖心道門 絶棄酒色).」「그리고 순우분도 나이 47세로 죽었다.」

4. 이혼기(離婚記) — 진현우(陳玄祐)

원작자 진현우는 당나라 대종(代宗 : 762~779 재위) 때의 사람이라는 것 외로 기타 생애에 대해서는 자세히 알 수가 없다.

장일(張鎰)의 외딸 천낭(倩娘)과 장일의 생질 왕주(王宙)는 어려서 함께 자라고 성장함에 따라 서로 좋아하는 사이가 되었다. 그러나 장일은 딸 천낭을 장래가 촉망되는 수재(秀才) 청년에게 출가시키기로 약정을 했다. 이에 천낭은 병들어 자리에 눕고 말았다. 한편 실망하고 분을 터뜨린 왕주는 집을 뛰쳐나가 장안을 바라고 여행길에 올랐다. 당시의 여행은 낮에는 배를 띄우고 밤에는 배를 강가에 대고 잠을 자는 지루한 여행이었다.

어느 날 왕주 앞에 뜻하지 않게 천낭이 나타났다. 그녀는 왕주와 함께 살기 위해서 집에서 도망을 온 것이다. 그 후 5년의 세월이 흘렀으며 두 아들까지 낳았다. 이에 그들은 부모님을 뵙고자 고향에 돌아갔다.

그러나 고향의 부모님 집 안에는 또 다른 천낭이 병석에 누워 있었으며 객지에서 왕주와 함께 살다가 온 천낭과 두 몸이 하나로 합해졌다는 기이한 이야기다.

이 소설은 혼백이합(魂魄離合)의 전설을 바탕으로 꾸민 것으로 후세의 연극으로 무대에 상연되었다. 원(元) 정덕휘(鄭德輝)의 <천녀이혼(倩女離魂)>은 대표적인 작품이다.

제4편 의협(義俠)한 여자 검객(劍客)

1. 규염객전(虯髥客傳) — 두광정(杜光庭)

작자 두광정(850~933)은 당말(唐末)의 학식이 많은 도사로 당나라 희종(僖宗 : 874~879 재위) 때에 벼슬을 살기도 했다. 그 후 당이 망하고 왕건(王建)이 성도(成都)를 점령하자 그 밑에서 광록대부(光祿大夫), 간의대부(諫議大夫)에 올랐으나 즉시 물러났다.

이 소설은 수(隋)나라의 타락한 양제(煬帝)를 멸하고 당나라를 창건한 이연(李淵 : 고조)의 아들 이세민(李世民 : 2대 태종)에 가담하여 무공을 세웠던 이정(李靖)을 주인공을 한 소설이다.

무명의 청년 이정이 대담하게 수양제(隋煬帝) 다음가는 세도가 양소(楊素)를 찾아가 따끔하게 충간을 했다. 그 자리에 홍불(紅拂)이라는 아름다운 시비(侍婢)가 양소 곁에 있었다. 그녀가 이정의 용기와 기상에 감동하고 그 날로 무명청년 이정의 뒤를 따라 의거(義擧)에 참여했던 것이다.

한편 규염객(虯髥客)이라고 하는 신비로운 호걸이 나타나 이정과 홍불에게 막대한 군자금을 주고 이세민을 받들라고 일러주었다. 규염(虯髥)은 곧「용의 수염(龍鬚)」즉 임금의 수염이란 뜻이다.

그러나 이 소설에 나오는 규염객은 당나라 천자의 자리를 천명(天命)을 받은 이씨에게 물려주고 자신은 남만(南蠻)에 가서 새 나라를 세우고 임금이 되었다.

이 소설의 여주인공 홍불(紅拂)은 양소(楊素)의 시비(侍婢)이자 기첩(妓妾)이었다. 그러나 그녀는 호협한 이정을 알아보고 그를 따라 의거에 참여했던 용감한 열녀(烈女)였다.

이 소설도 후세의 연극에 많이 활용되었다. 명(明) 장익봉(張翼鳳)의 <홍불기(紅拂記)>, 능몽초(凌濛初)의 <규염옹(虯髥翁)>, 근자의 경극(京劇) <풍진삼협(風塵三俠)> 등이 모두 이 소설을 부연한 것들이다.

여기 수록한 <규염객전>은 두광정의 원전을 바탕으로 했다. 그러나 직역은 아니고 임어당(林語堂)의 영어 번역판도 참조하고 또 중간에 필요한 설명을 보충한 것이다.

2. 무쌍전(無雙傳) — 설조(薛調)

원작자 설조(薛調 : 830~872)는 뛰어난 미남(美男)이며 「산 보살(生菩薩)」로 칭송되었다. 당시의 황후가 그를 가까이 했으므로 결국에는 위해를 받고 불행하게 죽었다고 전한다. 호부원외랑(戶部員外郞), 한림승지학사(翰林承旨學士), 지제고(知制誥) 등의 벼슬을 역임했다.

소설의 줄거리는 대략 다음과 같다. 유진(劉震)은 당 덕종(德宗) 대의 조신(朝臣)으로 슬하에 무남독녀 무쌍(無雙)이 있을 뿐이었다. 유진의 집에는 남편과 사별한 유진의 친누이가 유복자 왕객선(王客仙)을 데리고 와서 살고 있었다.

어려서부터 오누이처럼 함께 자란 왕선객과 무쌍은 차츰 성장함에 따라 더욱 친숙해졌고 또 서로 좋아했다. 양쪽 어른들도 장차는 짝을 지어 주리라고 생각했다.

그러나 전란 통에 휩쓸려 서로 흩어졌고 유진 부부는 부역했다는 누명을 쓰고 처형되고, 역적의 딸 무쌍은 관노(官奴)가 되어 후궁에 매인 몸이 되었다. 그러나 우여곡절 끝에 협객 고압아(古押衙)가 나타나 왕선객과 무쌍을 다시 짝지어 준다는 이야기다. 이 소설도 후세에 많은 연극으로 연출되었다. 명(明)대 육채(陸采)의 명주기(明珠記)는 가장 인기가 높다. 우리나라에도 이야기책 <유쌍무전(劉雙武傳)>이 많은 사람에게 애독되었었다.

설조의 원본에는 무쌍을 구하는 데 관여했던 모든 사림들이 고압아의 손에 죽는다. 비밀을 철저히 간직하기 위해서일 것이다. 즉 한홍 및 채빈도 무고하게 죽는다. 그리고 마지막에는 고압아 자신도 스스로 왕선객 앞에서 자결했다. 원작자도 소설 말미에서 「죄 없이 죽은 사람이 십여 명이 된다.」고 기록했다. 이 한글판에서는 모든 사람들을 살려두었다.

3. 유씨전(柳氏傳) — 허요좌(許堯佐)

원작자 허요좌는 당(唐) 제9대 덕종(德宗 : 780~804 재위)대의 선비로, 진사에 발탁되고 태자교서랑(太子校書郞), 간의대부(諫議大夫) 등의 관직을 역임했다.

이 소설은 미모의 여인 즉 가인과 문명이 높은 시인 즉 재사와의 곡절 많은 사랑의 이야기다.

유씨(柳氏)는 원래 이생(李生)이라는 선비의 애첩이었다. 그러나 이생은 유씨와 자기의 친구인 한익(韓翊)이 서로 좋아하는 눈치를 채고 두 사람을 짝지어 주고 또 막대한 재물까지 나눠 주었다. 그러나 난리 통에 뿔뿔이 헤어져야 했으며, 유씨는 절에 들어가 여승이 되었다. 때마침 관군을 도와 역적을 진압하는 데 공을 세운 오랑캐 출신의 무장 사태리(沙太利)에게 강제로 끌려가 가기(家妓)가 되었다.

한익은 뒤에 그 사실을 알았다. 그러나 사태리의 권세에 눌려 어찌할 바를 모르고 분통만 터뜨릴 뿐이었다. 이 때에 허준(許俊)이라는 협객이 나타나서 유씨를 되찾아 한익에게 돌려주었다. 이 소설에서 우리는 다음과 같은 점에 유의하면 좋겠다.

(1) 서로 좋아하는 두 사람을 짝지어 준 이생의 의협심. (2) 전란을 피해 절에 들어가 삭발하고 여승이 되어 절개를 지키려 한 유씨

의 태도. (3) 힘없는 당나라 황실이 오랑캐의 무력을 빌려서 난을 평정함으로써 오랑캐의 무장들의 횡포를 감수해야 했다. (5) 나라가 무력하여 정의를 지키지 못하고 약자를 보호하지 못하면 협객들이 나타나 억눌리고 유린당하는 민초들을 구제하게 마련이다. (6) 협객의 도움으로 두 사람이 다시 상봉하고 뒤늦게나마 황제도 이를 승인한다. 이 소설도 일종의 정신적 승리를 높인 이야기다.

4. 곤륜노(崑崙奴) — 배형(裵鉶)

원작자 배형은 당나라 말기 의종(懿宗) 함통(咸通 : 870) 대의 사람으로 자세한 경력은 알 수 없다. 고병(高騈)이 정해군(靜海軍) 절도사로 있을 때에 그 밑에서 서기(書記)를 지냈고, 그 후 건부(乾符) 5년(878)에는 어사대부로 성도 절도부사(節度副使)를 지냈다. 섭은낭(聶隱娘)도 그가 지은 작품이다.

곤륜노(崑崙奴)는 검둥이 노복이라는 뜻이다. 당나라 때에는 남만(南蠻) 즉 남방의 검둥이 노복들이 퍽 많았다.

이 소설의 주인공 곤륜노는 이름을 마륵(磨勒)이라 불렀다. 그는 최생(崔生)의 노복이었다. 자기의 주인 최생을 위하여 뛰어난 무술을 발휘해서 세도가의 가기(家妓)를 아무도 모르게 데리고 와서 함께 짝지어 주었다는 통쾌한 이야기다.

5. 홍선전(紅線傳) — 원교(袁郊)

원작자 원교(袁郊 : 835년 전후)는 자는 지건(之乾), 한림학사(翰林學士)를 거쳐 괵주자사(虢州刺史)를 지냈다. 문필에 뛰어나 당시 온정균(溫庭筠)과 시를 화창하기도 했다.

이 소설은 무협(武俠)에 속한다. 이름을 홍선(紅線)이라고 하는 미모의 여자 검협(劍俠)이 단독으로 적의 대장 침실에 침입하여 그의 머리맡에서 금합(金盒)을 훔쳐옴으로써 적장의 간담을 서늘하게 만들고 결국 그로 하여금 침공하려는 야망을 버리게 한다는 이야기다.

홍선은 노주(潞州)의 절도사 설숭(薛嵩)의 가기(家妓)였다. 이웃의 절도사 전승사(田承嗣)가 특공대를 조직하여 설숭을 해치고 영토를 탈취하려고 넘보는 정보를 탐지하자, 공중비행술(空中飛行術)과 은신술(隱身術)을 익힌 홍선이 단독으로 적진에 잠입하여, 적장 머리맡에 있던 금합을 들고 나왔다가 이튿날 시신을 시켜 되돌려 준다. 이에 적장이 침공하려는 야욕을 버린다는 이야기다.

안녹산의 전란 이후 조정의 권위가 약화되자 지방의 절도사들이 서로 권력을 다투고 심지어 암살하는 사례가 많았다. 한편 당시에는 여자 검객(劍客)도 많았다.

이 전기소설도 후세의 연극에 많이 인용되었다. 명(明) 양백룡(梁伯龍)의 <홍선녀(紅線女)>는 가장 대표적인 작품이다.

당/대/전/기/소/설/의/여/인/상

장기근/편역

明文堂/刊

장기근(張基槿)

문학박사(중국문학)
호는 현옥(玄玉), 서울 출생.
서울대학교 중문과 및 동 대학원을 졸업하고
오랜 동안 서울대학교 교수를 역임하였으며,
그 후에 성심여자대학교 교수를 지냈다.
현재는 동양고전 학술연구회 회장

• **저서로는**

《중국의 신화》 《이태백 평전》 《유교사상과 도덕정치》
《삼황오제의 덕치》 등.

• **역서로는**

《도연명》 《이태백》 《백낙천》 《두보》 《논어》
《맹자》 등 다수.

당대 전기소설의 여인상

☆

초판 인쇄일 / 2004년 06월 05일
초판 발행일 / 2004년 06월 10일

☆

편역 / 장기근
펴낸이 / 김동구
펴낸데 / 明文堂
서울특별시 종로구 안국동 17-8
대체 010041-31-0516013
☎ (영업) 733-3039, 734-4798
(편집) 733-4748 FAX. 734-9209
H.P. : www.myungmundang.net
e-mail : mmdbook1@myungmundang.net
등록 1977. 11. 19. 제 1-148호

☆

ISBN 89-7270-751-1 03820

☆

☆

값 12,000 원